EN ATTENDANT LE JOUR

Né en 1956, Michael Connelly commence sa carrière comme journaliste en Floride, ses articles sur les survivants d'un crash d'avion en 1986 lui valant d'être sélectionné pour le prix Pulitzer. Il travaille au *Los Angeles Times* quand il décide de se lancer dans l'écriture avec *Les Égouts de Los Angeles*, pour lequel il reçoit l'Edgar du premier roman. Il y campe le célèbre personnage du policier Harry Bosch, que l'on retrouvera notamment dans *Volte-face* et *Ceux qui tombent*. Auteur du *Poète*, il est considéré comme l'un des maîtres du roman policier américain. Deux de ses livres ont déjà été adaptés au cinéma, et l'ensemble de son œuvre constitue le cœur de la série télévisée *Bosch*. Les romans de Michael Connelly se sont vendus à près de soixante-cinq millions de livres dans le monde et ont été traduits en trente-neuf langues.

MICHAEL CONNELLY

En attendant le jour

ROMAN TRADUIT DE L'ANGLAIS PAR ROBERT PÉPIN

CALMANN-LÉVY

Titre original :

THE LATE SHOW

*En l'honneur du sergent Steve Owen
des Services du shérif du comté de Los Angeles
tué par balle à travers son badge
le 5 octobre 2016.*

Chapitre 1

Ballard et Jenkins montèrent à la maison d'El Centro Avenue peu avant minuit. C'était le premier appel du service. Il y avait déjà une voiture de patrouille garée devant, le long du trottoir, et Ballard reconnut les deux policiers en tenue. Debout dans la véranda du bungalow, ils parlaient avec une femme à cheveux gris vêtue d'un peignoir de bain. John Stanley était le chef de veille – le boss du terrain – et Jacob Ross, son coéquipier.

— Je crois que celui-là est pour toi, dit Jenkins.

Ils travaillaient ensemble depuis deux ans et s'étaient aperçus que Ballard était la meilleure de l'équipe quand la victime était une femme. Non que Jenkins aurait été un ogre, mais Ballard comprenait mieux les émotions des femmes. La réciproque était vraie lorsqu'ils se trouvaient en présence d'un homme.

— Reçu cinq sur cinq, répondit-elle.

Ils descendirent de voiture, se dirigèrent vers la véranda éclairée. Ballard avait sa radio à la main. Ils montèrent les trois marches et Stanley les présenta à la victime. Elle s'appelait Leslie Anne Lantana et avait soixante-dix-sept ans. Ballard se dit qu'ils n'auraient pas grand-chose à faire. L'essentiel des cambriolages ne donnait lieu qu'à un rapport et, de temps en temps, à une demande de passage de l'équipe des empreintes si, coup de chance, on découvrait que le voleur avait touché des surfaces potentiellement exploitables.

— Mme Lantana a reçu un mail d'alerte à la fraude où on lui signalait que quelqu'un avait tenté de faire un achat sur Amazon avec son numéro de carte de crédit, reprit Stanley.

— Et ce n'était pas vous, dit Ballard à Mme Lantana. L'évidence même.

— Non, c'est la carte que je garde pour les urgences, et je ne m'en sers jamais pour payer en ligne, répondit Lantana. C'est pour ça que l'achat a été signalé. Pour Amazon, je me sers d'une autre carte.

— Bien, dit Ballard. Avez-vous appelé la société émettrice de la carte ?

— J'ai commencé par vérifier si je n'avais pas perdu ma carte et c'est là que j'ai découvert que mon portefeuille n'était plus dans mon sac. On me l'a volé.

— Une idée du lieu ou du moment où ça se serait passé ?

— Comme je suis allée faire mes courses chez Ralph hier, je sais que je l'avais à ce moment-là. Après, je suis rentrée et ne suis pas ressortie.

— Avez-vous payé avec votre carte ?

— Non, en liquide. Chez Ralph, je paie toujours en liquide. Mais j'ai sorti ma carte de fidélité pour les points.

— Pourriez-vous avoir laissé votre portefeuille chez Ralph ? À la caisse, quand vous avez sorti votre carte ?

— Non, je ne crois pas. Je fais très attention à mes affaires. À mon portefeuille et à mon sac à main. Et je ne suis pas sénile.

— Loin de moi cette idée, madame. Je ne fais que poser des questions.

Ballard changea de sujet alors même qu'elle n'était pas convaincue que Lantana n'ait pas laissé son portefeuille chez Ralph, où n'importe qui aurait pu le lui piquer.

— Qui habite ici avec vous, madame ? demanda-t-elle.

— Personne, répondit Lantana. Je vis seule. Cosmo excepté. C'est mon chien.

— Quelqu'un qui aurait frappé à votre porte ou serait entré chez vous depuis votre retour de chez Ralph ?

— Non, personne.

— Aucun ami ou parent qui serait venu vous rendre visite ?

— Non, et ils ne m'auraient pas pris mon portefeuille s'ils étaient venus me voir.

— Évidemment, et je ne sous-entends rien d'autre. J'essaie seulement de me faire une idée des allées et venues de chacun. Vous nous dites donc être restée tout le temps chez vous depuis votre retour de chez Ralph ?

— C'est ça.

— Et Cosmo ? Vous le promenez ?

— Bien sûr, deux fois par jour. Mais je ferme à clé quand je sors et je ne vais pas loin. C'est un vieux chien et je ne rajeunis pas, moi non plus.

Ballard sourit avec compassion.

— Et vous sortez tous les jours à la même heure ?

— Oui, on se tient au même emploi du temps. C'est mieux pour le chien.

— Combien de temps ça vous prend?

— Une demi-heure le matin et, d'habitude, un peu plus le soir. Ça dépend de notre humeur.

Ballard hocha la tête. Elle savait qu'un voleur traînant au sud de Santa Monica n'aurait eu qu'à la repérer en train de balader son chien et la suivre jusque chez elle. On détermine si la dame vit seule et on revient le lendemain à la même heure quand elle est repartie le promener. Les trois quarts des gens ne se rendent pas compte à quel point leurs petites routines les rendent vulnérables aux prédateurs. Un voleur qui connaît son affaire ne mettrait pas dix minutes pour entrer dans la maison et en ressortir.

— Avez-vous regardé s'il vous manque autre chose, madame? reprit Ballard.

— Pas encore. J'ai appelé la police dès que j'ai vu que mon portefeuille avait disparu.

— Bien, allons donc faire un rapide tour à l'intérieur pour vérifier.

Pendant que Ballard escortait Lantana dans toute la maison, Jenkins alla voir si la serrure de la porte de derrière avait été trafiquée. Un chien dormait sur un coussin dans la chambre de Lantana. Mélange de boxer et d'autre chose, il avait la gueule toute blanche de vieillesse. Il suivit Ballard de ses yeux brillants, mais ne se leva pas. Trop vieux. Il eut un grondement sourd.

— Tout va bien, Cosmo, lui lança Lantana.

— C'est quoi? Un mélange de boxer et de…? demanda Ballard.

— De ridgeback de Rhodésie, enfin… C'est ce qu'on pense.

Ballard se demanda si ce « on » faisait référence à Lantana et au chien ou à quelqu'un d'autre. Lantana et son vétérinaire ?

La vieille dame termina son petit tour de la maison en regardant dans son tiroir à bijoux et annonça que, apparemment, seul le portefeuille avait disparu. Ballard repensa au passage chez Ralph et se demanda si le voleur avait cru disposer de moins de temps qu'il n'en avait réellement pour fouiller toute la maison.

Jenkins les rejoignit et déclara que rien n'indiquait que les serrures des portes de devant ou de derrière aient été crochetées, forcées ou trafiquées de quelque manière.

— Avez-vous remarqué quoi que ce soit d'inhabituel en promenant votre chien dans la rue ? reprit Ballard. Quelqu'un qui aurait détonné dans le décor ?

— Non, rien.

— Y a-t-il des travaux dans le quartier ? Des ouvriers qui traîneraient dans les environs ?

— Non, pas par ici.

Ballard lui demanda de lui montrer le mail d'alerte qu'elle avait reçu de la société de crédit. Tous gagnèrent un petit recoin dans la cuisine où Lantana avait son ordinateur portable, une imprimante et des plateaux de rangement où s'empilaient les enveloppes. C'était manifestement son poste de travail, l'endroit où elle réglait ses factures et passait ses commandes en ligne. Elle s'assit et fit monter le courrier en question à l'écran. Ballard se pencha par-dessus son épaule pour le lire, puis elle lui demanda de rappeler la société.

Lantana le fit à l'aide d'un téléphone mural dont le long fil courait jusqu'au coin bureau. Pour finir, elle tendit l'appareil à Ballard, qui passa alors dans le couloir avec Jenkins en étirant le fil à son maximum. Elle se retrouva à parler avec un spécialiste des alertes à la fraude à l'accent indien. Ballard s'identifia, déclara être de la police de Los Angeles et demanda l'adresse de livraison donnée à la société avant que l'achat ne soit refusé pour tentative de fraude. Le spécialiste l'informa qu'il ne pouvait pas lui fournir ce renseignement sans l'aval d'un juge.

— Comment ça ? lui renvoya Ballard. Vous êtes bien le spécialiste des alertes à la fraude, non ? Il y a eu fraude, et si vous me donnez cette adresse, je pourrai faire quelque chose.

— Je suis désolé, lui répondit le spécialiste. Je ne peux pas faire ça. Le service juridique doit m'en donner l'ordre et il ne l'a pas fait.

— Passez-moi ce service.

— Il est fermé. C'est l'heure du déjeuner et ils ferment.

— Alors passez-moi votre supérieur, insista Ballard en regardant Jenkins et en secouant la tête de frustration.

— Écoute, lui renvoya celui-ci, tout ça va atterrir au Bureau des cambriolages demain matin. Pourquoi ne pas les laisser s'en occuper ?

— Parce qu'ils ne s'en occuperont pas. Ça se perdra dans la pile. Il n'y aura pas de suivi. Et c'est pas juste pour elle, répondit Ballard en lui indiquant d'un coup de tête la cuisine où la victime était toujours assise, l'air malheureux.

— Qui a parlé de justice ? dit Jenkins. C'est comme ça que ça se passe, c'est tout.

14

Cinq minutes plus tard, le supérieur reprit la ligne. Ballard lui expliqua que la situation était tendue et qu'il fallait faire vite pour mettre la main sur l'individu qui avait volé la carte de crédit de Mme Lantana. Le supérieur lui rappela que la tentative d'utilisation de la carte ayant échoué, le système d'alerte à la fraude avait parfaitement fonctionné.

— Inutile de me servir cette « situation tendue », comme vous dites, ajouta-t-il ensuite.

— Le système ne fonctionne vraiment que si nous attrapons le type, dit Ballard. Vous ne voyez donc pas ? Empêcher la carte d'être utilisée n'est qu'une partie de la solution. Ça protège votre client, mais pas Mme Lantana. Quelqu'un est entré chez elle.

— Je suis désolé, répéta le supérieur. Je ne peux pas vous aider sans papier du juge. C'est notre protocole.

— Et vous vous appelez ?

— Irfan.

— Où vous trouvez-vous, Irfan ?

— Comment ça ?

— Vous êtes à Mumbai ? À Delhi ? Où ça ?

— À Mumbai, oui.

— Et c'est pour ça que vous en avez rien à foutre. Parce que ce type n'entrera jamais chez vous pour vous piquer votre portefeuille à Mumbai. Un grand merci à vous.

Sur quoi, elle retourna à la cuisine, raccrocha avant que ce supérieur complètement nul ne puisse lui répondre et se tourna vers son coéquipier :

— Bon, on rentre à l'étable, on écrit le rapport et on le file au service des cambriolages. Allons-y.

Chapitre 2

Ballard et Jenkins ne regagnèrent finalement pas le commissariat pour commencer à dresser le procès-verbal du cambriolage. Ils furent redirigés sur le Hollywood Presbyterian Medical Center par le chef de veille pour une agression. Ballard gara la voiture sur un emplacement réservé aux ambulances tout près de l'entrée des urgences, laissa ses feux avant allumés et franchit les portes automatiques de l'établissement avec Jenkins. Elle nota l'heure pour le rapport qu'elle rédigerait plus tard. D'après la pendule installée au-dessus du guichet de la salle d'attente, il était 0 h 41.

Le teint aussi blanc que celui d'un vampire, un officier de la patrouille s'y tenait. Ballard lui ayant adressé un signe de tête, il s'approcha pour les briefer. Pas de galons sur la manche. Un bleu au sortir de l'Académie de police ? Il était en tout cas bien trop nouveau dans la division pour qu'elle connaisse son nom.

— On l'a trouvée dans un parking au croisement de Santa Monica Boulevard et de Highland Avenue, déclara-t-il. On dirait qu'elle y a été jetée. Le type qu'a fait ça devait la croire morte. Mais elle était vivante, elle s'est vaguement… réveillée, et est restée à demi consciente pendant deux ou trois minutes. Elle s'était fait tabasser comme il faut. D'après un des infirmiers, elle pourrait avoir une fracture du crâne. Ils l'ont mise au fond. Mon officier instructeur y est aussi.

L'agression ayant peut-être été déjà élevée au rang d'enlèvement, l'intérêt de Ballard grandit. Elle jeta un coup d'œil à la plaque de l'officier et vit qu'il s'appelait Taylor.

— Taylor, dit-elle, moi, c'est Ballard, et je vous présente l'inspecteur Jenkins, mon compagnon des ténèbres. Quand êtes-vous arrivé au Super Six ?

— Au premier déploiement, en fait, répondit Taylor.

— Directement après l'Académie de police ? Alors, bienvenue au service ! Vous vous amuserez beaucoup plus au Super Six que n'importe où ailleurs. Qui est votre officier instructeur ?

— L'officier Smith, m'dame.

— Ne m'appelez pas « m'dame ». Je ne suis pas votre mère.

— Je m'excuse, m'dame. Heu, je voulais dire…

— Vous êtes entre de bonnes mains avec Smitty. Il est cool. Vous avez une identité pour la victime ?

— Non, y avait pas de sac à main ni rien, mais on a essayé de lui parler en attendant l'arrivée de l'ambulance. Elle était dans les vapes et ce qu'elle disait n'avait pas beaucoup de sens. Pour moi, ça ressemblait à Ramona.

— Elle a dit autre chose ?

— Oui, elle a dit « la maison à l'envers ».

— « La maison à l'envers » ?

— C'est ce qu'elle a dit. L'officier Smith lui a demandé si elle connaissait son agresseur et elle a répondu que non. Il lui a demandé où ça s'était passé et elle a répondu « à la maison à l'envers ». Je vous l'ai dit, ç'avait pas grand sens.

Ballard hocha la tête et réfléchit à ce que ça pouvait bien vouloir dire.

— Bon, lâcha-t-elle enfin. On va aller vérifier tout ça.

Elle fit signe à Jenkins et se dirigea vers la porte des premiers soins. Elle portait un tailleur Van Heusen gris anthracite à fines rayures. Elle pensait depuis toujours que le côté formel de son costume allait bien avec sa peau légèrement brune et ses cheveux aux mèches décolorées par le soleil. Et que cela lui donnait aussi une autorité qui l'aidait à compenser sa petite taille. Elle ouvrit suffisamment sa veste pour que la réceptionniste derrière la vitre du guichet voie le badge accroché à sa ceinture et ouvre la porte automatique.

Le service des admissions comprenait six boxes d'évaluation et de traitement fermés par des rideaux. Des médecins, des infirmières et des techniciens y travaillaient autour du poste de commandement au milieu de la salle. La scène tenait du chaos organisé où chacun avait une tâche à effectuer, une sorte de main invisible chorégraphiant le tout. La nuit était animée mais, au Hollywood Pres, elles l'étaient toutes.

Un autre officier de la patrouille se tenant devant le rideau du box 4, Jenkins et Ballard le rejoignirent aussitôt. Il avait trois galons sur la manche, ce qui signifiait quinze ans donnés au service, et Ballard le connaissait bien.

— Smitty, lança-t-elle, le toubib est là ?

L'officier Melvin Smith leva le nez du portable sur lequel il rédigeait un texto.

— Ballard, Jenkins, comment ça va ?

Puis il ajouta :

— Non, elle est seule. Ils vont l'emmener en salle d'op. Fracture du crâne, œdème cérébral. Ils disent qu'il va falloir lui ouvrir le crâne pour faire retomber la pression.

— Ça, je connais, dit Jenkins.

— Et donc, elle ne parle pas ? demanda Ballard.

— Non, c'est fini, répondit Smith. Ils l'ont mise sous sédatifs et je les ai entendus dire qu'ils allaient la plonger dans le coma jusqu'à ce que l'œdème se résorbe. Hé, Ballard, comment va Lola ? Ça fait un moment que je l'ai pas vue !

— Lola va bien, répondit Ballard. C'est vous qui l'avez trouvée ou bien vous avez reçu un appel ?

— Oui, un appel de première urgence, répondit Smith, mais y avait plus personne quand on est arrivés. La victime était allongée là, toute seule dans le parking. On a cru qu'elle était morte quand on est arrivés.

— Vous avez appelé pour sécuriser la scène de crime ?

— Nan, y a que du sang sur le goudron, Ballard. C'est là qu'on l'avait jetée.

— Oh allons, Smitty, c'est des conneries, ça. Faut analyser la scène. Allez, filez d'ici et tenez bon jusqu'à ce qu'on vous fasse monter une équipe. Vous pouvez toujours rester dans la voiture et faire la paperasse, par exemple.

Smith se tourna vers Jenkins, le plus vieux des deux, pour avoir son soutien.

— Elle a raison, dit celui-ci. Faut sécuriser la scène.

— Reçu cinq sur cinq, répondit Smitty d'un ton qui laissait entendre qu'on lui faisait perdre son temps.

Ballard écarta le rideau du box 4. La victime était allongée sur le dos, une blouse d'hôpital vert clair couvrant son corps dévasté. Des tuyaux lui sortaient des deux bras et du nez. C'était loin d'être la première fois que Ballard voyait une victime de violences en quatorze années de service, mais là, il s'agissait d'un des pires cas de victime encore en vie. Elle était petite et donnait l'impression de peser 55 kg maximum. Ses deux yeux avaient enflé au point d'être fermés, l'orbite droite manifestement brisée sous la peau. Son visage était tuméfié sur tout le côté gauche, et la peau présentait des abrasions. Il était clair qu'on l'avait sauvagement battue et lui avait traîné la figure sur un terrain raboteux, probablement le sol du parking. Ballard se pencha plus près du lit pour examiner la blessure de la lèvre inférieure. Elle s'aperçut qu'il s'agissait d'une profonde morsure qui lui avait fendu la lèvre. Le tissu déchiré ne tenait plus que par deux points de suture provisoires et exigerait toute l'attention d'un chirurgien esthétique. Si la victime en réchappait.

— Nom de Dieu ! s'exclama Ballard.

Elle décrocha son portable de sa ceinture, prit une photo du visage de la victime et plusieurs gros plans des blessures, puis elle se mit au travail. Jenkins la regarda faire sans commenter. Il savait comment elle procédait.

Ballard ouvrit le haut de la blouse pour examiner les blessures à la poitrine. Son regard fut attiré par plusieurs grosses contusions sur le côté gauche du torse. Toutes droites, elles semblaient avoir été faites avec un objet plutôt qu'à mains nues.

— Regarde-moi ça, lança-t-elle à Jenkins. Coup-de-poing américain ?

Jenkins se pencha.

— On dirait, répondit-il. Peut-être bien, oui.

Dégoûté par ce qu'il venait de voir, il recula. John Jenkins avait vingt-cinq ans de service et Ballard savait qu'il n'avait plus guère d'empathie pour quiconque depuis un certain temps. Il était bon inspecteur… mais quand il le voulait. Et comme beaucoup d'autres qui bossent depuis longtemps, tout ce qu'il voulait, c'était un endroit où on le laisse travailler tranquille. Le quartier général de la police du centre-ville avait pour nom le PAB, ou Police Administration Building, mais les types comme lui traduisaient ça en « Politiques et Autres Bureaucrates » ou « Policiers et Autres Baratineurs » – au choix.

Être assigné au quart de nuit était en général réservé à ceux qui s'étaient opposés à la ligne politique et à la bureaucratie. Jenkins, lui, comptait parmi les rares volontaires pour la tranche de 23 heures à 7 heures du matin. Sa femme avait un cancer et il aimait bien travailler pendant qu'elle dormait, de façon à être là à son réveil, quand elle avait besoin de lui.

Ballard continua de mitrailler. La poitrine était elle aussi endommagée, l'aréole du sein droit ayant été, comme sa lèvre inférieure, arrachée à coups de dents. Le sein gauche était rond et plein, le droit plus petit et plat. Des implants, et le droit avait crevé. Ballard savait qu'il fallait recevoir un sacré coup pour que ça arrive.

Elle avait déjà vu ça une fois, et la victime y avait laissé la vie.

Elle referma doucement la blouse et chercha des blessures de défense sur les mains. Les ongles étaient cassés et couverts de sang. De grandes marques violettes et des abrasions lui couraient autour des poignets, indiquant qu'elle avait été attachée et retenue prisonnière assez longtemps pour que ses liens y laissent des entailles. Pendant des heures, pas des minutes, se dit-elle. Peut-être même pendant des jours entiers.

Elle prenait encore des photos lorsqu'elle remarqua la longueur des doigts de la victime et la largeur de ses phalanges. Croisement de Santa Monica Boulevard et de Highland Avenue… elle aurait dû comprendre tout de suite. Elle prit l'ourlet de la blouse entre ses doigts et la souleva. Et put ainsi vérifier que, biologiquement parlant, la victime était un homme.

— Merde, j'avais pas besoin de voir ça ! s'écria Jenkins.

— Si Smitty le savait et ne nous l'a pas dit, c'est que c'est un vrai con, dit Ballard. Ça change tout.

Elle chassa sa petite montée de colère et se ressaisit.

— As-tu vu des types des Mœurs ce soir avant qu'on démarre de l'étable ?

— Euh, oui, ils bossaient sur un truc, mais je sais pas quoi, répondit Jenkins. J'ai vu Pistol Pete à la salle de repos. Il se faisait du café.

Ballard s'écarta du lit, fit défiler les photos sur son écran jusqu'à ce qu'elle retrouve celle du visage de la victime et l'envoya aux Mœurs d'Hollywood. En y incluant le message suivant :

22

Au Six, Mendez était une vraie légende, mais pas toujours pour les bonnes raisons. Il avait passé les trois quarts de sa carrière comme flic en civil aux Mœurs et, jeune officier, avait souvent été mis sur le trottoir pour jouer les prostituées. Lors de ces opérations où il était l'appât, il portait un micro, l'enregistrement sonore étant ce qui emportait l'affaire au tribunal, le suspect plaidant alors en général coupable des charges retenues contre lui. Un de ces enregistrements était souvent diffusé aux pots de départ à la retraite et autres réunions de l'unité. On y entendait Mendez faire le trottoir sur Santa Monica Boulevard lorsqu'un client potentiel s'approchait de lui en voiture. Avant d'accepter de payer le prix demandé, le micheton lui posait toute une série de questions, y compris sur la taille de son pénis en érection, les termes alors employés n'étant pas aussi polis.

— Dans les quinze centimètres, répondait Mendez.

Et, guère impressionné, le micheton repartait sans dire un mot. Quelques instants plus tard, un sergent des Mœurs quittait son poste de surveillance et le rejoignait sur le trottoir, leur conversation étant alors elle aussi enregistrée.

— Mendez, on est ici pour coincer des mecs, l'engueulait le sergent. La prochaine fois qu'on te demande la taille de ton engin, exagère-la, bon sang de bonsoir !

— Mais… c'est ce que j'ai fait ! lui répondait Mendez pour son plus grand et éternel embarras.

Ballard tira de nouveau le rideau pour voir si Smith était toujours dans les parages, mais il avait disparu avec

Taylor. Jenkins sur les talons, elle gagna le poste de commandement pour parler à une des infirmières.

— Ballard, Jenkins, LAPD, lança-t-elle. J'ai besoin de m'entretenir avec le médecin qui s'est occupé de la victime du box 4.

— Il est au 2, répondit l'infirmière. Dès qu'il a fini…

— Quand le patient va-t-il être opéré ?

— Dès que la salle sera prête.

— A-t-on fait un examen pour viol ? Des frottis anaux ? Il va aussi nous falloir des bouts d'ongles. Qui est-ce qui peut nous donner un coup de main ?

— Ils essayaient surtout de le maintenir en vie… c'était la priorité. Pour le reste, il faudra parler au médecin.

— C'est ce que je vous demande. Je veux parler à…

Elle sentit son portable vibrer dans sa main et se détourna de l'infirmière. Elle avait reçu un texto de Mendez. Elle le lut à Jenkins à haute voix.

— « Ramona Ramone, dragon. Vrai nom : Ramón Gutierrez. L'ai eu ici y a deux ou trois semaines. Liste de ses antécédents bien plus longue que son engin avant opération. » Joliment dit, ça.

— Vu les dimensions du monsieur, précisa Jenkins.

Aux Mœurs, les homos, les travelos et les transgenres avaient tous droit au titre de « dragon », sans distinction aucune. Ce n'était pas gentil, mais c'était accepté. Ballard avait elle-même passé deux ans dans une unité d'appâts. Elle connaissait et le boulot et l'argot. Ça ne risquait pas de changer, quel que soit le nombre d'heures de sensibilisation auquel les flics étaient soumis.

Elle regarda Jenkins. Qui prit la parole avant qu'elle ait le temps de dire ouf :

— Non, dit-il.

— Non, quoi ? lui renvoya-t-elle.

— Je sais ce que tu vas dire. Tu vas me dire que cette affaire-là, tu veux la garder.

— Oui, c'est pour les vampires[1]... Ça se travaille la nuit. Si on la refile aux Mœurs, ça sera la même chose que pour le cambriolage. Ils feront du boulot de rond-de-cuir, et on n'arrivera à rien.

— Non, et encore non. Ça n'est pas notre travail.

C'était leur grand point de désaccord. Ils étaient de quart de nuit – « la dernière séance » – et passaient d'une affaire à une autre, sans cesse appelés là où on avait besoin d'un inspecteur pour les premières constatations ou déclarer un suicide. Mais jamais ils ne conservaient l'affaire. Ils dressaient le premier procès-verbal et, le matin arrivé, ils devaient confier l'affaire à l'unité d'investigation appropriée : vols, agressions sexuelles, cambriolages, vols de voitures... Parfois, Ballard voulait en travailler une du début jusqu'à la fin, mais ce n'était pas leur boulot et Jenkins n'était jamais disposé à dévier d'un pouce de ce qui définissait leur tâche. Sorte de rond-de-cuir du quart de nuit, il tenait absolument à être de retour chez lui pour le réveil de sa femme. Temps ou fric, faire des heures supplémentaires ne l'intéressait pas.

— Allez, quoi ! Qu'est-ce qu'on va faire d'autre ? le supplia-t-elle.

— On va aller jeter un œil à la scène de crime pour voir si c'en est vraiment une, lui répondit-il. Après, on

---

1. Argot de la police américaine signifiant que tous les acteurs de l'affaire sont des gens de la nuit. *(Toutes les notes sont du traducteur.)*

rentre à l'étable et on écrit nos rapports sur cette histoire et sur la vieille dame. Avec un peu de chance, on n'aura plus d'appels et on pourra finir la paperasse. Allons-y !

Il fit mine de partir, mais Ballard ne suivant pas, il se retourna.

— Quoi ?

— Le mec qui a fait ça, c'est le mal incarné, Jenks, dit-elle. Et tu le sais.

— Recommence pas avec ça parce que je te suivrai pas. Des trucs comme ça, on en a déjà vu des centaines. Y a un type qui se balade en bagnole, il ne connaît pas le territoire, il voit une nana qui fait le trottoir, il s'arrête. Il conclut le marché, il emmène la fille dans un parking et se trouve tout con quand il découvre un bon gros hot-dog sous la minijupe de la fille. Il fout une raclée au mec et il dégage.

Avant même qu'il ait terminé sa présentation de l'affaire, Ballard s'était mise à secouer la tête.

— Pas avec ces morsures, Jenks. Pas s'il avait un coup-de-poing américain. Ça dit la préméditation, quelque chose de grave. Elle a été attachée pendant très longtemps. C'est du très très méchant qui se balade dans la nature, et moi, je veux garder l'affaire et agir, pour une fois.

Techniquement parlant, c'était Jenkins le supérieur. Dans ce genre de situations, c'était lui qui prenait la décision. Une fois revenue au commissariat, Ballard pourrait faire appel auprès du patron si elle voulait, mais c'était là, sur le terrain, qu'il fallait trancher pour que l'équipe reste unie.

— Je vais aller faire un tour sur la scène de crime et après, je rentre faire mon rapport, répéta Jenkins. Le vol avec effraction passe à la table des cambriolages et ça… ça va à celle des crimes contre les personnes. Peut-être même à celle des homicides parce qu'il a vraiment pas l'air en forme, le gamin qu'on a là. Point à la ligne.

Sa décision prise, il se retourna de nouveau vers la sortie. Il faisait ce travail depuis si longtemps qu'il parlait encore de « tables » pour désigner les unités chargées d'enquêter. Dans les années 90, ce terme disait bien où elles travaillaient – à des bureaux collés les uns aux autres pour former de longues tables. D'où « la table » des cambriolages, « la table » des crimes contre les personnes, etc.

Ballard allait le suivre dehors lorsqu'elle se rappela quelque chose et retourna voir l'infirmière derrière son comptoir.

— Où sont les vêtements de la victime ? lui demanda-t-elle.

— On les a mis dans un sac. Attendez une minute.

Debout à la porte, Jenkins la regarda. Ballard lui fit signe d'attendre en levant la main en l'air. D'un tiroir du poste, l'infirmière sortit un sac en plastique transparent contenant ce qu'on avait récupéré sur le corps de la victime. Ça n'allait pas loin. Quelques bijoux bon marché et des vêtements cousus de paillettes. Et une petite bombe lacrymo attachée à un porte-clés sans clés. Pas de portefeuille, pas de liquide, pas de portable. L'infirmière lui tendit le sac.

Ballard lui donna sa carte de visite et lui demanda de dire au médecin de l'appeler. Puis elle rejoignit son coéquipier ; ils franchissaient déjà les portes automatiques pour gagner le sas de sortie lorsque son portable vibra. Elle jeta un coup d'œil à l'écran. C'était le chef de veille, le lieutenant Munroe.

— Lieute…

— Ballard, vous êtes toujours à Hollywood Pres avec Jenkins ?

Elle remarqua l'urgence dans sa voix. Il se passait quelque chose. Elle s'immobilisa et fit signe à Jenkins d'approcher.

— On partait, répondit-elle. Pourquoi ?

— Mettez sur haut-parleur.

Elle s'exécuta.

— OK, allez-y, dit-elle.

— On a quatre victimes à terre dans un club de Sunset Boulevard. Un type dans un box s'est mis à tirer sur les gens avec qui il était. Un véhicule de secours est déjà parti dans votre direction avec une cinquième victime qui, je viens de l'apprendre, serait à deux doigts d'y passer. Ballard, je veux que vous restiez où vous êtes et que vous voyiez ce que vous pouvez apprendre. Jenkins, je vous renvoie Smitty et son bleu pour qu'ils vous embarquent avec eux. Ce sont les Vols et Homicides qui vont sans doute reprendre l'affaire, mais il leur faudra du temps pour se mobiliser. J'ai bien des flics de la patrouille pour sécuriser la scène de crime, établir un poste de commandement et essayer de contenir les curieux, mais les trois quarts de mes hommes se sont éparpillés quand les balles ont commencé à voler.

— Ça se passe où ? demanda Jenkins.

— Au Dancers, à l'Athletic Club, répondit Munroe. Vous connaissez ?

— Affirmatif, dit Ballard.

— Bien. Bon alors… Jenkins, vous allez là-bas, et vous, Ballard, vous rappliquez dès que vous en avez fini avec la cinquième victime.

— Lieute, il faut qu'on établisse une scène de crime pour notre agression, reprit Ballard. On a envoyé Smitty…

— Pas ce soir, répondit Munroe. Le Dancers, c'est une enquête sur laquelle tout le monde va bosser. Toutes les équipes de médecine légale disponibles s'y retrouveront.

— Alors on laisse tomber notre scène de crime ?

— Passez ça à l'équipe de jour, Ballard, et laissez-les s'en inquiéter demain, répondit Munroe. Bon, faut que j'y aille. Vous avez vos ordres de mission.

Et il raccrocha sans un mot de plus. Jenkins gratifia Ballard d'un coup d'œil « qu'est-ce-que-je-t'avais-dit-pour-la-scène-de-crime ? » et, comme s'il n'avait attendu que ça, un hurlement de sirène monta dans la nuit. Ballard connaissait la différence entre la sirène d'une ambulance et celle d'une voiture de flics. C'étaient Smitty et Taylor qui venaient chercher Jenkins.

— On se retrouve là-bas, lui lança celui-ci.

— C'est ça, répondit-elle.

La sirène du 4 x 4 de la patrouille se tut lorsqu'il s'arrêta devant le sas de sortie. Jenkins se glissa sur la banquette arrière et le véhicule démarra, laissant Ballard seule sur le trottoir, le sac en plastique transparent à la main.

Elle entendit le bruit lointain d'une deuxième sirène. L'ambulance avec la cinquième victime. Elle regarda de nouveau à travers les portes en verre et nota l'heure à l'horloge des urgences. Il était 1 h 17, et son service n'avait commencé qu'à peine deux heures plus tôt.

Chapitre 3

L'ambulance se présenta elle aussi au sas de sortie et sa sirène se tut à son tour. Ballard attendit et observa. Les doubles portes arrière s'ouvrant, les infirmiers placèrent la victime sur le brancard. Elle était déjà reliée à un respirateur.

Ballard entendit les infirmiers informer l'équipe des urgences que la patiente avait perdu connaissance pendant le trajet et qu'ils ne l'avaient ramenée à la conscience que pour la voir sombrer à nouveau au moment même où ils arrivaient. L'équipe des urgences prit le brancard, traversa vite l'entrée et s'enfourna droit dans un ascenseur qui emmena tout le monde à la salle d'opération. Ballard fut la dernière à monter dans la cabine et s'y tint dans un coin tandis que les quatre infirmiers en tenue de chirurgie tentaient de garder en vie la femme étendue devant eux.

Ballard étudia la victime tandis que l'ascenseur démarrait avec une secousse et commençait sa lente ascension. Elle portait un short en jean découpé, des Converse et un haut noir trempé de sang. Ballard remarqua les capuchons de quatre stylos accrochés à une des

31

poches du short. Elle en déduisit que cette femme était une des serveuses du club où la fusillade avait eu lieu.

Elle avait reçu une balle en pleine poitrine. Son visage était en partie caché par le masque respiratoire, mais Ballard lui donna dans les vingt-cinq ans. Elle jeta un coup d'œil à ses mains et n'y vit ni bague ni bracelet. Elle avait un petit tatouage à l'encre noire en forme de licorne à l'intérieur du poignet gauche.

— Qui êtes-vous ?

Ballard leva les yeux, mais tout le monde portant un masque, elle ne put dire qui lui avait adressé la parole. La voix était masculine, mais comme trois personnes sur quatre dans l'ascenseur étaient des hommes…

— Ballard, LAPD, répondit-elle en décrochant son badge de sa ceinture pour le leur montrer.

— Mettez un masque. Nous allons entrer en salle d'op.

La femme lui en tendit un qu'elle avait pris dans le distributeur installé sur la paroi de la cabine. Ballard le mit aussitôt.

— Et restez en arrière, hors du passage.

La porte s'ouvrant enfin, Ballard descendit tout de suite et s'écarta. Le brancard fut extrait de la cabine à toute vitesse et entra dans une salle d'opération équipée d'une baie d'observation. Tout le monde déploya de grands efforts pour tenter de ramener la jeune femme à la vie, mais au bout d'un quart d'heure, tout s'arrêta, et elle fut déclarée morte. Il était 1 h 34 et Ballard le nota.

Le personnel médical ayant vidé les lieux pour s'occuper d'autres malades, Ballard se retrouva seule avec la morte. Son corps allait bientôt être ressorti de la salle d'opération et entreposé dans une pièce jusqu'à ce qu'une voiture des services du coroner arrive, cela lui laissait un peu de temps. Elle entra dans la salle et examina la jeune femme. Sa chemise avait été ouverte à coups de ciseaux et elle avait la poitrine à nu.

Ballard sortit son portable et prit une photo de sa blessure au sternum. Elle remarqua qu'il n'y avait pas de traces de poudre et en déduisit que le coup de feu avait été tiré à plus d'un mètre vingt de distance. Il semblait en outre que le tueur ait été habile, travail d'un tireur d'élite qui avait tapé dans le mille de la cible alors qu'il avait toutes les chances d'être lui-même en mouvement et en pleine montée d'adrénaline. Il ne faudrait pas l'oublier si jamais, même si c'était improbable, elle se retrouvait nez à nez avec l'assassin.

Ballard remarqua aussi un bout de ficelle autour du cou de la morte. Il ne s'agissait ni d'une chaîne ni d'un bijou, mais bien d'un vulgaire bout de ficelle. Il y avait peut-être un pendentif, mais elle ne parvint pas à le voir dans le fouillis de cheveux collés par le sang. Elle jeta un coup d'œil à la porte, puis dégagea le cou de la victime et découvrit qu'une petite clé y était attachée. Repérant un scalpel sur un plateau d'instruments chirurgicaux, elle s'en empara, sectionna la ficelle, la dégagea, sortit un gant en latex de la poche de sa veste et glissa la clé et son support à l'intérieur de ce sachet à éléments de preuve improvisé.

Puis elle empocha le gant et étudia le visage de la jeune femme. Elle avait les yeux entrouverts et un tube en caoutchouc lui sortait encore de la bouche. Ballard en fut agacée. L'appareil lui distendait la figure et Ballard songea que ça l'avait probablement gênée quand elle vivait encore. Elle eut envie de l'enlever, mais elle savait que le protocole l'interdisait, le coroner étant censé recevoir le corps dans l'état où il se trouvait au moment de la mort. Elle avait déjà franchi la ligne jaune en prenant la clé, mais se sentait atteinte par le côté indigne de l'appareil. Elle tendait la main pour le prendre lorsqu'une voix l'interrompit dans son geste.

— Inspecteur ?

C'était l'un des infirmiers qui avaient amené la victime. Il avait un sac en plastique à la main.

— C'est son tablier, dit-il. Avec ses pourboires.

— Merci, répondit-elle. Je vais le prendre.

Il lui tendit le sac. Elle le souleva pour mieux le voir.

— Une idée de son identité ?

— Non, répondit-il. Comme elle s'occupait des cocktails, elle devait avoir tous ses papiers dans sa voiture ou dans un casier quelque part.

— Sans doute.

— Mais elle s'appelle Cindy.

— « Cindy » ?

— Oui, on l'avait demandé au club. Vous savez bien… pour pouvoir lui parler. Mais ça n'a servi à rien. Elle a perdu connaissance, dit-il en baissant les yeux sur le corps.

Ballard crut voir de la tristesse dans son regard.

— Dommage qu'on n'ait pas pu arriver quelques minutes avant, reprit-il. On aurait peut-être pu faire quelque chose. Mais c'est difficile à dire.

— Je suis sûre que vous avez fait de votre mieux, lui lança Ballard. Elle vous remercierait si elle le pouvait.

Il se tourna vers elle.

— Et vous aussi, vous allez faire de votre mieux, n'est-ce pas ? demanda-t-il.

— Oui, répondit-elle, en sachant que ce ne serait pas elle qui enquêterait une fois que l'affaire serait confiée aux Vols et Homicides.

Peu après le départ de l'infirmier, deux employés de l'hôpital entrèrent pour enlever le corps et permettre que la salle soit stérilisée et remise en service – ça ne chômait pas aux urgences, ce soir-là. Ils couvrirent le cadavre d'un drap en plastique et partirent avec le brancard. Le bras de la victime étant à nouveau visible, Ballard revit le tatouage en forme de licorne qu'elle avait au poignet. Elle suivit le brancard et sortit en serrant le sac où était enfermé le tablier de la jeune femme.

Elle avança dans le couloir, regarda par les fenêtres des salles d'opération et remarqua que Ramón Gutierrez avait été monté dans l'une d'entre elles et subissait déjà une opération destinée à réduire la pression due à son œdème cérébral. Elle observa la scène quelques instants jusqu'à ce que son portable vibre. C'était un texto du lieutenant Munroe qui voulait savoir comment se portait la cinquième victime. Ballard lui répondit en gagnant l'ascenseur.

TMC – Je vais à la scène de crime.

TMC était un vieil acronyme qu'on prononçait à la fin d'un appel radio. D'après certains, il signifiait « tenez-moi au courant », mais à l'usage il avait pris le sens de « terminé » et, le temps aidant, celui de « service terminé » ou encore, dans le cas présent, de « décès de la victime ».

Elle prit l'ascenseur qui descendait lentement, enfila un gant en latex, ouvrit le sac plastique que lui avait donné l'infirmier et fit les poches du tablier. Elle y sentit une pince à billets dans l'une et un paquet de cigarettes, un briquet et un petit carnet dans l'autre. Ballard était déjà allée au Dancers et savait que l'établissement devait son nom à celui d'un club décrit dans le génial roman sur L.A. qu'est *The Long Goodbye*[1]. Elle savait aussi qu'on y trouve tout un choix de boissons très spéciales aux noms littéraires tels que *The Black Dahlia*[2], *Blonde Lightning*[3] et *Indigo Slam*[4]. Un carnet était plus qu'indispensable à une serveuse.

De retour à la voiture, elle ouvrit le coffre et déposa le sac dans un des cartons où Jenkins et elle rangeaient leurs éléments de preuve. Les services de nuit les voyant parfois en collecter pour des affaires différentes, ils avaient fini par diviser le coffre en plusieurs cartons. Un peu plus tôt, elle avait ainsi classé les affaires de Ramón Gutierrez dans l'un d'eux. Elle plaça le sac contenant le tablier dans un autre, le scella avec le ruban rouge réservé à cet usage et referma le coffre.

Lorsque enfin elle arriva au Dancers, la scène de crime tenait du cirque à trois pistes. Pas du genre Barnum and Bailey, mais du genre police, les trois pistes dénotant bien la taille, la complexité et l'attrait du lieu pour les médias. La piste centrale – le lieu

---

1. Roman de Raymond Chandler paru en 1953.

2. Roman de James Ellroy paru en 1967 et traduit en français sous le titre *Le Dahlia noir*.

3. Roman de Terrill Lee Lankford paru en 2005.

4. Roman de Robert Crais paru en 1997 et traduit en français sous le titre *Indigo Blues*.

du crime – regorgeait d'enquêteurs et d'employés des services techniques. C'était la zone rouge. Elle était ceinturée par une deuxième piste où se tenaient le personnel de commandement, les policiers en tenue et les postes de contrôle des médias et de la foule. Le troisième cercle était celui où les journalistes, les photographes et les curieux se retrouvaient.

Toutes les voies de circulation de Sunset Boulevard allant vers l'est avaient déjà été fermées pour que les voitures de police et les véhicules des médias puissent y former un énorme embouteillage. On ne faisait plus que se traîner sur les voies vers l'ouest, un long ruban rouge de feux de stop se formant au fur et à mesure que les conducteurs ralentissaient pour voir ce que fabriquaient les policiers. Ballard réussit à se garer le long du trottoir une rue plus loin et marcha jusqu'à l'établissement. Elle ôta son badge de sa ceinture, dévida le cordon enroulé à l'arrière de l'attache et se le passa autour du cou pour que son insigne soit bien visible.

Une fois sur place, elle dut chercher l'officier chargé de consigner l'identité de tous les policiers présents sur les lieux de façon à pouvoir lui signer sa feuille. Les deux premiers cercles de la scène de crime étaient fermés par du ruban jaune. Elle souleva le premier, passa dessous et vit un policier muni d'une écritoire qui montait la garde au deuxième. Il s'appelait Dunwoody et elle le connaissait.

— Woody, lui lança-t-elle, inscris-moi.

— Inspecteur Ballard, lui renvoya-t-il au moment de s'exécuter, je croyais que c'était strictement réservé aux mecs des Vols et Homicides?

— C'est exact, mais c'est moi qui étais à Hollywood Pres avec la cinquième victime. Qui s'occupe de ça ?

— Le lieutenant Olivas… avec tous les pontes d'Hollywood et du West Bureau, jusqu'au chef de police, qui mettent leur nez dedans.

Elle en gémit presque. Robert Olivas dirigeait une des équipes de l'Homicide Special rattaché aux Vols et Homicides. Ballard avait un lourd passé avec lui, l'affaire remontant à quatre ans, quand elle avait été affectée à l'unité à laquelle il avait été promu après les Stup. C'était même cela qui lui avait valu d'atterrir au quart de nuit de la division d'Hollywood.

— As-tu vu Jenkins dans le coin ? demanda-t-elle.

Elle commençait déjà à concocter un plan qui lui permettrait d'éviter d'en référer à Olivas pour la cinquième victime.

— Il se trouve justement que oui, lui répondit Dunwoody. Où c'était donc ? Ah oui, ils sont en train d'affréter un bus pour les témoins. Ils vont tous les faire descendre au centre-ville. Je pense que c'est lui qui était aux commandes. Enfin tu sais… pour empêcher que certains essaient de disparaître. Apparemment, ils étaient tous comme des rats tentant de quitter le navire quand la fusillade a commencé. Enfin… à ce que j'ai entendu dire.

Elle fit un pas vers lui pour parler en toute confidentialité en balayant du regard l'océan de véhicules de police aux gyrophares allumés.

— Qu'as-tu entendu d'autre, Woody ? lui demanda-t-elle. Qu'est-ce qui s'est passé là-dedans ? C'est comme le coup d'Orlando l'année dernière ?

— Non, non, c'est pas du terrorisme, répondit-il. D'après ce que j'ai compris, c'est quatre mecs qui se trouvaient dans un box et quelque chose est allé de travers. Et y en a un qui s'est mis à tirer et flinguer les autres. Et après, il a descendu la serveuse et un videur en partant.

Elle hocha la tête. C'était un début pour comprendre ce qui s'était passé.

— Bon alors, reprit-elle, où Jenkins a-t-il parqué les témoins ?

— Ils sont là-bas dans le jardin d'à côté. Là où y avait le Cat and Fiddle, avant.

— Pigé. Merci.

Le Dancers se dressait à côté d'un vieux bâtiment de style espagnol avec une cour centrale et un patio qui avait servi d'annexe au Cat and Fiddle, un pub anglais où traînaient les policiers du commissariat d'Hollywood voisin en repos, mais aussi parfois en service. Victime de l'augmentation des loyers dans le quartier, le Cat and Fiddle avait cessé ses activités deux ans plus tôt et, maintenant vide, avait été réquisitionné comme enclos à témoins.

Posté à l'extérieur de l'arche fermée par une grille, un autre officier de police gardait l'entrée de l'ancien jardin où l'on buvait de la bière. Il fit signe que oui à Ballard, elle poussa la grille en fer forgé. Et trouva Jenkins en train d'écrire dans un carnet, assis à une vieille table en pierre.

— Jenks, lui lança-t-elle.

— Hé, collègue ! lui renvoya-t-il. J'ai appris que la fille n'avait pas tenu le coup.

— Non. Elle est tombée dans les vapes en salle de réa et ils ont jamais pu lui trouver un pouls après. Et moi, lui parler. T'as appris des trucs ici ?

— Pas grand-chose. Les gens intelligents se sont jetés par terre dès que ça a commencé à tirer et ceux qui l'étaient encore plus ont dégagé vite fait et ne sont pas ici. Pour ce que j'en sais, on pourra filer dès qu'on aura le bus pour embarquer tous ces malheureux. Ce sont les Vols et Homicides qui mènent la danse.

— Il faut que je parle à quelqu'un pour ma victime.

— Ben, ça devrait être Olivas ou un de ses types, et je suis pas très sûr que tu aies envie de ça.

— Parce que j'aurais le choix ? T'es coincé ici, toi.

— Et c'est pas que je l'aurais planifié.

— Quelqu'un t'a dit avoir vu la serveuse se faire tirer dessus ?

Jenkins parcourut du regard les tables où une vingtaine de personnes étaient assises et attendaient. Un vrai florilège de hipsters et de clubbers d'Hollywood. Avec force tatouages et piercings.

— Non, mais d'après ce que j'entends dire, elle servait à la table même où la fusillade a commencé. Quatre mecs dans un box. Y en a un qui sort un vrai canon et tire sur les autres pile là où ils sont assis. Les gens commencent à filer, le tireur compris. Il a tiré sur ta serveuse en sortant. Et il a aussi flingué un videur.

— Et personne ne sait autour de quoi ça tournait ?

— Personne ici, en tout cas, dit-il en agitant la main en direction des témoins.

Le geste lui faisant l'effet d'une invitation, un des clients assis à une autre table en pierre se leva et s'approcha, la chaîne de son portefeuille fixée à la ceinture de son jean noir cliquetant à chacun de ses pas.

— Écoute, mec, lança-t-il à Jenkins, quand est-ce qu'on en aura fini avec ce truc ? J'ai rien vu et je ne sais rien.

— Je vous l'ai déjà dit, lui renvoya Jenkins. Personne ne part avant que les inspecteurs aient recueilli vos déclarations. Allez donc vous rasseoir, monsieur.

Cette dernière phrase, lâchée sur un ton menaçant et avec une certaine autorité, affaiblit beaucoup la portée de son « monsieur ». Le client le regarda un moment avant de retourner à sa table.

— Ils ne savent pas qu'ils vont monter dans un bus ? demanda Ballard à voix basse.

— Pas encore, non.

Mais avant qu'elle puisse développer, son portable vibra. Elle jeta un coup d'œil à l'écran. L'appel émanait d'un numéro inconnu. Elle y répondit, se doutant qu'il s'agissait probablement d'un collègue.

— Ballard, dit-elle.

— Inspecteur, ici le lieutenant Olivas. J'ai appris que vous étiez avec ma cinquième victime au Presbyterian. Ça n'aurait pas été mon choix, mais d'après ce que je comprends, vous y étiez déjà.

Un sentiment d'inquiétude l'envahissant, Ballard marqua une pause avant de répondre.

— C'est exact, dit-elle. Elle est morte et le corps attend d'être enlevé par les services du coroner.

— Avez-vous réussi à obtenir une déclaration de la victime ?

— Non, elle était déjà morte en arrivant à l'hôpital. Ils ont essayé de la ranimer, mais ça n'a pas marché.

— Je vois, dit-il d'un ton qui laissait entendre que c'était parce que, Dieu sait comment, elle avait failli à ses devoirs que la victime était morte avant de pouvoir être interrogée.

Ballard ne répondit pas.

— Rédigez vos rapports et apportez-les-moi demain matin, reprit Olivas. Ce sera tout.

— Euh, je suis sur place, sur la scène de crime, dit Ballard avant qu'il raccroche. Juste à côté… avec les témoins. Et mon tandem.

— Et… ?

— On n'a pas identifié la victime. C'était une serveuse. Elle devait avoir un casier quelque part où ranger son portefeuille et son portable et j'aimerais bien…

— Cynthia Haddel. La gérante du bar m'a donné son nom.

— Vous voulez que je confirme et que je rassemble ses affaires ? Ou que je demande à vos hommes de passer les prendre ?

Ce fut au tour d'Olivas de marquer une pause avant de répondre. On aurait dit qu'il analysait quelque chose sans lien avec l'affaire.

— J'ai une clé qui pourrait être celle d'un casier, reprit Ballard. Ce sont les infirmiers qui me l'ont confiée.

C'était une belle entorse à la vérité, mais elle n'avait aucune envie qu'il sache comment elle se l'était procurée.

— Bon, dit-il enfin, je vous laisse vous en occuper. Mes types sont totalement pris ailleurs. Mais ne vous excitez pas, Ballard. Ce n'est qu'une victime périphérique. Du dégât collatéral… on est au mauvais endroit au mauvais moment. Vous pourriez aussi notifier les proches pour faire gagner du temps à mes hommes. Mais ne vous mettez pas dans mes pattes.

— Compris.

— Et je veux toujours votre rapport demain matin sur mon bureau.

Il raccrocha avant qu'elle puisse réagir. Elle garda le portable un instant à son oreille et repensa à Olivas déclarant que Cindy Haddel n'était que du « dégât collatéral » et qu'elle s'était seulement trouvée « au mauvais endroit au mauvais moment ». Ça, elle connaissait.

Elle rangea son portable.

— Alors ? lui demanda Jenkins.

— Faut que j'aille à côté, vérifier son casier et son identité, répondit-elle. Olivas nous a aussi refilé la notification des proches.

— Ah, merde !

— T'inquiète pas. Je m'en occuperai.

— Non, c'est pas comme ça que ça marche. Quand tu te portes volontaire, tu me portes aussi volontaire.

— Je ne me suis pas portée volontaire pour ça. T'as entendu ce qu'il a dit.

— Tu t'es portée volontaire pour qu'on te mette dans le coup. Évidemment que lui, il allait en profiter pour te filer le boulot de merde.

Ballard n'avait pas envie de se lancer dans une dispute. Elle se détourna, regarda les gens assis aux tables en pierre et vit deux femmes en jean coupé et débardeur, l'un blanc et l'autre noir. Elle les rejoignit et leur montra son badge. La fille au débardeur blanc lui parla avant même que Ballard puisse le faire.

— On n'a rien vu, dit-elle.

— J'entends bien, répondit Ballard, mais c'est sur Cindy Haddel que je veux vous poser des questions. Vous la connaissiez?

— C'est-à-dire que oui, au boulot, répondit Débardeur blanc en haussant les épaules. Elle s'en est sortie?

Ballard fit non de la tête, les deux serveuses portèrent aussitôt la main à leur bouche, comme si l'impulsion leur venait du même cerveau.

— Ah mon Dieu! s'écria Débardeur blanc.

— Savez-vous, l'une ou l'autre, quoi que ce soit sur elle? Était-elle mariée? Avait-elle un petit copain? Une coloc? Ce genre de choses?

On ne savait rien.

— Y a-t-il une salle avec des casiers là-bas au club? Un endroit où elle aurait pu ranger son portefeuille et son portable... non? reprit Ballard.

— Y a des casiers à la cuisine, répondit Débardeur blanc. C'est là qu'on met nos affaires.

— OK, merci, dit Ballard. Avez-vous parlé toutes les trois avant la fusillade?

— Juste pour se dire des trucs de serveuses, répondit Débardeur noir. Du genre qui file des pourboires et qui n'en file pas, voyez? Qui vous pince les fesses, enfin... les histoires habituelles, quoi.

— Quelqu'un en particulier ce soir?

— Pas vraiment, répondit Débardeur noir.

— Elle arrêtait pas de la ramener parce que quelqu'un lui avait filé un pourboire de cinquante dollars, ajouta Débardeur blanc. Et je pense même que c'était quelqu'un du box où ça a commencé à tirer.

— Pourquoi le pensez-vous?

— Parce que c'était sa table à elle et qu'ils avaient l'air de gros bonnets.

— Vous voulez dire qu'ils se la jouaient ? Que c'étaient des mecs avec du fric ?

— Oui, des gros bonnets, quoi.

— OK. Autre chose ?

Les deux serveuses se regardèrent, puis revinrent sur Ballard. Et firent non de la tête.

Ballard les laissa et rejoignit son coéquipier.

— Je vais voir à côté, dit-elle.

— Va pas te perdre, dit-il. Dès que j'ai fini mon baby-sitting, je veux me débarrasser de la notification des proches et commencer mes rapports. On a fini, nous, ici.

Ce qui voulait dire que le reste du service serait consacré à la paperasse.

— Bien reçu, dit-elle, et elle le laissa sur son banc en pierre.

Puis elle gagna l'entrée du Dancers en se demandant si elle réussirait à atteindre la cuisine sans attirer l'attention du lieutenant Olivas.

Chapitre 4

Le Dancers était envahi d'inspecteurs, de techniciens, de photographes et de vidéastes. Ballard vit une femme de l'unité d'architecture du LAPD installer une caméra 360 degrés capable de fournir une image 3D haute densité de l'ensemble de la scène de crime une fois tous les éléments de preuve relevés et les enquêteurs et techniciens un instant écartés. À partir de cela, elle pourrait procéder à une modélisation à utiliser comme pièce à conviction par l'accusation. La technique coûtait cher et c'était la première fois qu'elle la voyait utilisée sur le terrain en dehors des enquêtes pour recours à force létale de la part d'un officier de police. Pas de doute, à ce stade, on n'économisait sur rien, dans cette affaire.

Ballard dénombra neuf inspecteurs de l'Homicide Special dans le club, qu'elle connaissait tous, et appréciait même pour certains. Chacun avait en charge une partie bien précise des premières constatations et tous s'y consacraient sous la direction et l'œil très attentif du lieutenant Olivas. Il y avait des plots jaunes partout sur le sol, chacun marquant l'emplacement d'une douille, d'un verre de martini brisé et autres débris.

Hormis Cynthia Haddel, toutes les victimes avaient été laissées à l'endroit même où elles étaient tombées afin que les hommes du coroner puissent les photographier, les filmer et les examiner avant enlèvement pour autopsie. Le coroner même, Jayalalithaa Panneerselvam, était sur place. En soi, le fait était déjà rare et soulignait l'importance qu'avait prise l'enquête sur cette tuerie de masse. Le docteur J., comme on l'appelait, se tenait derrière son photographe et lui indiquait les clichés à réaliser.

Avec ses murs noirs et ses trois niveaux, le club impressionnait. Au rez-de-chaussée, une petite piste de danse était entourée de palmiers et de boxes en cuir noir, et le comptoir courait tout le long du mur. Ornés de guirlandes lumineuses blanches, les palmiers montaient jusqu'à un atrium en verre deux niveaux plus haut. À droite et à gauche du bar se trouvaient deux ailes supplémentaires auxquelles on accédait par six marches, l'une et l'autre équipées d'encore plus de boxes et desservies par des bars de taille plus réduite.

Trois corps se trouvaient dans un box du rez-de-chaussée, au centre d'un trèfle de quatre autres boxes. Deux des victimes étaient toujours assises. Celle de gauche était un Noir dont la tête était complètement renversée en arrière. Le Blanc à côté de lui était légèrement appuyé contre lui comme s'il s'était endormi en buvant. Le troisième s'était entièrement affaissé sur le côté, sa tête et ses épaules retombant au-dessus de l'allée, bien au-delà des limites du box. Blanc lui aussi, il avait une queue-de-cheval grisonnante dont l'extrémité trempait dans une flaque de sang par terre.

Un quatrième cadavre gisait quelque six mètres plus loin, dans une autre allée créée par les boxes en trèfle. Noir très massif, l'homme reposait face contre terre, les mains le long du corps et les doigts touchant le carrelage. À sa ceinture était accroché, à gauche, un holster de Taser vide. Ballard repéra l'appareil en plastique jaune sous une table voisine.

Environ un mètre après le quatrième corps s'étirait une trace de sang entourée de plots et de débris laissés par les infirmiers qui avaient tenté de sauver Cynthia Haddel. Parmi les objets éparpillés par terre se trouvait un plateau rond à cocktails en acier inoxydable.

Ballard monta les marches menant au deuxième niveau et se retourna pour regarder en bas et avoir une vue plus claire de la scène de crime. D'après le lieutenant McAdams, la fusillade avait éclaté dans un box. En prenant cette information comme point de départ, il était facile de comprendre ce qui s'était passé. Trois types avaient été tués à l'endroit même où ils étaient assis. Ils étaient coincés et le tireur n'avait eu qu'à pivoter pour les prendre l'un après l'autre dans sa ligne de mire. Il avait ensuite quitté le box et descendu l'allée qui séparait les autres. Cela l'avait mis sur une trajectoire de collision avec le videur, qui avait sorti son Taser et couru vers le lieu du problème. Mitraillé, il avait été très probablement tué sur le coup et était tombé par terre tête la première.

Derrière lui se tenait la serveuse, Cynthia Haddel.

Ballard se la représenta complètement paralysée, incapable de bouger alors que le tueur venait vers elle. Peut-être avait-elle levé son plateau pour s'en faire un bouclier. Le tueur était certes en mouvement, mais avait quand même été capable de lui tirer une balle en pleine poitrine. Ballard se demanda s'il l'avait tuée tout simplement parce qu'elle se trouvait sur son chemin ou parce qu'elle aurait été en mesure de l'identifier. Dans l'un ou l'autre cas, il avait pris sa décision de sang-froid, et cela en disait long sur lui. Ballard repensa aussi à ce qu'elle avait dit un peu plus tôt à Jenkins sur l'homme qui avait agressé Ramona Ramone. « Le mal incarné. » Il ne faisait aucun doute que c'était le même genre de malveillance sans pitié qui courait dans les veines du tueur.

L'inspecteur Ken Chastain apparut. Il avait son classeur en cuir avec son bloc-notes grand format sur un bras et tenait son stylo dans l'autre main, comme il le faisait toujours sur une scène de crime. Il se baissa pour regarder le mort qui pendait à moitié en dehors du box et se mit à prendre des notes sans remarquer la présence de Ballard, qui l'observait du niveau supérieur. Elle eut l'impression qu'il avait l'air hagard et espéra que ce soit parce que la culpabilité le rongeait. Ils avaient fait équipe à l'Homicide Special pendant cinq ans, jusqu'au jour où il avait choisi de ne pas la soutenir dans la plainte qu'elle avait déposée contre Olivas. Sans son témoignage sur le comportement du lieutenant – et il en avait été le témoin direct –, elle n'avait rien, et les Affaires internes[1] avaient conclu que sa plainte n'était pas fondée. Olivas avait conservé son poste et été transféré à la division d'Hollywood, dont le capitaine, un camarade d'Olivas à l'Académie de police, avait aussitôt relégué Ballard au quart de nuit avec Jenkins. La dernière séance. Point final.

---

1. Équivalent américain de notre Police des Polices.

Ballard se détourna de son ancien coéquipier et regarda le plafond et les parties les plus hautes du night-club. Elle voulait en savoir plus sur les caméras et se demandait si la tuerie avait été filmée. Sortir les enregistrements effectués à l'intérieur et à l'extérieur de l'établissement serait une des priorités de l'enquête. Mais elle ne vit aucune caméra et savait que nombre de clubs d'Hollywood n'y avaient pas recours parce que la clientèle et surtout les célébrités n'appréciaient pas que leurs ébats nocturnes fassent l'objet d'enregistrements. Qu'une vidéo atterrisse sur le site de commérages de TMZ ou autre et c'était la banqueroute assurée pour les clubs de la haute. Les célébrités, on en avait besoin. C'étaient elles qui attiraient les clients friqués, les gens qui faisaient la queue le long des cordons en velours à l'extérieur. Si elles finissaient par déserter le club, les clients feraient pareil.

Se sentant trop visible sur les marches, Ballard redescendit au niveau inférieur et chercha la table réservée à l'équipement de l'unité de médecine légale. Elle se trouvait au diable, du côté de l'autre volée de marches. Là-bas, elle prit à un distributeur quelques sachets en plastique réservés aux pièces à conviction et gagna le bar principal et ses doubles portes situées à droite et donnant sans doute sur la cuisine.

Celle-ci était petite et vide, et Ballard remarqua que quelques-uns des brûleurs de la cuisinière à gaz étaient encore allumés. Le Dancers n'était pas spécialement réputé pour ses qualités culinaires. On y servait de la cuisine de bar basique et préparée au gril ou à la friteuse. Elle longea l'arrière des plans de travail en acier poli et éteignit les brûleurs. Puis elle en fit le tour et faillit déraper sur une tache de graisse avec les couvre-chaussures en papier qu'elle avait enfilés avant d'entrer.

Dans un coin du fond de la salle, elle découvrit une alcôve équipée d'une rangée de petits casiers poussés contre un des murs et une table et deux chaises faisant office de coin pause. Un cendrier débordant de mégots était posé sur la table, juste sous un panneau INTERDICTION DE FUMER. Elle avait de la chance. Un bout de Scotch avec le nom du propriétaire était collé sur chacun des casiers. Elle ne vit pas de CINDY, mais trouva un casier attribué à une « Cinders » et se dit qu'il devait appartenir à Cynthia Haddel, ce qui lui fut confirmé lorsque la clé qu'elle avait prise sur le corps ouvrit le cadenas.

Le casier contenait un petit sac Kate Spade, une veste légère, un paquet de cigarettes et une enveloppe kraft. Elle enfila des gants avant de sortir quoi que ce soit du casier pour examen. Elle savait qu'au contraire des pièces à conviction, son contenu serait vraisemblablement mis aux Scellés, mais c'était inévitable : elle tomberait peut-être sur quelque chose qui pourrait modifier la direction de l'enquête.

Dans le sac se trouvait un portefeuille renfermant un permis de conduire qui lui confirma le nom de Cynthia Haddel et son âge, vingt-trois ans. L'adresse mentionnée sur le document renvoyait à un appartement ou à une unité en copropriété de La Brea Avenue. Elle habitait donc à vingt minutes à pied de son travail. Il y avait aussi trois cent quatre-vingt-trois dollars en liquide dans le portefeuille, ce qui lui parut beaucoup, ainsi qu'une carte de débit de la Wells Fargo et une Visa. Elle y découvrit encore deux clés qui n'avaient pas l'air de correspondre à un véhicule. Des clés d'appartement, sans doute. Plus un téléphone portable. Il était allumé, mais protégé par Touch ID. Ballard allait avoir besoin de l'empreinte digitale d'Haddel pour accéder à son contenu.

Elle ouvrit l'enveloppe et y trouva un jeu de portraits au format 18 x 24 où Haddel y allait d'un sourire agui-cheur. Le nom porté au bas des photos était Cinders Haden. Ballard retourna la première et y découvrit un petit CV et la liste des rôles qu'Haddel-Haden avait tenus dans des films et des productions télé. Tout cela était bien mineur, l'essentiel des personnages qu'elle avait incarnés n'ayant même pas de nom. Elle semblait abon-née aux rôles de « Fille au bar ». Elle en avait incarné une dans un épisode de la série *Bosch* qui, Ballard le savait, avait pour thème les exploits d'un inspecteur du LAPD maintenant à la retraite, mais qui avait travaillé aux Vols et Homicides et au Bureau des inspecteurs d'Hollywood. Des scènes de la série étaient de temps en temps filmées dans ce commissariat, la dernière fête de Noël de la Division ayant été donnée au W Hotel.

La partie CV mentionnait qu'Haddel-Haden était née et avait grandi à Modesto, au nord de la Central Valley. On y trouvait la liste de ses apparitions dans les théâtres de la région, de ses professeurs d'art drama-tique et de divers talents susceptibles d'intéresser des producteurs – dont le roller, le yoga, la gymnastique, l'équitation, le surf, le français courant, le service de bar et le travail de serveuse. Il y était aussi précisé que des rôles impliquant une nudité partielle pouvaient être acceptés.

Ballard retourna à nouveau la photo et examina le visage d'Haddel. Il lui parut évident que son travail au Dancers n'était pas son ambition première. Haddel gardait ces photos dans ce casier au cas où elle verrait un client qui, peut-être, lui demanderait si « elle travaillait dans le cinéma » et offrirait de l'aider. C'était l'une des plus vieilles manœuvres d'approche à Hollywood, mais elle marchait toujours avec les jeunes femmes qui nourrissaient de grands rêves.

— Modesto, dit Ballard à haute voix.

La dernière chose qu'elle sortit du casier fut le paquet de Marlboro Lights, et elle sut tout de suite qu'il était bien trop lourd pour ne contenir que des cigarettes. Elle l'ouvrit et découvrit des cigarettes d'un côté et un petit flacon en verre de l'autre. Elle le sortit et s'aperçut qu'il était à moitié rempli de pilules blanc-jaune ornées de petits cœurs au milieu. Elle se dit que c'était sans doute des Molly, une drogue synthétique qui avait récemment remplacé l'ecstasy dans les préférences des clubbers. Elle eut l'impression qu'Haddel pouvait bien avoir arrondi ses fins de mois en en vendant au club, au su ou à l'insu – la permission, n'en parlons même pas – de la direction. Elle le consigna dans son rapport ; ce serait à Olivas et à son équipe de décider si cela avait quoi que ce soit à voir avec le massacre qui s'était déroulé ce soir-là. Il se pouvait toujours que ce qui ne semblait que périphérique devienne pertinent.

À l'exception du porte-clés, elle glissa le contenu du casier dans un des sacs à éléments de preuve et referma le cadenas. Après quoi, elle glissa la clé du cadenas dans le sac, le scella et y porta sa signature. Puis elle quitta la cuisine et regagna la grande salle du club.

Chastain y était toujours, agenouillé devant le corps qui sortait à moitié du box. Mais il avait maintenant été rejoint par le docteur J. qui se penchait par-dessus son épaule droite pour avoir une meilleure vue du mort tandis qu'Olivas l'observait par-dessus son épaule gauche. Ballard comprit tout de suite que Chastain avait découvert ou remarqué quelque chose qui valait la peine d'être noté. Sa trahison ne l'empêchait pas d'être un bon inspecteur. Ils avaient bouclé plusieurs affaires à l'époque où ils faisaient équipe aux Vols et Homicides. C'était le fils d'un inspecteur du LAPD tué en service et son badge était toujours entouré d'un bandeau noir de deuil. Avec lui, on concluait, cela ne faisait aucun doute, et il méritait bien d'être le mec en qui l'on a toute confiance dans une unité. Le seul problème était qu'en dehors de ses affaires, l'aiguille de sa boussole morale ne pointait pas toujours vers le nord. Il fondait ses choix sur leur opportunité politico-bureaucratique et non pas sur la différence entre le bien et le mal. Et ça, Ballard l'avait appris à ses dépens.

Le docteur J. tapota l'épaule de Chastain pour qu'il s'écarte et lui permette un meilleur accès au cadavre. Lorsqu'ils changèrent de place, Ballard put enfin bien voir le mort qui pendait à l'extérieur du box. Il avait une blessure d'entrée de balle parfaitement nette entre les sourcils. Mort sur le coup, il s'était affaissé sur la gauche. Sa chemise s'ouvrait sur une poitrine imberbe. Rien n'indiquait la présence d'une deuxième blessure, mais le coroner examinait attentivement les abords de la première et commençait déjà à lui ouvrir davantage la chemise de sa main gantée.

— Renée.

54

Chastain avait remarqué Ballard à l'extérieur du premier cercle d'investigation.

— Ken.

— Qu'est-ce que tu fais ici ?

Il avait prononcé ces mots d'un ton surpris et pas du tout accusatoire.

— J'ai récolté la cinquième victime à l'hôpital, répondit-elle. J'y étais déjà.

Il regarda son écritoire.

— Cynthia Haddel, la serveuse, dit-il. Morte à l'arrivée à l'hôpital.

Ballard brandit le sac à éléments de preuve contenant ses affaires.

— Exact, dit-elle. J'ai vu son casier. Je sais que pour vous, elle n'est que très périphérique à tout ça, mais…

— C'est ça, voilà. Merci, inspecteur.

Olivas. Il s'était détourné du box et ses mots coupèrent aussitôt la chique à Chastain.

Il s'approcha de Ballard. Elle le regarda sans ciller tandis qu'il avançait vers elle. C'était la première fois qu'elle se retrouvait face à lui depuis qu'elle avait porté plainte contre lui deux ans plus tôt. Elle ressentit un mélange de crainte et de colère en revoyant ses traits anguleux.

Chastain, qui savait peut-être ce qui se préparait, s'écarta, se retourna et partit vaquer à ses occupations.

— Lieutenant, dit-elle.

— Comment ça se passe pour vous au quart de nuit ?

— Pas mal.

— Et comment va Jerkins ?

— Jenkins va bien.

— Vous savez pourquoi on l'appelle Jerkins, non ?

— Lieu…

Elle ne finit pas sa phrase. Olivas baissa le menton et s'approcha encore d'un pas. Elle eut l'impression qu'il n'était plus qu'à un centimètre d'elle. Il lui parla assez bas pour qu'elle seule puisse l'entendre.

— Le quart de nuit, dit-il. C'est là qu'on envoie les branleurs[1].

Et il recula d'un pas.

— Vous avez votre mission, n'est-ce pas, inspecteur ? enchaîna-t-il d'une voix à nouveau normale.

— Oui, répondit-elle. Je vais notifier la famille.

— Alors allez-y. Tout de suite. Je n'ai pas envie que vous me salopiez ma scène de crime.

Par-dessus son épaule, elle vit le docteur J. l'observer se faire éjecter, puis se détourner. Ballard jeta un coup d'œil à Chastain en espérant qu'il lui témoigne de la sympathie, mais il s'était remis au travail et, accroupi, se servait de ses deux mains gantées pour glisser ce qui ressemblait à un bouton dans un petit sac à éléments de preuve.

Elle se détourna d'Olivas et se dirigea vers la sortie, les joues rouges d'humiliation.

---

1. *To jerk off* signifie « se branler », en anglais.

Chapitre 5

Jenkins était toujours avec ses témoins dans le jardin d'à côté. En s'approchant, elle vit qu'il avait levé les mains en l'air en écartant les doigts comme s'il essayait de les faire reculer. Un des clients du club s'était mis à parler d'une voix rendue aiguë par la frustration.

— Mais mec, quoi ! Faut que je travaille demain matin, moi ! Je peux pas passer ma nuit ici, surtout que j'ai vu absolument que dalle !

— Je comprends, monsieur, répondit Jenkins d'un ton un cran ou deux plus haut qu'à son habitude. Nous recueillerons toutes vos déclarations dès que possible. Cinq personnes sont mortes. Ne l'oubliez pas.

Le frustré y alla d'un geste dédaigneux de la main et regagna un banc. Un autre jura, puis hurla :

— Vous avez pas le droit de nous garder ici !

Jenkins ne répondit pas, mais techniquement parlant, la vérité était bien qu'ils pouvaient garder tous les clients du club jusqu'à ce que les enquêteurs aient fait le tri entre les témoins et les suspects potentiels. L'argument ne tenait guère parce que, à s'en tenir au sens commun, aucun de ces individus n'était suspect, mais ça n'en restait pas moins pertinent.

— Ça va? lui lança Ballard.

Jenkins se retourna comme s'il croyait qu'on allait l'agresser avant de se rendre compte qu'il s'agissait de son binôme.

— Pas vraiment, répondit-il. Mais je peux pas leur en vouloir. Ils vont se taper une nuit interminable. On va leur envoyer un bus. Attends un peu qu'ils voient les barreaux aux fenêtres ! Ils vont devenir complètement dingues.

— Contente de savoir que je ne serai pas là pour voir ça, dit-elle.

— Où est-ce que tu vas?

Elle lui montra le sac à éléments de preuve contenant les affaires de Cynthia Haddel.

— Faut que je file à l'hôpital. On a trouvé d'autres choses lui appartenant. Je reviens dans vingt minutes, le temps de faire les notifications, et après, on aura tout bouclé, à part la paperasse.

— Notifier les proches ne sera rien comparé à la façon dont il va falloir gérer ces animaux. Pour moi, y en a la moitié qui redescendent de trip. Ça risque de devenir plus méchant quand ils se retrouveront tous au centre-ville.

Ballard ne lui avait pas donné la vraie raison de son retour à l'hôpital. Elle savait qu'il n'approuverait pas sa dernière idée. Elle se tournait pour regagner la voiture lorsque Jenkins l'arrêta.

— Hé! lança-t-il.

— Quoi?

— Tu peux laisser tomber les gants, tu sais?

Il avait remarqué qu'elle les portait toujours. Elle leva une main en l'air comme si elle en prenait conscience à l'instant.

— Très juste, dit-elle. Dès que je vois une poubelle…

Arrivée à la voiture, elle garda ses gants pour glisser les affaires de Cynthia Haddel dans le carton où se trouvait déjà son tablier. En commençant par en extraire le portable et le glisser dans sa poche.

Retourner à l'Hollywood Presbyterian lui prendrait dix minutes. Elle pariait sur le fait que, la fusillade et le nombre de victimes à prendre en compte ralentissant le travail des services du coroner, le corps d'Haddel serait toujours en attente d'enlèvement. Elle en eut la confirmation lorsque, une fois aux urgences, elle fut conduite à une salle où, en fin de compte, c'étaient deux cadavres qui attendaient qu'on les confie au coroner. Elle demanda à l'employé de service de voir si le médecin qui avait tenté de ramener Haddel à la vie était disponible.

Elle n'avait toujours pas ôté ses gants. Elle tira un drap et découvrit le visage d'un homme qui ne faisait même plus cinquante kilos. Elle replaça vite le drap et passa au second brancard. Ayant confirmation que c'était bien celui d'Haddel, elle le longea jusqu'à la main droite du cadavre, sortit le portable et appuya le pouce droit sur le bouton d'accueil.

L'appareil resta verrouillé. Elle essaya l'index, mais lui non plus ne parvint pas à l'ouvrir. Elle fit le tour du brancard et recommença avec le pouce gauche. Cette fois, le portable se déverrouilla et elle eut accès à ses données.

Elle dut ôter un de ses gants pour faire fonctionner l'écran. Elle ne se soucia pas d'y laisser ses empreintes dans la mesure où l'appareil faisait partie des affaires de la victime et non des pièces à conviction, et ne serait probablement jamais soumis à un relevé.

Parce qu'elle possédait elle aussi un iPhone, elle savait qu'il se reverrouillerait rapidement si l'écran ne restait pas actif. Elle ouvrit le GPS et fit défiler les dernières adresses recherchées. Il y en avait une à Pasadena, elle cliqua dessus et entra une destination. La manœuvre garderait l'écran en activité alors même qu'elle ignorerait ses indications et suivrait son propre itinéraire. Elle aurait ainsi accès à son contenu après avoir quitté l'hôpital. Elle vérifia le niveau de la batterie et vit que le portable était chargé à soixante pour cent, ce qui lui laisserait amplement le temps de vérifier ce qu'il avait dans le ventre. Elle activa enfin le mode silencieux pour que le GPS ne la corrige pas tout haut lorsqu'elle n'obéirait pas à ses directives pour gagner Pasadena.

Elle remettait le drap sur le corps lorsque la porte de la salle s'ouvrit et qu'un des médecins des urgences y passa la tête.

— Vous m'avez demandé ? lui lança-t-il. Mais… qu'est-ce que vous faites ici ?

Elle se rappela avoir entendu sa voix dans l'ascenseur qui les conduisait à la salle d'opération.

— J'avais besoin de relever une empreinte, répondit-elle en levant le portable en guise d'explication supplémentaire. Mais je voulais aussi vous poser des questions sur un autre patient. J'ai vu que vous vous étiez aussi occupé de Gutierrez… la personne qui a une fracture du crâne suite à une agression. Comment va-t-elle?

Elle avait fait attention à ne pas le caractériser sexuellement. Le chirurgien ne se donna pas cette peine et y alla à l'anatomie.

— On l'a opéré et il est toujours en réa, dit-il. On l'a plongé en coma artificiel et maintenant, il faut attendre. Plus vite l'œdème se résorbera, meilleures seront ses chances.

Elle hocha la tête.

— OK, merci, dit-elle. Je repasserai demain. Avez-vous pu procéder à des prélèvements pour un kit de viol?

— Inspecteur, notre priorité était de le garder en vie. Le reste passe après.

— Pas vraiment, mais je comprends, dit-elle.

Il s'apprêtait à repartir lorsqu'elle lui montra l'autre brancard.

— Et c'est quoi son histoire, à celui-là? demanda-t-elle. Cancer?

— Tout, répondit-il. Cancer, sida, défaillance générale des organes.

— Pourquoi part-il au centre-ville?

— Parce que c'est un suicide. Il a arraché tous ses tuyaux et a arrêté les machines. Ils doivent sans doute vérifier.

— Exact.

— Bon, faut que j'y aille, dit-il, et il disparut.

Elle regarda l'autre brancard, songea à cet homme qui avait pris sur ses dernières forces pour arracher ses tuyaux, et trouva quelque chose d'héroïque à son acte.

De retour à la voiture, elle fit disparaître le GPS de l'écran du portable d'Haddel et ouvrit la liste de ses contacts favoris. Le premier s'intitulant « Home », elle vérifia le numéro. Il commençait par le préfixe 209 et elle se dit que ce devait être celui de la maison où elle avait grandi à Modesto. Il y avait quatre autres contacts favoris, tous référencés par leurs seuls prénoms : Jill, Cara, Leon et John, tous avec des préfixes indiquant la région de Los Angeles. Ballard se dit qu'elle en savait assez pour trouver le numéro des parents d'Haddel si jamais le contact « Home » ne fonctionnait pas.

Elle consulta ensuite les messages. Il y en avait deux récents. Le premier était destiné à Cara.

> *Cindy : Devine qui vient de récolter cinquante dollars pour une tournée de cocktails Martini ?*
> *Cara : Bien joué, ma belle !*

Haddel lui avait répondu avec un émoji en forme de *happy face*. Le texto qui le précédait commençait par une question envoyée par quelqu'un qui ne figurait pas dans la liste de ses contacts favoris.

> *DP : Besoin de produit ?*
> *Cindy : Ça devrait aller jusqu'à demain.*
> *DP : Tiens-moi au courant.*

La conversation se résumait à cet échange, ce qui laissait entendre que ce DP était une nouvelle connaissance, ou que les échanges précédents avaient été effacés. Il y avait d'autres textos, mais aucun depuis qu'Haddel était arrivée à son travail. Ballard en conclut que Cara était très vraisemblablement sa meilleure copine et DP son fournisseur de drogue. Elle passa aux e-mails pour s'apercevoir que ceux qui venaient de lui arriver étaient pour la plupart des publicités ou du spam. Il semblait qu'Haddel ne soit pas très active côté mails. Moins de surprises du côté de son fil Twitter : elle suivait un certain nombre d'artistes du spectacle, essentiellement dans la musique, son propre compte au Dancers, le fil d'alertes au crime du commissariat d'Hollywood et l'ancien candidat à la présidence Bernie Sanders.

La dernière application qu'elle ouvrit fut celle des photos. Elle indiquait la présence de six cent soixante-deux clichés. Ballard fit défiler les plus récents et y découvrit nombre de photos d'Haddel avec des amis, en plein exercice physique, à la plage et avec des acteurs et des techniciens sur des plateaux où elle avait tourné.

Son propre portable se mettant à vibrer, elle vit apparaître la photo de Jenkins sur son écran. Elle répondit à son appel par une question.

— Le bus est arrivé ?

— Il vient juste de partir. Sors-moi d'ici.

— J'arrive.

Elle réactiva l'itinéraire GPS pour Pasadena afin que l'appareil reste actif et repartit vers le Dancers. Après y avoir pris Jenkins, elle se rendit à l'adresse de La Brea Avenue portée sur le permis de conduire d'Haddel. La première mesure du processus de notification des proches consistait toujours à gagner le domicile de la victime afin de voir si un mari, une femme ou un autre parent le partageait avec elle.

Construit récemment, l'immeuble d'appartements se trouvait quelques centaines de mètres au nord de Melrose

Avenue, dans un quartier de magasins et de restaurants très populaires auprès des jeunes. On y trouvait des restos de ramen et de pizzas « tu-te-la-concoctes-toi-même » au rez-de-chaussée, l'entrée du bâtiment se trouvant au milieu.

Le permis indiquait qu'Haddel habitait au 4B. Ballard se servit d'une des clés prises dans le casier pour entrer par une porte de sécurité et gagner le vestibule de l'ascenseur. Ils montèrent jusqu'au quatrième et trouvèrent l'appartement 4B au bout d'un couloir menant à l'arrière de l'immeuble.

Ballard frappa deux fois à la porte, mais personne ne lui ouvrit. Cela ne signifiait pas pour autant qu'il n'y ait pas un deuxième occupant. Elle savait d'expérience que quelqu'un pouvait s'être endormi à l'intérieur. Elle prit la seconde clé pour ouvrir la porte. La loi aurait exigé qu'ils aient un mandat de perquisition, mais l'un comme l'autre savaient pouvoir invoquer l'urgence de la situation si jamais cela suscitait un problème plus tard. Il s'agissait quand même de cinq morts, sans suspect ni mobile. Ils avaient donc besoin de s'assurer de la sécurité de tous les colocataires possibles de la victime, si « périphérique à l'affaire » fût-elle.

— LAPD ! Y a quelqu'un ? lança Ballard en entrant avec Jenkins.

— Police ! ajouta celui-ci. Nous entrons.

Ballard garda la main sur son holster de ceinture, mais ne sortit pas son arme. Une seule lumière brillait dans le séjour en retrait d'un petit couloir. Elle vérifia d'un coup d'œil la petite cuisine à sa droite, puis se dirigea vers un autre couloir qui, lui, conduisait à l'arrière de l'appartement, à une salle de bains et une seule et unique chambre. Les portes en étant ouvertes, Ballard appuya vite sur les interrupteurs et parcourut les deux pièces du regard.

— Clair ! cria-t-elle lorsqu'elle eut confirmation que personne ne s'y trouvait.

Elle repassa dans le séjour où l'attendait Jenkins.

— On dirait bien qu'elle vivait seule, lança-t-elle.

— Ouais, répondit Jenkins, et ça ne nous aide pas.

Ballard commença à regarder autour d'elle en prêtant une attention particulière aux détails personnels : les bibelots et les photos sur les étagères, un petit tas de factures laissé sur la table basse.

— Assez joli, l'appartement, pour une serveuse de bar, fit remarquer Jenkins. Le bâtiment a moins d'un an.

— Elle vendait de la dope au club, dit Ballard. J'ai trouvé sa réserve dans son casier. Il pourrait y en avoir plus quelque part.

— Ça explique pas mal de choses.

— Désolée, Jenkins. J'ai oublié de t'en parler.

Elle passa à la cuisine et y découvrit tout un assemblage de photos sur le réfrigérateur. La plupart étaient du même genre que celles que Cynthia avait dans son portable – des sorties avec des amis. Plusieurs avaient été prises lors d'un voyage à Hawaï. On y voyait Haddel faire du surf sur une planche d'entraînement et traverser un cratère de volcan à cheval. Ballard reconnut les contours de l'Haleakalā en arrière-plan et comprit qu'il s'agissait de Maui. Ballard avait passé une bonne partie de sa jeunesse sur l'île et la forme du volcan se détachant sur l'horizon avait longtemps fait partie de son quotidien. Elle la connaissait aussi bien que les Angelenos la ligne brisée du panneau d'Hollywood.

Une photo était en partie cachée par l'ajout de plus récentes, mais Ballard y remarqua une femme d'une cinquantaine d'années avec la même forme de mâchoire que celle d'Haddel. Elle la détacha avec précaution du frigo et découvrit Cynthia Haddel assise entre un homme et une femme à un repas de Thanksgiving, une dinde cuite s'affichant aux yeux de tous. Il s'agissait très probablement d'un cliché représentant Haddel et ses parents, l'air de famille sautait aux yeux.

Jenkins entra dans la cuisine et regarda la photo que Ballard tenait dans sa main.

— Tu veux faire ça maintenant ? lui demanda-t-il. Qu'on s'en débarrasse tout de suite ?

— Ça ne serait pas plus mal.

— Comment veux-tu procéder ?

— Je vais m'y coller, c'est tout.

Jenkins parlait de la méthode qu'ils avaient choisie. Il est très dur d'apprendre par téléphone qu'un être cher vient de se faire assassiner. Ballard aurait pu appeler les flics de Modesto et leur demander de procéder à la notification eux-mêmes. Mais opérer de la sorte l'aurait privée de la possibilité d'obtenir immédiatement des renseignements et sur la victime et sur d'éventuels suspects. Il lui était arrivé de tomber sur des pistes exploitables pour l'enquête lors de notifications de ce genre plus d'une fois au cours de sa carrière. Cela semblait peu probable dans le cas de Cynthia Haddel, dans la mesure où il y avait de fortes chances qu'elle ne soit pas au cœur des motivations du tueur de masse. Comme l'avait fait remarquer Olivas, elle ne faisait partie que des « dommages collatéraux » et n'était qu'un acteur tout à fait « périphérique » dans le drame qui s'était joué. La question de Jenkins était donc pertinente, mais Ballard savait qu'elle se sentirait coupable si elle ne passait pas elle-même l'appel. Elle aurait l'impression d'avoir triché avec une des responsabilités sacrées de tout inspecteur des homicides.

Elle sortit le portable d'Haddel. Le logiciel du GPS avait gardé l'écran actif. Elle afficha la liste des contacts favoris pour obtenir le numéro et le composa de son propre appareil. Elle tomba sur la messagerie, qui lui confirma qu'elle appelait bien les Haddel. Elle se présenta et demanda qu'on la rappelle rapidement, car c'était urgent.

Il n'est pas inhabituel qu'on ne réponde pas à l'appel d'un inconnu reçu en pleine nuit, mais elle espérait que son message déclenche un rappel immédiat. Elle regagna le réfrigérateur et regarda à nouveau les photos en attendant. Elle se posa des questions sur cette Cynthia qui avait grandi à Modesto, puis avait fait le voyage vers le sud pour rejoindre la mégalopole où jouer des scènes de nudité partielle ne posait pas plus de problèmes que de vendre de la dope à des fans de la scène indé pour arrondir ses fins de mois.

Cinq minutes s'étaient écoulées et l'on n'avait toujours pas rappelé. Jenkins faisait les cent pas et Ballard savait qu'il n'avait pas envie de traîner.

— On appelle les flics de là-bas ? demanda-t-il.

— Non, répondit-elle, ça pourrait prendre toute la nuit.

C'est alors qu'un portable se mit à sonner, mais ce n'était pas celui de Ballard. C'était celui de Cynthia et l'appel venait de la maison de Modesto. Ballard se dit que les parents de Cynthia avaient bien reçu le message qu'elle venait de leur laisser, mais qu'ils avaient d'abord préféré appeler leur fille pour savoir si tout allait bien.

— C'est eux, dit-elle à Jenkins.

Et elle prit l'appel.

— Ici l'inspecteur Ballard du Los Angeles Police Department. À qui ai-je l'honneur?

— Non, c'est Cindy que j'appelle. Qu'est-ce qui se passe?

Voix de femme déjà étranglée par la peur et le désespoir.

— Madame Haddel?

— Oui, qui est à l'appareil? Où est Cindy?

— Madame Haddel, votre mari est-il avec vous?

— Dites-moi juste… Elle va bien?

Ballard regarda Jenkins. Elle détestait ce qui allait suivre.

— Madame Haddel, dit-elle, je suis désolée de devoir vous dire que votre fille vient d'être tuée lors d'une fusillade au club de Los Angeles où elle travaillait.

Un grand cri se fit entendre à l'autre bout de la ligne, suivi d'un autre, et Ballard entendit le téléphone tomber par terre.

— Madame Haddel?

Ballard se tourna de nouveau vers Jenkins et couvrit son portable de la main.

— Appelle Modesto et essaie de voir s'ils pourraient pas leur envoyer quelqu'un.

— Où ça? lui demanda Jenkins.

Tout d'un coup, cela lui revint – elle avait bien un numéro de téléphone, mais pas l'adresse. Elle entendit des gémissements et des pleurs sur la ligne, mais loin de l'appareil qui semblait toujours être par terre quelque part à Modesto.

Soudain, une voix bourrue se fit entendre.

— Qui êtes-vous ?

— Monsieur Haddel. Je suis inspecteur de police au LAPD. Votre femme va-t-elle mieux ?

— Non, elle ne va pas bien du tout. Qu'est-ce qui se passe ? Pourquoi avez-vous le portable de notre fille ? Qu'est-ce qui est arrivé ?

— Elle s'est fait tirer dessus, monsieur Haddel. Je suis vraiment désolée de vous annoncer ça par téléphone. Cynthia a été tuée au club où elle travaillait. Je vous appelle pour…

— Ah mon Dieu ! Mon Dieu ! Non mais c'est une blague ? Parce que faut pas faire ça aux gens, vous m'entendez ?

— Ce n'est pas une blague, monsieur. Je suis sincèrement désolée. Votre fille a reçu une balle au moment où quelqu'un a commencé à faire feu dans ce club. Elle s'est bien battue. On l'a emmenée à l'hôpital, mais il n'y a pas eu moyen de la sauver. Je suis désolée du deuil qui vous frappe.

Le père ne répondit pas. Ballard entendit croître les pleurs de la mère et sut que le mari avait rejoint sa femme sans lâcher le téléphone. Maintenant, ils étaient ensemble. Ballard regarda la photo de Cynthia dans sa main et se représenta son père et sa mère s'accrochant l'un à l'autre pour affronter la pire nouvelle qui soit au monde. Elle-même se débattait avec la question de savoir jusqu'où pousser les choses maintenant – fallait-il vraiment s'immiscer plus avant dans leur douleur avec des questions qui pouvaient même ne rien avoir de pertinent pour l'enquête ?

Puis le père reprit :

— Tout ça, c'est à cause de son fumier de petit copain ! C'est lui qui devrait être mort. C'est lui qui l'a fait bosser là.

Ballard prit sa décision.

— Monsieur Haddel, dit-elle, je vais avoir besoin de vous poser quelques questions. Ça pourrait être important pour l'affaire.

Chapitre 6

De retour au commissariat d'Hollywood, ils se partagèrent la paperasse. Jenkins prit le cambriolage de Lantana avec lequel ils avaient commencé leur service, Ballard étant d'accord pour se charger des affaires de Ramona Ramone et de Cynthia Haddel. Le partage était inégal, mais il garantissait à Jenkins de quitter le commissariat à l'aurore et d'être chez lui quand sa femme se réveillerait.

On parlait encore de « paperasse », mais maintenant, tout cela était numérisé. Ballard commença par le dossier Haddel de façon à être sûre de pouvoir donner ses rapports à Olivas avant qu'il ne les lui demande. Elle avait aussi des idées pour faire traîner le dossier Ramone. Elle voulait le garder pour elle, et plus il lui faudrait de temps pour s'acquitter de la paperasse, plus elle aurait de chances d'y arriver.

Jenkins et elle n'avaient pas de bureaux attitrés à la salle des inspecteurs, mais l'un et l'autre avaient un endroit préféré où travailler dans l'énorme salle habituellement déserte la nuit. Ils avaient essentiellement fondé leurs choix sur le confort du fauteuil et le niveau d'obsolescence du terminal. Ballard avait opté pour un bureau dans la partie Vols de voitures, Jenkins se posant plutôt à l'autre bout de la salle, à l'unité des Crimes contre les personnes. Un des inspecteurs y avait apporté son fauteuil personnel acheté au magasin Relax the Back[1] et Jenkins le chérissait par-dessus tout. Il était relié par un antivol au Bureau des crimes contre les personnes, Jenkins s'y trouvant ainsi comme ancré.

Ballard écrivait vite. Elle avait une licence de journalisme de l'Université d'Hawaï et, si elle n'avait pas fait long feu comme reporter, sa formation et son expérience lui conféraient un savoir-faire d'une aide incommensurable pour cet aspect-là du travail de policier. Elle réagissait bien à la pression du délai à respecter et n'avait pas de mal à très clairement conceptualiser ses rapports et résumés d'affaires avant de les rédiger. Ses phrases courtes et claires donnaient de l'élan à la progression narrative de l'enquête. Ce talent lui rapportait gros lorsqu'elle était appelée à témoigner au tribunal. Les jurés l'aimaient bien parce qu'elle racontait bien les choses.

C'était d'ailleurs dans l'enceinte d'un tribunal que sa vie avait changé de manière spectaculaire quinze ans plus tôt. Le premier boulot qu'elle avait décroché au sortir de l'Université d'Hawaï l'avait vue entrer dans l'équipe des journalistes de faits divers du *Los Angeles Times*. On lui avait assigné un cagibi au tribunal de Van Nuys, d'où elle avait eu à couvrir toutes les affaires criminelles locales et celles des six divisions du LAPD du nord de la ville. L'une d'elles avait

_____
1. « Détends-toi le dos. »

particulièrement attiré son attention – celle du meurtre d'une jeune fugueuse de quatorze ans kidnappée un soir sur la plage de Venice. Celle-ci avait ensuite été emmenée de force dans une planque de drogue, où elle avait été violée à de multiples reprises pendant plusieurs jours avant de finir étranglée et jetée dans un camion benne de chantier.

La police avait réussi à arrêter deux suspects et les avait déférés devant un tribunal pour meurtre. C'était Ballard qui avait couvert l'audience préliminaire contre les accusés. Lors de son témoignage, l'inspecteur en charge de l'affaire avait relaté les innombrables tortures et indignités endurées par la victime avant sa mort. Au point qu'il avait fondu en larmes à la barre. Il n'y avait pas de jurés à cette audience du tribunal des mises en accusation, seulement un juge qui allait devoir décider si l'affaire serait ou ne serait pas jugée. Mais à voir cet inspecteur pleurer ainsi, Ballard avait compris qu'elle ne voulait plus se contenter d'écrire des articles sur des crimes et des enquêtes. Dès le lendemain, elle avait demandé à entrer à l'école de formation du LAPD. Elle voulait être inspecteur.

Il était 4 h 28 lorsqu'elle se mit à écrire. Bien qu'il faille encore que Cynthia Haddel soit formellement identifiée par les services du coroner, il ne faisait guère de doute qu'il s'agissait bien d'elle. Ballard porta son nom dans le procès-verbal et y inclut l'adresse de La Brea Avenue. Elle commença par rédiger le rapport de décès où Haddel était déclarée victime d'un homicide par balle et y consigna les détails du crime. Elle écrivit ensuite une chronologie de l'affaire, et y détailla ce que Jenkins et elle avaient fait dès l'appel du lieutenant

Munroe alors qu'ils se trouvaient à l'hôpital d'Hollywood Presbyterian.

Cette chronologie établie, elle s'en servit comme fil conducteur pour sa déclaration d'officier de service, à savoir un résumé plus précis des mesures qu'ils avaient dû prendre. Après quoi, elle remplit très scrupuleusement le fichier de mise aux Scellés des affaires personnelles d'Haddel qu'elle avait collectées à l'hôpital et dans le casier du Dancers.

Avant d'entamer ce travail, elle compta le nombre de pièces qu'elle allait devoir énumérer et appela le laboratoire de médecine légale pour s'entretenir avec Winchester, l'officier de service cette nuit-là.

— Vous avez commencé à enregistrer les preuves à conviction pour les quatre victimes à Hollywood ? lui demanda-t-elle. J'ai besoin d'un numéro de SA.

Tout élément de preuve répertorié devait être numéroté par le service des archives de la division.

— Ici, c'est un vrai bordel, lui répondit Winchester. Ils sont toujours à la scène de crime et vont probablement devoir continuer à collecter des preuves toute la nuit et une partie de la matinée. Je ne pense pas qu'ils puissent répertorier ces pièces avant midi. Parce que c'est cinq morts qu'on a à terre maintenant. Cinq victimes.

— Je sais. OK, je me trouverai mes numéros toute seule. Merci, Winchester.

Elle se leva et alla voir Jenkins.

— Je vais chercher des numéros de SA au registre. T'en as besoin aussi ?

— Oui, prends-m'en un.

— Je reviens tout de suite.

74

Elle enfila le couloir du fond jusqu'aux Scellés. Elle savait qu'il n'y aurait personne de service. Il n'y avait jamais personne à cette heure-là. La nuit, la salle des Scellés était aussi vide que celle des inspecteurs. Mais il y avait un registre du service des archives sur le comptoir avec tous les numéros de SA pour les pièces à conviction et les biens des victimes. Tout cela partait en analyse à la FSD[1], dans le but de savoir ce qu'il fallait garder comme pièces à conviction. Étant donné que le laboratoire n'était pas en mesure de lui fournir une série de numéros pour l'affaire des Vols et Homicides, les affaires que Ballard et Jenkins avaient collectées seraient à la place enregistrées sous des numéros de la division d'Hollywood, et expédiées à la FSD pour triage.

Ballard s'empara d'un bloc-notes sur le comptoir et prit un numéro du registre pour Jenkins et une suite de sept pour elle. Tous commençaient par le chiffre de l'année suivi du 06 de la division d'Hollywood. Elle avait repris le couloir vide en sens inverse pour rejoindre la salle des inspecteurs lorsqu'elle entendit soudain des éclats de rire monter du bureau du chef de veille, à l'autre bout du bâtiment. Parmi tous ces gloussements, elle reconnut le rire contagieux du lieutenant Munroe et sourit. Les flics ne sont pas sans humour. Même au plus dur du quart de nuit, lorsqu'il y a déferlement de violence, ils arrivent toujours à trouver quelque chose pour se divertir et faire baisser la pression.

Elle donna son numéro de SA à Jenkins, mais sans se soucier de lui demander où il en était. Elle vit qu'il

---

1. Forensic Sciences Division, la division de médecine légale.

tapait sur le clavier de son ordinateur avec deux doigts et n'avait même pas terminé son procès-verbal d'incident. Il procédait avec une lenteur des plus frustrante. Il n'était pas rare qu'elle lui propose de s'acquitter de toute la paperasse pour ne pas devoir attendre qu'il ait fini.

De retour à son bureau d'emprunt, elle enfila des gants et se mit au travail. Il lui fallut une demi-heure pour tout enregistrer – soit le contenu du casier, la clé que la victime portait autour du cou et l'argent dans son portefeuille et son tablier à pourboires. Tout cela devait être compté et consigné. Pour sa propre protection, Ballard appela Jenkins pour qu'il puisse être témoin de ce décompte et, avec son portable, elle prit des photos de chacun des sacs à éléments de preuve après les avoir cachetés.

Puis elle se saisit de tous les sacs en plastique, les déposa dans un grand sac en papier brun, sur lequel elle porta le numéro de SA, et le scella avec le ruban rouge réservé à cet usage. Et, encore une fois, elle suivit le couloir jusqu'au Bureau des scellés et rangea le sac dans un des casiers, où il resterait jusqu'à ce que quelqu'un des Vols et Homicides travaillant ce dossier le reprenne ou qu'il soit emporté par coursier au laboratoire aux fins d'analyse médico-légale.

Lorsque enfin elle retrouva son bureau, elle s'aperçut qu'il était 6 h 11 à la pendule installée au-dessus des écrans de télévision. Son service était censé se terminer à 7 heures et la possibilité de faire des heures sup était réduite parce qu'on était déjà au milieu de la période de déploiement mensuelle et que l'argent mis au pot des heures sup avait déjà probablement fondu. Cela dit, elle ne tenait pas à en faire. Elle voulait seulement repousser l'affaire Ramona Ramone jusqu'à son prochain quart de nuit.

Dans celle du Dancers, elle avait encore à écrire son rapport sur les conversations qu'elle avait eues avec les collègues de travail et les parents d'Haddel. Elle savait que cela la mènerait à la fin de son service. Elle se réinstalla à son poste de travail, ouvrit un nouveau document et s'apprêtait à transcrire son entretien avec Nelson Haddel lorsque son portable vibra. C'était le lieutenant Munroe.

— Lieute, dit-elle.

— Ballard, où êtes-vous ?

— À la salle des inspecteurs. Je fais de la paperasse. Je vous ai entendus tous rigoler y a un moment de ça.

— Ça, on se marre bien ici. J'ai besoin que vous me preniez une déclaration.

— De qui ? Je suis en plein milieu de ce truc et j'ai encore l'agression à traiter. Et je n'y ai même pas encore touché.

— C'est un type qui vient d'entrer. Il dit s'être trouvé au Dancers quand la fusillade a commencé. Et il a des photos.

— Vous êtes sûr ? Les photos sont interdites au Dancers.

— Il s'est fait quelques selfies en douce.

— Et ça donne quelque chose ?

— Les clichés sont un peu sombres, mais oui. Ça ressemble à un feu de bouche. C'est pour ça que j'ai besoin de vous pour vous occuper de lui et essayer de voir ce qu'il a et ce qu'il sait. Il est assis dans l'entrée.

Attrapez-le avant qu'il décide de ne plus avoir envie d'attendre.

— J'y vais. Mais hé, lieute, je me barre d'ici dans une heure. Vous signez des petites feuilles vertes cette nuit ? Je n'ai toujours pas commencé l'agression et maintenant que j'ai ce témoin…

Elle parlait des cartes vertes que le chef du service devait signer pour autoriser les heures supplémentaires.

— Je vous donne une heure, pas plus, lui répondit Monroe. Je peux pas faire sauter la banque en une nuit. Ça devrait vous laisser le temps de parler à ce type et de terminer la paperasse pour le Dancers. L'agression, vous pouvez repousser à demain… à condition que la victime rue encore des quatre fers. Je ne peux pas bloquer un homicide.

— Aux dernières nouvelles, elle a survécu à l'opération.

— OK alors. Venez me tirer ce type des pattes.

— Reçu cinq sur cinq.

Elle raccrocha. Elle était contente de ne pas devoir refiler l'affaire de Ramona Ramone à l'unité des Crimes contre les personnes à la fin de son service. Pour elle, c'était bien plus important que les heures supplémentaires. En gagnant l'entrée, elle longea le bureau de Jenkins et vit qu'il tapait encore avec deux doigts. Elle lui parla du nouveau témoin et ajouta qu'ils avaient décroché une heure sup s'il en voulait. Il lui répondit qu'il devait rentrer chez lui.

Chapitre 7

Le témoin était un certain Zander Speights, un club-beur de vingt-trois ans. Ballard le conduisit au bureau des inspecteurs et l'installa dans une petite salle d'interrogatoire. Frêle de constitution, l'homme portait un blouson à capuche bleu foncé et un sweat gris. Il garda les mains dans ses poches lorsqu'il s'assit.

— Zander… c'est votre vrai prénom ? lui demanda Ballard pour commencer.

— C'est Alexander en abrégé, répondit Speights. Je préfère Zander.

— D'accord. Comment gagnez-vous votre vie, Zander ?

— Oh, des petits boulots ici et là. Pour l'instant, je vends des chaussures.

— Où ça ?

— Dans Melrose Avenue. Chez Slick Kicks.

Ballard ne prenait pas de notes. En entrant dans la pièce, elle avait ajusté le thermostat, ce qui en fait enclenchait les appareils d'enregistrement. Image et son.

— Et donc, vous étiez au Dancers plus tôt ce matin quand la fusillade a démarré ? reprit-elle.

— C'est ça. J'y étais.

— Et vous y étiez seul ?

— Non, j'étais avec mon pote Metro.

— Et quel est le vrai nom de Metro ?

— Je sais pas vraiment. Pour moi, c'est juste Metro.

— Où l'avez-vous rencontré ?

— Il travaille à Slick Kicks. C'est là que je l'ai rencontré.

— Bon alors, quand êtes-vous arrivé au Dancers ?

— Hier soir, vers minuit.

— Et vous avez assisté à la fusillade ?

— Non, c'était genre, derrière moi. À deux boxes de là, et je tournais le dos. Mais juste quand ça a commencé, je prenais des selfies et j'ai eu le premier coup de feu. C'est dingue !

— Montrez-moi ça.

Speights sortit son iPhone de son blouson.

— J'en ai pris trois en live, dit-il. Vous pouvez les regarder.

Il posa le portable sur la table entre eux, puis le fit glisser vers Ballard. Elle regarda la photo à l'écran. Au premier plan, en plein milieu, elle découvrit Speights en personne, mais par-dessus son épaule droite, elle distingua les contours sombres des autres boxes noirs de monde. Personne n'y était identifiable. Ce serait à l'unité vidéo du labo d'essayer d'améliorer le cliché.

— Continuez, la pressa Speights. J'ai le coup de feu.

Le deuxième cliché était semblable au premier, mais le troisième retint toute son attention. On y voyait le feu de bouche partir dans le deuxième box derrière Speights. Ce dernier avait effectivement pris la photo au moment où démarrait la fusillade. Et il avait bien eu le tir. Parce que l'application photo de son portable disposait du mode Live, la caméra avait saisi une seconde de ce qui s'était passé avant que le plan ne se fige. Ballard tapota plusieurs fois la photo pour se la repasser et s'aperçut que cette seule et unique seconde lui permettait de voir le tireur lever son arme et faire feu.

Du bout des doigts, elle élargit la photo et zooma sur l'éclair. Le résultat fut très flou, mais elle réussit à voir que le tireur tournait le dos à l'appareil photo. Les contours indistincts de sa nuque et de son épaule droite lui apparurent. L'homme avait levé le bras droit et pointait son arme directement sur le type qui, quelques instants plus tard, allait s'effondrer sur sa gauche, le corps en dehors du box. Le visage de la victime était devenu flou lorsqu'elle avait reculé en voyant l'arme.

— Je parie qu'ils pourront améliorer ça, reprit Speights. Y a une récompense, non ?

Ballard le regarda par-dessus le portable : la motivation de Speights était claire.

— « Une récompense » ? répéta-t-elle.

— Genre pour avoir aidé à la résolution de l'affaire, vous savez bien.

— Je ne sais rien d'une quelconque récompense.

— Ben, faudrait qu'y en ait une ! J'étais en danger, moi !

— Nous verrons ça plus tard. Dites-moi donc ce qui s'est passé quand la fusillade a éclaté. Qu'avez-vous fait ?

— Metro et moi, on s'est cachés sous la table. Après, le mec est passé devant en courant et a tiré sur d'autres gens. On a attendu qu'il soit parti et on a dégagé.

Ballard s'envoya la photo du feu de bouche sur son portable.

— Monsieur Speights, savez-vous où habite Metro ?

— Nan, j'sais pas. C'était la première fois qu'on traînait ensemble et on avait chacun notre voiture.

— OK, on le retrouvera par Slick Kicks si besoin est.

— Il y sera.

— Et je suis désolée, mais il va falloir qu'on garde votre portable un moment.

— Ah mais merde, quoi ! Vous venez pas de vous envoyer la photo ? Vous l'avez, non ?

Et il désigna le portable de Ballard.

— Je comprends, lui renvoya Ballard. Mais votre téléphone est équipé de l'appli Live Photos et les types du labo pourront peut-être en sortir des plans fixes. On dirait que l'arme est plus nette avant le recul. Ça pourrait être très utile et je pense qu'ils voudront l'appareil avec lequel la photo a été prise, et pas seulement une copie du cliché. Ils vont avoir besoin d'examiner votre portable.

— Ah bordel de merde ! Pendant combien de temps ?

— Je ne sais pas trop, mais j'espère seulement quelques jours.

Elle savait que c'était un mensonge. Il était probable que Speights ne récupère jamais son téléphone parce qu'il serait gardé comme pièce à conviction. Mais ça, elle décida de laisser quelqu'un des Vols et Homicides le lui expliquer.

— Et je me sers de quoi pour téléphoner en attendant ? demanda Speights.

— Vous pourriez peut-être en emprunter un à quelqu'un ou vous acheter un jetable ?

— Bordel de merde ! répéta-t-il.

— Je vais vous demander de rester ici le temps que je vous imprime un reçu.

— Putain. Vaudrait mieux qu'il y ait une récompense !

Ballard se leva.

— Je vais voir, dit-elle. Je reviens dès que le reçu est imprimé.

Elle quitta la salle en emportant le téléphone et rejoignit Jenkins qui tapait toujours sur son clavier.

Elle lui montra l'appareil et appuya sur la photo pour enclencher la vidéo d'une seconde.

— Nom de Dieu ! s'écria Jenkins.

— Ouais. Y avait une chance sur un million qu'il réussisse !

— On voit quelqu'un ?

— Pas le tireur, non… il tourne le dos à l'appareil. Mais je crois que les mecs du labo pourront au moins identifier l'arme.

— Joli ! Tu l'as dit à Olivas ?

— Je vais le faire.

De retour à son poste de travail d'emprunt, elle s'aperçut qu'elle avait laissé sa radio dans la voiture et n'avait pas le numéro du lieutenant Olivas. Il était resté masqué lorsqu'il lui avait téléphoné un peu plus tôt. Elle pouvait lui envoyer un mail, mais ce n'était pas indiqué. Elle ouvrit son portable et fit défiler ses contacts jusqu'à ce qu'elle trouve le numéro de Ken Chastain. Elle l'avait toujours malgré son éviction des Vols et Homicides. Elle lui écrivit un texto :

À dire à Olivas : témoin passé au 6 était dans box voisin.
A photo fusillade. Labo pourrait peut-être l'améliorer.

Après l'avoir envoyé, elle imprima un reçu pour Speights. Elle alla le récupérer à l'imprimante et décida de s'arrêter à la salle de repos pour s'y faire un café. Elle s'autorisait une tasse par nuit, et l'heure était venue de le faire. Cela lui redonnerait assez d'élan pour terminer son service et aller faire une heure de paddle dans la baie. Après, elle s'effondrerait dans son lit pour récupérer. De retour à la salle, elle proposa un café à Jenkins, qui refusa.

Elle insérait une capsule dans la machine lorsque son téléphone sonna. C'était un texto de Chastain.

Qui est-ce ?

Il n'avait même pas gardé son numéro dans ses contacts. Elle lui répondit avec son vieux code radio des Vols et Homicides – King 65 – et lui fit suivre la photo du feu de bouche. S'il avait un iPhone récent, il pourrait voir l'image vidéo d'une fraction de seconde et se rendre compte de sa valeur.

Lorsqu'elle retrouva son poste de travail, son téléphone vibrait à nouveau. L'identification de son correspondant était masquée. Elle s'attendait à ce que ce soit Chastain, mais c'était Olivas.

— Inspecteur, avez-vous toujours votre témoin avec vous ?

— Oui, il est à la salle d'interrogatoire. Il se demande probablement où je suis passée depuis vingt minutes.

— Gardez-le. Chastain est en route et devrait être chez vous dans cinq minutes. Le témoin a d'autres photos ?

— Pas comme celle que j'ai envoyée à Chastain.

— Et vous avez son portable?

— Oui, sur mon bureau. Et je m'apprête à faire signer un reçu au bonhomme.

— Parfait. Chastain prendra aussi le téléphone.

— Compris.

— Avez-vous fini vos rapports, inspecteur?

— Presque. J'ai enregistré les affaires de la victime et il me reste juste quelques comptes rendus d'interrogatoires à terminer.

— Finissez-les et joignez-les au dossier.

Et encore une fois, il raccrocha avant qu'elle ait le temps de répondre. Elle leva la tête et vit que Jenkins s'était approché.

— Qu'est-ce qui se passe?

— Chastain vient chercher le portable et le témoin. On est toujours hors du coup.

— Très bien. J'ai presque fini le procès-verbal du cambriolage, dit-il en regagnant son coin de la salle.

— Dis, tu n'as donc jamais envie d'aller jusqu'au bout d'une enquête? lui demanda Ballard.

Il ne se retourna même pas.

— Plus maintenant, répondit-il.

Et il repartit. Elle entendit alors qu'on cognait à la porte de la salle d'interrogatoire. Zander Speights venait de s'apercevoir qu'on l'y avait enfermé à clé. Ballard rejoignit la salle avec son reçu et ouvrit la porte.

— Mais c'est quoi, ces merdes?! s'écria Speights. Vous m'enfermez ici comme si j'étais un prisonnier?

— Vous n'êtes pas prisonnier, monsieur Speights. C'est juste une mesure de précaution. On ne peut pas laisser des civils se balader dans tout le commissariat.

— Oui bon, mais qu'est-ce qu'on fait maintenant ? Où est mon portable ?

— Je l'ai, et un autre inspecteur va venir parler avec vous. C'est lui qui dirige l'enquête, et pour lui, vous êtes peut-être un témoin très important. En fait, c'est à lui que vous devriez parler de la récompense. Je suis sûr qu'il pourra vous aider pour ça.

— Non, vraiment ?

— Oui, vraiment. Je vais donc vous demander de reculer, de vous rasseoir et de vous calmer. Voici le reçu pour votre portable. Veuillez m'en signer un exemplaire et vous pourrez garder le second. L'inspecteur Chastain devrait être ici dans quelques minutes.

Elle lui indiqua sa place à la table, il s'écarta de la porte. Puis il se rassit et signa le reçu avec le stylo qu'elle lui tendait. Elle prit l'exemplaire signé, se retira et referma à nouveau la porte à clé.

Chastain arriva par le couloir de derrière cinq minutes plus tard et rejoignit tout de suite Ballard à son poste de travail.

— Où est mon témoin ? demanda-t-il.

— En salle 2. Il s'appelle Zander Speights et voici son portable.

Elle l'avait déjà glissé dans un sac à pièces à conviction en plastique transparent.

— Bon, je m'occupe du bonhomme, dit-il en s'en emparant.

— Bonne chance.

Chastain fit demi-tour et se dirigea vers la salle d'interrogatoire. Ballard l'arrêta.

— Oh, j'ai aussi mis les affaires de la serveuse aux Scellés, si tu les veux, dit-elle. Et quand j'ai parlé avec ses parents un peu plus tôt, son père m'a dit que son petit copain était un baron de la drogue. Il l'obligeait à en vendre au club.

Chastain hocha la tête.

— Intéressant, mais probablement hors sujet, dit-il.

— Je ne pense pas, lui renvoya-t-elle. Mais tout est aux Scellés. Si tu ne les prends pas, je les ferai envoyer au centre-ville au premier ramassage par le coursier.

Chastain refit demi-tour vers la salle d'interrogatoire avant de revenir vers elle encore une fois.

— Comment va Lola ? demanda-t-il.

— Lola va bien.

— Bon, bon.

Puis plus rien. Mais il ne bougeait toujours pas. Finalement, elle leva la tête.

— Autre chose ? demanda-t-elle.

— Euh oui, répondit-il. Tu sais, Renée, je suis vraiment navré de la manière dont tout ça s'est passé l'autre fois.

Elle le regarda un moment avant de réagir.

— Et il t'a fallu deux ans pour me sortir ça ? lui renvoya-t-elle enfin.

— Faut croire, oui, dit-il en haussant les épaules.

— Et tu oublies complètement ce que tu m'as dit à ce moment-là.

— De quoi tu parles ?

— Je te parle du moment où tu m'as dit de laisser tomber ma plainte. De ta façon de m'expliquer qu'Olivas était en train de se taper un sale divorce, qu'il y perdait la moitié de sa pension, qu'il ne savait plus ce qu'il faisait et toutes ces conneries… comme si ça excusait son geste.

— Je vois pas ce que ç'a à faire avec…

— Tu n'as même pas gardé mon numéro de téléphone, Kenny. Tu t'es lavé les mains de toute l'affaire. Non, tu n'es navré de rien du tout. Tu as vu une bonne occasion à ce moment-là et tu l'as saisie. Fallait que tu me largues, mais tu n'as pas hésité.

— Non, tu te trompes.

— Non, je ne me trompe pas. Et même si tu éprouves quoi que ce soit, ce n'est pas du remords, c'est de la culpabilité.

Elle se leva pour être à la même hauteur que lui.

— Comment ai-je pu croire que tu ferais ce qu'il faut pour soutenir ta coéquipière ? s'exclama-t-elle. J'ai été bête de te faire confiance et voilà où j'en suis. Mais tu sais quoi ? Je préfère bosser de nuit avec Jenkins qu'être avec toi aux Vols et Homicides. Au moins ici, je sais à quoi m'attendre avec lui.

Chastain la dévisagea un instant, le rouge lui montant aux joues. Ballard se rappela qu'il se trahissait facilement quand on l'atteignait. Et pour l'atteindre, elle l'avait atteint. S'ensuivirent un sourire embarrassé, une bouche essuyée nerveusement. Elle l'avait emporté sur tous les tableaux.

— Bon, ben, OK, dit-il. Merci pour le témoin.

Et il gagna la salle d'interrogatoire.

— Quand tu veux, Kenny ! lui lança-t-elle.

Elle prit la tasse de café vide sur le bureau et se dirigea vers la sortie. Elle ne voulait plus le voir.

Chapitre 8

L'heure supplémentaire qu'elle venait de faire la jeta en plein dans les embouteillages du matin. Telle une armée, les employés des industries de service se traînaient d'est en ouest pour rejoindre leurs boulots payés au salaire minimal, voire en dessous, dans les hôtels et les restaurants de quartiers où ils n'auraient jamais pu se payer le luxe d'habiter. Elle mit presque une heure pour arriver à Venice. Son premier arrêt fut pour reprendre Lola chez la personne qui la gardait la nuit, puis toutes deux partirent vers la plage.

Le seul bénéfice de cette interminable traversée de la ville fut que la brume marine commençait déjà à se dissiper lorsqu'elle arriva à l'océan. Elle vit que les eaux de la baie étaient d'un beau bleu cobalt et aussi planes qu'un panneau de verre. Elle se gara dans un des parkings au nord de la promenade en planches et gagna l'arrière du van. Elle en fit descendre Lola, prit une de ses balles de tennis dans le panier à côté du passage de roues et la jeta à travers le parking désert. La chienne se rua à sa poursuite et l'attrapa dans sa gueule en trois secondes. Elle la rapporta consciencieusement à Ballard, qui la lui relança à plusieurs reprises avant de la remettre dans le panier. Lola gémit de n'avoir eu droit qu'à une petite partie.

— On rejouera plus tard, lui promit Ballard.

Elle voulait être sur l'eau avant que le vent ne se lève.

Son van était un Ford Transit Connect blanc qu'elle avait acheté d'occasion à un laveur de vitres qui prenait sa retraite et avait décidé de fermer boutique. Le véhicule affichait cent vingt mille kilomètres au compteur, mais son propriétaire précédent l'avait bien entretenu. Ballard avait gardé la galerie où il rangeait ses échelles pour y poser sa planche et, comme dans la voiture de service qu'elle partageait avec Jenkins, l'espace de rangement à l'arrière du van était divisé en compartiments à l'aide de caisses en carton.

Avant de quitter le commissariat d'Hollywood, elle s'était changée. Elle avait enfilé un jean délavé et un blouson à capuche rouge par-dessus un maillot de bain une pièce, et laissé sa tenue dans un casier. Elle se mit en maillot et rangea ses autres vêtements et sous-vêtements, socquettes et New Balance dans un sac à dos. Puis elle décrocha l'une des combinaisons de plongée d'une paroi du van. Elle s'y glissa et en remonta la fermeture Éclair dans son dos à l'aide de sa courte attache. Elle prit ensuite une grande serviette de bain dans un des cartons et l'enfourna en dernier dans le sac à dos. Elle y accrocha le sac de tente et se passa le tout par-dessus les épaules.

Elle sortit enfin une barre de céréales chocolatée d'une glacière où elle gardait sa nourriture et fut prête. Elle ferma le van à clé et descendit sa planche de la galerie. C'était une One World huit pieds avec pagaie fixée aux clips du pont. C'était un vrai tank à descendre du toit, elle fit très attention à ne pas en faire tomber l'arrière sur l'asphalte. Elle enfila la main droite dans la poignée centrale et emporta sa planche sous le bras tout en mangeant de l'autre main. Elle se traîna ainsi pieds nus vers la plage en marchant avec précaution jusqu'au moment où elle quitta le parking et trouva le sable, Lola la suivant comme toujours bien consciencieusement.

Elle monta la tente à vingt-cinq mètres du rivage. Cette tâche, simple routine, ne lui prit que cinq minutes. Elle posa son sac à dos à l'intérieur pour la stabiliser contre le vent et abaissa la fermeture Éclair pour en interdire l'entrée. Après quoi, elle enfouit la clé du van dans le sable à côté du coin avant droit de la tente et désigna un endroit du doigt jusqu'à ce que la chienne vienne y prendre place.

— Monte la garde ! lui lança Ballard.

Lola inclina la tête une fois. Ballard reprit la planche de quinze kilos et la porta jusqu'à l'eau. Puis elle fixa la lanière à sa cheville droite, la sécurisa avec la bride en Velcro et poussa la planche devant elle.

Ballard ne pesait que cinquante-six kilos et put monter dessus sans la déséquilibrer. Elle donna quatre coups de pagaie à droite pour sortir des rouleaux et se retrouva enfin à glisser doucement dans ce qui restait de brume matinale. Elle jeta un coup d'œil en arrière pour regarder Lola alors même qu'elle savait que c'était inutile. La chienne se tenait au garde à vous au coin avant droit de la tente. Et n'en bougerait pas avant son retour.

Ballard s'était mise au paddle peu après son transfert au quart de nuit. Elle avait grandi en faisant du surf sur les plages de West Maui entre Wailea et Lahaina, avait voyagé avec son père pour s'y adonner aux îles Fidji, en Australie et ailleurs, mais avait délaissé ce sport lorsqu'elle avait rejoint le continent pour entrer dans les forces de l'ordre. Et, un soir, Jenkins et elle avaient été appelés sur les lieux d'un cambriolage dans les rues à noms d'oiseaux des collines de Doheny Drive. En rentrant d'un dîner au Spago, un couple avait trouvé la porte de leur maison à cinq millions de dollars entrouverte, et l'intérieur complètement dévasté. Des officiers de la patrouille étaient déjà sur place, mais Jenkins et Ballard avaient quand même été dépêchés sur les lieux parce qu'aux yeux du patron du commissariat, les victimes étaient des EGV – des électeurs de grande valeur. Il avait voulu que des inspecteurs s'y rendent sur-le-champ avec une équipe des premières constatations.

Jenkins s'était tout de suite attelé à superviser les techniciens de scène de crime à l'entrée du domicile tandis que Ballard faisait le tour de la maison avec la maîtresse des lieux pour essayer d'établir ce qui avait été volé. Dans la grande chambre, les deux femmes étaient entrées dans un énorme dressing. Il était caché par des miroirs qui montaient du sol jusqu'au plafond et n'avait pas été découvert lorsque les premiers officiers de la patrouille avaient examiné la maison. Sur le sol s'étalait un manteau de fourrure complètement ouvert. Au milieu de sa doublure en soie se trouvaient un tas de bijoux et trois paires de chaussures à hauts talons et semelles rouges qui, Ballard le savait, coûtaient plus de mille dollars chacune.

C'est alors qu'elle s'était rendu compte que le cambrioleur était peut-être encore dans la maison. Et, pile à ce moment-là, celui-ci avait bondi de derrière une rangée de vêtements accrochés à des cintres et l'avait plaquée au sol. La maîtresse de maison, elle, avait reculé contre un des miroirs du dressing et, muette, était restée figée tandis que Ballard se battait avec un type qui faisait presque cinquante kilos de plus qu'elle.

À un moment donné, l'intrus s'était emparé d'une des chaussures à semelle rouge et avait essayé d'en enfoncer le talon aiguille dans l'œil de Ballard. Elle avait repoussé son bras, mais savait qu'il était bien trop fort pour qu'elle le retienne longtemps. Elle avait réussi à appeler Jenkins alors même que le talon aiguille se rapprochait dangereusement de son visage. Elle avait tourné la tête au dernier moment, l'aiguille lui passant sur la joue et y laissant une ligne de sang. L'intrus relevait le bras pour essayer à nouveau de lui crever l'œil lorsque, armé d'une petite sculpture dont il s'était emparé en courant jusqu'à la chambre, Jenkins l'avait soudain frappé par-derrière. Assommé, l'agresseur de Ballard s'était effondré sur elle, la sculpture se brisant en deux.

Il se trouva que ledit agresseur n'était autre que le fils schizophrénique du couple. Il avait disparu dans la nature des années auparavant et l'on pensait qu'il traînait dans les rues de Santa Monica. Pour finir, Ballard s'était retrouvée à l'hôpital de Cedars-Sinai, où on lui avait posé quatre Steri-Strips sur la joue, pendant que Jenkins et la police se voyaient, eux, poursuivis en justice par le couple et leur fils pour usage excessif de la force et bris d'une œuvre d'art de prix. La ville avait réglé le litige moyennant paiement de deux cent cinquante mille dollars, et Ballard s'était mise au paddle pour se muscler le haut du corps et vider son esprit de tout souvenir de ce talon aiguille s'approchant de son œil un centimètre après l'autre.

Le soleil disparaissant derrière les nuages, le ciel vira au gris, l'eau prenant une teinte bleue aussi foncée qu'impénétrable. Ballard aimait tourner la pale de sa pagaie de côté et la regarder s'enfoncer dans l'eau en y traçant une ligne fine jusqu'au moment où elle disparaissait dans les profondeurs. Alors elle la retournait et poussait fort dans l'eau, la planche et la pagaie laissant à peine une marque à sa surface tandis qu'elle avançait. Elle appelait ça « pagayer en mode furtif ».

Elle décrivit un grand cercle qui l'emmena à au moins trois cents mètres du rivage. Elle jetait toutes les trois ou quatre minutes un coup d'œil à la tente, mais ne vit personne s'en approcher ou embêter la chienne. Même de loin, elle reconnut le maître nageur à son poste quelque soixante-quinze mètres plus loin sur la plage. Aaron Hayes était l'un de ses préférés. Il servait de renfort à Lola. Elle savait qu'il surveillait ses affaires et passerait sans doute la voir après.

Ses pensées vagabondant ainsi tandis qu'elle pagayait avec force, elle songea à la prise de bec qu'elle avait eue un peu plus tôt avec Chastain à la salle des inspecteurs. Elle n'était pas contente d'elle. Elle avait mis deux ans à lui dire ce qu'elle avait sur le cœur, mais l'avait fait au mauvais moment et au mauvais endroit. Bien trop rongée par la trahison de son ancien binôme, elle avait oublié ce qui était important : le meurtre de cinq personnes, dont Cynthia Haddel.

Elle fit pivoter la planche et partit plus loin encore. Elle se sentait coupable. Peu importait qu'Haddel ne soit qu'une victime périphérique – elle avait le sentiment de l'avoir laissée tomber en faisant passer son problème avec Chastain avant. Et cela portait atteinte au lien sacré qui unit la victime d'homicide à l'inspecteur qui parle en son nom. Que ce ne soit pas son affaire n'empêchait pas qu'Haddel soit sa victime et que ce lien les unisse.

Elle fléchit les genoux et donna plusieurs coups de pagaie en profondeur pour essayer de laisser derrière elle ce qu'elle ne cessait de se passer en boucle dans la tête : son accrochage avec Chastain. Elle tenta de penser à Ramona Ramone et à l'officier Taylor lui disant que celle-ci s'était rendue à « la maison à l'envers ». Elle se demandait encore ce que cela voulait dire et y réfléchir la travailla tellement que c'en devint bientôt le nouveau problème qui passa en boucle dans sa tête.

Au bout d'une heure sur l'eau, une pellicule de sueur commença à imprégner sa peau sous sa combinaison de plongée. Elle lui tenait chaud, mais elle sentait que ses muscles se raidissaient. Ses épaules, ses cuisses et les tendons de ses mollets la faisaient souffrir, la douleur lui donnant en particulier l'impression qu'on lui enfonçait la pointe d'un crayon entre les omoplates. Elle reprit la direction de la plage et mit fin à sa séance par un sprint avec longues et profondes poussées sur la pagaie. Elle sortit de l'eau tellement épuisée qu'elle déchira sa lanière de cheville et traîna le bout de la planche dans le sable jusqu'à la tente. Elle savait qu'elle était en train de violer la première chose que son père lui avait enseignée : « On ne traîne jamais sa planche. C'est mauvais pour la fibre. »

Lola n'avait pas bougé de sa place de sentinelle devant la tente.

— C'est bien, ma fille, lui dit Ballard. Vraiment bien.

Elle posa la planche à côté de la tente et caressa la chienne. Ouvrit la fermeture Éclair de la tente et y prit une friandise pour Lola dans une poche de l'entrée. Et sortit aussi son sac à dos. Puis elle donna sa friandise à Lola, lui ordonna de rester là et traversa la plage pour gagner la rangée de douches publiques derrière les cours de padel tennis. Elle se débarrassa de sa combinaison de plongée et se doucha en maillot en gardant un œil sur les sans-abri qui commençaient à se réveiller et à aller et venir sur la promenade en planches toute proche. Qu'elle ait commencé tard l'avait décalée par rapport à leurs horaires. D'habitude, elle finissait de pagayer et de se doucher avant qu'il y ait le moindre signe de vie sur la promenade.

Lorsqu'elle fut certaine d'avoir enlevé tout le sel de ses cheveux, elle coupa l'eau et se sécha avec la grande serviette de plage qu'elle avait sortie de son sac à dos. Elle abaissa les bretelles de son maillot, puis s'enroula dans sa serviette. Elle ôta son maillot mouillé qui tomba sur le ciment et remonta sa culotte le long de ses jambes, toujours sous sa serviette. C'était ainsi qu'elle se rhabillait à la plage depuis qu'elle surfait avant d'aller en classe au lycée de Lahainaluna. Lorsque enfin elle laissa tomber sa serviette, elle était de nouveau en jean et blouson à capuche. Elle la ramassa pour s'essuyer les cheveux, retraversa l'étendue de sable pour regagner sa tente, donna une petite tape sur la tête de Lola et entra en rampant dans son abri en Nylon.

— Repos, ma fille ! lança-t-elle à Lola.

La chienne s'allongea, mais sans quitter l'endroit sous lequel était enterrée la clé. Ballard sortit une autre friandise de la poche cousue dans la toile et la lui jeta. Lola l'attrapa en l'air avec ses crocs avant de reprendre aussitôt et stoïquement sa place. Ballard sourit. Elle l'avait achetée à un sans-abri sur la promenade en planches deux ans plus tôt. L'animal était alors émacié et enchaîné à un Caddie. Elle présentait des blessures ouvertes semblant indiquer qu'elle s'était battue avec d'autres chiens. Ballard avait juste voulu la sauver, mais un lien fort s'était vite établi entre elles et Lola était restée avec elle. Elles suivaient les entraînements ensemble et il avait bientôt semblé que la chienne savait que Ballard l'avait sauvée. Elle lui était devenue d'une loyauté sans faille, Ballard éprouvant le même sentiment à son égard.

Prête à dormir, Ballard ferma la tente. Il était 11 heures. En temps normal, elle aurait dormi presque jusqu'au coucher du soleil, mais cette fois, elle mit son réveil pour 14 heures. Elle avait prévu de faire certaines choses dans la journée avant d'attaquer son service à 23 heures.

Elle espérait dormir trois heures, mais c'est à peine si elle en dormit deux. Peu après 13 heures, elle fut réveillée par le grondement avec lequel Lola l'avertissait que quelqu'un avait envahi sa zone interdite. Elle ouvrit les yeux, mais ne bougea pas.

— Oh allons, Lola ! Tu ne m'aimes plus ?

Encore à peine sortie de son sommeil interrompu, Ballard reconnut la voix. C'était celle d'Aaron Hayes.

— Lola, lança-t-elle. Tout va bien.

Puis elle ajouta :

— Qu'est-ce qu'il y a, Aaron ? Je dormais.

— Désolé. Tu veux un peu de compagnie là-dedans ? C'est l'heure de ma pause déjeuner.

— Non, Aaron. Pas aujourd'hui. Va bientôt falloir que je me lève pour y aller.

— Bon, d'accord. Désolé de t'avoir réveillée. À propos… t'avais fière allure là-bas aujourd'hui. On aurait dit que tu marchais sur l'eau. Longs et beaux, tes coups de pagaie !

— Ça m'a épuisée, mais merci, Aaron. Bonne nuit.

— C'est ça, bonne nuit.

Elle l'entendit glousser en s'éloignant sur le sable.

Elle roula sur le dos et regarda le plafond de la tente. Le soleil était haut dans le ciel et brillait si fort qu'elle le distinguait à travers le Nylon. Elle ferma les yeux et essaya de se rappeler si elle rêvait avant qu'Aaron ne la réveille. Pas moyen de se souvenir de quoi que ce soit, mais il restait quand même quelque chose d'accroché dans la grisaille de son sommeil. Elle avait bien rêvé, même si elle n'arrivait pas à se rappeler quoi précisément. Elle essaya de retrouver son rêve, de se glisser à nouveau dedans, mais elle savait qu'un cycle de sommeil standard dure à peu près une heure et demie. Se rendormir pour un nouveau cycle lui prendrait plus de temps qu'elle n'en avait. Le réveil allait sonner dans moins d'une heure et elle entendait s'en tenir à son plan – à savoir se lever et se rendre au commissariat pour tenter de découvrir qui s'était servi d'un coup-de-poing américain pour agresser Ramona Ramone dans la maison à l'envers… et la laisser pour morte dans un parking d'Hollywood.

Elle sortit de la tente, remballa ses affaires, la démonta et regagna son van. Elle y rangea tout et raccrocha sa combinaison de plongée à son cintre. Elle eut plus de mal à remettre la planche sur la galerie qu'elle n'en avait eu à l'en descendre. Elle ne mesurait qu'un mètre soixante-dix et dut ouvrir les portières latérales et se tenir sur le bord du châssis pour serrer les lanières. La deuxième passait en travers du logo One World apposé sous la planche. On y voyait la silhouette noire d'un surfer. Posté à l'avant, il donnait l'impression, avec ses bras et ses mains passées au-dessus de sa tête et rejetées en arrière, de descendre à toute allure la face abrupte d'une vague monstrueuse. Il lui rappelait toujours son père et sa dernière vague. Celle qui l'avait emporté et l'avait, elle, vue courir partout sur la plage sans savoir quoi faire ni où aller hormis hurler de désespoir au grand large.

Avec Lola, elle descendit la promenade en planches jusqu'au comptoir de Poke Poke, où elle se commanda une assiette Aloha[1] avec un supplément d'algues et y ajouta un bol de bœuf teriyaki avec du riz pour sa chienne. Lola but dans l'écuelle posée sous le comptoir pendant qu'elles attendaient, le vendeur finissant par tendre à Ballard une friandise pour Lola.

Après ce déjeuner, Ballard ramena Lola sur la plage et lui lança à nouveau la balle plusieurs fois. Mais elle avait la tête ailleurs. Elle n'arrêtait pas de penser au

---

1. Plat hawaïen à base de fruits et de noix de coco.

travail. Même si, officiellement, elle ne bossait pas sur la tuerie du Dancers, elle ne pouvait s'empêcher de penser à Cynthia Haddel. Elle avait les nom et numéro de téléphone du dealer qui, aux dires des parents, avait fait entrer Cynthia dans ce club pour qu'elle y fourgue de la drogue. Si cela n'intéressait pas les Vols et Homicides, ce seraient les types de l'équipe Buy and Bust[1] de la division d'Hollywood qui récolteraient le tuyau et en feraient quelque chose. Elle se nota d'aller les voir lorsqu'elle arriverait au commissariat.

De la plage, elle gagna le domicile de la gardienne pour lui laisser Lola. Elle s'excusa auprès de la chienne de ne lui avoir consacré que si peu de temps, mais promit de lui revaloir ça. Lola baissa la tête une fois : elle la libérait de ses obligations.

En faisant route vers Hollywood, Ballard vérifia le fil d'infos du *Los Angeles Times* sur son portable chaque fois qu'elle y voyait s'allumer un signal rouge. La fusillade du Dancers s'étant déroulée moins de douze heures plus tôt, le journal n'avait pas grand-chose à en dire. Avec le peu de renseignements qu'elle avait collectés pendant son service, Ballard avait encore de l'avance sur les médias. Cela étant, le *Times* mentionnait quand même qu'il n'y avait toujours ni arrestation ni suspect dans ce crime de masse, cela d'après les dernières mises à jour du LAPD. Le journaliste s'avançait beaucoup pour rassurer ses lecteurs en déclarant que la police n'y voyait pas une attaque terroriste semblable

---

1. Littéralement : « Tu achètes, je t'arrête. » Unité de policiers en civil chargés d'arrêter les individus qu'ils poussent à acheter de la drogue.

à celles déjà perpétrées dans d'autres clubs du pays ou à l'étranger.

Ballard fut déçue que le *Times* n'ait toujours pas le nom des trois hommes abattus dans le box. Elle y repensait justement. Qui étaient ces gens ? Qu'est-ce qui avait mal tourné ?

Elle passa ensuite à ses e-mails, mais ne trouva aucun retour du lieutenant Olivas sur les rapports qu'elle lui avait soumis. Apparemment, ils avaient été acceptés, à moins qu'ils n'aient même pas été vus. Quoi qu'il en soit, la date et l'heure de l'envoi la mettaient à l'abri de toute plainte d'un Olivas arguant qu'elle ne les lui avait pas fournis à temps.

Grâce à la connexion Bluetooth du van, elle appela l'Hollywood Presbyterian et demanda à parler à l'infirmière de service aux soins intensifs de l'unité chirurgicale. Une femme qui se présenta sous le nom d'infirmière Randall lui répondit, Ballard se présentant à son tour, jusqu'à lui donner son numéro d'immatriculation.

— Une victime d'agression dénommée Ramona Ramone vous a été amenée hier soir, dit-elle. C'était moi l'inspecteur en service à ce moment-là. La victime a subi une opération au crâne et j'aimerais connaître son pronostic.

Ballard fut mise en attente et lorsque Randall reprit la ligne, elle l'informa qu'il n'y avait pas de patient au nom de Ramona Ramone dans tout l'hôpital et qu'elle devait faire erreur.

— Vous avez raison, répondit Ballard. Pouvez-vous vérifier avec un nom différent ? Celui de Ramón Gutierrez. J'ai oublié que c'était son vrai nom.

Randall la fit de nouveau attendre, mais cette fois elle reprit la ligne bien plus rapidement.

— Oui, il est bien ici et dans un état stable après son opération.

— Savez-vous s'il a repris connaissance ?

— C'est un renseignement que vous allez devoir demander au médecin qui s'occupe de ce patient.

— Et ce médecin est disponible ?

— Pas à cette heure-ci. Il a déjà fait sa tournée.

— Infirmière Randall, c'est moi qui enquête sur ce crime, et j'essaie de découvrir qui a agressé M. Gutierrez. S'il a repris connaissance, je suis obligée de laisser tomber tout ce que je suis en train de faire pour venir parler avec lui. Sinon, je continue mon travail d'enquête. Quelqu'un de très dangereux est responsable de ce crime et, à l'heure qu'il est, il se balade toujours dans la nature. Êtes-vous bien sûre de ne pas pouvoir m'aider en répondant à cette simple question ? A-t-il repris connaissance ?

S'ensuivit une longue pause tandis que Randall se demandait si elle devait enfreindre le règlement.

— Non, pas encore, répondit-elle enfin. Il est toujours en coma artificiel.

— Merci. Pouvez-vous me dire aussi si des amis ou des membres de sa famille sont venus la voir ? Enfin... le voir, je veux dire.

— Je ne vois rien de tel sur le registre. Non, aucun parent n'est venu. Et de simples amis ne seraient pas autorisés à lui rendre visite en salle de réa.

— Merci, infirmière Randall.

Ballard raccrocha. Et décida de filer directement au commissariat d'Hollywood.

Chapitre 9

Ballard gardait toutes ses tenues de travail dans
son casier au commissariat et, chaque soir, s'habillait
comme il faut avant de prendre son service. Elle avait
quatre tailleurs différents, tous de la même coupe et
du même style, mais de couleurs et de modèles dis-
semblables. Elle les faisait nettoyer à sec deux par
deux, de façon à toujours en avoir un de disponible et
un de rechange. Après être arrivée presque huit heures
en avance, elle enfila le gris, son préféré. Et passa un
chemisier blanc qui allait bien avec. Elle gardait aussi
quatre chemisiers blancs et un bleu marine dans son
casier.

C'était vendredi, ce qui voulait dire qu'elle était censée travailler en solo. Jenkins et elle étant à eux deux
redevables de sept services de nuit par semaine, elle
avait pris ceux du mardi au samedi, Jenkins officiant
du dimanche au jeudi, ce qui leur donnait trois jours
en duo. Lorsqu'ils prenaient des congés, leurs créneaux
restaient assez généralement vacants. Si on avait besoin
d'un inspecteur tôt dans la matinée ces jours-là, il fallait
appeler quelqu'un chez lui.

Travailler aux aurores convenait bien à Ballard parce qu'elle n'avait alors aucune décision à soumettre à l'approbation de son coéquipier. Si ce dernier avait su ce qu'elle projetait de faire, il y aurait mis tout de suite le holà. Mais vu qu'on était vendredi, ils ne travailleraient pas ensemble avant le mardi suivant et elle serait tout à fait libre d'agir comme bon lui semblait.

Après s'être mise en tenue, elle se regarda dans la glace au-dessus des lavabos de la salle des casiers. Elle peigna ses cheveux aux mèches décolorées par le soleil avec ses doigts. C'était en général tout ce qu'elle avait à faire. S'immerger constamment dans de l'eau salée et s'exposer au soleil comme elle le faisait depuis des années avait rendu ses cheveux cassants et indisciplinés et, nécessité oblige, elle ne les laissait plus pousser plus bas que son menton. Ils allaient bien avec son bronzage et lui conféraient un petit air masculin qui freinait les avances des autres officiers, Olivas étant l'exception.

Elle versa quelques gouttes de Visine dans ses yeux rougis par l'eau salée et fut prête à y aller. Elle entra dans la salle de repos pour se faire un double expresso à la Keurig. Elle allait s'y mettre tout de suite et travaillerait toute la nuit avec moins de trois heures de sommeil. Elle avait besoin de caféine. Elle garda un œil sur la pendule murale parce qu'elle avait décidé d'arriver à la salle des inspecteurs peu avant 16 heures, moment où, elle le savait, l'inspecteur en chef de l'unité des Crimes contre les personnes regarderait elle aussi la pendule, mais pour être prête à filer pour le week-end.

Parce qu'elle avait encore au moins un quart d'heure à tuer, Ballard monta au bureau de l'équipe des Buy and Bust, juste à côté des Mœurs. Les Stup avaient leur QG au centre-ville, mais chaque division avait sa propre équipe antidrogue chargée de répondre aux citoyens qui se plaignaient d'avoir des dealers dans leur quartier. N'ayant que peu de liens avec les officiers en poste dans cette unité, Ballard s'y rendit sans prévenir. Le sergent de service prit les renseignements qu'elle avait sur le dealer et petit copain de Cynthia Haddel. Le nom que le père de Cynthia lui avait donné était celui d'un type qui, à entendre l'officier, était bien dans leur ligne de mire, mais seulement comme petit trafiquant travaillant dans les clubs d'Hollywood. Renée fut peinée de l'entendre ajouter que le bonhomme avait une petite amie qui travaillait – et vendait – pour lui dans presque tous les points de vente répertoriés par la division. Elle quitta son bureau en se demandant si Haddel le savait ou croyait être la seule.

À 15 h 50, elle entra dans la salle des inspecteurs et se chercha un coin où travailler. Elle s'aperçut que le bureau qu'elle avait utilisé la veille était toujours libre et imagina que son titulaire était peut-être parti tôt ou travaillait en 4/10[1] avec son vendredi libre. Elle s'installa, examina les lieux et regarda l'office-pod de quatre bureaux réservé à l'unité des Crimes contre les personnes. Tous étaient vides, excepté celui du chef de l'unité, Maxine Rowland. Tout semblait indiquer que celle-ci rangeait ses affaires dans sa mallette pour le week-end.

Ballard la rejoignit pile au bon moment.

— Hé, Max ! lui lança-t-elle.

_____

1. Dix heures pendant quatre jours.

— Renée! lui renvoya Rowland. Tu es en avance! Tu es de tribunal?

— Non, je suis venue tôt pour terminer un boulot. Je te dois une affaire de la nuit dernière, mais ça a pété au Dancers et tout a été mis de côté.

— Je vois. Et c'est quoi, cette affaire?

— Enlèvement et agression. La victime est une trans homme à l'origine qui courait à la catastrophe en faisant la pute dans un parking de Santa Monica. Elle est dans le coma à l'Hollywood Pres.

— Ah merde!

Rowland venait de comprendre que son petit week-end était en danger. Et c'était exactement ce sur quoi tablait Ballard.

— Y a eu agression sexuelle? demanda Rowland.

Ballard devina ce qu'elle avait derrière la tête: je vais filer ça aux Agressions sexuelles.

— C'est assez probable, mais la victime a perdu connaissance avant qu'on puisse l'interroger.

— Ah merde! répéta Rowland.

— Écoute, je suis juste venue commencer la paperasse là-dessus. Je pensais aussi avoir un peu de temps pour passer des coups de fil avant de prendre mon service. Et si tu filais et me laissais m'occuper de cette affaire? Comme je serai aussi de service demain, je pourrais y consacrer mon week-end et je te retrouve la semaine prochaine?

— T'es sûre? Si c'est un mauvais coup, je ne veux pas devoir m'en occuper à moitié.

— Je m'en occuperai. Ça fait longtemps que je n'ai pas pu suivre la moindre affaire du quart de nuit. Et y a

106

des pistes. Tu te rappellerais pas des trucs récents où on y serait allé au coup-de-poing américain ?

— Au coup-de-poing américain… Non.

— Et un enlèvement de pute sur un trottoir ? Elle a été emmenée quelque part, attachée, et ramenée. Ç'aurait pu se passer y a deux ou trois jours.

— Ça ne me dit rien, mais tu devrais aller voir les mecs des Mœurs.

— Je sais. Ça sera mon prochain arrêt si tu me laisses m'en occuper. Et « la maison à l'envers », ça te rappelle quelque chose ?

— Comment ça ?

— C'est ce qu'elle a dit aux flics de la patrouille. Elle a repris connaissance un petit instant quand ils attendaient l'ambulance. Elle leur a dit avoir été attaquée à « la maison à l'envers ».

— Je suis désolée, mais je n'ai jamais entendu parler de ça.

— OK. Et t'as rien d'autre comme ça en stock ? Une pute qu'on aurait enlevée sur le trottoir ?

— Va falloir que j'y réfléchisse, mais là, comme ça, ça ne me rappelle rien.

— Je vais passer ça à l'ordinateur central, histoire de voir ce que ça donne.

— Et donc, tu es sûre de vouloir prendre l'affaire ? Je pourrais rappeler quelques-uns de mes gars. Ils vont pas être jouasses, mais c'est comme ça que ça marche.

— Oui, je prends. Rentre chez toi. Et n'appelle personne. Si tu veux, je te tiendrai au courant pendant le week-end.

— À dire vrai, je pourrai attendre lundi. Ce week-end, je monte à Santa Barbara avec mes enfants. Moins j'aurai à me soucier de ce truc, mieux ça vaudra.

— Marché conclu.

— Ne me fous pas dans la merde avec ça, Renée.

— Mais non, je te dis que c'est bon.

— OK.

— Passe un bon week-end.

Rowland était toujours aussi abrupte et Ballard ne le prit pas mal. Travailler sur des affaires de sexe avait ôté toute subtilité à sa personnalité.

Elle la laissa finir de ranger ses affaires et remonta au second, cette fois pour aller voir les types des Mœurs. Tout comme les Buy and Bust, ils avaient des horaires bizarres, et l'on n'était jamais sûr d'en trouver un à son poste. Elle entra et se pencha par-dessus le comptoir pour regarder dans l'alcôve où se tenaient les sergents. Elle avait de la chance. Assis à l'un des bureaux, Pistol Pete Mendez mangeait un sandwich. Il était le seul présent dans l'unité.

— Ballard, qu'est-ce que tu veux ? lui demanda-t-il. Fais le tour.

Il avait toujours cette manière bourrue de saluer les gens. Ballard passa le bras par-dessus la demi-porte, trouva la targette, entra, passa dans l'alcôve et tira le fauteuil en face du bureau de Mendez.

— Ramón Gutierrez, dit-elle. J'assure le suivi de l'affaire. Un de vos mecs a-t-il entendu des trucs là-dessus la nuit dernière ?

— Pas même un soupir, répondit Mendez. Mais on bossait à East Hollywood et c'est assez différent de l'allée aux dragons.

— Exact. Quand êtes-vous allés à Santa Monica pour la dernière fois ?

— Y a environ un mois parce que c'est plutôt calme là-bas. Mais bon, c'est comme les cafards. Tu peux fumiger tout ce que tu veux, ils reviennent toujours.

— T'aurais pas entendu parler d'un mauvais coucheur qui ramasserait des professionnelles pour les cogner ?

— Pas depuis longtemps, non.

— Ramone s'est fait travailler au coup-de-poing américain. Et le mec aimait aussi mordre.

— Des types qui mordent, on en a notre quota, mais qui bossent au coup-de-poing américain, y a rien qui me vient à l'esprit. Ton « lui-elle » va s'en sortir ?

— Ça reste à voir. Elle est toujours dans le coma à Hollywood Pres, mais ils vont la transférer au County Hospital dès qu'ils comprendront qu'ils ont affaire à quelqu'un de pas solvable.

— C'est comme ça que ça marche. Mais… elle ?

— Oui, elle. T'as pas un dossier sur Ramona avec un a, que je pourrais t'emprunter ?

— Si, et je te le filerai. Mais aux dernières nouvelles, c'est sous le nom de Ramón Gutierrez qu'il apparaît. Qu'est-ce que t'as d'autre ?

— As-tu entendu parler d'un truc qu'on appelle la « maison à l'envers » ? C'est ce que Ramona a donné aux premiers costards bleus qui ont répondu à l'appel.

Comme Rowland, Mendez réfléchit, puis fit non de la tête.

— Pas que je sache, dit-il. Y a un club clandestin de bondage appelé le Vertigo. Les mecs arrêtent pas de changer d'endroit.

— Je ne crois pas que ce soit ça, dit Ballard. Vertigo, ça évoque le tournis, pas un machin à l'envers. Et puis je ne crois pas que ce soit un truc de club. Ça va plus loin que ça. La victime a de la chance d'être encore en vie.

— Ouais, ben, je vois rien d'autre. Attends que je t'apporte ce dossier.

Il se leva de son bureau. Ballard, elle, resta assise. Et profita de ce qu'il était parti pour étudier le planning porté au panneau d'affichage à côté. Tout semblait indiquer que l'unité montait des opérations pratiquement partout dans Hollywood. En guise d'appâts, elle mettait sur le trottoir des policières en civil et arrêtait tous les michetons qui leur offraient du fric pour leurs services. Comme le lui avait dit Mendez, c'était bien comme les cafards – on y revenait toujours. Même l'Internet avec ses connexions faciles pour de la baise gratuite n'arrivait pas à supplanter le trottoir. Il serait toujours là.

Elle entendit Mendez ouvrir et fermer des classeurs à tiroirs en cherchant le dossier Gutierrez.

— Ça a marché pour vous la nuit dernière ? lui lança-t-elle.

— Que dalle, oui ! lui renvoya Mendez à l'autre bout de la salle. Pour moi, ce qui s'est passé au club de Sunset a fait déguerpir tout le monde. On a eu des voitures de patrouille qui ont sillonné le boulevard toute la nuit.

Il revint à son bureau et y laissa tomber une grosse enveloppe kraft devant Ballard.

— Voilà ce qu'on a, dit-il. Et t'aurais probablement pu tout trouver sur l'ordinateur central.

— Je préfère avoir le dossier papier.

Entre un dossier papier et un dossier électronique, elle choisissait immanquablement le premier. Il y avait en effet toujours une chance d'y découvrir quelque chose de plus – une note manuscrite dans une marge, des numéros de téléphone griffonnés sur la couverture, d'autres photos de la scène de crime, etc. Et ce n'était jamais le cas dans les dossiers électroniques.

Elle remercia Mendez et promit de le tenir au courant si elle avait du nouveau. En retour, il lui promit de garder l'œil et les oreilles grands ouverts en patrouillant dans les rues.

De retour au premier, Ballard s'aperçut qu'elle avait encore un arrêt à faire avant d'avoir la voie entièrement libre pour se mettre au travail. Le lieutenant de service avait son bureau à l'autre bout de la salle des inspecteurs. Celui-ci étant équipé de trois fenêtres donnant sur la salle, elle vit le lieutenant Terry McAdams en train de travailler assis à sa table. Il se passait souvent des semaines entières sans que Ballard voie son superviseur à cause de ses horaires. McAdams travaillait en général de 8 heures à 17 heures parce qu'il aimait arriver au bureau après que ses inspecteurs s'étaient installés et avaient mis en route le boulot de la journée, et, le soir venu, être le dernier à quitter les lieux.

Elle frappa à sa porte ouverte et il l'invita à entrer.

— Ça fait longtemps qu'on s'est pas vus, dit-il. Je me suis laissé dire que vous vous êtes bien marrés la nuit dernière.

— Tout dépend de ce que vous entendez par « se marrer ». Mais c'est sûr qu'on n'a pas chômé.

— C'est ce que j'ai vu en consultant le registre. Avant que ça commence à chauffer sérieux au Dancers, vous et Jenkins avez eu droit à un enlèvement, c'est ça ? Parce que je n'ai rien vu d'écrit là-dessus.

— C'est bien ça. Et c'est justement de ça que je veux vous parler.

Elle lui résuma l'affaire Ramona Ramone et l'informa qu'elle avait le feu vert de Maxine Rowland pour s'en occuper pendant quelques jours. Techniquement parlant, elle aurait dû commencer par obtenir la permission de McAdams, mais elle savait que l'administratif qu'il était aimait qu'on lui apporte des affaires déjà toutes ficelées. Ça lui facilitait le travail. Il n'avait plus qu'à dire oui ou non.

Et effectivement, il lui répondit ce qu'elle avait imaginé :

— OK, allez-y, mais que ça n'empiète pas sur vos tâches courantes, dit-il. Parce que si jamais c'est le cas, on aura un problème, et les problèmes, j'aime pas ça.

— Ça n'arrivera pas, lieute, dit-elle. Je sais quelles sont mes priorités.

Elle quittait le bureau du lieutenant lorsqu'elle vit un groupe des derniers inspecteurs encore sur place rassemblés devant les trois écrans de télévision accrochés au mur du fond de la salle. Le son était en général coupé, mais un des inspecteurs avait monté celui du milieu afin d'entendre ce qu'on rapportait sur la fusillade du Dancers qui ouvrait le bulletin d'infos de 17 heures.

Elle les rejoignit. À l'écran passait la vidéo d'une conférence de presse donnée un peu plus tôt dans la journée. Le chef de la police avait pris place sur le podium, flanqué d'Olivas et du capitaine Larry Gandle, patron de la division des Vols et Homicides. Le chef était en train d'assurer les médias et le public que cette fusillade n'était pas un acte de terrorisme intérieur. Si le mobile exact de ce meurtre de masse n'était toujours pas connu, les inspecteurs se concentraient sur les circonstances ayant entraîné ce déchaînement de violence.

Lorsque la caméra revint sur elle, la présentatrice annonça que les noms des victimes n'avaient toujours pas été donnés par les services du coroner mais que, d'après certaines sources de la 9e chaîne, trois d'entre elles – et toutes avaient, on le pensait, été délibérément abattues par le tireur – avaient des antécédents judiciaires allant du trafic de drogue à l'extorsion de fonds et autres actes de violence.

La présentatrice passa ensuite à la nouvelle suivante – qui, elle, avait trait à une autre conférence de presse du LAPD –, et annonça des arrestations dans une affaire de trafic d'êtres humains dans le port de Los Angeles, où un conteneur servant à amener aux États-Unis des jeunes femmes enlevées en Europe de l'Est avait déjà été intercepté plus tôt dans l'année. Une vidéo d'archives montrait l'intérieur misérable du conteneur et des humanitaires offrant de l'eau aux victimes et les enveloppant de couvertures avant de les envoyer en lieu sûr. Une nouvelle vidéo, elle, montrait une file d'hommes menottés descendant d'un car de prison sous la surveillance d'inspecteurs de police. Mais cette affaire n'ayant rien à voir avec Hollywood, l'inspecteur qui tenait la télécommande cessa de s'y intéresser et coupa le son. Personne ne s'y opposant, le groupe se dispersa, chacun regagnant son bureau ou quittant le commissariat pour le week-end.

De retour à sa place, Ballard parcourut le dossier que lui avait prêté Mendez. Elle y découvrit trois procès-verbaux d'arrestation remontant à trois ans, ainsi que des photos d'incarcération montrant les changements dans le physique de Ramona Ramone alors qu'elle transitionnait. On y découvrait bien plus que des changements cosmétiques du genre remodelage des sourcils. D'après les photos de face et de profil, il était clair que ses lèvres étaient devenues plus pleines et qu'elle s'était fait réduire la pomme d'Adam.

Il y avait trois rapports d'arrestation à l'intérieur du dossier. Ces cartes de format 10 x 15 contenaient des notes manuscrites rédigées par les officiers de la patrouille ou par ceux des Mœurs qui avaient arrêté Ramone pour lui demander ce qu'elle faisait sur le trottoir. Officiellement appelées « fiches d'interpellation », elles étaient plus souvent qualifiées de « cartes de barbotage », l'American Civil Liberties Union se plaignant régulièrement que ces interrogatoires intempestifs d'individus que la police soupçonnait pour telle et telle raison n'étaient en fait que des tentatives d'extorsion. Les flics de base avaient beaucoup apprécié cette qualification et continuaient d'arrêter et d'interroger des individus qu'ils tenaient pour suspects et de noter leurs caractéristiques physiques, leurs tatouages, leurs affiliations à des gangs et les lieux où ils traînaient.

Les cartes se rapportant à Ramona Ramone disaient en gros la même chose, les trois quarts de ces fiches ne contenant rien que Ballard ne sache déjà. Certaines en disaient même plus sur la personnalité de l'officier qui avait procédé à l'arrestation que sur celle de Ramone elle-même. L'un d'entre eux avait ainsi écrit : « Putain de merde, mais c'est un mec ! »

La seule info utile que Ballard en sortit fut que Gutierrez-Ramone n'avait pas de permis de conduire et pas d'adresse personnelle vérifiable. Les rapports officiels ne faisaient que préciser l'endroit où l'arrestation avait eu lieu, soit presque toujours dans Santa Monica Boulevard. Cela étant, Ramona Ramone avait, elle, donné deux fois une adresse dans Heliotrope Drive lors de ces interpellations. La troisième carte précisait : « Habite dans une caravane et se déplace fréquemment dans le 6. » C'était bon à savoir et Ballard fut heureuse d'être montée voir Mendez.

Son examen du dossier Ramone et de ses antécédents une fois terminé, elle alluma son ordinateur et se mit à rechercher un suspect. Elle avait décidé d'élargir progressivement – à savoir tenter de découvrir des affaires locales semblables à l'agression dont Ramone avait été victime puis, si ça ne donnait rien, d'étendre ses recherches à tout l'État de Californie, puis à tout le pays, voire au monde entier.

Procéder à des recherches dans les archives informatiques du LAPD était tout un art. Officiellement, le logiciel s'appelait Detective Case Tracking System, DCTS en abrégé. Se tromper en y entrant un paramètre de recherche inapproprié engendrait souvent la réponse « Aucune archive trouvée », même s'il existait une affaire très proche quelque part dans les données du système. Ballard dressa une courte liste de mots-clés à y entrer ou supprimer jusqu'au moment où elle aurait un résultat :

Transgenre
Mordeur
Coup-de-poing américain
Bondage
Prostitué
Santa Monica Boulevard

La réponse ne tarda pas : « Aucune archive trouvée. »
Elle élimina Santa Monica Boulevard, lança une nouvelle recherche, et eut droit à la même réponse. Elle
continua, en éliminant un détail après l'autre, essayant
diverses combinaisons et ajoutant des variantes telles
que « liens », « attachée » au lieu de « bondage »,
« escorte » plutôt que « prostitué ». Mais rien de tout
cela ne lui donna quoi que ce soit dans la base.

Frustrée et commençant à ressentir les effets du
manque de sommeil après sa nuit d'à peine trois heures,
elle se leva de son poste de travail et descendit les allées
maintenant vides dans l'espoir de s'activer les sangs.
Elle voulait éviter la migraine due au café et repoussait
le moment de gagner la salle de repos pour aller s'en
préparer un autre. Elle s'immobilisa un instant devant
les écrans de télévision muets et regarda un type debout
devant une carte météorologique qui n'annonçait aucune
perturbation à venir sur Los Angeles.

Elle savait que l'heure était venue d'élargir sa
recherche à l'extérieur de la ville. S'ensuivrait alors
un énorme travail pour essayer de traquer des affaires
pouvant s'apparenter à la sienne mais s'étant déroulées
loin de L.A. Un vrai travail de forçat, dont la perspective
avait de quoi décourager. Elle regagna son bureau et
passa un autre coup de fil au Hollywood Presbyterian
pour en savoir plus sur sa victime : peut-être, même si
c'était improbable, avait-elle miraculeusement repris
assez connaissance pour pouvoir parler.

Mais rien n'avait changé. Ramona Ramone était toujours plongée dans son coma artificiel.

Ballard raccrocha et regarda sa liste de mots-clés qui
n'avaient rien donné dans la base.

— Mots-clés, mon cul ! lança-t-elle tout haut.

Et elle décida d'essayer un dernier angle d'attaque.

La Californie était un des seuls États de l'Union à avoir rendu illégale la possession d'un coup-de-poing américain, aussi appelé « poing métallique ». D'autres États avaient décrété des âges minimaux pour sa possession ou passé des lois contre son usage dans la commission d'un crime, mais en Californie cette arme était totalement interdite, la violation de cette législation pouvant donner lieu à des poursuites au pénal.

Elle lança une recherche de plus dans la base des archives du LAPD, cette fois pour faire monter, délit ou crime, toute affaire des cinq dernières années ayant donné lieu à une arrestation pour possession de coup-de-poing américain.

Elle obtint quatorze résultats dans des affaires distinctes, ce qu'elle trouva étonnamment élevé dans la mesure où cette arme n'était apparue que très rarement dans les affaires sur lesquelles elle avait travaillé, ou dont elle avait même seulement entendu parler pendant ses dix années de service en qualité d'inspecteur.

Elle jeta un coup d'œil à la pendule murale et se mit en devoir de sortir les dossiers complets de ces affaires afin de voir dans leurs résumés introductifs s'il y avait quoi que ce soit de semblable au modus operandi de la sienne. Elle put alors en feuilleter très rapidement les trois quarts, tous ayant donné lieu à des arrestations de membres de gangs dans un South Los Angeles où elle eut l'impression que, au lieu de se servir d'armes à feu, on recourait au coup-de-poing américain parce qu'on ne savait probablement pas qu'il était illégal.

Elle tomba aussi sur d'autres arrestations impliquant des macs et des collecteurs de fonds en possession de cette arme pour pouvoir s'en servir dans des buts évidents. Enfin, elle découvrit une affaire vieille de trois ans qui, elle, retint immédiatement son attention.

Un certain Thomas Trent y avait été arrêté par les Mœurs du Valley Bureau pour possession de cette arme. Ce dossier n'était pas monté dans ses recherches précédentes par mots-clés parce qu'aucun des autres termes qu'elle avait utilisés dans ses combinaisons n'y apparaissait. Trent n'avait été arrêté que pour possession de poings américains, rien de plus.

Et pourtant, l'affaire avait été travaillée par les Mœurs. C'était cette contradiction qui l'avait intriguée. En faisant remonter le dossier numérique, elle apprit que Trent, alors âgé de trente-neuf ans, avait été arrêté lors d'une descente de police dans un hôtel de Sepulveda Boulevard. Le résumé faisait apparaître qu'il avait frappé à la porte d'une chambre de la Tallyho Lodge proche de Sherman Way, où les Mœurs envoyaient des hommes ayant pris rendez-vous sur le Net avec un officier de police se faisant passer pour un mineur latino prêt à jouer les soumis. Trent n'avait, lui, pris aucun rendez-vous dans ce motel et les Mœurs n'avaient réussi à le relier à aucun des hommes ayant pris part à ces négociations Internet.

Pour eux, il comptait probablement au nombre des clients en ligne, mais ils n'en avaient pas la preuve et n'avaient donc pas pu le faire inculper pour tentative de détournement de mineur. Cela étant, ils n'avaient pas eu besoin de chercher à le relier à leur coup monté quand ils avaient découvert ces poings américains dans ses poches. Ils l'avaient arrêté pour possession d'arme dangereuse et l'avaient expédié à la prison de Van Nuys.

Le résumé ne donnait que le numéro de l'officier de police qui avait procédé à l'arrestation. Ballard envoya le dossier à l'imprimante du bureau, décrocha son fixe pour appeler le service du personnel et obtint rapidement le nom de l'officier des Mœurs correspondant au numéro qu'elle avait. Il s'appelait Jorge Fernandez et faisait toujours partie des Mœurs du Valley Bureau. Qu'elle appela, pour apprendre que Fernandez n'était pas de service à ce moment-là. Elle lui laissa son numéro de portable et un message lui demandant de la rappeler à n'importe quelle heure.

Puis elle se replongea dans les archives en ligne et sortit un abrégé de l'affaire Trent. Elle y découvrit qu'après son arrestation il avait négocié un accord à l'amiable avec le Bureau du district attorney, accord aux termes duquel, après avoir plaidé coupable du délit de possession d'arme dangereuse, il avait réglé une amende de cinq cents dollars et été placé en liberté conditionnelle pour trois ans. Ce plaider-coupable faisait partie d'un accord avant procès qui lui permettrait d'avoir un casier judiciaire vierge s'il allait au bout de ses trois ans de conditionnelle sans se faire à nouveau arrêter.

Les archives du tribunal faisaient apparaître que Trent habitait alors Wrightwood Drive, à Studio City. Ballard entra l'adresse dans Google et eut droit à une carte montrant que Wrightwood Drive était en retrait de Mulholland Drive, sur le versant nord des Santa Monica Mountains. Elle passa en mode *street view* et découvrit un bâtiment du style ranch moderne à double garage. En regardant la carte, elle sut tout de suite que l'édifice était à flanc de colline et descendait très probablement sur un ou deux niveaux par rapport au rez-de-chaussée sur la rue. Ce style de bâtiment était tout à fait typique des maisons du lieu. À l'étage supérieur se trouvaient les parties communes – cuisine, salle à manger, séjour, etc. –, les niveaux inférieurs étant réservés aux chambres. Il devait donc aussi y avoir des escaliers voire, dans certains cas, un ascenseur permettant d'accéder à ces dernières.

Ballard se rendit alors compte que si l'on n'était pas familier de ce type d'architecture, on pouvait trouver ces maisons passablement bizarres avec leurs chambres à l'étage inférieur. Celle de Trent pouvait donc, dans ce sens-là, être considérée comme une « maison à l'envers ».

Le comprendre lui flanqua une belle charge d'adrénaline. Elle se pencha plus près de l'écran pour examiner la photo d'incarcération et le compte rendu d'arrestation de Thomas Trent. D'après la fiche signalétique consignée au dossier, le monsieur était vendeur de voitures et travaillait à la concession Acura de Van Nuys Boulevard. Comment un simple vendeur de voitures pouvait-il se payer une maison dans les collines alors que les premiers prix démarraient à sept chiffres fut la première question qui lui vint à l'esprit.

Elle passa sur un autre site de recherches, celui de l'état civil, et y entra les nom et date de naissance de Trent. Elle découvrit bientôt des pièces indiquant qu'il y avait eu dissolution d'un mariage sept mois après son arrestation. Beatrice Trent avait argué de différends irréconciliables dans sa demande de séparation et il apparaissait que Trent n'avait pas contesté. Trois ans après s'être mariés, Beatrice et Thomas Trent avaient divorcé.

Figurait aussi au dossier une plainte remontant à 2011 dans laquelle Trent attaquait en justice une société du nom d'Island Air et sa compagnie d'assurances pour blessures corporelles. L'archive contenait bien la plainte – les blessures faisaient suite au crash d'un hélicoptère à Long Beach –, mais pas l'issue qui lui avait été donnée. Ballard supposa donc que l'affaire s'était conclue par un règlement à l'amiable avant procès.

Elle imprima toutes ces pièces, puis décrocha son fixe pour appeler la concession Acura où travaillait Trent. Elle demanda à lui parler, son appel lui fut aussitôt transféré.

— Ici Tom, lança une voix, que désirez-vous ?

Ballard hésita, puis raccrocha. Elle jeta un dernier coup d'œil à la pendule et constata qu'il était tout juste 18 heures passées, soit le pire moment pour les bouchons de l'heure de pointe. Elle se traînerait lamentablement sur la route pour passer d'Hollywood à la Valley.

Et rien ne garantissait non plus que Trent serait encore au travail lorsqu'elle arriverait enfin à destination. Mais elle décida de tenter le coup malgré tout : elle voulait voir la tête qu'il avait.

Chapitre 10

La concession Acura se trouvait tout au bout d'une longue suite de concessions automobiles concurrentes s'étirant vers le nord de Van Nuys Boulevard jusqu'au centre de la Valley. Ballard mit presque une heure pour la rejoindre. Elle avait pris son van parce que, avec la voiture que la ville leur avait assignée à Jenkins et à elle, c'était comme s'ils hurlaient FLICS ! avec cette peinture couleur merde de nouveau-né, ses enjoliveurs sans fioritures et ses gros clignotants de calandre et de lunette arrière. Ballard n'avait pour but que de le regarder et de deviner qui il était, pas de lui faire comprendre que la police s'intéressait à lui.

Elle avait téléchargé dans son portable la photo d'identité prise lors de son arrestation trois ans plus tôt, elle l'afficha. Garée le long du trottoir de Van Nuys Boulevard, elle l'étudia et chercha les vendeurs de voitures dans le parking. Aucune correspondance. La salle d'exposition à l'intérieur était une possibilité, mais les boxes de vente semblant s'aligner le long du mur du fond, elle n'avait aucun angle de vue sur leurs occupants. Elle appela le standard de la concession, demanda à nouveau qu'on lui passe Trent afin d'être certaine qu'il n'était pas rentré chez lui. Il répondit de la même façon : « Ici Tom, que désirez-vous ? », mais cette fois, elle ne raccrocha pas.

Il y avait toute l'assurance du vendeur de voitures dans la voix du bonhomme.

— Je voudrais jeter un coup d'œil à une RDX, mais avec cette circulation, il se pourrait que je mette du temps à arriver, dit-elle.

Elle avait lu le nom de ce modèle sur le pare-brise d'un 4 x 4 installé sur un piédestal à l'entrée du parking.

— Pas de souci ! s'exclama Trent. Je resterai ici jusqu'à la fermeture. Comment vous appelez-vous ?

— Stella.

— OK, Stella. Vous cherchez à acheter ou à louer en leasing ?

— À acheter.

— Eh bien, vous avez de la chance ! Ce mois-ci, nous avons un prêt à 1 %. Vous m'amenez un véhicule à racheter ?

— Euh, non. J'envisage d'acheter, seulement.

À travers le panneau en verre du hall d'exposition, elle vit un homme se lever dans un des boxes le long du mur du fond. Il tenait le combiné d'un fixe à son oreille. Il posa le bras sur le haut de la cloison de son box pour parler dans l'appareil.

— Eh bien, reprit-il, tout ce que vous désirez, nous l'avons.

Elle entendit ces mots au moment même où il les prononçait dans la salle d'exposition. C'était bien Trent, même s'il avait un peu changé depuis son arrestation dans Sepulveda Boulevard. À présent, il avait le crâne rasé et portait des lunettes. À en juger par ce qu'elle voyait, il avait aussi pris du poids. Ses épaules tendaient le tissu de sa chemise habillée à manches courtes et tout indiquait qu'il avait le cou trop épais pour pouvoir fermer le dernier bouton derrière sa cravate.

C'est alors qu'elle aperçut quelque chose qui la poussa à vite plonger la main dans le compartiment de la console centrale et à en sortir une paire de jumelles compacte.

— Bon alors, quand pensez-vous être là ? lui demanda Trent.

— Euh…, répondit-elle.

Puis elle posa son portable sur ses genoux et regarda avec les jumelles. Fit le point et obtint sa première image du monsieur. La main avec laquelle il pressait le combiné à son oreille donnait l'impression d'être abîmée à la hauteur des phalanges.

Elle reprit son portable.

— Dans vingt minutes, dit-elle. À tout à l'heure.

— Parfait. J'aurai une RDX prête à rouler pour vous.

Elle mit fin à l'appel, démarra le van et déboîta du trottoir.

Au deuxième croisement de Van Nuys Boulevard, elle prit à droite et se retrouva au milieu d'un quartier résidentiel remontant à la Seconde Guerre mondiale. Elle s'arrêta tous feux éteints devant une des maisons et passa à l'arrière de son van. Où elle se débarrassa de son arme, de son badge et de sa radio et les déposa dans le coffre-fort rivé au passage de roues. Elle sortit son portefeuille de son sac à dos et l'y déposa lui aussi : quoi qu'il se produise chez le concessionnaire Acura, elle n'avait aucune intention de donner son permis de conduire à Trent. Elle lui avait déjà donné un faux nom et il n'était pas question de courir le risque qu'il découvre sa véritable identité ou son adresse.

Elle ôta en vitesse son tailleur et enfila un jean qui allait avec son chemisier. Le jean était assez lâche pour qu'elle puisse porter son pistolet de secours dans son holster de cheville sans que cela se remarque.

Après avoir enfilé une paire de tennis, elle reprit sa place au volant, retourna à la concession et, cette fois, en franchit l'entrée et se gara devant le hall d'exposition.

Avant même qu'elle ne descende, une RDX couleur argent s'arrêtait derrière elle. Vieille astuce de vendeur, la manœuvre l'empêcherait de partir. Tout sourire, Trent sortit de son véhicule et pointa le doigt vers Ballard alors qu'elle descendait du sien.

— Stella, c'est ça ? lança-t-il.

Et, sans en attendre sa confirmation, il leva la main pour lui présenter la RDX.

— Et voilà la bête ! dit-il.

Ballard gagna l'arrière du van et regarda la RDX, même si c'était plutôt Trent qu'elle voulait observer.

— Pas mal, dit-elle. C'est la seule couleur que vous avez ?

— Pour le moment, oui, répondit-il. Mais je peux vous en obtenir une de la couleur de votre choix. Sous deux jours, max.

Enfin elle le regarda et lui tendit la main.

— À propos… bonjour, dit-elle.

Il lui prit la main, elle serra fermement la sienne. Et étudia ses traits en s'assurant de bien appuyer sur ses phalanges. S'il ne perdit jamais son sourire de commercial, elle vit la douleur lui monter aux joues. Ses blessures étaient fraîches. Elle savait que le coup-de-poing américain peut facilement endommager la main de celui qui s'en sert quand il n'est pas assez ajusté aux doigts.

— Vous voulez faire un petit tour pour essayer la voiture ? demanda-t-il.

— Bien sûr, répondit-elle.

— Parfait. Va juste me falloir une copie de votre permis de conduire et de votre certificat d'assurance.

— Pas de problème.

Elle ouvrit son sac et se mit à fouiller dedans.

— Ah zut ! s'écria-t-elle. J'ai laissé mon portefeuille au bureau. C'était mon tour de payer au Starbucks et j'ai dû le laisser sur ma table. Mince !

— C'est pas un problème, dit-il. On n'a qu'à prendre la RDX, aller jusqu'à votre bureau pour y faire les photocopies et vous me ramenez après ?

Elle avait envisagé qu'il lui propose cela et préparé une réponse dans sa petite comédie.

— Non, non, mon bureau est dans les Woodland Hills et j'habite à Hollywood, dit-elle. Ma femme est sûrement déjà en train de m'attendre pour dîner. Tous les vendredis, on sort.

— Votre…, répéta-t-il avant de se rattraper. Eh bien, mais…

Et de regarder vers le hall d'exposition comme s'il y cherchait quelqu'un.

— Je vais vous dire ce qu'on va faire, reprit-il enfin. Si vous voulez juste l'essayer, on fera une exception au règlement. Après, on préparera tout pour demain et vous pourrez revenir avec vos papiers, l'assurance… et votre carnet de chèques ! Ça vous va ?

126

— Ça me va, mais je ne suis pas tout à fait sûre de vouloir cette voiture, répondit-elle. Et en plus, je n'aime pas la carrosserie argent. J'espérais du blanc.

— Je peux vous en trouver une blanche d'ici dimanche, lundi au plus tard. Allez, on y va.

Il fit rapidement le tour du véhicule pour gagner le siège passager en fendant l'air comme s'il courait. Ballard prit le volant et s'engagea dans Van Nuys Boulevard, direction nord.

Trent lui indiqua le chemin à suivre pour gagner Sherman Way et prendre à l'ouest vers la 405. Elle pourrait ensuite s'engager dans le freeway, le descendre jusqu'à la bretelle de sortie de Burbank Boulevard, revenir à Van Nuys et achever ainsi un périple rectangulaire qui lui permette de se faire une idée des performances de la voiture en ville et sur route. Ballard savait que cet itinéraire les ferait traverser deux fois Sepulveda Boulevard, où Trent avait été arrêté trois ans plus tôt.

Le plan de Trent tomba sur un os lorsqu'ils arrivèrent à la 405. L'autoroute n'était quasi plus qu'un immense parking tant il y avait de banlieusards rentrant chez eux. Ballard lui dit qu'elle sortirait tout de suite à Vanowen Street. Jusque-là, les trois quarts de la conversation avaient tourné autour de la RDX et de ce qu'elle cherchait dans une voiture. Elle faisait de temps en temps référence à sa femme pour voir s'il avait un problème avec le mariage homosexuel, mais jamais il ne mordit à l'hameçon.

Elle sortit à Vanowen Street et prit Sepulveda Boulevard, direction sud. Parallèle à Van Nuys Boulevard, celui-ci les ferait passer devant la Tallyho

Lodge sans qu'elle lui donne pour autant l'impression de trop vouloir s'écarter de l'itinéraire.

Le boulevard n'était qu'une seule et même suite de supérettes, de stations d'essence et d'hôtels bon marché, le genre même d'endroit chéri des Mœurs. Tout en conduisant, Ballard balayait les trottoirs du regard, même si elle savait qu'il était encore trop tôt pour y repérer des prostituées. Ils avaient traversé Victory Boulevard lorsqu'ils tombèrent sur un feu, ce qui lui permit de considérer les lieux et d'y aller d'un commentaire.

— Je ne savais pas que c'était aussi pourri dans le coin ! lança-t-elle.

Trent regarda autour de lui comme si c'était la première fois qu'il voyait l'endroit avant de répondre.

— Ouais, j'ai entendu dire que ça devient assez méchant le soir, dit-il. Les macs, les dealers, les putes et le reste...

Ballard fit semblant de rire.

— C'est-à-dire ? demanda-t-elle.

— Vous seriez surprise ! répondit-il. Des mecs qui s'habillent en femmes, des nanas qui étaient des mecs avant. Y a tout ce qu'on peut imaginer de dégueulasse.

Elle garda le silence un instant, Trent semblant comprendre qu'il avait peut-être compromis sa vente.

— Pas que je jugerais quiconque, se reprit-il. À chacun son bonheur, c'est tout ce que j'dis.

— Moi aussi, renchérit-elle.

Après ce bout d'essai, elle l'informa qu'elle avait besoin de réfléchir un peu et qu'elle l'appellerait dans un ou deux jours. Il lui demanda de passer au hall d'exposition afin de pouvoir remplir une fiche de renseignements sur elle. Elle déclina son offre, prétextant qu'elle était déjà en retard pour le dîner. Elle lui tendit à nouveau la main et lui serra fort le pouce et l'index. Il tressaillit malgré lui. Elle lui tourna légèrement le poignet et fit comme si elle remarquait son bleu pour la première fois.

— Oh, je suis vraiment désolée! s'exclama-t-elle. Je ne savais pas que vous aviez mal.

— C'est pas grave. Juste un bleu.

— Qu'est-ce qui vous est arrivé?

— C'est une longue histoire et ça ne vaut pas la peine d'en parler. Je préférerais discuter du moment où je vous ferai monter dans une RDX flambant neuve!

— Écoutez, je réfléchis et je vous appelle.

— Dites, je suis désolé, mais j'ai un boss assez tatillon sur la paperasse. Je vais vous avouer quelque chose: ça sert à nous évaluer. Y aurait pas moyen que je vous convainque de me donner votre numéro de téléphone, histoire que je puisse justifier notre petite virée? Sans ça, il va pas me lâcher parce que je n'aurai pas vérifié votre permis de conduire ni votre certificat d'assurance.

— Euh…

Elle réfléchit et décida que ça ne poserait pas de problème. Jamais il ne pourrait remonter jusqu'à sa véritable identité.

— Bien sûr.

Elle lui donna le numéro, qu'il nota au dos d'une de ses cartes de visite avant de lui en tendre une vierge.

— Amusez-vous bien ce soir, Stella!

Elle fit marche arrière pour sortir du parking, Trent restant à côté pour la regarder faire avant de la laisser partir avec un petit signe amical de la main. Elle remonta Van Nuys Boulevard et regagna l'endroit même où elle s'était garée plus tôt. Elle sortit un carnet et y porta tout ce qu'elle se rappelait de leur conversation. Les notes improvisées rédigées juste après un entretien avaient plus de poids devant un juge que celles écrites plus tard. Ballard ne savait absolument pas si sa rencontre en civil avec Trent pourrait jamais entrer dans un dossier d'inculpation, mais elle savait qu'il fallait en consigner la teneur.

Elle rangea son carnet, repassa à l'arrière du van pour y reprendre son arme, son badge et sa radio. Et décida de remettre sa tenue une fois au commissariat. Son portable sonna au moment où elle se rasseyait au volant. Le numéro commençait par 818. Elle prit l'appel. C'était Trent.

— Je jetais juste un coup d'œil à mon ordinateur, dit-il. On peut vous en trouver une blanche. Ils en ont partout… à Bakersfield, Modesto, Downey, y a le choix. Et toutes avec tout ce qu'il faut, caméra de recul, tout !

Elle songea qu'il ne l'appelait que pour vérifier si elle ne lui avait pas filé un numéro bidon. Il semblait émoustillé.

— Parfait, laissez-moi juste y réfléchir un peu, dit-elle.

— Vous êtes sûre de ne pas vouloir que j'enclenche tout de suite le truc pour l'une d'entre elles ? insista-t-il. Vous auriez droit à notre réduction de fin de mois. Ça ferait quand même cinq cents dollars de moins sur votre premier versement, Stella. Vous pourriez vous en servir pour commander des tapis de sol sur mesure ou une meilleure garniture de pavillon, si vous voulez. Il y a pas mal de…

— Non, Tom, pas tout de suite, lui répondit-elle fermement. Je vous ai dit que j'allais y réfléchir et que je vous rappellerais ou demain ou dimanche.

— OK, Stella, dit-il. Alors j'attends votre coup de fil demain.

Et ce fut le silence. Elle démarra, déboîta du trottoir, prit vers le sud et les montagnes, et vérifia l'heure au tableau de bord. Si Trent travaillait jusqu'à la fermeture de la concession à 22 heures, il lui faudrait encore deux heures pour rentrer chez lui. C'était plus qu'il ne lui en faudrait pour ce qu'elle avait en tête.

Chapitre 11

Elle gara son van au belvédère de Mulholland, à deux rues de Wrightwood Drive. La nuit était claire, vers le nord, les lumières de la Valley brillaient à l'infini. Elle alluma sa radio et se brancha sur la fréquence du dispatching du commissariat de la division de North Hollywood. Un appel venait d'être lancé à toutes les unités signalant un bris de clôture et la présence possible d'un rôdeur dans la rue. Une unité de la patrouille accepta d'aller voir et demanda où trouver la personne qui avait signalé l'incident. Le dispatcheur répondit qu'il s'agissait d'un automobiliste qui avait refusé de s'identifier.

Une trentaine de secondes s'étant écoulée, Ballard appuya sur la touche d'appel, se présenta, signala qu'elle était de passage dans le coin et déclara son intention d'aller voir elle aussi. Le dispatcheur répercuta l'info à l'unité de patrouille de façon que ses membres le sachent et demanda qu'un hélico survole le flanc de la colline et l'éclaire de son projecteur.

Ballard sortit du belvédère et se dirigea vers Wrightwood Drive. Elle en descendait la pente raide

132

et s'engageait dans le premier virage lorsqu'elle vit une voiture de patrouille garée une rue plus loin, tous gyrophares allumés. Elle fit un appel de phares en s'en approchant et s'arrêta à la hauteur du véhicule. Deux officiers en descendaient. Comme elle était dans son van, elle leur tendit son badge par la fenêtre pour qu'ils puissent s'assurer qu'elle était bien flic. Ils travaillaient à la division de North Hollywood, elle ne les connaissait pas.

— Hé les gars, leur lança-t-elle, je passais dans le coin quand j'ai entendu l'appel. Vous voulez un coup de main ou vous contrôlez ?

— Pas très sûr qu'il y ait quoi que ce soit à contrôler, lui renvoya l'un des officiers. Le type qui a appelé a disparu de la circulation et on ne sait pas très bien où se trouvait ce rôdeur. Pour moi, c'est un appel bidon.

— Peut-être, répondit-elle. Mais j'ai un peu de temps. Je me gare.

Elle se rangea derrière leur voiture et descendit de son véhicule avec une lampe torche dans une main et son Rover dans l'autre. Les présentations faites, elle se porta volontaire pour aller frapper aux portes et vérifier des maisons en remontant la rue, les deux officiers faisant la même chose dans l'autre sens. Ils venaient à peine de se séparer qu'un hélicoptère passa au-dessus de la crête de la montagne en éclairant les lieux de ses projecteurs. Ballard agita sa lampe torche pour se signaler et se mit au travail.

La maison de Trent était la troisième. Rien n'y était allumé, du moins à ce qu'elle pouvait en voir. Elle se servit de l'embout de sa lampe en métal pour frapper fort à la porte. Elle attendit, mais personne ne répondit.

Elle frappa à nouveau et, enfin certaine qu'il n'y avait personne, repassa sur la chaussée et éclaira la façade comme pour y chercher des traces d'effraction.

Puis elle se tourna et regarda plus bas dans la voie. Elle y vit les lumières des deux officiers de la patrouille de part et d'autre de Wrightwood Drive. Ils vérifiaient des maisons en s'éloignant d'elle. L'hélicoptère avait viré de bord et suivait la courbe de la colline en éclairant l'arrière des habitations. Ballard aperçut un recoin où étaient entreposées des poubelles, ainsi qu'un portail un peu plus loin. Elle savait que tout cela bloquait l'accès à une série de marches sur le côté de la maison. Le code d'urbanisme exigeait en effet que les édifices à flanc de colline aient un accès secondaire en cas d'incendie ou pour une autre urgence. Elle fit vite le tour des poubelles pour voir si Trent avait cadenassé la grille et découvrit que non. Elle l'ouvrit et descendit les marches.

Presque aussitôt, un détecteur de mouvements déclencha l'éclairage de l'escalier. Elle leva une main en l'air et la tint devant elle pour bloquer la lumière, feignant d'être aveuglée. Puis elle regarda entre ses doigts écartés et vérifia qu'il n'y avait pas de caméras sur la façade. N'en voyant pas, elle abaissa la main. Certaine de ne pas être filmée, elle reprit sa descente.

L'escalier comportait deux paliers permettant d'accéder à des terrasses s'ouvrant sur l'arrière de la bâtisse. Elle passa sur la première et y découvrit du mobilier de jardin et un barbecue. Elle vérifia les quatre portes coulissantes, mais toutes étaient fermées à clé. Elle les éclaira avec sa lampe torche, mais des rideaux ayant été tirés derrière les parois de verre, elle ne put voir à l'intérieur.

Elle regagna rapidement l'escalier et descendit au niveau le plus bas. La terrasse y était nettement plus réduite, il n'y avait que deux portes coulissantes. En s'approchant des parois en verre, elle vit qu'un des rideaux intérieurs n'était qu'à moitié tiré. Elle braqua le faisceau dessus et s'aperçut que la pièce était quasi vide. Seule une chaise à dossier droit en bois en occupait le centre, à côté d'une petite table. Il semblait bien n'y avoir rien d'autre à l'entour.

Elle balayait la pièce avec sa lampe lorsqu'un éclair de lumière la fit sursauter : une glace recouvrait toute la partie droite du mur. Ce n'était que le reflet de sa lampe.

Elle essaya la porte, la trouva ouverte et commençait à la faire coulisser lorsque celle-ci s'immobilisa brutalement. Elle abaissa le faisceau sur la glissière et vit qu'un bout de manche à balai scié avait été placé dans la rainure intérieure pour empêcher qu'on puisse ouvrir de l'extérieur.

— Merde ! murmura-t-elle.

Elle savait qu'il ne lui restait plus beaucoup de temps avant que les policiers ne remontent voir où elle en était. Elle éclaira à nouveau la pièce et redescendit sur la terrasse afin d'avoir un meilleur angle de vue sur une porte entrouverte à l'autre bout. Elle aperçut un couloir et le début d'un escalier remontant au niveau supérieur et remarqua une forme rectangulaire sur le plancher d'une petite alcôve à côté des marches. Elle se demanda si ce n'était pas une trappe conduisant aux fondations de la bâtisse.

Elle gagna l'extrémité de la terrasse et pointa sa lampe par-dessus la rambarde. Elle éclaira une plate-forme sur laquelle reposait le climatiseur. Elle sut alors qu'on devait pouvoir accéder à l'appareil par en dessous.

— Vous avez trouvé des trucs ?

Elle se détourna de la rambarde. Un des officiers avait descendu l'escalier – celui aux quatre barrettes sur la manche, celui qui commandait. Il s'appelait Sasso. Il leva sa lampe torche et la pointa sur elle.

Ballard leva une main pour s'en protéger.

— Ça vous gênerait de…

— Désolé, dit-il en abaissant sa lampe.

— Non, rien, dit-elle. La grille en haut était ouverte et je me suis demandé si quelqu'un n'était pas descendu, mais on dirait même que personne n'habite ici.

Elle braqua sa lampe sur les portes en verre, lui révélant ainsi la pièce avec la chaise et la table pour tout mobilier. Sasso l'imita, puis se retourna vers Ballard, son visage maintenant dans le noir.

— Alors comme ça, vous passiez dans le quartier ? demanda-t-il.

— Je sortais d'une réunion dans la Valley et j'avais pris par le col, répondit-elle. Je suis de quart de nuit et je voulais y être tôt. Vous avez entendu parler de la fusillade dans Sunset Boulevard cette nuit ? Je voulais voir ce qu'ils allaient en dire à l'appel.

— Et vous passez par Wrightwood pour aller à Hollywood ?

Le soupçon était parfaitement audible dans sa question. À voir ce qu'il avait sur sa manche, Sasso avait déjà vingt ans de police derrière lui. Il avait très probablement été complice de nombre d'appels radio bidonnés par des inspecteurs ayant besoin d'une cause probable

136

pour entrer dans une maison. La manœuvre était connue sous le nom de « cause fantôme ».

— Comme ça n'avançait pas dans Laurel Canyon, j'ai rejoint Vineland Avenue et ça m'a amenée ici, reprit-elle. Je voulais filer jusqu'à Outpost Drive pour redescendre.

Il acquiesça d'un signe de tête, mais elle comprit qu'il ne marchait pas.

— On va dégager, dit-il. On a des tas d'appels réglo et ceux-là, faut s'en occuper.

C'était sa façon de lui reprocher de leur avoir fait perdre leur temps.

— Bien sûr, lui renvoya-t-elle. Moi aussi, je m'en vais.

— Je renvoie l'hélico, dit-il, et il repartit vers l'escalier.

Ballard jeta un dernier coup d'œil par-dessus la rambarde de la terrasse avant de le suivre. Elle braqua sa lampe vers le bas et ne vit aucun accès extérieur à la plate-forme du climatiseur. Elle fut alors certaine qu'on y accédait de l'intérieur et par en dessous.

Arrivée au rez-de-chaussée, elle referma la grille et remit les poubelles en place. Puis elle longea la rue pour regagner son van. La voiture de la patrouille fit demi-tour en trois manœuvres et redescendit la pente. Ballard entendit l'hélicoptère s'éloigner dans le noir. Elle envisagea de retourner chez Trent pour revoir le niveau du climatiseur, mais les soupçons de Sasso la firent hésiter. Il n'était pas impossible qu'il refasse lui-même demi-tour avec son coéquipier histoire de vérifier qu'elle ne traînait plus dans le quartier.

Elle démarra et remonta vers Mulholland Drive. Exactement comme elle l'avait déclaré à Sasso, elle roula jusqu'à Outpost Drive et, un panorama de la ville éclairée succédant à un autre sous ses yeux, redescendit dans Hollywood. Elle roulait dans Sunset Boulevard et n'était qu'à quelques rues de Wilcox Avenue lorsque son portable vibra. C'était Jorge Fernandez des Mœurs du Valley Bureau qui la rappelait. Elle le remercia et lui décrivit brièvement l'affaire sur laquelle elle travaillait alors même qu'elle ne pouvait pas parler avec la victime de l'agression.

— Bon alors, comment est-ce que je peux vous aider ? lui demanda Fernandez.

Elle passait devant le Dancers lorsqu'elle remarqua un van du FSD garé devant et, par les portières avant, elle vit de vives lumières à l'intérieur – celles qu'on utilise sur les scènes de crime. Elle se demanda ce qui pouvait bien encore se jouer vingt-quatre heures après le drame.

— Hé, Ballard ! On est toujours là ? la pressa Fernandez.

— Oh oui, désolée, dit-elle. Donc, j'ai un type… c'est pas encore un suspect… disons plutôt qu'il m'intéresse…

— Bon d'accord, mais le rapport avec moi ?

— Vous l'avez arrêté y a trois ans, au cours d'une descente des Mœurs dans Sepulveda Boulevard.

— C'est que j'en ai arrêté des types dans ce coin-là ! Comment s'appelle-t-il ?

Elle tourna dans Wilcox Avenue, direction le commissariat.

— Thomas Trent, répondit-elle.

Il y eut une pause avant que Fernandez ne réponde.

— Ben non, dit-il, je vois pas.

Elle lui donna la date de l'arrestation, précisa que ça s'était passé à la Tallyho et que Trent avait des poings américains dans ses poches.

— Ah oui ! Ce mec-là ! s'écria Fernandez. Je me rappelle ces poings américains. Y avait quelque chose d'écrit dessus.

— « Quelque chose d'écrit dessus » ? répéta-t-elle. Comment ça ?

— Merde, je me rappelle plus. Mais il y avait des trucs écrits dessus pour que ça laisse une marque ou un bleu qui dise quelque chose.

— Y avait rien de tout ça dans le rapport. Juste que c'étaient des coups-de-poing américains.

— Attendez, que je réfléchisse…

— Vous étiez avec un coéquipier ? Vous pensez qu'il s'en souviendrait ? Ça pourrait être important.

— On était en détachement spécial. Toute l'unité était sur le coup. Je pourrais demander, histoire de voir qui s'en souviendrait.

— Bon, parlez-moi de l'arrestation si vous pouvez. Ce type avait apporté des poings américains dans une chambre de motel où il croyait trouver un prostitué mineur et, comme par hasard, il est libéré sous caution ? Comment ça se fait ?

— Un bon avocat, faut croire.

— Non, vraiment ? Vous avez rien d'autre à me donner ?

— C'est que… on était en train de se préparer dans la chambre parce qu'un de ces fumiers devait débarquer à 22 heures, mais là, on frappe à la porte à 21 heures et c'est votre mec… Monsieur Coup-de-poing américain. Et nous ben, on se dit : c'est quoi, ce bordel ? Alors on le serre et on trouve ses coups-de-poing dans la poche de sa veste. Je me rappelle qu'il avait une excuse… il nous a dit qu'il vendait des voitures d'occasion et que comme il emmenait des clients pas très nets essayer les voitures, il avait besoin de quelque chose pour se protéger.

— Des poings américains ?

— Je vous répète juste ce qu'il nous a raconté.

— D'accord, d'accord… et après ?

— C'est que… c'était pas clair. On s'est dit que c'était probablement le mec de 22 heures, mais y avait pas moyen de le relier au scénario qu'on jouait, alors on a…

— Quel scénario ?

— C'est comme ça qu'on appelait les conversations qu'on analysait sur le Net. Bref, on n'avait pas de mobile. On a appelé notre district attorney et on lui a dit ce qu'on avait et comment on n'était pas très sûrs que ce soit le type du scénario. Le D.A. nous a dit de l'arrêter pour possession de poings américains et que s'il y avait un lien plus tard, y aurait qu'à l'ajouter au dossier. On l'a donc arrêté comme on nous le demandait, et ça n'est pas allé plus loin.

— A-t-on essayé de le relier au scénario plus tard ?

— Écoutez… c'est bien Ballard que vous vous appelez, hein ?

— C'est ça, Ballard.

— Vous savez combien ça bouffe de temps de faire une vérification d'ordinateur à ordinateur ? Sans même parler du fait que ce type travaillait chez un concessionnaire automobile et qu'il avait accès à des ordis sur tous ces putains de bureaux ! On le tenait pour ses poings américains, on l'a bouclé pour crime. Point final. On avait d'autres chats à fouetter.

Elle hocha la tête. Elle savait comment ça fonctionnait. Il y avait trop d'affaires, trop de variables, trop de règles juridiques. Ils avaient bouclé Trent pour un crime, ça faisait une ordure en moins dans la nature. Il était temps de passer à autre chose et de coincer le suivant.

— OK, merci de m'avoir rappelée, dit-elle. Ça m'aide bien, mais… juste une dernière faveur. Si jamais quelqu'un de votre unité se rappelle ce qui était écrit sur ces coups-de-poing ou a des photos, vous me faites signe ? Ça pourrait faire avancer les choses.

— Entendu, Ballard.

Au commissariat, elle s'arrêta devant la grille du parking à l'arrière du bâtiment et passa le bras par la fenêtre du van pour poser sa pièce d'identité devant le lecteur électronique. Le mur d'acier coulissa sur son rail, elle entra et chercha une place. Le parking était souvent plus encombré le soir parce qu'il y avait moins d'inspecteurs en vadrouille.

Elle entra dans le commissariat par la porte de derrière et découvrit deux poivrots attachés au banc à menottes. Tous les deux s'étaient vomi sur les pieds. Ballard portait son tailleur à la main. Elle longea le couloir et monta au vestiaire pour se changer.

La salle des inspecteurs était comme d'habitude déserte. Parce qu'elle n'avait pas de bureau à elle, elle dut passer à la réception pour voir si elle avait des messages. Un Post-it rose l'attendait : un appel lui avait été passé à 16 heures, l'indicatif étant le 888. Elle déchiffra « Nerf Cohen » en face de la case « correspondant », ce qui ne lui dit rien. Elle emporta la note à son poste de travail habituel et s'assit.

Avant de lire son message, elle ouvrit le dossier de photos de son portable et remonta aux gros plans qu'elle avait faits des blessures au thorax de Ramona Ramone. Avec le pouce et l'index, elle élargit tous ses clichés pour y chercher le moindre indice d'un quelconque motif qui, d'après ses déductions, devait y avoir été imprimé par des poings américains. Peut-être était-ce seulement la force des idées que lui inspirait ce qu'elle avait appris par Fernandez, mais elle crut voir ce qu'elle n'avait pas remarqué à l'hôpital, à savoir des motifs bien discernables dans les bleus qu'avait Ramone sur les côtés droit et gauche de la poitrine. Ils n'étaient pas assez nets pour former des mots, mais elle pensa y lire un C ou un O à gauche et un N ou un V à droite. Elle comprit alors que les marques qu'elle avait sous les yeux étaient probablement à l'envers si elles étaient dans le bon sens sur les poings de l'assaillant.

Il n'empêche. Ces motifs avaient leur importance. Si ce qu'elle regardait n'avait rien de scientifique ni de concluant de près ou de loin, cela n'en constituait pas moins une petite pièce du puzzle qui semblait bien correspondre à ce Trent, et lui donna un bel élan. Elle jeta un coup d'œil à la pendule au-dessus des écrans de télévision et s'aperçut qu'il ne lui restait plus qu'une heure avant l'appel du quart de nuit. Elle se mit au travail et se lança dans la chronologie établie par l'enquêteur, même si ce n'était pas le premier document du dossier. Sa longue expérience lui avait appris que c'était là, dans la chronologie, que se trouvait, noir sur blanc, l'élément clé de toute affaire.

Elle travaillait depuis une demi-heure lorsque son téléphone vibra. Numéro masqué, elle décrocha quand même.

— Ballard, dit-elle.

— Good et evil[1].

Elle reconnut la voix de Jorge Fernandez et la sienne monta dans les aigus tant elle était excitée.

— C'est ce qu'il y avait sur les poings américains ?

— Ouaip. J'ai demandé aux gars et quelqu'un s'en est souvenu. Le bien et le mal, ce qui ne cesse de se battre en tout homme. Vous pigez ?

— Je pige, oui.

— Ça aide ?

— Je crois. Vous pouvez me donner le nom de l'officier qui s'en est souvenu ? Je pourrais en avoir besoin.

— Ça doit être l'élégant Dave Allmand. C'est comme ça qu'on l'appelle parce qu'il a un certain style vestimentaire. Ici, c'est les Mœurs, mais on dirait bien qu'il se croit à un défilé de mode !

— Compris. Et merci, Fernandez. Je vous revaudrai ça.

— Bonne chasse, Ballard.

Elle raccrocha et fit réapparaître les photos des blessures de Ramona Ramone sur son portable. Enfin elle les vit : le double O de GOOD et le V d'EVIL. Ça se lisait aussi bien à l'endroit qu'à l'envers.

---

1. « Le bien » et « le mal ».

Elle savait qu'il était peu probable que Trent ait récupéré les poings américains avec lesquels il avait été arrêté. Au bout de trois ans, ils avaient dû être détruits par les Scellés. Mais s'ils faisaient partie d'un dossier de paraphilie – dans le cas présent un fantasme sadomaso –, il n'était pas tiré par les cheveux de penser que Trent retourne à l'endroit où il en avait acquis le premier jeu pour s'en acheter une autre paire.

La montée d'adrénaline qu'elle avait ressentie un peu plus tôt agissait telle une locomotive dans ses veines. Pour elle, Trent était maintenant bien plus que quelqu'un présentant un simple intérêt. Il y avait longtemps que la locomotive avait dépassé cet arrêt-là. Trent était bien son bonhomme et rien n'égale l'intensité du moment où l'on sait. C'est le Saint Graal du travail d'enquête. Cela n'a rien à voir avec la preuve, la procédure juridique ou la cause probable. Rien dans sa vie ne valait cet instant. Elle avait mis un temps fou à y arriver dans ses quarts de nuit, mais là, ça y était : elle le sentait et savait au plus profond d'elle-même que c'était pour cela que jamais elle ne lâcherait, où qu'on l'expédie ou quoi qu'on dise dans son dos.

Chapitre 12

Elle monta à la salle d'appel avant l'heure. C'était le moment idéal pour établir des contacts, écouter les ragots du commissariat et se mettre au courant de ce qui se passait dans les rues. Sept officiers en tenue s'étaient déjà installés, dont Smith et Taylor, lorsqu'elle entra dans la pièce. Il y avait aussi une équipe de deux femmes qu'elle connaissait pour les croiser souvent au vestiaire. Comme il fallait s'y attendre, la conversation tournait autour du quintuple meurtre de la nuit précédente. L'un des officiers rapportait que les Vols et Homicides avaient étouffé tout ce qui concernait l'affaire en interne, jusqu'à maintenir secrets les noms des victimes vingt-quatre heures après le crime.

— Renée, tu y étais, toi, lui lança Herrera, l'une des deux femmes. C'est quoi, le gros scoop sur les victimes ? Qui c'était ?

Ballard haussa les épaules.

— Pas de scoop, répondit-elle. Je me suis juste occupée d'une des victimes collatérales, la serveuse de cocktails. On ne m'a pas admise dans le premier cercle. J'ai vu trois types morts dans un box, mais je ne sais pas qui c'était.

— Avec Olivas à la barre, ils risquaient pas de te mettre dans la confidence, répondit Herrera.

De quoi rappeler que dans un commissariat de police, tout finit par se savoir. Moins d'un mois après son transfert à Hollywood, tout le monde était au courant que la plainte de Ballard contre Olivas avait été classée, même si, légalement parlant, les affaires strictement personnelles étaient censées rester secrètes.

Ballard essaya de changer de sujet.

— Bon alors, en entrant j'ai vu que les mecs du FSD y étaient encore. Ils ont raté quelque chose la nuit dernière ?

— D'après ce que j'ai entendu dire, ils n'ont jamais quitté la scène de crime. Ça fait presque vingt-quatre heures qu'ils y sont.

— Ça doit être un record, reprit Herrera.

— Non, le record, c'est dans l'affaire Phil Spector… quarante et une heures sur les lieux, les types de la médecine légale ! fit remarquer Smith. Et pour un seul cadavre.

Spector était un célèbre imprésario de musique qui avait tué une femme après l'avoir emballée dans un bar. L'affaire était revenue aux services du shérif, mais Ballard préféra ne pas rappeler cette précision.

Bientôt, d'autres officiers entrèrent dans la salle, suivis du lieutenant Munroe. Celui-ci prit place au podium devant tout le monde et ouvrit la séance. Comptes rendus habituels sur les crimes du coin, y compris le vol de carte de crédit dont s'était occupée Ballard la veille au soir, le tout un peu sec et sans grands événements.

146

Munroe n'avait rien sur la tuerie du Dancers, pas même un croquis représentant un des suspects. Tout cela dura moins de dix minutes, Munroe concluant la séance en donnant la parole à Ballard.

— Renée, quelque chose dont vous voudriez nous parler ?

— Pas grand-chose, non. On a eu l'agression d'hier soir. La victime s'accroche toujours. Ça s'est passé sur la promenade où draguent ces messieurs-qui-sont-des-dames-et-vice-versa, et ça serait bien si quelqu'un apprenait quelque chose là-dessus. Un fait à noter : le suspect s'est servi de poings américains. En dehors de ça et des cinq assassinés au Dancers, ç'a été plutôt calme.

Rires dans la salle.

— Bien, conclut Munroe.

Il passa ensuite à des annonces concernant les emplois du temps et la formation à l'utilisation de la caméra lors d'un contrôle de police. Ballard aurait bien aimé filer, mais elle savait que ç'aurait été grossier et se contenta de sortir son portable pour y vérifier ses messages en douce. Elle découvrit un texto de Jenkins arrivé quelques minutes auparavant. Il n'y faisait que reprendre contact avec elle, comme ils en avaient l'habitude lorsque l'un ou l'autre travaillait en solo.

Jenkins : Comment ça se passe ?
Ballard : Je crois avoir trouvé la maison à l'envers.
Jenkins : Comment ça ?
Ballard : Antécédent avec coup-de-poing américain.
Jenkins : Cool, ça. Tu passes à l'attaque ce soir ?

Ballard : Non. Y a encore des fils à tirer. Te tiendrai au
courant.
Jenkins : Parfait.

La séance d'appel se termina au moment où elle mettait fin à son échange de textos. Elle rangea son portable et se dirigea vers l'escalier. Munroe la rappela alors qu'elle s'apprêtait à tourner sur le palier du premier.

— Ballard, lui lança-t-il, vous n'allez pas au Dancers, n'est-ce pas ?

Elle s'arrêta et attendit qu'il la rejoigne.

— Non, pourquoi ?

— C'est juste pour savoir ce que fabriquent mes gars.

Techniquement parlant, Ballard ne faisait pas partie de « ses gars », mais elle laissa passer. Munroe commandait bien à la patrouille de quart de nuit, mais Ballard était inspecteur et n'en référait qu'au lieutenant McAdams, le patron de jour du Bureau D.

— Comme je l'ai dit à l'appel, moi, je bosse sur l'agression de la nuit dernière. C'est McAdams qui me l'a filée.

— Oui, oui, mais j'ai rien eu là-dessus.

— Avez-vous reçu une note vous demandant de me tenir à l'écart de l'affaire du Dancers ?

— Non, je vous l'ai déjà dit. Je veux juste savoir où chacun se trouve.

— Bon, eh bien maintenant, vous savez sur quoi je travaille. Faut que j'aille une minute à l'hôpital, mais je serai dans le coin si vous avez besoin de moi.

Elle tourna, descendit la dernière volée de marches et entra directement dans la salle des inspecteurs en se demandant si Munroe ne lui cachait pas quelque chose.

148

D'habitude, elle travaillait de manière autonome, sans que le lieutenant de la patrouille la surveille. Olivas ou quelqu'un d'autre du centre-ville lui aurait-il dit de lui interdire tout accès au club et à l'enquête ?

Cet échange avec Munroe l'avait déprimée, mais elle mit tout ça de côté pour pouvoir se concentrer sur son affaire. Elle prit les clés de la voiture du quart de nuit dans le tiroir du bureau du réceptionniste et sortit une batterie du point de chargement pour sa radio. Elle alla ensuite reprendre son sac et sa radio à son bureau et gagna la sortie. Dès qu'elle monta dans la voiture, elle sut que quelqu'un l'avait prise dans la journée – quelqu'un qui avait passé outre à l'interdiction de fumer dans tous les véhicules municipaux. Elle ouvrit les fenêtres en sortant du parking et prit Wilcox Avenue, direction Sunset Boulevard.

Arrivée à l'Hollywood Presbyterian, elle franchit la sécurité et passa devant deux postes d'infirmières en montrant son badge afin de gagner la chambre où Ramona Ramone était toujours plongée dans le coma. Elle avait demandé à une infirmière prénommée Natasha de l'accompagner au cas où elle aurait besoin de quelqu'un pour corroborer son témoignage devant un tribunal.

Une nuit après son agression, Ramona Ramone avait l'air encore plus mal en point. On lui avait en partie rasé la tête et l'intervention chirurgicale visant à réduire sa fracture et limiter l'impact de son œdème au cerveau lui avait tellement bouffi le visage qu'elle en était méconnaissable. Elle reposait au milieu d'un véritable fouillis de tubes, de perfusions et de moniteurs.

— J'aurais besoin que vous lui ouvriez sa blouse d'hôpital pour que je puisse photographier ses bleus au torse, lança Ballard.

— Ça n'a pas déjà été fait la nuit dernière ? demanda Natasha.

— Si, si. Mais ils ne seront pas pareils aujourd'hui.

— Je ne comprends pas.

— Vous n'avez pas à comprendre, Natasha. Contentez-vous de lui ouvrir sa blouse.

Ballard savait que les bleus apparaissent lorsque les vaisseaux sanguins sous la peau sont endommagés par un coup, des globules rouges se répandant alors dans les tissus alentour. Il arrive qu'ils grossissent et deviennent plus foncés vingt-quatre heures après parce que du sang continue de s'écouler des vaisseaux détériorés. Ballard espérait que ceux de Ramona Ramone soient mieux définis, voire lisibles.

L'infirmière écarta des tuyaux, puis retira la couverture de survie qui couvrait le patient. Elle déboutonna ensuite sa blouse bleu pâle afin d'exposer son corps nu. Un cathéter avait été fixé à son pénis et l'urine qui avait coulé dans le tube transparent était rougeâtre et disait l'hémorragie interne. L'infirmière remonta légèrement la blouse, Ballard ne sachant trop si c'était par pudeur ou répulsion.

Elle remarqua que les côtés gauche et droit du corps de Ramona étaient couverts de contusions d'un violet prononcé. Le sang continuant de se répandre sous la peau, les bords bien nets des marques rouges d'impact qu'elle avait découverts la nuit précédente étaient maintenant flous. Si ces blessures avaient été vues pour la première fois à cet instant, il aurait été impossible de conclure qu'elles lui avaient été infligées par des coups-de-poing américains. Ballard passa à gauche du lit et se pencha afin d'étudier ces contusions de plus près. Il ne lui fallut pas longtemps pour identifier deux cercles contigus d'un violet soutenu sur le fond plus clair des blessures. Pour elle, il ne pouvait s'agir que du double O de GOOD.

— Natasha, dit-elle, voulez-vous bien regarder ça ? demanda-t-elle à l'infirmière en se redressant et en passant sur sa gauche pour que celle-ci puisse s'approcher. Que voyez-vous ?

— Vous voulez dire… les bleus ?

— Il y a comme un dessin à cet endroit. Le voyez-vous ?

— Je vois… enfin, peut-être. Vous voulez dire les ronds ?

— Exactement. Laissez-moi les photographier.

Ballard sortit son téléphone, s'approcha de nouveau lorsque Natasha recula, et les photographia en songeant aux panneaux visibles dans toute la ville où l'on montrait des clichés de qualité professionnelle pris avec le tout dernier iPhone. Il était évident que les siens n'auraient jamais droit à ces panneaux publicitaires.

— C'est l'arme qui a fait ça ? demanda Natasha. Comme si le type avait disons… deux grosses bagues sur les doigts quand il a frappé cet homme ?

Ballard continua de photographier le torse de Ramona Ramone avec le flash, puis sans.

— Quelque chose comme ça, oui, dit-elle.

Elle passa de l'autre côté du lit et examina les blessures du côté gauche. Le violet y étant encore plus dense, elle n'y décela rien qui aurait pu faire penser au mot EVIL. Elle savait que ce violet plus foncé signifiait

151

que les blessures étaient encore plus graves, le déséqui-
libre entre les deux côtés du torse indiquant que l'assaillant avait plus de force avec la main droite. Elle essaya
de se rappeler si pendant leur entretien et leur petit tour
en voiture, Thomas Trent avait fait un geste quelconque
indiquant qu'il était droitier. Il lui paraissait déjà évident
qu'il avait les phalanges de la main droite sévèrement
abîmées, puis elle se souvint qu'il s'était servi de la
main droite pour noter son numéro de téléphone.

Elle ne prit des photos du côté gauche de la poitrine
de Ramona Ramone que pour bien mettre en évidence
l'étendue de ses blessures.

— Vous pouvez la couvrir, dit-elle à Natasha. J'ai
fini pour l'instant.

L'infirmière reboutonna la blouse de la blessée.

— Vous avez bien vu qu'il s'agit d'un homme, non ?
demanda-t-elle.

— Physiquement, oui, c'en est un, répondit Ballard.
Mais il a choisi d'être une femme et disons que ça me
suffit.

— Ah, dit Natasha.

— Savez-vous si elle a reçu de la visite ? De la
famille ?

— Pas que je sache.

— Elle va être transférée ?

— Je ne sais pas. C'est probable.

L'Hollywood Presbyterian était un hôpital privé. S'il
n'était trouvé ni parents ni assurance à Ramona Ramone,
elle serait transférée dans un hôpital du comté, où elle
n'aurait pas droit à la même qualité de soins.

Ballard remercia Natasha pour son aide et quitta la
pièce.

Une fois sortie, elle gagna un quartier en contrebas d'une partie surélevée de la 101. Ramona Ramone n'avait pas de permis de conduire enregistré sous ses noms actuel ou d'origine et la seule adresse que Ballard lui avait trouvée se trouvait dans Heliotrope Drive. C'était celle portée dans deux fiches d'interpellation des Mœurs et celle que Ramona Ramone avait elle-même donnée lors de sa dernière arrestation.

Ballard songea qu'il y avait toutes les chances pour que cette adresse soit fausse, non pas parce qu'il n'y avait pas de Heliotrope Drive à Hollywood, mais parce qu'ayant grandi à Hawaï, elle s'y connaissait en plantes et en fleurs. À Maui, elle avait souvent travaillé dans des exploitations où l'on faisait pousser des tomates et dans des pépinières à flanc de montagne. L'héliotrope était une plante aux fleurs bleues et violettes qui embaumaient et qui, c'était bien connu, tournait ses pétales vers le soleil. Ballard vit comme une espèce de métaphore dans le fait que Ramona Ramone avait peut-être choisi le nom de cette rue parce qu'il correspondait à son désir de changer et de tourner ses pétales vers le soleil.

Mais là, en gagnant l'autoroute, elle s'aperçut que l'adresse était celle d'une rangée de vieux camping-cars et de caravanes alignés à la queue leu leu. Il s'agissait d'un des innombrables campements de sans-abri qui fleurissent à Los Angeles et, plus loin, par-delà cette rue entière de véhicules déglingués, elle aperçut des tentes et des abris bricolés avec des bâches et des bouts de toile dans l'espace misérable qui avait grandi sous la voie aérienne.

Elle se gara et descendit de voiture.

Chapitre 13

Ballard savait tout ce qu'il faut savoir de la structure sociale de ces campements de sans-abri qui proliféraient dans la ville. Comme la municipalité, la police avait été attaquée par des groupes de militants des droits civiques pour mauvaise gestion des sans-abri lors de certains affrontements. Cela s'était terminé par des stages de sensibilisation et ce qui pouvait se résumer à une approche « bas les pattes ». Ces séances lui avaient appris qu'un campement de sans-abri se développe à peu près de la même manière qu'une ville, où l'on a besoin d'une hiérarchie sociale et administrative capable de fournir des services du type sécurité, prise de décision et gestion des déchets. Nombre d'entre eux comptaient ainsi des individus faisant office de maire, de shérif et de juge. Ballard entra dans le campement de l'héliotrope et y chercha son shérif.

En dehors du bruit incessant de la circulation sur l'autoroute, tout était calme. Il était minuit passé, il faisait maintenant dans les dix degrés et tous s'étaient mis à l'abri pour une énième nuit de combat contre les éléments derrière des murs en plastique ou, pour ceux qui avaient de la chance, une coque de caravane en aluminium.

Ballard remarqua un type qui se déplaçait dans ce qui ressemblait à un champ de ruines où ceux qui vivent des ordures des autres jettent les leurs. L'homme était en train de boucler sa ceinture et avait la braguette ouverte. Il allait la remonter lorsqu'il découvrit Ballard et sursauta.

— Qui t'es, toi, bordel?

— LAPD. Et vous, vous êtes qui, hein?

— Ben, j'habite ici.

— C'est vous, le shérif? Je cherche un responsable.

— Je suis pas le shérif, mais je suis de quart de nuit.

— Vraiment? Vous êtes de la sécurité?

— C'est ça.

Elle ôta son badge de son ceinturon et le lui montra.

— Ballard, LAPD.

— Euh, Denver. C'est comme ça qu'on m'appelle.

— D'accord, Denver. Je veux embêter personne. J'ai juste besoin de votre aide.

— OK.

Il s'avança et lui tendit la main. Ballard se retint de grimacer ouvertement. Heureusement, elle avait sa radio dans la main et n'eut pas à serrer celle du bonhomme.

— Coup de coude, Denver, lui dit-elle.

Et elle lui montra le sien, mais Denver ne sut quoi en faire.

— OK, pas grave, enchaîna-t-elle. Parlons un peu. Si je suis ici, c'est parce que je pense qu'une de vos citoyennes est à l'hôpital, et salement amochée. Je veux voir où elle habite. Vous pouvez m'aider?

— Qui c'est? Ici, les gens, ça va ça vient. Des fois, ils laissent même leurs affaires.

— Elle s'appelle Ramona Ramone. Du genre petite Latina? Elle m'a dit qu'elle habitait ici.

— Ramona Ramone, oui, je la connais. Mais y a un truc qu'il faut savoir... C'est un mec.

— Oui, je sais. Elle est née homme, mais se dit femme.

Cette déclaration ayant l'air de troubler Denver, Ballard passa à autre chose.

— Et donc, elle habite ici?

— C'est-à-dire qu'enfin oui, elle habitait ici. Mais elle est partie genre une semaine et on pensait pas qu'elle reviendrait. C'est comme je vous ai dit: ici, ça va ça vient et on laisse ses merdes derrière soi. Et donc, y a quelqu'un qu'a pris sa place, si vous voyez ce que j'veux dire. C'est comme ça que ça marche ici. Qui va à la chasse...

— Elle logeait où?

— Dans le Dodge Midas de 72, à l'avant des caravanes.

Et de lui en montrer l'alignement disparate garé le long du trottoir devant le campement. La première était effectivement un Dodge d'un blanc crasseux avec une coque de camping. Une bande orange pâle en marquait le flanc, un drapeau américain en plastique étendu sur le toit servant à empêcher les fuites. Vu de l'extérieur, le véhicule ne cachait rien de ses quarante ans d'âge.

— J'ai entendu dire qu'elle l'avait acheté quatre cents dollars au mec d'avant et que lui, il s'est installé dans la jungle, reprit Denver en lui indiquant la direction du campement.

156

Si décrépits et désespérants qu'ils soient, il était clair que ces véhicules étaient des habitations de choix pour les résidents. Toute une industrie artisanale s'était développée depuis peu, dans laquelle de vieilles caravanes au rebut étaient ressorties des casses, tractées jusque dans des parkings sous les autoroutes ou dans des zones industrielles pour y être vendues bon marché, voire louées à des sans-abri. Elles passaient ensuite de main en main et faisaient souvent l'objet de bagarres en droits de propriété et autres évictions illégales. La police avait, elle, commencé à mettre sur pied un détachement spécial chargé de gérer ces conflits et les innombrables problèmes dus au nombre sans cesse grandissant des sans-abri dans la ville – le plus important à l'ouest de New York.

— Elle est restée là longtemps ? reprit Ballard.

— À peu près un an, répondit Denver.

— Et y a quelqu'un d'autre à sa place ?

— Oui, un type. C'est Lundi la Tempête qu'a pris le Dodge.

— C'est comme ça qu'il se fait appeler ?

— Oui. Ici, on se sert de toutes sortes de noms, vous savez ? Les noms qu'on avait avant, on les laisse.

— Pigé. Allons parler à Lundi la Tempête. Faut que je jette un coup d'œil à l'intérieur de son camping-car.

— Il est pas vraiment heureux quand on le réveille. C'est Lundi la Tempête qu'on l'appelle, mais c'est qu'une espèce de con tous les jours de la semaine.

— Je connais. On s'en occupera comme il faut.

Ils se mettaient en route vers l'avant du campement lorsque Ballard porta sa radio à ses lèvres et demanda des renforts. On lui donna un temps d'attente d'environ quatre minutes.

— Vous savez que quand les flics viennent ici, ça fout les gens en rogne, dit Denver lorsqu'elle rabaissa sa radio.

— Je comprends, répondit-elle. Mais j'ai pas envie de créer des problèmes. Ça sera à Lundi la Tempête de voir.

Elle avait sorti sa petite torche tactique de sa boîte à gants et l'avait fourrée dans sa poche. L'embout en était une lourde pointe en acier. Elle s'en servit pour frapper à la porte du Dodge Midas. Puis elle recula de quatre bons pas, et s'écarta sur la gauche. Elle remarqua qu'il n'y avait pas de poignée à la porte, seulement deux trous par lesquels on avait passé les maillons d'une chaîne en acier. Ainsi pouvait-on fermer le véhicule de l'intérieur comme de l'extérieur.

Personne ne répondit ni même ne bougea dans le camping-car.

— On dirait que quelqu'un s'y est enfermé, reprit-elle.

— Oh oui, il est là.

Cette fois, Ballard frappa plus fort. Le bruit rebondit en écho sur le béton au-dessus, jusqu'à s'entendre par-dessus le vacarme de l'autoroute.

— Hé, la Tempête ! cria Denver. Tu veux bien sortir une minute ?

Une voiture de patrouille descendit lentement le long d'Heliotrope Drive, Ballard lui lançant un bref signal avec sa torche. Le véhicule s'arrêta à côté du Dodge, deux femmes en tenue bleue en sortant aussitôt. Herrera était aux commandes, sa coéquipière n'étant autre que Dyson.

— Qu'est-ce qu'on a au menu ? demanda Herrera.

— Va falloir sortir un mec de là, répondit Ballard. Denver me dit qu'il va pas être jouasse.

Après des décennies de bons et loyaux services, la suspension du Dodge était morte. Le véhicule commença à bouger en grinçant dès qu'il y eut du mouvement à l'intérieur. Puis une voix se fit entendre de l'autre côté de la porte.

— Ouais, qu'est-ce tu veux ?

Denver s'en mêla sans qu'on lui ait rien demandé.

— Hé, la Tempête ! T'as les flics devant chez toi. Ils veulent voir à l'intérieur parce que c'était là qu'habitait Ramona.

— Ouais, mais elle y habite plus et moi, je dors.

— Ouvrez la porte, s'il vous plaît, monsieur ! lança Ballard d'une voix forte.

— Z'avez un mandat ou quéque chose ? Je connais mes droits, moi.

— On n'a pas besoin de mandat. On a seulement besoin que vous nous ouvriez, sinon on remorque votre truc jusqu'au commissariat avec vous dedans et après, on ouvre de force la porte et là, vous, vous êtes arrêté pour obstruction à l'enquête. Vous finirez à la prison du comté et votre emplacement de première ira à quelqu'un d'autre. C'est ça que vous voulez, monsieur ?

Ballard pensait avoir couvert toutes les bases et attendit. Herrera s'écarta pour prendre un appel qui lui arrivait sur sa radio d'épaule. Dyson resta à côté de Ballard. Trente secondes plus tard, celle-ci entendit un cliquetis de chaînes à l'intérieur du Dodge. Lundi la Tempête avait décidé de lui ouvrir.

À cause de son surnom et de ce qu'on lui avait raconté sur ses colères, Ballard s'attendait à un grand gaillard prêt à se battre. Au lieu de ça, ce fut un petit homme à lunettes et barbe grise qui descendit du véhicule les mains en l'air. Ballard lui ordonna de baisser les mains et l'amena à Dyson et Herrera, qui avaient rejoint le groupe. Elle le questionna ensuite sur la façon dont il était devenu propriétaire du Dodge et ce qu'il contenait. L'homme, qui se présenta sous le nom de Cecil Beatty, lui répondit qu'il s'y était installé deux jours plus tôt après que le véhicule avait été vidé de tout son contenu par d'autres résidents. Il ajouta qu'à son avis, il n'y restait plus rien des affaires que Ramona Ramone y avait laissées.

Ballard ordonna aux policières de garder un œil sur Beatty pendant qu'elle allait inspecter le camping-car. Elle enfila des gants en latex, remonta les deux marches, entra et balaya du faisceau de sa lampe l'équivalent d'un petit deux-pièces jonché de cochonneries et puant aussi fort que la cellule de dégrisement du commissariat d'Hollywood un dimanche matin. Elle se cacha la bouche et le nez dans le creux de son coude en avançant dans les détritus qui recouvraient le plancher et toutes les surfaces du camping-car. Et ne remarqua rien qui aurait pu appartenir à Ramona Ramone. Elle traversa la première pièce, passa dans l'arrière-salle qui, en gros, se réduisait à un lit queen-size aux couvertures et aux draps constellés de taches sombres. Elle crut perdre la raison lorsque, ces draps se mettant brusquement à remuer, elle se rendit compte qu'il y avait quelqu'un dans le lit.

— Dyson, par ici ! lança-t-elle. Tout de suite !

Elle entendit l'officier entrer dans le véhicule et garda sa lampe braquée sur la femme dans le lit.

Complètement débraillée, celle-ci avait les dread-locks en bataille. Et des croûtes sur la figure et dans le cou. On en était au stade ultime de la dépendance.

— Sortez-moi ça de là, lança Ballard.

Dyson entra, tira les draps d'un coup sec et sortit du lit une femme qui disparaissait sous plusieurs couches de vestes et de pull-overs. Elle l'accompagna dehors tandis que Ballard continuait de chercher.

Ne voyant rien d'intéressant pour son enquête, Ballard ressortit du coin chambre. Il y avait un espace kitchenette en face de ce qui avait jadis été une minuscule salle de bains mais n'était plus utilisé depuis longtemps. Les deux brûleurs ne servaient à présent probablement plus qu'à chauffer des cuillerées d'héroïne ou de la méthamphétamine en cristaux. Elle ouvrit les placards du haut en s'attendant à moitié à voir des rats filer dans les coins sombres. Au lieu de ça, elle tomba sur une boîte qui avait jadis contenu un téléphone jetable. Au contraire du reste des cochonneries qui s'accumulaient là, cette boîte paraissait relativement neuve.

Ballard sortit du véhicule et gagna l'endroit où, à côté des deux policières en uniforme, la femme et Beatty se tenaient tête baissée. Elle montra la boîte à Beatty.

— C'est à vous ? demanda-t-elle.

Beatty la regarda et se détourna.

— Non, c'est pas à moi, dit-il. C'était là avant.

— C'était à Ramona ?

— Peut-être. Je ne sais pas. C'est la première fois que je vois ça.

Ballard supposa que l'emballage avait appartenu à Ramona. S'il y avait dessus ou à l'intérieur quelque chose qui révèle un numéro de série ou de produit, elle pourrait remonter les appels passés à l'aide de l'appareil, même s'il avait disparu ou n'était a priori pas traçable. Et si elle en trouvait qui reliaient Ramona à Trent, cet élément de preuve pourrait être présenté devant un tribunal, et ce vidage de lit et tout ce qu'elle avait respiré d'air putride dans ce véhicule n'auraient pas été vains.

— OK, merci de votre coopération, dit-elle.

D'un hochement de tête, elle donna à Herrera et Dyson la permission de relâcher les deux occupants du camping-car, qui y remontèrent aussitôt. Alors elle se tourna vers Denver et lui fit signe de la rejoindre pour une discussion en privé.

— Merci de votre coup de main, Denver, dit-elle. J'apprécie.

— Pas de problème. C'est mon boulot.

— Quand nous avons commencé à parler de Ramona, vous m'avez dit qu'elle était partie depuis une semaine.

— Oui, on a une règle ici. Personne ne peut squatter un emplacement avant quatre jours d'inoccupation. Parce que bon, vous savez… on se fait arrêter et ça peut vous faire disparaître jusqu'à soixante-douze heures. C'est pour ça qu'on attend quatre jours avant qu'un emplacement soit prenable.

— Et donc, vous êtes certain qu'elle avait disparu depuis quatre jours avant que la Tempête s'installe dans le camping-car il y a deux jours ?

— Oui, j'en suis sûr.

Elle hocha la tête. Cela indiquait que Ramona avait pu être retenue prisonnière jusqu'à cinq jours de tortures par son agresseur avant d'être jetée et laissée pour morte dans le parking la nuit précédente. C'était sinistre, mais envisageable.

Elle remercia encore Denver et cette fois, lui serra la main. Sans être certaine qu'il ait remarqué qu'elle portait toujours ses gants en latex.

De retour au commissariat d'Hollywood à 1 h 30, elle traversa le bureau de l'officier de veille avant de reprendre le chemin du D.

Munroe était à son poste, un autre officier se trouvant au bureau des rapports, à l'autre bout de la salle.

— Du nouveau ? demanda-t-elle.

— Non, c'est calme, répondit Munroe. Après ce qui s'est passé hier, sans doute que…

— Les techniciens sont toujours au Dancers ?

— Pas moyen de savoir. L'unité de médecine légale n'est pas de mon ressort.

— Bah, vu qu'il se passe pas grand-chose, je vais peut-être aller voir s'ils ont besoin d'aide.

— C'est pas à nous, ça, Ballard. Faut que vous restiez ici au cas où.

— Au cas où quoi ?

— Au cas où on aurait besoin de vous.

Elle n'avait aucune intention de se rendre au Dancers. Elle voulait juste savoir comment il réagirait, son agitation et sa réponse immédiate lui confirmant alors qu'il avait bel et bien reçu ordre de la tenir à l'écart de la scène de crime, elle et peut-être même tout le personnel de la division d'Hollywood.

Munroe essaya de changer de sujet.

— Comment va votre victime ? demanda-t-il.

— Elle s'accroche, répondit Ballard. C'est de ça que je voulais vous parler. On dirait bien qu'elle va s'en sortir. Je crains que le suspect l'apprenne et tente de finir le boulot.

— Quoi ? Il s'introduirait à l'hôpital ? Pour l'étouffer avec un oreiller ?

— Je ne sais pas. Peut-être. La presse n'a pas parlé de l'affaire, mais…

— Vous avez un peu trop regardé *Le Parrain*. Si vous cherchez à ce que je mette quelqu'un devant la porte de cette pute, vous vous trompez, Ballard. Ça ne viendra pas de moi. J'ai pas de flics pour ça. Et je vais pas me priver de mecs à poster dans les rues pour qu'un type se tourne les pouces et joue la pendule au poste des infirmières. Vous pouvez envoyer une demande à la Metro Division, mais si vous voulez savoir, ils vont évaluer le truc et eux aussi, ils vous diront non.

— OK, d'accord. Message compris.

Revenue à son bureau d'emprunt dans la salle des inspecteurs, elle posa sur sa table la boîte du téléphone trouvée dans le camping-car et se prépara à passer le reste de son service à essayer de remonter la trace de l'appareil qu'elle avait contenu un jour. C'est alors qu'elle vit le message qu'elle avait reçu plus tôt. Elle s'assit et décrocha le combiné. Appeler en pleine nuit ne la fit pas hésiter. C'était un numéro gratuit, ce qui voulait dire que l'appel avait probablement à voir avec une entreprise. Et que celle-ci soit ouverte ou fermée, elle ne réveillerait personne.

En attendant qu'on décroche, elle essaya encore une fois de déchiffrer le nom écrit sur le bout de papier. Pas moyen. Mais dès qu'on lui répondit, elle sut qui avait appelé.

— Service des cartes. Que puis-je faire pour vous ?

Accent indien, semblable à celui des types de Mumbai avec qui elle s'était entretenue en appelant de chez Mme Lantana la nuit précédente.

— Pourrais-je parler à Irfan ?

— Lequel ? Il y en a trois.

Elle regarda la note. Et crut y lire Cohen. Elle transforma le C en K et pensa avoir tapé dans le mille.

— Khan, dit-elle. Irfan Khan.

— Ne quittez pas, s'il vous plaît.

Trente secondes plus tard, une autre voix se fit entendre à l'autre bout du fil et Ballard crut la reconnaître.

— Inspecteur Ballard du Los Angeles Police Department, dit-elle. Vous m'avez laissé un message.

— Oui, inspecteur. Nous nous sommes parlé au téléphone il y a un peu plus de vingt-quatre heures. Je vous ai retrouvée.

— Effectivement. Et pourquoi ?

— Parce que j'ai reçu la permission de vous communiquer l'adresse de livraison de la tentative d'achat frauduleux avec carte de crédit volée.

— Vous avez eu le feu vert du tribunal ?

— Non, c'est le chef du département qui me l'a donné. Je suis allé le voir et je lui ai dit qu'on devrait le faire parce que vous insistiez beaucoup, vous voyez ?

— Honnêtement, cela me surprend. Merci du suivi.

— Pas de problème. Content de vous aider.

— Bon alors, quelle est cette adresse ?

Khan lui donna un numéro d'appartement et une adresse dans Santa Monica Boulevard. Ballard s'aperçut que ce n'était pas loin d'El Centro Avenue et de chez Leslie Anne Lantana. Probablement à quelques minutes à pied.

Elle se retint d'informer Khan que ses chances d'arrêter quelqu'un étaient maintenant compromises par ce retard de vingt-quatre heures. Au lieu de cela, elle le remercia d'avoir porté l'affaire devant le patron et mit fin à l'appel.

Puis elle s'empara de sa radio et de la clé de sa voiture banalisée, et gagna la sortie.

Chapitre 14

L'adresse donnée par Mumbai était celle du Siesta Village, un motel décrépit. En forme de U, il était équipé d'un parking en son centre, ainsi que d'un bureau et d'une petite piscine. Un écriteau sur la façade précisait que le Wi-Fi et HBO étaient gratuits. Ballard fit le tour du parking. Toutes les chambres étaient équipées d'une grande baie vitrée donnant sur la cour. C'était le genre d'endroit avec des télés dans un cadre en métal fixé à la commode.

Ballard localisa la chambre 18 et remarqua qu'il n'y avait pas de lumière derrière les rideaux de la baie vitrée. Elle repéra aussi un pick-up Ford déglingué garé devant la porte. La chambre 18 était la dernière avant une alcôve bien éclairée avec distributeur de glaçons et de Coca. Elle continua de rouler et gara son véhicule de l'autre côté du bureau, afin qu'il ne soit pas vu de la chambre 18 si jamais quelqu'un écartait le rideau pour jeter un coup d'œil. On voyait à des kilomètres à la ronde qu'il s'agissait d'une voiture de police.

Avant de descendre, elle prit sa radio et demanda qu'on vérifie si le pick-up était recherché pour contraventions non réglées. Ce n'était pas le cas. Il appartenait à une certaine Judith Nettles originaire de Poway, une petite ville du comté de San Diego, Ballard le savait. Nettles avait un casier judiciaire vierge et, d'après l'ordinateur central, ne faisait l'objet d'aucun mandat.

Ballard gagna la réception du motel. Elle dut appuyer sur un bouton de la porte en verre et attendre qu'un type sorte d'une arrière-salle derrière le comptoir. Elle avait déjà son badge bien en vue, il la fit entrer.

— Bonjour, lança-t-elle. Inspecteur Ballard du commissariat d'Hollywood. Pourrais-je vous poser quelques questions ?

— 'Soir, lui renvoya le type. Posez, posez.

Il étouffa un bâillement et s'assit. Au mur derrière lui étaient fixées des pendules indiquant l'heure dans le monde entier comme si l'endroit était fréquenté par des voyageurs internationaux qui devaient se tenir au courant d'affaires dans tous les pays du globe. Ballard entendit le bruit d'une télé dans l'arrière-salle. Les rires du public d'un talk-show de fin de soirée.

— Avez-vous un client à la chambre 18 ce soir ?

— Euh, oui, elle est occupée.

— Et il s'appelle… ?

— Vous n'avez pas besoin d'un mandat pour me demander ça ?

Ballard posa les mains sur le comptoir et se pencha vers lui.

— Vous regardez trop la télé dans votre arrière-salle, monsieur. Je n'ai pas besoin d'un mandat pour poser des questions et vous n'avez pas non plus besoin que je vous en présente un pour y répondre. Vous devez juste

168

décider, et tout de suite, si vous voulez aider ou entraver le LAPD dans une enquête.

Le bonhomme la dévisagea un instant, puis fit pivoter son siège dans le sens des aiguilles d'une montre pour regarder l'écran de l'ordinateur à sa droite. Il appuya sur la barre d'espace et l'écran se réveilla. Il y fit apparaître le tableau des réservations et cliqua sur la chambre 18.

— Il s'appelle Christopher Nettles, dit-il.

— Il est seul ?

— A priori, oui. Enregistré comme ça, en tout cas.

— Depuis combien de temps ?

Il consulta de nouveau son écran.

— Neuf jours.

— Épelez-moi ses nom et prénom.

Cela fait, Ballard l'informa qu'elle revenait tout de suite, prit quelques prospectus des circuits touristiques Homes of the Stars dans une pile sur le comptoir et s'en servit pour bloquer la porte. Puis elle passa dans le parking pour ne pas être entendue du réceptionniste, s'empara de sa radio et appela le service des communications afin de vérifier si Christopher Nettles n'avait pas de casier. Lui aussi était au clair, mais Ballard était assez maligne pour ne pas en rester là. Elle sortit son portable, appela le bureau de veille du commissariat d'Hollywood et demanda qu'on vérifie s'il était dans la base nationale des crimes.

Elle fit les cent pas sur l'asphalte en attendant les résultats et remarqua qu'il n'y avait pas d'eau dans la piscine du motel. Elle en fit le tour pour gagner les abords de la réception et regarder à nouveau la chambre 18. Celle-ci était toujours plongée dans le noir. Elle observa le pick-up et lui donna au moins vingt ans d'âge. Il n'était probablement pas équipé d'un système d'alarme et ne pourrait donc pas servir à faire sortir Nettles de sa chambre.

Le policier de service reprit la ligne et l'informa qu'il y avait bien un Christopher Nettles dans la base de données, condamné en 2014 pour des vols répétés, dont le cambriolage d'une habitation occupée. Ce Christopher Nettles était blanc, avait vingt-quatre ans et se trouvait en liberté conditionnelle après avoir fait deux ans de prison en pénitencier d'État pour ces condamnations.

Ballard demanda à l'officier de lui passer le lieutenant Munroe.

— Lieute, dit-elle, c'est Ballard. Je suis au Siesta Village et j'ai un suspect pour le 459[1] d'El Centro la nuit dernière. Vous pouvez m'envoyer une unité ?

— Je peux, oui. J'avais tout le monde sur une affaire de violences conjugales, mais ça s'est calmé et je vous envoie une bagnole. Ils sont à dix minutes de là où vous êtes.

— OK. Demandez-leur de rester une rue en retrait, de passer en mode tactique 4 et je les appellerai par téléphone. Je veux essayer de faire sortir ce mec de sa chambre.

— Bien reçu, Ballard. Vous avez un nom ?

Il le demandait au cas où tout tournerait de travers et que ses hommes soient obligés de pourchasser le suspect sans l'aide de Ballard. Elle lui donna ce qu'elle avait sur Nettles, raccrocha, mit sa radio sur la fréquence tactique 4 et réintégra le bureau, où le réceptionniste l'attendait.

---

1. Code du cambriolage.

— Comment M. Nettles a-t-il réglé sa chambre ? reprit-elle.

— Il paie en liquide, répondit-il. Tous les trois jours, il paie trois jours d'avance. Là, il est OK jusqu'à lundi.

— A-t-il été livré ?

— « Livré »… ?

— Oui, des colis, du courrier ? Lui a-t-on envoyé des trucs ?

— Je sais pas vraiment. Je suis de nuit, moi. Les seules livraisons, c'est pour les pizzas. Et d'ailleurs, je crois bien qu'il s'en est fait livrer une y a deux ou trois heures.

— Alors vous l'avez vu ? Vous savez à quoi il ressemble ?

— Oui, il est venu ici deux ou trois fois pour régler sa chambre.

— Quel âge a-t-il ?

— Je sais pas. Dans les vingt ans, je dirais. Il est jeune. Je suis pas très bon juge.

— Grand ou petit ?

— Je dirais plutôt grand. Il doit faire de l'exercice.

— Parlez-moi de ce Wi-Fi gratuit.

— Que voulez-vous que je vous dise ? Il est gratuit. C'est tout.

— Y a-t-il un routeur dans chaque chambre ou un routeur général pour tout le motel ?

— Le routeur est installé là-bas derrière, répondit le réceptionniste en lui indiquant la pièce dans son dos.

Ballard savait que l'appareil pouvait être analysé et montrer si Nettles avait essayé de faire des achats en ligne avec la carte de crédit de Leslie Anne Lantana. Mais pour cela, elle devrait obtenir un mandat et le déblocage de sommes d'argent et d'un certain nombre d'heures supplémentaires que le service des crimes commerciaux ne lui accorderait pas vu la faible importance de l'affaire. À moins qu'elle ou quelqu'un du service de jour des cambriolages n'y travaille, jamais elle ne l'obtiendrait.

— Et le téléphone ? Y a-t-il des fixes dans les chambres ?

— Oui, il y en a. Sauf dans quelques-unes où ils ont été volés. Et nous ne les avons pas remplacés.

— Mais la 18 en a un ?

— Oui, elle en a un.

Ballard hocha la tête en envisageant un moyen de faire sortir Nettles de sa chambre de façon à pouvoir l'interroger, voire l'arrêter.

— Pouvez-vous éteindre la lumière dans le recoin du distributeur de boissons ?

— Euh, oui. J'ai un interrupteur ici. Mais ça éteint aussi la lumière de celui du deuxième étage.

— Aucun problème. Éteignez-les tous les deux. Et après, je voudrais que vous appeliez sa chambre et lui demandiez de venir ici.

— Comment voulez-vous que je fasse un truc pareil ? Il est presque 3 heures du matin !

Et de lui montrer d'un coup d'épaule le mur de pendules pour souligner qu'il était trop tard pour ça. Comme si elle n'attendait que ça, la radio de Ballard grésilla et elle entendit son code d'appel. Elle leva l'appareil pour répondre.

— Six William vingt-six, vous êtes en position ?

— Reçu et compris.

172

Elle reconnut la voix. C'était celle de Smith. Elle sut qu'elle avait un costaud et un bleu qui en voulait en renfort.

— OK, restez en place. Dès que je vous appelle, passez par l'entrée principale, et on ne laisse sortir personne. Le suspect a un pick-up Ford couleur argent de 1990.

— Bien reçu. Des armes ?

— Pas d'arme connue.

Smith cliqua deux fois pour lui signifier qu'il avait bien entendu.

— Bon, dans cinq minutes, reprit Ballard. Je vous enverrai un click de stand-by, suivi d'un signal go.

Le type du comptoir la regarda les yeux écarquillés lorsqu'elle reporta son attention sur lui.

— Bon alors, maintenant je voudrais que vous m'appeliez la chambre 18 et que vous disiez à Nettles que la police vient juste de vous poser des questions sur lui.

— Et pourquoi je ferais ça ?

— Parce que c'est ce qui vient de se passer et que vous avez toujours envie de coopérer avec le LAPD.

Le réceptionniste ne répondit pas. Il avait l'air très inquiet d'être mêlé à tout ça.

— Écoutez, reprit Ballard. Vous n'êtes pas en train de lui mentir. Vous lui dites très exactement ce qui vient de se passer. Restez factuel. Dites-lui quelque chose du genre : « Désolé de vous réveiller, mais un inspecteur de police est venu me poser des questions sur vous. » Il vous demandera si la police est encore là et vous lui répondrez que, à votre avis, elle est partie. C'est tout. S'il vous demande autre chose, dites-lui que vous avez un autre appel et que vous devez le laisser. On fait court et simple.

— Mais pourquoi voulez-vous qu'il sache que vous êtes passée ?

— J'essaie juste de lui faire peur et de l'amener ici pour pouvoir l'approcher sans problème. Bon, et maintenant, donnez-moi trois minutes avant de l'appeler. Ça ira ?

— Je pense.

— Bien. Votre coopération est très appréciée par votre service de police.

Elle quitta le bureau et suivit l'allée devant les fenêtres jusqu'à la chambre 18. Passa devant et entra dans l'alcôve à droite de la baie vitrée. La lumière y était maintenant éteinte, mais la vitrine en plastique du distributeur était violemment éclairée et ce n'était pas vraiment de cet éclairage qu'elle avait besoin, mais plutôt d'un endroit où se dissimuler. Elle passa la main derrière la machine, la débrancha et plongea le recoin dans le noir total. Où elle se glissa, jeta un coup d'œil à sa montre et s'aperçut que les trois minutes étaient dépassées.

Pile à ce moment-là, elle entendit sonner un téléphone de l'autre côté du mur entre l'alcôve et la chambre 18. Quatre sonneries retentirent avant qu'on y réponde d'un grognement étouffé. Elle cliqua deux fois sur le micro de sa radio, le signal de stand-by arrivant à l'équipe en renfort qui attendait dans la rue.

Elle continua d'entendre la voix étouffée de l'autre côté du mur et pensa que Nettles posait des questions au réceptionniste. Elle gagna le bord de l'alcôve pour voir le pick-up. Juste à ce moment-là, elle entendit la porte de la chambre s'ouvrir. Elle se rencogna un instant dans le noir, ouvrit le micro de sa radio et murmura :

174

— Go ! On y va !

Elle revenait tout au bord de l'alcôve lorsqu'elle vit un type en jean sans rien d'autre pousser un carton à l'arrière de la cabine du camion. Il lui tournait le dos. Elle vit la crosse d'une arme de poing noire dépasser de sa ceinture.

Cela changeait tout. Elle libéra vite son arme du holster à sa hanche et sortit de l'alcôve. Le type, qui se débattait avec son carton, ne l'entendit pas arriver derrière lui. Elle leva son arme et porta la radio à ses lèvres.

— Le suspect est armé ! Suspect armé !

Puis elle laissa tomber sa radio par terre et se mit en position, les deux mains serrées sur son arme braquée sur le suspect. Et comprit aussitôt son erreur tactique. Elle ne pouvait pas couvrir et le type à la portière du pick-up et la porte de la chambre 18 en même temps. Elle se mit de côté pour réduire l'angle entre ces deux dangers potentiels.

— Police ! cria-t-elle. Je veux voir vos mains !

L'homme se figea, mais n'obéit pas. Il garda les mains sur le carton.

— Les mains sur le toit de la voiture !

— Je peux pas, lui renvoya le type. Si je fais ça, le carton va tomber et je dois…

Une voiture de patrouille débarqua de la rue et entra en trombe dans la cour. Ballard garda les yeux sur l'homme au pick-up, mais vit la voiture de police du coin de l'œil. Le soulagement l'inonda, même si elle se savait toujours en danger.

Elle attendit que le véhicule s'arrête, que les flics en descendent et qu'on ait enfin trois armes braquées sur le suspect.

— À terre ! hurla Smith.

— Au sol ! cria Taylor.

— Je fais quoi ? leur renvoya le type au pick-up. Elle me dit de mettre les mains sur le toit et vous de me coller par terre.

— À terre, espèce de connard, ou c'est nous qui allons t'y mettre ! hurla Smith.

La tension dans sa voix montrait qu'il avait perdu patience et l'homme au pick-up eut l'intelligence de le comprendre.

— OK, OK, je m'allonge ! hurla-t-il. Doucement, doucement là. Je m'allonge.

Il fit un pas en arrière et laissa tomber le carton par terre. Du verre se brisa à l'intérieur. L'homme se tourna vers Ballard, les mains en l'air. Elle perdit son arme de vue, mais garda les yeux sur ses mains.

— Bande de cons ! dit-il. À cause de vous, j'ai cassé mon truc.

— À genoux ! hurla Smith. Tout de suite !

Le suspect posa un genou, puis l'autre, par terre, plongea en avant pour s'allonger sur l'asphalte et croisa les mains sur la nuque. Il connaissait la routine.

— Ballard, c'est pour toi, cria Smith.

Elle s'approcha, rengaina son arme, dégagea ses menottes, posa une main sur le cou du suspect pour l'empêcher de se relever et, de l'autre, lui arracha l'arme de sa ceinture. Puis elle la fit glisser vers les flics en tenue. Enfin, elle posa un genou dans le creux des reins du type et lui ramena les mains en arrière l'une après l'autre pour le menotter. Dès que la deuxième pince cliqua, elle hurla :

— Code 4. Terminé !

Chapitre 15

L'individu qu'elle avait menotté fut bien identifié comme étant Christopher Nettles. Grâce au portefeuille dans sa poche revolver, pas grâce à lui. Dès que les menottes se refermèrent sur ses poignets, il annonça qu'il voulait un avocat et refusa de dire quoi que ce soit d'autre. Ballard le confia à Smith et Taylor, puis repartit vers la porte ouverte de la chambre 18. Elle ressortit son arme avant d'en faire le tour pour s'assurer qu'il ne s'y cachait personne d'autre. Elle s'était déjà fait surprendre une fois cette nuit-là par la copine de Lundi la Tempête, elle n'avait pas envie que ça se reproduise.

Elle entra et découvrit une pièce bourrée de cartons et d'articles commandés à des détaillants en ligne. Nettles avait monté une sacrée opération consistant à transformer des cartes volées en marchandises qu'il pouvait ou vendre ou mettre en gage. Elle comprit rapidement qu'il n'y avait personne d'autre dans la chambre et en ressortit à reculons.

Nettles étant en liberté conditionnelle suite à une condamnation pour crime, elle n'eut pas à franchir tous les obstacles constitutionnels qui protègent le citoyen de toute fouille et saisie illégales. Selon la loi, être en liberté conditionnelle signifiait en effet que Nettles était toujours considéré comme détenu par l'État. En acceptant cette liberté conditionnelle, il avait renoncé à toutes ses protections. Son agent de probation avait libre accès à ses domicile, véhicule et lieu de travail sans même qu'un juge ait à lui en donner l'autorisation.

Ballard sortit son portable et appela le numéro de Rob Compton, l'agent de probation de l'État assigné à la division d'Hollywood. Et le réveilla. Elle l'avait déjà fait à de nombreuses reprises et savait d'avance comment il réagirait.

— Robby, lui lança-t-elle, debout ! T'as un de tes bonshommes qui se balade dans la nature à Hollywood.

— Renée ? Mais putain, Ballard, t'appelles en pleine nuit ! Et un vendredi en plus ! Quelle heure il est d'abord ?

— L'heure de gagner ta croûte.

Il jura encore une fois, Ballard lui laissant quelques secondes pour émerger.

— Ça y est ? T'es réveillé ? Christopher Nettles, ça te dit quelque chose ?

— C'est pas un de mes clients.

— Non, parce qu'il vient du comté de San Diego. Je suis sûre qu'ils le connaissent là-bas, mais comme il est à Hollywood, ça devient ton problème.

— Qui est-ce ?

— Il a pris deux ans pour cambriolage aggravé et on dirait bien qu'il est ici depuis deux ou trois semaines pour y exercer ses talents. J'ai une chambre de motel bourrée de trucs de chez Amazon et Target et faudrait que tu me le déclares en violation de conditionnelle pour que je puisse entrer et regarder un peu tout ça.

— Quel motel?

— Le Siesta Village dans Santa Monica Boulevard. Je suis sûre que tu connais.

— J'y suis passé plusieurs fois, oui.

— Qu'est-ce que tu dirais de m'y rejoindre et de me donner un coup de main pour ce type?

— Non, Ballard, non. Je dormais à poings fermés et je suis censé aller à la pêche demain avec mes garçons.

Ballard savait qu'il était divorcé et avait trois fils qu'il ne voyait que le week-end. Elle avait découvert ça un matin qu'elle le raccompagnait chez lui après avoir travaillé toute la nuit sur une affaire.

— Oh allez, Robby, cette chambre ressemble à la réserve d'un magasin Best Buy. Et... ah oui, j'oubliais... Il avait une arme à feu. Je t'en devrai une belle si tu peux m'aider.

C'était dans ces moments-là qu'elle ne ressentait aucune honte à user de son pouvoir de séduction. Si cela lui permettait d'obtenir que des officiers fassent ce qu'ils étaient censés faire, elle ne voyait aucun inconvénient à s'en servir. Compton faisait bien son travail, mais renâclait toujours à sortir la nuit. Quelles que soient les tâches qu'il devait effectuer en plus, il était tenu de faire ses heures de service habituelles. Sans même parler du fait que Ballard aimait bien sa compagnie quand il était libre. Il était séduisant et soigné, avait l'haleine généralement fraîche, et un sens de l'humour que les trois quarts des flics avec qui elle travaillait avaient, eux, perdu depuis longtemps.

— Donne-moi une demi-heure, dit-il enfin.

— Marché conclu, lui renvoya-t-elle aussitôt. Ça va me prendre au moins ça pour tout régler avec ce type. Merci, Robby.

— Mais tu l'as dit, tu m'en devras une belle, Renée !

— Et comment !

Elle sut qu'après cette dernière repartie, la demi-heure qu'il lui demandait serait rabotée de dix minutes. Elle était contente qu'il vienne. Mettre le service des conditionnelles dans le jeu arrondirait considérablement les angles. Compton avait toute autorité pour révoquer celle de Nettles, ce qui suspendrait aussitôt toutes ses protections juridiques. Il ne serait nul besoin de finasser avec le Bureau du district attorney ou d'appeler un juge grincheux d'être de service pour obtenir un mandat pour la chambre. Ils pourraient y entrer et la fouiller en long et en large, comme le pick-up.

Ils pourraient aussi détenir le suspect sans caution, Nettles se trouvant alors hors circuit et obligé de repartir en prison avant même que les nouvelles charges contre lui ne soient dûment établies – si jamais elles l'étaient. Parfois, ce retour à la case prison et la résolution de l'affaire suffisaient à ce que le système continue de fonctionner. Ballard savait qu'avec une surpopulation carcérale obligeant les tribunaux à prononcer des peines plus légères pour des crimes sans violence, faire en sorte que Nettles se retrouve à faire un ou deux ans de prison pour violation de conditionnelle constituerait probablement une condamnation plus lourde que celle à laquelle il aurait droit s'ils montaient un dossier pour ses cambriolages. La réalité serait sans doute que l'accusation de port d'arme illégal serait le seul allongement de peine que le Bureau du district attorney daignerait prendre en considération.

Sa conversation avec Compton terminée, elle rejoignit Smith et Taylor et les informa qu'ils pouvaient emmener Nettles au commissariat et le mettre en état d'arrestation pour possession d'arme à feu. Elle ajouta qu'elle allait rester sur la scène de crime et attendre l'arrivée du contrôleur de probation avant d'inventorier ce qu'il y avait dans la chambre.

Smith garda le silence. Il se contenta d'obtempérer avec lenteur, Ballard n'arrivant pas à savoir ce qui le tracassait.

— Quelque chose ne va pas, Smitty? lui demanda-t-elle.

Il continua d'avancer vers la voiture de Ballard pour y prendre Nettles qu'on avait collé sur la banquette arrière.

— Smitty? répéta-t-elle.

— Tactique, répondit-il sans se retourner.

— De quoi tu parles? voulut-elle savoir.

Comme il ne répondait pas, elle le suivit. Elle n'était pas bête au point de laisser quelque chose en suspens avec un officier – formateur de surcroît. Ces gens-là avaient du poids. Elle se demanda si cela avait à voir avec le mauvais angle de tir qu'elle avait pris en sortant de l'alcôve, mais ne pensait pas que les officiers de la patrouille soient arrivés assez tôt pour le remarquer.

— Parle-moi, Smitty. Quoi, « tactique » ?

Il leva les mains en l'air comme pour signifier qu'il mettait un terme à la discussion qu'il venait de lancer.

— Non, mec, c'est toi qui as commencé, insista-t-elle. Le type est à l'arrière de la voiture, personne n'est blessé, aucun coup de feu n'a été tiré, alors quoi, « tactique » ?

Il pivota sur les talons. Taylor s'immobilisa lui aussi, même s'il était clair qu'il nageait complètement quant aux motifs de mécontentement de son collègue.

— Où est ton blouson de raid ? dit Smith. Et je vois bien que tu ne portes pas de gilet pare-balles. Et d'un, tu aurais dû les porter, Ballard, et de deux, on aurait dû être ici pour procéder à l'arrestation avec toi, pas pour sauver tes fesses.

Elle hocha la tête en digérant ces mots.

— Tu dis des conneries ! lui renvoya-t-elle. Tu vas me cafter pour un blouson de raid et un gilet pare-balles ?

— Qui parle de te dénoncer ? Je te le dis, rien de plus. T'as pas fait ça comme il faut.

— On a coincé le mec, c'est ça qui compte.

— Non, c'est la sécurité des officiers qui compte, Ballard. J'essaie d'enseigner à ce jeunot comment se comporter en opération et tu ne montres pas l'exemple.

— Et toi, hier soir, tu montrais l'exemple peut-être quand t'as décidé de ne pas délimiter de périmètre de sécurité autour d'une scène de crime dans Santa Monica Boulevard ?

— Quoi… avec ce dragon ? Ballard, c'est toi qui balances des conneries maintenant !

— Tout ce que je dis, c'est qu'on vient de pincer un criminel avec une arme à feu et que personne n'a été blessé. Je crois que le jeunot a appris quelque chose, mais bon, si tu veux lui encrasser les oreilles avec tes âneries, te gêne pas !

Smith ouvrant la portière arrière de la voiture banalisée de Ballard, la dispute prit fin. Ils n'étaient ni l'un ni l'autre assez fous pour continuer devant le suspect. Ballard fit signe à Smith de disparaître et regagna la chambre 18.

Compton arriva un quart d'heure après que Smith et Taylor avaient quitté le motel avec Nettles. Ballard avait déjà épuisé toute sa colère en faisant les cent pas devant la porte de la pièce. Elle s'était certes beaucoup calmée, mais savait que les remarques de Smith ne la lâcheraient pas pendant plusieurs jours et gâcheraient sa satisfaction d'avoir arrêté Nettles.

Compton était bien bâti et portait généralement des chemises moulantes pour accentuer sa musculature et impressionner, voire intimider les libérés sous condition qu'il avait la tâche de suivre. Mais cette nuit-là, il avait enfilé une chemise à manches longues ample qui minimisait ses attributs physiques.

— Ça va ? lança-t-il.

— Oui, oui, répondit-elle. Pourquoi ?

— T'es toute rouge. Bon alors, où est mon gars ?

— Ç'a été un peu agité pour l'arrêter. Les mecs de ma patrouille l'ont serré pour inculpation. Je peux te mettre en relation avec le chef de veille si tu veux t'opposer à toute caution. Je leur ai dit que c'était ce que tu ferais.

— Parfait. Comment veux-tu qu'on procède ?

— Il y a un tas de trucs dans cette pièce. Pour moi, faut partir de là. La camionnette, elle, est vide, à l'exception du carton qu'il était en train d'y charger quand on l'a mis à terre. Une télé à écran plat, bousillée.

— OK, allons-y.

— J'ai appelé le chef de veille et quelqu'un va nous amener le sous-marin du commissariat. Faut espérer qu'on puisse y mettre tout ce qu'il y a là.

— Le plan n'est pas mauvais.

Ils travaillèrent le reste de la nuit, firent l'inventaire de ce qui se trouvait dans la chambre 18 et chargèrent les caisses et le reste dans la camionnette. Ils s'entendaient bien pour avoir déjà travaillé ensemble. À un moment donné, ils tombèrent sur une cachette de cartes de crédit avec huit noms différents, dont celle volée dans le sac à main de Leslie Anne Lantana. Ils trouvèrent aussi deux autres armes à feu planquées sous le matelas.

De retour au commissariat, Ballard réussit à relier cinq cartes à des cambriolages déclarés à la division d'Hollywood la semaine précédente. Pendant ce temps-là, Compton emprunta un bureau et un ordinateur et s'appliqua à remonter les trois armes à feu en faisant appel au Federal Bureau of Alcohol, Tobacco, Firearms and Explosives. Aucune n'était apparue dans les rapports qu'avait retrouvés Ballard, mais il apprit que le Glock – l'arme que Nettles avait à la ceinture – avait été déclaré volé au Texas deux ans plus tôt. Les détails n'étant pas accessibles par ordinateur, il fit une requête en complément d'information, tout en sachant aussi bien que Ballard que le temps de réponse se mesurerait en jours, voire en semaines.

À 6 heures du matin, toute la marchandise récupérée dans la chambre se trouvait dans une remorque de stockage devant la porte arrière du commissariat, le pick-up du suspect ayant déjà été conduit à la fourrière et un rapport complet sur l'arrestation de Nettles déposé sur le bureau du chef de l'unité des Cambriolages. Celui-ci ne revenant pas travailler avant le lundi matin suivant, il n'y avait pas à se presser : ce n'était pas comme si Nettles allait filer quelque part. Compton lui avait en effet, et officiellement, interdit toute possibilité de libération sous caution.

Restait à s'occuper des trois pistolets récupérés. Toutes les armes à feu étaient rangées dans des coffres avant d'être placées dans des casiers spéciaux aux Scellés. Ballard laissa donc Compton à la salle des inspecteurs et les reprit. Elle faisait du bruit en fermant le casier lorsque, attiré par le vacarme, le lieutenant Munroe descendit le couloir et passa une tête dans la salle.

— Beau boulot cette nuit, Ballard, dit-il.

— Merci, lieutenant.

— Combien de chefs d'accusation, à votre avis ?

— J'ai huit noms différents sur des cartes bancaires, dont six sont déjà reliés à des affaires. À mon avis, toutes des victimes.

— Et pour les flingues ?

— L'un a été déclaré volé à Dallas y a deux ans. On a demandé des détails à l'ATF. On espère en savoir plus la semaine prochaine.

— Une vague de crimes à lui tout seul, ce mec, hein ? Belle descente, ça ! Le capitaine va aimer.

— Mais comme il ne m'aime pas, ça n'a aucune importance.

— Il aime tous ceux qui résolvent des affaires et vident les rues de leurs petits fumiers. Un détail amusant : le Nettles en question n'a pas voulu de la salle de désintoxication.

Munroe lui dit que Nettles niait être un drogué et avait refusé d'entrer dans une cellule capitonnée réservée aux détenus en état de manque. C'était inhabituel. La plupart des cambriolages avaient comme mobile le besoin d'argent pour assouvir une dépendance aux drogues. Était-ce différent pour Nettles ? Ballard n'avait en effet remarqué aucun signe d'addiction chez lui le temps de l'interpellation.

— Il se constituait un petit pactole pour quelque chose, reprit-elle. Il avait deux mille six cents dollars en liquide dans la poche. Et j'en ai trouvé mille autres dans son pick-up, en plus de tout un tas de reçus de mises en gage. Il piquait les cartes, commandait des trucs en ligne avant qu'on ait fait opposition et les mettait en gage contre du liquide.

— Où ça ?

— Chez plusieurs prêteurs. Il diversifiait pour rester sous le radar. Le mystère, c'est qu'il n'y avait aucun ordinateur dans la chambre ou le pick-up.

— Il devait aller dans des espaces de coworking et louer des ordinateurs.

— Peut-être. Mais peut-être avait-il aussi un associé. Les Cambriolages pourront voir ça lundi.

Munroe hocha la tête, un silence gêné s'ensuivant aussitôt. Ballard comprit qu'il avait autre chose à lui dire et se douta de ce dont il s'agissait.

— Alors, lança-t-elle. Smitty m'a-t-il caftée ?

— Il m'a parlé de « tactique », oui, répondit Munroe. Mais ça ne m'inquiète pas. Quand je suis de veille, tu obtiens des résultats, t'as franchi un cap.

— Merci, lieutenant.

— Ce qui ne veut pas dire que je ne me fasse pas de souci pour vous.

— Écoutez, lieutenant, c'était la meilleure façon de l'arrêter. Même maintenant, si c'était à refaire, je le referais exactement de la même façon… je le ferais sortir de la pièce. Mais je mettrais un blouson de raid et un gilet pare-balles pour que Smitty ne soit pas si perturbé, bordel !

— Du calme, Ballard. Des fois, vous avez tout d'un putain de chat sauvage ! Smitty n'était pas du tout perturbé, d'accord ? Il voulait seulement que son bleu sache comment on doit procéder.

— Comme vous voulez. Vous avez bien dit que vous n'alliez pas me coller de blâme.

— Et je ne vais pas le faire. J'ai dit à Smitty que je vous en parlerais et c'est ce que je viens de faire. C'est tout. Tirez-en la leçon, Ballard.

Elle marqua une pause avant de répondre. Elle voyait bien qu'il s'attendait à ce qu'elle lui témoigne de la reconnaissance pour mettre un point final à l'affaire, mais elle avait du mal à renoncer alors qu'elle savait bien qu'elle n'avait pas tort.

— OK, dit-elle, ce sera fait.

— Parfait, dit Munroe.

Il disparut à nouveau dans son bureau, Ballard reprenant le chemin de la salle des inspecteurs. Elle avait fini son service et regretta d'avoir été tenue à l'écart de l'affaire Ramona Ramone les trois quarts de sa nuit. Elle sentait tout le poids de la fatigue et comprit qu'elle avait besoin de sommeil avant de pouvoir réfléchir aux mesures à prendre envers Thomas Trent.

Lorsqu'elle arriva enfin à la salle, Compton l'y attendait encore.

— Allons-y, dit-elle.

— Où ça ?

— Chez toi.

Chapitre 16

Ballard planait en plein rêve bleu. Les longs cheveux de son père et sa barbe téméraire flottaient librement autour de sa tête. Il avait les yeux ouverts. L'eau lui semblait chaude. Une bulle se formait dans sa bouche, puis montait vers la lumière trouble très haut au-dessus d'eux.

Elle ouvrit les yeux.

Assis au bord du lit, Compton avait posé sa main sur son épaule. Il la secouait doucement pour la réveiller. Les cheveux mouillés après sa douche, il était déjà complètement habillé.

— Renée, dit-il, faut que j'y aille.

— Quoi ? Quelle heure est-il ? demanda-t-elle en essayant de chasser son rêve et de se libérer de l'emprise du sommeil.

— Onze heures moins vingt, répondit-il. Tu peux rester dormir ici. Je voulais juste te dire que j'allais filer. Faut que j'aille chercher mes gamins.

— D'accord, dit-elle.

Elle se tourna sur le dos et regarda le plafond. Essaya de retrouver ses esprits. Se frotta les yeux à deux mains.

Se rappela qu'ils étaient revenus dans la voiture de Compton. Son van était toujours au commissariat.

— De quoi rêvais-tu ? lui demanda-t-il.

— Pourquoi, j'ai parlé ?

— Non, c'est juste que… ç'avait l'air passablement intense.

— Je crois que je rêvais de mon père.

— Où est-il ?

— Il est mort. Il s'est noyé.

— Oh, je suis désolé.

— Ça remonte à loin… à plus de vingt ans.

Un infime fragment de son rêve lui revint un instant. Elle se rappela la bulle qui remontait à la surface tel un appel à l'aide.

— Tu veux venir à la pêche avec nous ? lui demanda-t-il.

— Euh, non, je vais faire un peu de paddle et après, j'irai travailler. Mais merci. Un jour, j'aimerais bien faire la connaissance de tes gamins.

Compton se leva du lit, gagna la commode et glissa son portefeuille et son argent dans les poches de son jean. Elle l'observa. Il avait le dos large et musclé et des bouts de flammes de son tatouage en forme de soleil dépassaient du col de son T-shirt.

— Où les emmènes-tu ?

— Juste aux rochers à l'entrée de la marina, répondit-il.

— On a le droit de pêcher à cet endroit ?

Il lui montra son badge et le fixa à sa ceinture. Le sous-entendu était clair. Si jamais un maître nageur ou quelqu'un d'autre essayait de lui dire qu'il était interdit de pêcher depuis la jetée en pierre à l'entrée de Marina del Rey, il aurait recours à la règle du « oui, sauf pour les forces de l'ordre ».

— Je pourrais aller par-là en pagayant, dit-elle. Je vous chercherai.

— Oui, viens donc nous voir ! On essaiera de ne pas te hameçonner ! dit-il en se détournant de la commode, tout sourire et prêt à partir. Y a du jus d'orange au frigo. Mais pas de café, désolé.

— Pas de problème. J'irai au Starbucks.

Il revint vers elle et se rassit au bord du lit.

— Alors, t'étais qu'une enfant quand ton père s'est noyé ?

— J'avais quatorze ans.

— Que s'est-il passé ?

— Il surfait, il est passé sous une vague et n'en est tout simplement jamais ressorti.

— Tu y étais ?

— Oui, mais je pouvais rien faire. Je n'arrêtais pas de courir tout le long de la plage en hurlant comme une folle.

— C'est dur. Et ta mère ?

— Elle n'était pas là. Elle ne faisait pas vraiment partie de ma vie. À ce moment-là comme maintenant, d'ailleurs.

— Qu'est-ce que t'as fait après la disparition de ton père ?

— Eh bien, j'ai continué à vivre comme avant. À la plage, en dormant sur des canapés d'amis quand il faisait froid. Plus tard, un an après, en gros, ma grand-mère est venue me chercher et m'a ramenée ici quand j'avais seize ans. Ici, à Ventura, d'où mon père était originaire.

191

Compton hocha la tête. Ils étaient aussi intimes qu'on peut l'être physiquement, mais n'avaient jamais partagé le moindre secret de leurs vies. Elle n'avait jamais rencontré ses fils et ne connaissait même pas leurs prénoms. Elle ne lui avait jamais posé de questions sur son divorce. Elle savait que cet instant pouvait aussi bien les rapprocher que les éloigner l'un de l'autre.

Elle s'assit et ils s'étreignirent.

— Bon, on se revoit, d'accord ? lança-t-il. Tu m'appelles… et pas que pour le boulot.

— D'accord, dit-elle. Et merci pour la nuit dernière.

— Quand tu veux, Renée.

Il se pencha pour qu'elle l'embrasse, mais elle détourna le visage vers son épaule.

— Tu t'es brossé les dents, pas moi, dit-elle. (Elle lui embrassa l'épaule.) J'espère que ça mordra aujourd'hui.

— Je t'enverrai une photo si on attrape quelque chose.

Il se leva et quitta la pièce. Elle entendit la porte d'entrée se fermer, puis le bruit de sa voiture qui démarrait. Elle songea à tout un tas de choses pendant quelques minutes, puis se leva pour aller prendre une douche. Elle avait un peu mal partout. La baise après le service n'était jamais géniale. C'était rapide, pour la forme, souvent brutal pour assouvir le désir primal de réaffirmer d'une manière ou d'une autre le primat de la vie au moyen de la chair. Ils n'avaient pas fait l'amour. Ils s'étaient contentés d'obtenir ce dont ils avaient besoin l'un de l'autre.

Une fois sortie de la douche, elle n'eut d'autre choix que celui de remettre ses habits de la veille. Elle sentit la sueur sur son chemisier. Elle avait eu si peur quand elle s'était aperçue que Nettles avait une arme. Elle s'arrêta un instant pour revivre ce frisson. La sensation était addictive et dangereuse, elle se demanda s'il était normal qu'elle ressente ce besoin.

Elle continua de s'habiller en sachant qu'elle mettrait autre chose avant de reprendre le travail. Elle s'était fixé pour but de retrouver, et de voir, à quoi ressemblait l'ex-épouse de Thomas Trent, celle qui l'avait quitté quelques mois après son arrestation dans Sepulveda Boulevard et connaissait sans doute nombre de ses secrets. Elle savait qu'il allait lui falloir décider s'il valait mieux aller carrément l'interroger ou engager finement la conversation avec elle sans lui révéler qu'elle était flic.

Elle se regardait dans la glace et se passait les doigts dans les cheveux lorsqu'elle sentit vibrer son portable. Surprise qu'il ait encore un peu de batterie, elle le sortit de la poche de sa veste et jeta un coup d'œil à l'écran. Elle avait raté un appel de Jenkins quand elle était sous la douche, et un texto dans lequel Sarah, la dog-sitter de Lola, lui demandait si elle avait l'intention de passer bientôt la reprendre.

Elle commença par répondre à Sarah pour s'excuser de son retard et lui dire qu'elle passerait bien reprendre Lola dans l'heure. Puis elle rappela Jenkins et se souvint qu'elle avait vérifié que tout allait bien la veille au soir.

— Bonjour, collègue, quoi de neuf ?

— Je voulais juste te présenter mes condoléances, répondit-il. C'est vraiment une mauvaise nouvelle.

— De quoi tu parles ?

— De Chastain. T'as pas eu le RACER ?

Il faisait allusion à l'alerte numérique qu'envoyait par e-mail l'unité de Real-time Analysis and Critical Emergency Response[1] à tous les personnels du service des inspecteurs lorsqu'un crime grave ou un trouble à l'ordre public se produisait. Et, ce matin-là, Ballard n'avait pas encore lu ses mails.

— Non, j'ai pas regardé. Qu'est-il arrivé à Chastain ? demanda-t-elle en sentant son estomac se nouer.

— Euh, ben, il est mort, répondit Jenkins. C'est sa femme qui l'a trouvé dans leur garage ce matin.

Elle regagna le lit, s'y rassit et se recroquevilla jusqu'à ce que sa poitrine touche ses genoux.

— Ah, mon Dieu ! réussit-elle à dire.

Elle revit l'altercation qu'ils avaient eue à la salle des inspecteurs deux soirs plus tôt. L'altercation unilatérale. Et, dans l'instant, l'idée lui traversa l'esprit qu'elle avait peut-être déclenché en lui une espèce de déferlement de culpabilité qui l'avait conduit à mettre fin à ses jours. Jusqu'au moment où elle se rappela qu'on n'émettait pas d'alerte RACER pour les suicides de flics.

— Attends une minute, dit-elle. Comment a-t-il été tué ? Il ne s'est pas donné la mort, si ?

— Non, on l'a flingué, répondit Jenkins. Quelqu'un l'a abattu dans son garage au moment où il descendait de voiture. L'alerte RACER parle d'exécution.

— Ah, mon Dieu ! répéta-t-elle.

Elle s'y perdait. Certes, Chastain l'avait trahie, mais elle oublia tout cela en repensant à leurs cinq années de solide collaboration. Chastain était un enquêteur aussi

---

1. « Unité d'analyse en temps réel et de réponse en urgence absolue. »

194

qualifié que déterminé. Il avait déjà passé cinq ans aux Vols et Homicides avant qu'elle n'arrive et lui avait beaucoup appris. Maintenant il n'était plus là, et bientôt, son badge et son nom rejoindraient ceux de son père sur le monument aux morts de la police devant le Public Administration Building.

— Renée, ça va ? lui demanda Jenkins.

— Oui, ça va, répondit-elle. Mais faut que j'y aille. Je vais monter là-bas.

— C'est sans doute pas une bonne idée, Renée.

— Ça m'est égal. Je te rappelle plus tard.

Elle raccrocha et chercha un Uber pour retourner à la division d'Hollywood.

Chastain habitait à Chatsworth, à l'extrémité nord-ouest de la ville avec sa femme et leur fils adolescent. On ne pouvait guère être plus éloigné du centre et du PAB sans franchir les limites de L.A. Les trois quarts des flics fuyaient la mégalopole dès leur service terminé et vivaient en banlieue, mais Chastain était ambitieux et s'était dit que ça paierait de faire savoir aux comités de promotion qu'il était installé, et depuis toujours, dans la ville qu'il servait comme policier.

De retour au commissariat, elle enfila vite un nouveau tailleur, s'empara de la voiture banalisée assignée au quart de nuit, mit cap au nord et prit trois autoroutes à la file pour rejoindre Chatsworth. Une heure après avoir reçu l'appel de Jenkins, elle se garait le long du trottoir, derrière une longue file de voitures de patrouille et de véhicules banalisés bouchant complètement l'impasse au bout de Trigger Street. Passer devant le panneau de la rue lui rappela que Chastain plaisantait souvent sur le fait qu'il était flic et habitait Trigger Street[1].

Maintenant, tout cela semblait tristement ironique.

La première chose qu'elle remarqua en descendant de voiture fut qu'il n'y avait apparemment aucun média autour de la scène de crime. Dieu sait comment, personne dans la légion de reporters qui couvraient L.A. n'était tombé sur l'affaire ou n'en avait été averti. Sans doute parce que c'était dimanche matin et que la machinerie des médias locaux se mettait en branle assez tard.

Elle se passa son badge autour du cou en approchant du ruban jaune à l'entrée de l'allée cochère. Hormis les médias, inspecteurs, officiers de la patrouille, techniciens et légistes du coroner, elle vit tout ce qui se fait en matière d'habitués des scènes de crime. Du type ranch des années 50, la maison avait été construite à l'époque où Chatsworth se trouvait au diable vauvert par rapport à la ville. La double porte du garage était ouverte sur le cœur même de toute l'activité.

Un officier de patrouille de la division de Devonshire tenait le registre des présences. Ballard lui donna son nom et son numéro de badge et passa sous le ruban jaune. Elle remontait l'allée du garage lorsqu'un inspecteur avec lequel elle avait travaillé aux Vols et Homicides s'approcha d'elle et leva les mains pour l'arrêter. Il s'appelait Corey Steadman et elle n'avait jamais eu de problème avec lui.

— Renée, attends ! lui dit-il. Qu'est-ce que tu fais là ?

Ballard s'immobilisa.

---

1. « Rue de la détente d'arme à feu. »

— C'était mon binôme, dit-elle. Pourquoi crois-tu que je suis ici ?

— Le lieutenant va en chier un tank s'il te voit, lui renvoya Steadman. Je peux pas te laisser passer.

— Olivas ? Pourquoi est-ce son équipe qui s'occupe de ça ? Y aurait pas conflit d'intérêts ?

— Parce que ç'a à voir avec la tuerie du Dancers. On prend tout.

Elle tenta de le contourner, mais il fit vite un pas de côté et lui bloqua le passage. Et leva de nouveau la main devant elle.

— Renée, dit-il, j'ai pas le droit.

— OK. Alors dis-moi juste ce qui s'est passé. Pourquoi Chastain est-il dans ce garage ?

— On pense qu'il s'y est fait buter hier soir en rentrant chez lui. Le tireur l'attendait à l'intérieur ou, plus vraisemblablement, dehors, et s'est faufilé derrière la voiture en profitant de son angle mort.

— Quelle heure était-il ?

— Sa femme était allée se coucher à 23 heures. Elle avait reçu un texto de Kenny lui disant qu'il allait travailler jusqu'à au moins minuit. Et ce matin, elle se lève et s'aperçoit qu'il n'est jamais rentré. Elle lui envoie un texto, il ne répond pas. Elle porte des cochonneries à la poubelle dans le garage et c'est là qu'elle le découvre. Il était aux environs de 9 heures.

— Où a-t-il été touché ?

— Il était derrière le volant, il en a reçu une dans la tempe gauche. Faut espérer qu'il n'ait rien vu venir.

Ballard marqua une pause tandis que le chagrin et la colère se mêlaient en elle.

— Et Shelby n'a pas entendu le coup de feu ? Et Tyler ?

— Tyler était allé passer le week-end chez un copain de son équipe de volley-ball. Shelby n'a rien entendu parce que, à notre avis, le type s'était fabriqué un silencieux de fortune. On a retrouvé des fibres de papier et des résidus de liquides sur le siège et sur le corps. Bien collant. On pense à du soda orange, mais ce sera au labo de voir.

Elle hocha la tête. Elle savait qu'il lui parlait de la méthode qui consiste à se servir d'une bouteille de soda en plastique d'un litre pour recouvrir la bouche d'une arme. On la vide de son liquide et la bourre de coton, de serviettes en papier, de tout et de n'importe quoi. Ce système avait étouffé la détonation de manière considérable, mais avait aussi éjecté une partie des matériaux contenus dans la bouteille.

Et cela ne marchait que pour un seul tir. Le tireur devait donc être sûr de son coup.

— Où était Kenny hier soir ? reprit-elle. Qu'est-ce qu'il faisait ?

— En fait, le lieutenant l'avait renvoyé chez lui à 18 heures, répondit Steadman. Ça faisait dix-huit heures d'affilée qu'il bossait et le lieutenant lui avait dit de se reposer. Mais il n'est pas rentré chez lui. D'après Shelby, il lui aurait envoyé un SMS pour lui dire qu'il devait se coltiner un témoin et qu'il rentrerait tard.

— C'est ces mots-là qu'il a mis dans son texto ? « Se coltiner un témoin » ?

— C'est ce qu'on m'a dit, oui.

Elle avait entendu Chastain se servir de cette expression à de multiples reprises quand ils étaient en tandem.

Elle savait que pour lui, « se coltiner » un témoin signifiait régler une situation compliquée. Compliquée pour
nombre de raisons, mais le plus souvent parce qu'il
allait devoir retrouver un témoin réticent, quelqu'un
qu'il devrait contrôler pour l'amener devant un tribunal
ou le forcer à faire une déclaration sous serment.

— C'était qui, ce témoin ?

— Je ne sais pas. Quelqu'un dont il avait entendu
parler ou sur lequel il avait quelque chose.

— Et il faisait ça tout seul ?

— C'est lui, le fouet[1] du patron. Tu sais bien, depuis
que… depuis ton transfert.

Le « fouet » était un inspecteur élevé à la fonction
d'assistant du lieutenant. Les trois quarts du temps, il
s'agissait de quelqu'un qu'on préparait à une promotion
et à qui on n'assignait pas de coéquipier. Cela expliquait
que Chastain ait pu y aller seul.

— Comment va Shelby ?

— Je ne sais pas. Je ne lui ai pas parlé. C'était le
lieutenant qui s'en occupait.

Le simple fait de mentionner Olivas parut le faire
apparaître. En regardant derrière Steadman, elle le vit
sortir du garage et se diriger vers eux. Il avait ôté sa
veste, roulé les manches de sa chemise et découvert son
holster d'épaule… équilibré par une arme à gauche et
deux chargeurs à droite. À voix basse, Ballard avertit
Steadman.

— Le voilà, murmura-t-elle. Redis-moi de dégager
d'ici. Fort.

---

1. *Whip*. Terme désignant quelqu'un chargé de faire régner la
discipline dans un groupe.

Steadman mit un moment à comprendre l'avertissement.

— Je t'ai déjà dit que tu pouvais pas venir ici ! lança-t-il d'une voix ferme. Faut que tu retournes à ton...

— Corey ! aboya Olivas dans son dos. Je m'en occupe.

Steadman se retourna comme s'il venait juste de comprendre qu'Olivas était derrière lui.

— Elle s'en allait, lieutenant. Vous inquiétez pas.

— Non, rentrez ! dit Olivas. Faut que je parle à Ballard.

Il attendit que Steadman soit reparti vers le garage. Ballard le fixa, prête à affronter ce qui, elle le savait, serait une agression verbale.

— Ballard, lança-t-il, avez-vous eu le moindre contact avec Chastain hier ?

— Pas depuis que je lui ai confié un témoin le matin de la fusillade. C'est tout.

— Bien, vous devez donc partir d'ici. Vous n'êtes pas la bienvenue.

— C'était mon coéquipier.

— Autrefois. Jusqu'à ce que vous tentiez de l'embrigader dans vos mensonges. Ne croyez pas un seul instant que vous pourrez rattraper ça maintenant.

Elle eut un geste désabusé et regarda autour d'elle comme si elle se demandait qui pouvait bien les entendre alors qu'ils se tenaient dans l'allée cochère.

— Pourquoi mentez-vous ? lui renvoya-t-elle. Il n'y a que nous ici. Ne me dites pas que vous vous êtes raconté ça si souvent que vous en êtes arrivé à le croire !

— Ballard, vous...

— Nous savons tous les deux très exactement ce qui s'est passé. Vous m'avez clairement fait comprendre, et plus d'une fois, que ma trajectoire dans le service dépendait de vous et que j'allais devoir « assurer » pour ne pas me faire virer. Et, à la fête de Noël, vous me coincez contre un mur et essayez de me coller votre langue dans la gorge. Et vous croyez que me mentir en face va me convaincre que ça n'est jamais arrivé ?

Il parut surpris par l'intensité qu'elle mettait dans sa voix.

— Partez, c'est tout… Ou je vous fais escorter hors de cette propriété.

— Et Shelby ?

— Quoi, « Shelby » ?

— Vous venez de la laisser toute seule à l'intérieur ? Elle a besoin d'avoir quelqu'un près d'elle.

— Qui, vous ? Jamais de la vie, bordel !

— On était proches. J'étais la coéquipière de son mari et elle savait que je ne coucherais pas avec lui. Je pourrais vous être utile ici.

Il parut envisager la chose un instant.

— On s'occupe bien des nôtres, ici, dit-il, et vous n'en faites pas partie. Un peu d'intégrité, Ballard. Un peu de respect. Vous avez trente secondes avant que je demande à la patrouille de vous éjecter.

Sur quoi, il se retourna et repartit vers le garage. Ballard regarda au-delà de lui et vit que plusieurs personnes les avaient observés en douce du fond du garage. Elle vit aussi que la voiture de fonction banalisée de son ex-coéquipier y était garée dans la partie droite. Et que le coffre était ouvert. Elle se demanda si c'était pour les besoins de l'enquête ou pour empêcher qu'on voie son corps affalé sur le siège conducteur.

Chastain avait trahi leur association de la pire des façons. C'était inacceptable, impardonnable, mais vu les ambitions du monsieur, elle comprenait. Il n'empêche, elle avait toujours cru qu'il finirait par s'en rendre compte et la soutenir en disant haut et fort ce qu'Olivas avait fait. Il n'y avait maintenant plus aucune chance que ça se produise. Elle en fut triste, pour elle et pour lui.

Elle fit demi-tour et redescendit l'allée pour gagner la rue. Elle passa à côté d'un 4 x 4 où elle savait que se trouvait le chef de police. Les larmes lui brûlèrent les yeux avant même qu'elle n'arrive à sa voiture.

Chapitre 17

Elle reprit Lola en s'excusant à profusion auprès de Sarah et gagna la plage. Elle resta tout d'abord là, assise les jambes croisées sur le sable à côté de sa chienne, à regarder le soleil descendre à l'horizon. Elle décida de ne pas pagayer. Elle savait que les requins rôdaient le long du rivage au crépuscule et cherchaient de quoi manger.

Elle repensa au moment où Chastain lui avait raconté ce qui était vraiment arrivé à son père, comment il avait été si nul aux Affaires internes qu'il avait un jour été éjecté d'une voiture puis assassiné par une foule en colère lors d'une émeute raciale qu'il avait lui-même contribué à déclencher. Chastain n'avait découvert la vérité qu'une fois flic et après avoir eu suffisamment de courage pour déterrer les dossiers scellés concernant sa mort. Il avait confié à Ballard que ce qui l'avait rendu si fier, adolescent, avait fini par l'humilier profondément et tout personnellement lorsqu'il avait pris le badge. C'était cela qui l'avait poussé à monter dans la hiérarchie afin de les racheter l'un et l'autre, en quelque sorte.

Le seul problème était qu'il avait écrasé Ballard dans son ascension.

— Renée?

Elle leva la tête. Aaron, le maître nageur, la regardait.

— Ça va? demanda-t-il.

— Ça va, oui, répondit-elle en essuyant les larmes sur ses joues. Aujourd'hui, un type qui m'a complètement mise dans la merde est mort.

— Alors, pourquoi t'es triste? Qu'il aille se faire foutre, ce mec! Si c'en est bien un.

— Je ne sais pas. C'est peut-être parce que ce qu'il a fait ne pourra plus jamais être arrangé. Sa mort rend le truc permanent.

— Je pense comprendre.

— C'est compliqué.

Il portait un blouson en Nylon rouge orné du mot « Sauvetage ». La température baissait avec le soleil maintenant à deux doigts de disparaître dans l'océan. Le ciel vira au rose néon.

— Tu ne vas pas essayer de dormir ici dehors cette nuit, si? reprit-il. Un samedi soir? La patrouille de nuit va sortir en force.

— Non, dit-elle. Je vais aller bosser. Je voulais juste voir le coucher de soleil.

Il lui souhaita bonne nuit et redescendit la plage jusqu'au poste de surveillance où il devait rester jusqu'à la nuit tombée. Elle regarda le soleil couler dans l'eau noire, puis se leva. Une fois encore, elle acheta de la nourriture à emporter pour elle et Lola sur la promenade en planches et mangea sur un banc tout proche. Elle n'arrivait pas à véritablement s'enthousiasmer pour ce qu'elle mangeait et finit par donner la moitié de ses haricots noirs, riz jaune et plantains à un certain Nate, un sans-abri qu'elle connaissait. Artiste de rue, il avait fait de bonnes affaires jusqu'au mois de janvier précédent en vendant des portraits de l'ancien président. Il lui confia que ceux du nouveau ne se vendaient pas parce que le genre de gens qui l'aimaient ne venaient pas à Venice Beach.

Elle ramena Lola chez Sarah en s'excusant encore plus auprès d'elle et de sa chienne et reprit le chemin de la ville et de ses dossiers. Elle arriva au commissariat d'Hollywood trois heures avant le début de son service. Elle se changea au vestiaire, sortit le bandeau noir de derrière son badge et l'étira devant.

Une fois à la salle des inspecteurs, elle s'installa à sa place habituelle, se mit sans tarder à l'ordinateur et commença par le site du *Los Angeles Times*. Elle savait qu'elle pouvait se servir du réseau du service – les trois quarts des enquêtes y atterrissaient sous forme d'infos de base consultables en interne –, mais n'oubliait pas qu'elle y laisserait ainsi une trace identifiable. Elle voulait les noms des trois hommes assassinés dans le box du Dancers et pensait que, quasi quarante-huit heures après le massacre, la figure de proue des médias de la ville les aurait enfin.

Elle ne se trompait pas et trouva rapidement un article où l'on reconnaissait au Bureau du légiste le mérite d'avoir divulgué les noms des victimes juste après les autopsies et la notification des proches. On y déclarait que Cynthia Haddel et Marcus Wilbanks, employés du Dancers, avaient été tués par le tireur inconnu et que Cordell Abbott, Gordon Fabian et Gino Santangelo étaient les trois clients du box.

Ces noms en sa possession, elle s'attacha à découvrir le passé de ces trois hommes en consultant l'ordinateur central et ceux du DMV[1]. Cette décision allait, elle aussi, laisser des traces, mais pas aussi décelables que si elle ouvrait les dossiers en ligne de l'affaire en usant de son droit d'accès aux données du service. Procéder ainsi aurait pu déclencher une alerte que les enquêteurs assignés à l'affaire auraient aussitôt remarquée.

Elle examina le passé des trois morts l'un après l'autre et leur bâtit un profil d'après leurs données. Comme il avait été rapporté la veille au soir aux infos télévisées, ils avaient tous un casier. Mais ce qui l'intrigua le plus fut de constater qu'ils semblaient appartenir à des cercles différents du milieu, ce qui rendait insolite leur réunion dans ce box.

Noir de trente-neuf ans, Cordell Abbott avait à son actif trois condamnations pour infractions au jeu. Dans ces trois affaires, il était accusé de paris interdits. En d'autres termes, c'était un bookmaker. Il prenait des paris sur des événements sportifs allant des courses de chevaux aux matchs des Dodgers. Il semblait aussi que, malgré ses condamnations, il n'ait jamais purgé la moindre peine dans une prison d'État. Au pire, il avait eu droit à des incarcérations de quelques semaines, voire de plusieurs mois, mais jamais d'années entières dans des prisons de comté.

De la même façon, Gordon Fabian avait échappé à la prison malgré une longue liste de condamnations pour

_____

1. Division of Motor Vehicles, équivalent de notre service des cartes grises.

divers crimes liés à la drogue. Blanc de cinquante-deux ans, c'était la victime la plus âgée du massacre. Ballard dénombra dix-neuf arrestations dans un dossier qui remontait aux années 80. Possession et consommation, deal de petites quantités de drogue, tout tournait autour de ça. Il avait eu droit à des mises à l'épreuve et à des condamnations déjà couvertes par le temps passé en préventive. Dans certains cas, on était même allé jusqu'à laisser tomber. Cela étant, au moment de sa mort, il avait enfin intégré le premier cercle et attendait d'être jugé par une cour fédérale pour détention d'un kilo de cocaïne. Il était en liberté sous caution et risquait une lourde peine de prison s'il était condamné.

La troisième victime, Gino Santangelo, était un Blanc de quarante-trois ans et le seul des trois avec un passé de violences. Il avait été accusé d'agression à trois reprises en quinze ans. Pour l'une d'elles, il avait fait usage d'une arme, mais sans tuer sa victime. Les deux autres lui valant une charge supplémentaire pour « blessures graves » par le district attorney. Dans ces trois dossiers, Santangelo avait plaidé coupable pour des crimes moins graves et avait bénéficié de peines plus légères. Sa première condamnation – pour l'affaire où il s'était servi d'une arme à feu – lui avait valu trois ans en prison d'État. Après ça, il semblait être devenu plus malin et avoir laissé tomber des flingues qui n'auraient fait qu'ajouter des années de taule à ses condamnations. Lors des affaires suivantes, il ne s'était servi que de ses mains et de ses pieds pour agresser ses victimes et avait ainsi été autorisé à plaider coupable pour des crimes moins graves, du genre voies de fait et atteinte à l'ordre public, tous ne donnant lieu qu'à des séjours de moins d'un an derrière les barreaux. Sans avoir accès à tous les détails de chacune de ces affaires, Ballard se dit que Santangelo était probablement un exécuteur des basses œuvres du milieu. Elle se concentra sur la troisième, celle où, accusé d'agression et blessures graves, il n'avait plaidé coupable que de voies de fait. Pour qu'on descende à ce niveau, elle savait qu'il avait dû y avoir des problèmes avec la victime ou un témoin. Santangelo avait certes un passé de violences, mais la victime, ou un témoin, avait dû avoir peur ou refuser de témoigner. Résultat : il n'avait écopé que de trente jours, qui s'étaient réduits à vingt, à la prison du comté.

Il y avait beaucoup de choses à lire entre les lignes de ces extraits de dossiers, mais elle n'avait pas eu accès aux détails permettant de mettre les crimes et les individus concernés dans leur contexte. Pour cela, elle aurait dû sortir les vrais dossiers et ça, il n'en était pas question un samedi soir. Elle n'en examina pas moins les portraits des trois hommes et put ainsi se rappeler les positions qu'ils occupaient dans le box où ils s'étaient fait assassiner.

Elle n'eut aucun mal à retrouver où se trouvait Cordell Abbott dans la mesure où c'était la seule victime noire. Elle se rappela avoir vu son corps juste à gauche de l'espace libre du box. Soit tout à côté du tireur.

La photo d'identité judiciaire de Gordon Fabian, prise de profil, montrait un homme avec une queue-de-cheval grise, ce qui le plaçait en face du tireur. C'était la victime tombée à moitié en dehors du box, sa queue-de-cheval trempant dans son sang à la manière d'un pinceau.

Tout cela mettait Gino Santangelo au milieu.

Ballard se carra dans son fauteuil et réfléchit à ce qu'elle savait et pouvait supposer. Quatre hommes se glissent dans un box. S'y étaient-ils placés au hasard ou avaient-ils obéi à un plan reposant sur leurs relations ? Il y avait là un bookmaker, un exécuteur des basses œuvres, un trafiquant de drogue et, par manque de renseignements plus précis, un tireur.

À cela, il fallait ajouter la question de la séquence des tirs. Ballard n'avait pas accès aux rapports sur le crime et les biens des individus concernés, mais aurait-elle eu à en nommer un, en plus du tireur, à avoir été armé, elle aurait choisi Santangelo. Il avait déjà été condamné pour crime avec arme et, même s'il semblait avoir renoncé à se servir de flingues dans ses activités de gros bras, il semblait peu probable qu'il ait cessé d'en porter. Son casier était celui d'un criminel de carrière, l'arme à feu en étant l'un des outils.

Ce qui conduisait à la question suivante. La vidéo d'une fraction de seconde du selfie fourni par le témoin Alexander Speights montrait clairement le tireur faisant d'abord feu sur Fabian, le trafiquant de drogue. Mais pourquoi faire ça s'il savait qui était ce Santangelo et qu'il était très probablement armé ?

Ballard tira plusieurs conclusions de ces informations assurément incomplètes. La première fut que les hommes assis dans ce box ne se connaissaient pas tous. Si le tireur en connaissait au moins un, il était vraisemblable que ce soit Abbot, le bookmaker, parce que c'était à côté de lui qu'il était assis. Elle se dit encore que c'était par pur élan ou intentionnellement qu'il avait commencé par tirer sur le trafiquant. Intentionnellement s'il le tenait responsable de ce qui avait tourné de travers pendant la réunion. Par pur élan s'il avait plus simplement choisi d'abattre tout le monde sur le mode un-deux-trois. Ç'aurait été la manière la plus rapide et la plus sûre de procéder, à condition de ne pas savoir que Santangelo était armé.

Elle savait que toutes ses suppositions ne la menaient à rien. Il y avait des myriades d'autres facteurs et possibilités à l'œuvre dans cette affaire. Le tireur aurait ainsi très bien pu vérifier si les autres étaient armés avant de se joindre à la réunion, le plan de table résultant tout simplement de l'ordre d'arrivée de chacun des participants. Il n'y avait aucun moyen de le savoir. Elle en conclut qu'elle ne faisait que du surplace dans une affaire qui ne la regardait pas et dont on lui avait très clairement ordonné de ne pas se mêler.

Il n'empêche, elle n'arrivait pas à laisser tomber. Cela la tracassait, et c'était à cause de Chastain. Elle envisagea alors une manœuvre qui lui coûterait à tous les coups la porte si jamais on s'en apercevait dans le service.

Chastain et elle avaient fait équipe depuis presque cinq ans avant de se brouiller. Toute cette période les avait vus travailler ensemble dans des enquêtes de première importance et souvent très dangereuses. Cela les avait rapprochés, leur collaboration en devenant presque un mariage en plus d'une façon, même si ni l'un ni l'autre n'avaient franchi, voire seulement brouillé, la ligne rouge. Il n'empêche, ils partageaient tout ce qui avait trait à leur travail, Ballard connaissant même le mot de passe de Chastain pour accéder à l'ordinateur du service. Elle s'était trop souvent trouvée assise à côté de lui pour ne pas l'avoir remarqué et s'en souvenir. Il était certes obligatoire de le modifier tous les mois mais, en véritables êtres de routine, les enquêteurs se contentaient souvent de n'en remplacer que les trois derniers caractères par les chiffres du mois et de l'année.

Pour elle, il y avait peu de chances qu'il ait renouvelé le sien après leur rupture. Elle n'avait, elle, procédé à aucune modification du sien parce qu'il n'était pas difficile de s'en souvenir – c'était le nom de son père épelé à l'envers – et qu'elle n'avait aucune envie de se rappeler une combinaison de chiffres et de lettres sans aucune signification. Elle savait que le mot de passe de Chastain était la date de son mariage suivi de son initiale et de celle de son épouse, avant les numéros du mois et de l'année en cours.

Elle doutait aussi que le compte de Chastain ait déjà été supprimé suite à son décès. Dans une bureaucratie telle que celle du LAPD, il pouvait se passer des mois avant que l'unité d'accès aux données numériques efface un nom de son répertoire. Cela étant, elle savait que si elle se connectait en se faisant passer pour Chastain, cette infraction pourrait être remontée jusqu'à l'ordinateur précis dont elle se serait servie. Que, techniquement parlant, ce ne soit pas son bureau ou son ordinateur n'aurait aucune importance. Elle deviendrait le suspect n° 1, l'affaire se soldant par son éviction de la police, sans parler de poursuites au criminel pour hacking.

Elle se déconnecta de son compte pour changer de session. Elle tapota quelques instants le bureau du bout des doigts, s'attendant à ce qu'une petite voix l'avertisse de ne pas continuer. Mais rien ne vint. Elle tapa l'identifiant de Chastain et son mot de passe, et attendit.

Ça y était. Maintenant capable de suivre le fantôme de son ancien coéquipier dans le système, elle mit vite à profit son accès autorisé pour ouvrir les dossiers du Dancers. Elle accéda à quantité de rapports et éléments de preuve relevés sur la scène de crime, ainsi qu'à des déclarations de témoins, sans parler des chronologies établies par les enquêteurs. Elle les scanna pour identifier de quoi il retournait, puis envoya tout cela à l'imprimante du bureau des inspecteurs pour pouvoir les analyser à fond plus tard. Elle avait l'impression d'être entrée chez quelqu'un par effraction et de devoir filer avant d'être découverte.

Un quart d'heure plus tard, elle se déconnecta et tout fut dit. Elle gagna la salle de l'imprimante et y récupéra une liasse de feuilles de presque six centimètres d'épaisseur.

L'heure suivante la vit prendre tout son temps pour examiner ces documents. Les trois quarts n'étaient que paperasse de routine, mais certains rapports lui donnèrent une vision plus claire du massacre et du rôle joué par chacun. Plus remarquables étaient les antécédents complets des trois victimes du box. La biographie de Santangelo faisait apparaître qu'il était un usurier et recouvreur de dettes des plus connu travaillant pour une famille du crime organisé basée à Las Vegas. En plus de quoi, le rapport signalait qu'un calibre 45 avait effectivement été retrouvé bien calé dans la ceinture de son pantalon de costume. L'arme avait alors été remontée jusqu'à un cambriolage perpétré à Summerland, Nevada, en 2013.

Le document qui surprenait par son absence de contenu était le rapport de surveillance vidéo. Il y était noté qu'un examen des prises de vue des caméras installées à l'entrée du Dancers et dans les commerces proches aussi bien de Sunset Boulevard que des environs ne faisait apparaître aucune image du tireur suspecté ou de sa voiture. L'unité vidéo ne pouvait même pas donner de signalement minimal d'un véhicule de fuite ni même dire dans quelle direction l'assassin avait disparu. Pour Ballard, c'était comme s'il savait qu'il n'y avait pas de caméras, ou avait choisi le lieu de la rencontre en se fondant sur des failles de la surveillance lui permettant de filer.

Déçue, elle passa à autre chose et finit son tour d'horizon par les chronologies des enquêteurs. Cinq de ces derniers avaient été assignés à l'affaire à plein temps, en plus du lieutenant Olivas. Cela donnait lieu à trois chronologies établies par deux paires d'inspecteurs et Chastain, le patron du détachement spécial. Olivas, lui, n'en avait toujours pas dressé.

En partant de ces documents, Ballard fut à même de suivre les décisions prises et comprit que Santangelo était l'objet principal de l'enquête. On pensait que ce meurtre de masse pouvait n'être qu'un contrat sur ce haut personnage de la mafia, les quatre autres n'étant que des victimes collatérales. Une des équipes d'inspecteurs avait ainsi été envoyée à Las Vegas pour enquêter dans ce sens.

Ballard savait que tout cela risquait de changer suite au meurtre de Chastain. Toutes les priorités seraient redéfinies. Si l'assassinat de l'inspecteur et le massacre du Dancers étaient reliés par des découvertes de la médecine légale ou par tout autre élément de preuve, il serait alors évident que le tueur se trouvait toujours à Los Angeles.

Ce fut la chronologie de Chastain qu'elle lut en dernier. Elle s'aperçut qu'il y avait consciencieusement porté sa visite à la division d'Hollywood afin d'y consulter son ancienne coéquipière et y prendre le témoin Alexander Speights. Son travail montrait aussi qu'il avait identifié Metro un peu plus tard. L'ami et collègue avec lequel ledit Speights s'était trouvé au club s'appelait Matthew Robison, avait vingt-cinq ans et habitait La Jolla Avenue à West Hollywood. Chastain avait interrogé ce Robison chez lui le vendredi matin suivant après avoir reçu ce renseignement du gérant du magasin Slick Kicks. La mention « NRV » portée après cette entrée rappela à Ballard que c'était ainsi que Chastain parlait de types qui N'avaient Rien Vu.

Ni Speights ni Robison n'étaient des témoins cruciaux, mais la vidéo d'une fraction de seconde qu'avait fournie Speights était, elle, toujours d'une grande valeur. Si jamais des charges étaient retenues et qu'on aille au tribunal suite à l'enquête, Speights devrait témoigner, ne serait-ce que pour y présenter le selfie dans lequel il avait réussi à saisir le premier coup de feu. Et si jamais la défense le contrait de quelque façon que ce soit, ce serait son pote Robison qu'on pourrait faire témoigner à la barre afin de corroborer ses dires.

Dans la chronologie de Chastain, elle nota deux entrées mentionnant des appels téléphoniques qui l'intriguèrent. Le premier avait été passé le vendredi à 13 h 10. Appel sortant pour un certain Dean Towson. Le second avait été reçu à 17 h 10 de Matthew Robison, le témoin qui, a priori, N'avait Rien Vu. Aucune explication n'était donnée quant à l'un ou l'autre de ces appels dans le document. Chastain avait dû prévoir de le préciser plus tard. Cela dit, Ballard remarqua qu'il avait noté l'appel entrant peu de temps avant qu'Olivas ne l'informe qu'il ne serait pas de service pendant la soirée.

Le nom de Dean Towson lui disait quelque chose, mais pas moyen de le situer. Elle chercha sur Google et tomba bientôt sur le site Web d'un défenseur au pénal spécialisé dans les affaires fédérales.

— Fabian ! dit-elle tout haut.

Ça lui revenait. Fabian était maintenant confronté à des accusations fédérales et c'était justement au niveau fédéral que travaillait Towson. Il était donc probable que ce soit lui qui le défende dans son affaire de possession d'un kilo de cocaïne et que Chastain se soit adressé à lui pour voir s'il savait pourquoi son client se trouvait dans ce box du Dancers lorsque la fusillade avait éclaté.

Ballard consulta la pendule au-dessus des écrans de télé et s'aperçut qu'il était presque 22 heures. Elle savait pouvoir trouver l'adresse personnelle de Towson par le DMV et aller frapper à sa porte, mais c'était samedi soir et il se faisait tard. Elle décida qu'approcher l'avocat dans la journée serait probablement mieux reçu. Elle mit l'idée de côté et préféra composer le numéro d'où Robison avait appelé Chastain. La chrono faisait état d'un préfixe de région 213. Personne ne répondit à son appel qui n'eut droit qu'à un bip avant d'être transféré sur une boîte vocale. Elle laissa un message :

« Maître Robison. Inspecteur Ballard du LAPD. Je vous appelle suite à la conversation téléphonique que vous avez eue avec l'inspecteur Chastain vendredi dernier. Pourriez-vous me rappeler le plus tôt possible ? »

Elle lui laissait son numéro quand, sur un des écrans de télévision, elle eut droit à une vidéo prise devant la maison de Chastain. Les médias avaient enfin été alertés. Le son était baissé, mais elle vit le chef de police s'adresser à plusieurs reporters, Olivas se tenant juste derrière lui sur sa gauche. Le chef de police était livide, comme s'il savait que ce qui avait démarré au Dancers avait maintenant de graves prolongements dans son service et y avait déjà fait des dégâts irréparables.

Ballard n'avait pas besoin de l'entendre pour le savoir.

Le dernier jeu de documents qu'elle parcourut comportait les notes brutes de Chastain sur les autopsies. Il les avait regroupées dans un fichier numérique à part afin de préparer les rapports à inclure dans le dossier final, mais avait trouvé la mort avant de pouvoir accomplir cette tâche.

Parce que l'affaire était de la plus haute importance – assez haute pour attirer Mme le docteur J. en personne sur la scène de crime –, l'examen des corps avait été mené tard le vendredi matin au bureau du légiste en chef, ladite docteur J. supervisant le travail de plusieurs assistants coroners assignés à chacun des corps. S'il n'y avait guère de doutes sur la cause de la mort des victimes, récupérer les projectiles était une étape importante dans l'enquête et donnait ainsi la priorité à chacune de ces affaires. Les autopsies ne pouvaient en général même pas être planifiées vingt-quatre, voire quarante-huit heures à l'avance, et celles-là avaient été effectuées moins de douze heures après les décès.

C'était Mme le docteur J. en personne qui avait autopsié le corps de Fabian. Le rapport final ne serait mis en forme que plusieurs jours après, mais Chastain avait pris des notes en sa qualité d'enquêteur présent sur les lieux. C'est là que Ballard tomba sur une phrase et une question qui orientèrent ses pensées dans une nouvelle direction.

D'après ce qu'avait écrit Chastain, le docteur J. avait qualifié une des blessures de Fabian à la poitrine de « brûlure au premier degré », celle-ci s'étant produite au moment de sa mort, mais pas par une arme à feu. Chastain avait ajouté une question à cette détermination : « Brûlure de batterie ? »

Ballard se figea en revoyant Chastain, le docteur J. et le lieutenant Olivas réunis autour du corps de Fabian et examinant sa poitrine.

Maintenant, elle savait pourquoi. Fabian présentait une brûlure qui pouvait avoir été causée par une batterie.

Elle revint vite à la liste des objets personnels de Fabian retrouvés sur la scène de crime et n'y découvrit rien qui aurait pu expliquer cette brûlure. Quel qu'il ait pu être, l'objet qui l'avait brûlé au moment de la fusillade avait disparu – apparemment subtilisé par le tireur.

Tout se mit en place dans sa tête. Pour elle, Fabian était équipé d'un dispositif d'écoute. Il portait un micro à la réunion du Dancers et c'était la batterie de l'engin qui avait commencé à le brûler. C'était un des dangers bien connus du travail. Les engins d'écoute compacts surchauffent, les graisses et la sueur corporelles pouvant déclencher un arc avec la batterie. Les professionnels prennent des mesures pour éviter ce qu'ils qualifient de « brûlures de mouchard » et enveloppent ces dispositifs dans des gaines en caoutchouc afin qu'ils ne soient pas en contact avec les glandes sudoripares.

Rien dans les antécédents de Fabian tels que Ballard les avait analysés ne montrait qu'il aurait jamais travaillé en civil. Mais sa brûlure à la poitrine indiquait le contraire.

Pour elle, Chastain avait flairé une piste, et c'était peut-être cela même qui lui avait valu d'être tué.

Chapitre 18

Ce dimanche-là, Ballard attendit 9 heures pour frapper à la porte de Dean Towson. Elle venait de petit-déjeuner au Du-par's de Studio City après un quart de nuit relativement calme : elle n'y avait reçu que deux appels, l'un pour enregistrer un suicide, l'autre pour participer à la recherche d'un vieil homme atteint de la maladie d'Alzheimer. Il avait été retrouvé sous l'abri de voiture d'un voisin avant même qu'elle n'arrive au lieu de l'appel.

Il lui avait fallu mobiliser toute sa volonté et sa patience pour s'empêcher de contacter Towson en pleine nuit. Plus elle pensait aux notes d'autopsie de Chastain, plus elle était persuadée que Towson détenait peut-être une clé permettant de résoudre le mystère du box du Dancers.

Mais elle avait réussi à faire preuve de retenue et profité du temps écoulé entre ces deux appels pour se plonger encore plus profondément dans toutes les banques de données des forces de l'ordre disponibles afin d'y trouver des détails sur les trois victimes. Ses efforts avaient été récompensés juste avant l'aube. En

reliant leurs passés criminels aux lieux de leurs incarcérations, elle était arrivée à trouver le point de rencontre
– l'endroit où ils avaient pu se croiser. Cinq ans plus tôt,
ils avaient en effet tous les trois été hébergés au centre
de détention Peter J. Pitchess de Castaic.

Ce lieu faisait partie du vaste réseau de prisons
du comté de Los Angeles. Des décennies plus tôt, ce
n'était encore qu'un établissement de faible sécurité
réservé à de malheureux poivrots qui s'y désintoxi-
quaient en purgeant leurs peines pour conduite en état
d'ivresse et ivresse sur la voie publique. De haute
sécurité à présent, il était devenu le plus grand centre
du système. Près de huit mille prisonniers hommes
s'y trouvaient en attente de procès ou y purgeaient
des peines inférieures à un an. En 2012, Santangelo
était à mi-parcours d'une peine de quatre-vingt-dix
jours pour voies de fait, Fabian effectuait un séjour
d'un mois pour possession de drogue tandis qu'Abbott arrivait au bout de six mois d'emprisonnement
pour activités de jeu illégales. À ce qu'elle pouvait en
déduire, ils s'y étaient croisés pendant trois semaines.

Ballard n'ignorait pas que Pitchess était gigantesque.
Elle s'y était rendue à de multiples reprises pour y interroger des détenus. Mais elle savait aussi qu'il y avait des
moyens de réduire le pool d'individus dont ils devaient
faire partie. Les gangs étaient ségrégués par affiliation et
par races, les dortoirs qui leur étaient réservés représentant la moitié des hommes que l'endroit pouvait abriter.
Et Ballard n'avait rien vu qui indiquât que l'une des
trois victimes aurait appartenu à quelque gang que ce
soit.

Le reste de la population était encore divisé en dortoirs pour les prisonniers en attente de procès ou d'audience et pour ceux qui, déjà condamnés, purgeaient leurs peines. Santangelo, Fabian et Abbott faisaient partie de ce dernier groupe – tous avaient déjà été condamnés. Cela réduisait le pool à environ deux mille individus. Ce nombre était assez réduit pour qu'elle croie possible qu'ils se soient croisés. Jeu, extorsion de fonds et drogues, tous avaient commis des crimes relevant des Mœurs et il n'était pas impossible qu'ils aient même fait affaire derrière les barreaux en acier de l'établissement. Bref, elle avait de bonnes raisons de croire que Santangelo, Fabian et Abbott se connaissaient depuis au moins cinq ans avant leur ultime et fatale réunion au Dancers.

Rien dans les rapports qu'elle avait analysés n'indiquait que l'enquête officielle sur le massacre soit arrivée à la même conclusion. Ballard se retrouvait maintenant devant un dilemme : devait-elle, oui ou non, trouver un moyen de partager ses renseignements avec les enquêteurs alors même qu'ils travaillaient sous la direction de l'individu qui avait fait de son mieux pour la virer du service ?

En plus de cela, ses conclusions sur les trois hommes pouvaient rejaillir sur le quatrième, c'est-à-dire le tireur. S'était-il, lui aussi, trouvé à Pitchess avec les trois autres ? S'adonnait-il à des trafics relevant des Mœurs ou était-ce quelqu'un dont le lien avec les autres était d'une nature toute différente ?

Au moment de partir petit-déjeuner après son service, elle décida de poursuivre ses investigations et de trouver un canal qui lui permette de faire passer ses conclusions aux enquêteurs officiels. Dieu sait pourquoi, elle avait l'impression de le devoir à Chastain.

Sa faim calmée, elle voulait coincer Towson avant qu'il ne puisse partir de chez lui pour la journée. Elle aurait préféré le faire à 8 heures, mais elle lui accorda une heure de sommeil supplémentaire parce que c'était dimanche. Elle comptait sur sa coopération, et ce petit rab avait des chances de payer.

Elle espérait aussi l'attraper avant qu'il ait le temps de lire le *Times* parce qu'elle savait que l'assassinat de Chastain y avait fait l'objet d'un article. S'il en prenait connaissance, il risquait de ne pas vouloir lui parler par peur de se voir ciblé lui aussi par l'inconnu qui avait abattu Chastain.

Elle savait que tous les faits et gestes de son ex-collègue ces deux derniers jours seraient reconstitués par les enquêteurs. L'article du *Times* qu'elle avait lu au Du-par's mentionnait que ce meurtre faisait maintenant partie de l'enquête sur le massacre du Dancers, et que l'équipe qui la dirigeait allait être renforcée par des inspecteurs de la Major Crimes Unit.

Elle avait sorti l'adresse personnelle de Towson de l'ordinateur du DMV et se rendit à Sherman Oaks avec deux tasses de café coincées dans un plateau en carton.

L'avocat de la défense habitait dans une maison de ville de Dickens Street, en retrait de Ventura Boulevard. L'endroit était équipé d'un parking en sous-sol, avec entrée sécurisée dans la rue. Ballard attendit sur le trottoir et y pénétra lorsque quelqu'un franchit le portail pour aller promener son chien.

— Oublié mes clés, marmonna-t-elle.

Elle repéra la porte de Towson et frappa. Sortit son badge de sa ceinture et le tint prêt. Towson lui ouvrit dans ce qu'elle pensa être ses vêtements pour la nuit : un sweat et un T-shirt orné du Swoosh de Nike. Âgé d'une cinquantaine d'années et pas très grand, il arborait un petit ventre, des lunettes et une barbe grise.

— Maître Towson, LAPD. J'aurais besoin de vous poser quelques questions.

— Comment êtes-vous entrée ?

— Le portail de sécurité était entrouvert. Je l'ai poussé.

— Il est équipé d'un ressort. Il aurait dû se refermer automatiquement. Et de toute façon, j'ai déjà parlé au LAPD, et c'est dimanche matin. Ça ne peut pas attendre demain ? Je ne suis pas de tribunal et serai à mon bureau toute la journée.

— Non, maître, ça ne peut pas attendre. Comme vous le savez, nous menons une enquête de première importance et nous croisons les compatibilités.

— Vous quoi ?

— Différents inspecteurs couvrent le même terrain. Parfois l'un d'eux remarque quelque chose qu'un autre n'a pas vu. Des témoins se souviennent de nouveaux détails.

— Je ne suis témoin de rien du tout.

— Mais vous avez des infos importantes.

— Vous savez à quoi ressemble votre croisement de compatibilités ? À ce qu'on fait quand on n'a que dalle.

Ballard ne répondit pas. C'était ce qu'elle voulait qu'il croie. Ça lui donnerait de l'importance et il serait plus ouvert. Il semblait clair qu'il ne savait pas pour Chastain. Elle lui tendit le plateau en carton.

— Je vous ai apporté un café, dit-elle.

— C'est gentil, mais je me fais le mien.

Il recula d'un pas pour la laisser entrer. Elle était dans la place.

Il lui offrit de s'asseoir à la cuisine pour qu'ils puissent parler pendant qu'il se préparait son café. Elle but le sien. Elle cavalait depuis pratiquement vingt-quatre heures et en avait besoin.

— Vous vivez seul ? demanda-t-elle.

— Oui. Je suis aussi célibataire qu'on peut l'être. Et vous ?

C'était une question assez étrange à lui renvoyer. Elle avait établi la configuration du terrain : qui était dans la maison et comment elle pouvait conduire l'entretien. Ce qu'il venait de lui demander ne constituait pas une réponse appropriée, mais elle y vit l'occasion de favoriser sa coopération et d'obtenir ce qu'elle cherchait.

— Rien de bien sérieux, répondit-elle. J'ai des horaires bizarres et c'est difficile de faire durer quoi que ce soit.

Voilà, elle lui avait ouvert une possibilité. L'heure était maintenant venue de passer aux choses sérieuses.

— Vous assuriez la défense de Gordon Fabian dans son affaire de drogue au niveau fédéral, dit-elle.

— C'est exact. Et je sais que ça peut paraître cynique, mais qu'il se soit fait descendre m'a épargné un gros zéro à mon tableau de chasse, si vous voyez ce que je veux dire.

— Vous alliez perdre ?

— Exactement. Il allait tomber.

— Il le savait ?

— Je le lui avais dit. Ils l'avaient coincé à la régulière avec un kilo dans la boîte à gants de sa voiture, il y était seul et elle était enregistrée à son nom. Il n'avait aucun moyen de s'en sortir. Et la cause probable de son interpellation était parfaitement légale elle aussi. Je n'avais rien avec quoi travailler. Ça allait passer devant un tribunal et le verdict de culpabilité ne mettrait pas longtemps à tomber.

— Plaider coupable ne l'intéressait pas ?

— On ne lui en avait pas offert la possibilité. Le kilo avait des marques de cartel sur l'emballage. Le procureur ne l'aurait envisagé que si Fabian avait balancé son contact et Fabian n'y était pas prêt. Il m'avait dit préférer faire cinq ans de taule, la peine plancher automatique, que voir le cartel de la Sinaloa lui mettre un contrat sur la tête pour avoir changé de camp.

— Il était en conditionnelle. Avec une caution de cent mille dollars. Comment a-t-il trouvé l'argent pour la régler et vous payer ? Vous êtes un des meilleurs avocats, et des plus chers, de la ville.

— S'il y a un compliment là-dedans, je vous en remercie. Fabian a vendu la maison de sa mère et des objets de valeur. Ça a suffi à couvrir mes honoraires et à payer la caution à hauteur de dix pour cent.

Elle acquiesça d'un signe de tête et but une grande gorgée de café tiède. Elle vit Towson se regarder en douce dans la glace d'un élément en hauteur et se lisser les cheveux. Elle lui faisait dire plus de choses qu'il ne devait sur l'affaire. Peut-être était-ce parce que son client était mort et que cela n'avait plus d'importance. Mais peut-être était-ce aussi parce qu'il s'intéressait à elle et savait que la meilleure façon de gagner le cœur d'un inspecteur est de coopérer. Elle savait, elle, qu'elle devait en venir au but de sa visite.

— Mon collègue, l'inspecteur Chastain, vous a appelé vendredi, lança-t-elle.

— C'est exact, répondit-il. Et je lui ai dit à peu près la même chose qu'à vous maintenant. Je ne sais rien de ce qui s'est passé.

— Vous n'avez aucune idée de la raison pour laquelle Fabian se trouvait au Dancers jeudi soir ?

— Pas vraiment, non. Tout ce que je sais, c'est qu'il était désespéré. Et quand on l'est, on fait des trucs désespérés.

— Du genre ?

— Du genre je n'en sais rien.

— Vous a-t-il jamais parlé de Cordell Abbott ou de Gino Santangelo ?

— Nous dérivons dangereusement vers les territoires d'une confidentialité client-avocat qui tient toujours après la mort, mais je vais vous dire ceci : ma réponse est non, il ne m'a jamais parlé de ces personnes, même s'il est évident qu'il les connaissait. C'est quand même avec elles qu'il s'est fait assassiner.

Elle décida d'y aller carrément. Après tout, soit Towson était prêt à franchir la ligne rouge, soit il ne l'était pas.

— Pourquoi Fabian portait-il un micro à cette réunion ? demanda-t-elle.

Il la dévisagea un instant avant de répondre. Elle vit que sa question avait fait mouche. Cela en disait long.

— Intéressant, ça, dit-il.

— Vraiment ? Pourquoi est-ce intéressant ?

— Parce que comme nous l'avons déjà établi, il était foutu. À un moment donné de nos relations, je lui ai dit que s'il n'était pas prêt à lâcher le cartel, la seule façon qu'il aurait de s'en sortir serait de donner quelqu'un d'autre.

— Et sa réaction ?

Towson soupira.

— Vous savez quoi ? Là, il va falloir que je lève le drapeau de la confidentialité avocat-client. Nous allons un peu trop loin dans les communications entre le…

— Je vous en prie ! On en est à six morts. Si vous savez quelque chose, je dois le savoir moi aussi.

— Je croyais que c'était cinq ?

Elle se rendit compte qu'elle avait dérapé et inclus Chastain dans le décompte.

— Je voulais dire cinq. Quelle a été sa réaction quand vous lui avez demandé s'il pouvait donner quelqu'un d'autre ?

Towson se versa enfin une tasse de café. Elle le regarda faire et attendit.

— Vous saviez que j'avais fait mes débuts au service du district attorney ? dit-il.

— Non, je l'ignorais.

Elle se reprocha silencieusement de ne pas s'être renseignée sur lui quand elle cherchait à connaître les antécédents de son client.

Towson sortit un carton de deux litres de lait écrémé du frigo et remplit sa tasse.

— Oui, reprit-il, j'ai été huit ans adjoint du district attorney. Et les quatre dernières années, j'ai travaillé au J-SID. Vous savez ce que c'est, non ?

Il avait prononcé ça « Djay-Sid ». Comme tout le monde, et tout le monde savait ce que c'était : la Justice System Integrity Division, soit l'unité de surveillance personnelle du district attorney.

— Vous enquêtiez sur des flics, dit-elle.

Il acquiesça, puis s'adossa au comptoir et resta debout en sirotant son café. Elle se dit que ce devait être un truc de mec. On reste debout et on domine la conversation.

— Voilà. Et on en mettait des tas sur écoute, vous savez. La meilleure façon de faire tomber un flic pourri est de l'avoir sur bande. Ils lâchaient toujours le morceau quand ils savaient qu'on allait passer l'enregistrement au tribunal. L'enregistrement avec toutes les paroles qui les condamnaient.

Il marqua une pause et Ballard garda le silence. Elle savait qu'il essayait de lui donner quelque chose sans pour autant piétiner la confidentialité client-avocat. Elle attendit, il avala une autre gorgée de café avant de poursuivre.

— Bon alors, permettez que je commence par vous répéter que je ne sais pas pourquoi Fabian était à ce club jeudi soir et que je n'avais aucune idée ni de l'identité des individus qu'il allait rencontrer ni de quoi il s'agissait. Cela étant, je lui ai effectivement expliqué que s'il consentait à donner quelqu'un en échange d'un plaider-coupable, il fallait que ce soit un plus gros poisson que lui-même. Parce que c'est évidemment comme ça que ça marche. Il fallait qu'il balance quelqu'un que le Bureau de l'US attorney voudrait encore plus que lui.

— D'accord. Et qu'a-t-il dit ?

— Il m'a dit : « Un flic ? »

Et de balayer la pièce d'un geste du bras comme pour dire que Ballard pouvait partir de ça.

Elle se calma et mit de l'ordre dans ses pensées. Ce qu'il lui disait correspondait à ce qu'elle avait envisagé toute la nuit : Fabian portait un micro au Dancers et le quatrième individu était officier de police. Qu'il ait continué de travailler sur l'affaire vendredi soir après qu'on lui avait dit de rentrer chez lui était la seule chose qui pouvait expliquer sa conduite.

— Remontons un peu en arrière, reprit-elle. Quand avez-vous parlé de gros poisson à Fabian ?

— Il y a environ un mois. C'est la dernière fois que nous nous sommes parlé.

— Et que lui avez-vous répondu quand il vous a dit : « Un flic ? »

— Qu'à cause de mon travail au J-SID, je savais que les fédéraux adorent échanger quelque chose contre un flic. Désolé, mais c'est comme ça. Ça fait plus de manchettes et ça a plus de cachet. Les dealers à un kilo courent les rues. Poursuivre un flic au pénal fait saliver tous les district attorneys.

— Et donc, vous lui avez dit tout ça. Lui avez-vous dit de porter un micro ?

— Non, je n'ai jamais fait ça. Je lui ai seulement dit que les flics pourris sont très dangereux parce qu'ils ont beaucoup à perdre.

— Lui avez-vous demandé à quel flic il pensait ?

— Non. Vous devez comprendre que c'était une conversation d'ordre très général. Ce n'était pas une réunion de planification. Il ne m'avait pas dit : « Je connais un flic pourri. » Il m'avait seulement demandé : « Et si je pouvais livrer un flic ? » Et moi, je lui ai répondu en termes très généraux : « Oui, un flic serait bien. » Et c'est tout. Je ne lui ai pas demandé de porter de micro, mais il n'est pas impossible que j'aie dit quelque chose du genre : « Assurez-vous d'avoir du solide. » C'est tout, et c'est la dernière fois que nous nous sommes parlé. Je ne l'ai plus jamais revu.

Elle avait maintenant l'impression de connaître la raison du massacre et de savoir pourquoi le tireur avait commencé par Fabian... parce que c'était lui le traître. Il avait éliminé tout le monde dans le box, puis avait passé la main dans la chemise de Fabian pour enlever l'appareil enregistreur.

La question était donc : d'où connaissait-il l'existence du micro ? Pour Ballard, la réponse était évidente : l'appareil commençant à lui brûler la peau, Fabian s'était démasqué en grimaçant ou en essayant de se l'arracher de la poitrine. Quelque chose lui révélant la présence de l'engin, le flic avait aussitôt réagi, et de manière définitive, lorsqu'il avait compris que la réunion était un piège.

Ballard regarda Towson et se demanda jusqu'où elle pouvait aller.

— L'inspecteur Chastain vous a-t-il posé des questions de ce genre vendredi ?

— Non. Il n'a jamais mentionné quoi que ce soit de ce que nous venons de dire.

— Bien.

— « Bien » ? Pourquoi est-ce bien ?

— Avez-vous lu ou vu les nouvelles hier soir ou ce matin ?

— Je viens de me lever. Non, je n'ai rien vu.

— En fait, il y a six victimes maintenant. L'inspecteur Chastain a été assassiné vendredi soir tard.

Les yeux de Towson s'agrandirent tandis qu'il digérait la nouvelle et allait droit à la conclusion qu'attendait Ballard.

— Est-ce que je suis en danger ? demanda-t-il.

— Je ne sais pas. Mais vous devriez prendre toutes les précautions possibles.

— Vous plaisantez ?

— J'aimerais bien.

— Ne me mettez pas au milieu de tout ça. J'ai suggéré quelque chose à un client et ça s'arrête là.

— Je comprends et, pour ce qui me concerne, cette conversation était d'ordre privé. Elle n'atterrira dans aucun rapport ou compte rendu, je vous le promets.

— Nom de Dieu ! Vous auriez dû me dire que Chastain s'était fait descendre !

— Je l'ai fait.

— Oui, mais après avoir obtenu ce que vous vouliez de moi.

Cinq minutes plus tard, après l'avoir assuré qu'elle ne le mettrait pas en danger, elle chaussa ses lunettes de soleil et reprit le chemin de son van. Arrivée à la portière, elle fit semblant de chercher ses clés pour regarder autour d'elle.

Elle avait flanqué la trouille à Towson, et se l'était flanquée par la même occasion. L'heure était venue de suivre le conseil qu'elle lui avait donné et de prendre toutes les précautions possibles.

Chapitre 19

Elle avait besoin de dormir, mais continua sur sa lancée. Après avoir quitté Towson, elle repassa le col et redescendit à West Hollywood, son arrêt suivant étant pour le domicile de Matthew « Metro » Robison. Elle lui avait laissé trois messages dans le courant de la nuit et il n'avait répondu à aucun.

L'adresse qu'elle avait obtenue par le DMV la conduisit à un complexe d'appartements de La Jolla Avenue, au sud de Santa Monica Boulevard. Elle passait devant lorsqu'elle vit un véhicule manifestement de service garé le long du trottoir. Elle poursuivit son chemin et se rangea quelques immeubles plus loin. Steadman l'avait informée que Chastain avait envoyé un texto à sa femme pour lui dire qu'il allait « se coltiner » un témoin. L'identifier et le retrouver devenant de première importance, et Chastain ayant fait d'un appel de Robison son dernier acte d'enquêteur dans sa chronologie, tout semblait indiquer que le vendeur de chaussures intéressait beaucoup le détachement spécial.

Elle ajusta son rétroviseur latéral de façon à garder un œil sur la voiture. Au bout de vingt minutes, elle vit deux inspecteurs quitter le bâtiment de Robison et y monter. Elle les identifia comme étant Corey Steadman et son coéquipier Jerry Rudolph. Ils n'avaient personne d'autre avec eux, ce qui signifiait que Robison n'était pas chez lui, ou alors qu'il l'était, mais avait répondu à leurs questions de manière satisfaisante. À en juger par son absence de réaction la nuit d'avant, elle songea que le scénario le plus probable était qu'il ne se trouvait pas chez lui.

Elle attendit que Steadman et Rudolph s'en aillent avant de descendre de voiture et de gagner l'immeuble. Il n'y avait pas de portail de sécurité. Arrivée devant la porte de Robison, elle frappa, et fut toute surprise qu'on lui ouvre. Une femme de petite taille qui semblait avoir dans les dix-neuf ans la regarda derrière la chaîne de sécurité. Ballard lui montra son badge.

— Vous êtes la petite amie de Metro ? demanda-t-elle.

Elle espérait que son sexe et son apparente familiarité la mènent plus loin que les deux inspecteurs blancs qui venaient de sortir.

— Et alors ? lui renvoya la jeune femme.

— Je le cherche… comme les deux messieurs qui viennent de partir. Mais pas pour les mêmes raisons.

— Pour quelles raisons alors ?

— Je suis inquiète pour lui. Il a appelé mon coéquipier vendredi, et maintenant ce coéquipier est mort. Je ne veux pas qu'on fasse de mal à Metro.

— Vous connaissez Metro ?

— Pas vraiment, non. J'essayais seulement de le tenir, lui et son ami Zander, le plus possible à l'écart de tout ça. Savez-vous où il est ?

La jeune femme serra les dents et Ballard s'aperçut qu'elle retenait ses larmes.

— Non, répondit-elle d'une voix étranglée.

— Depuis quand n'est-il plus chez lui?

— Vendredi. J'avais du travail et à 22 heures, quand j'ai fini, il n'y était pas et n'a pas répondu à mes textos. Il est parti et je l'attends depuis.

— Était-il censé travailler chez Kicks hier?

— Oui, et il ne s'y est pas pointé. J'y suis allée et j'ai parlé à Zander qui m'a dit qu'il n'était même pas passé. Ils disent qu'ils vont le virer s'il n'y va pas aujourd'hui. Ça me fait flipper.

— Moi, c'est Renée. Et vous?

— Alicia, répondit la fille.

— Alicia, avez-vous dit tout ça aux deux inspecteurs qui viennent de partir?

— Non. Ils me faisaient peur. Je leur ai juste dit qu'il n'était pas là. Ils étaient déjà venus hier soir, et m'ont reposé les mêmes questions.

— Bon, revenons à vendredi. Metro a appelé mon coéquipier aux environs de 17 heures. Étiez-vous avec lui à ce moment-là?

— Non, je bosse à 16 heures.

— Où ça?

— Au Starbucks de Santa Monica.

— Où était Metro quand vous l'avez vu pour la dernière fois?

— Ici. Il ne travaillait pas vendredi et il était ici quand je suis partie au boulot.

— Que faisait-il?

— Rien. Il regardait la télé assis sur le canapé.

Elle se détourna de l'entrebâillement comme si elle voulait vérifier que le canapé était toujours là, puis regarda de nouveau Ballard.

— Qu'est-ce que je dois faire ? demanda-t-elle d'un ton clairement désespéré.

— Ici, c'est West Hollywood, répondit Ballard. Avez-vous signalé sa disparition aux services du shérif ?

— Non, pas encore.

— Je pense que vous devriez le faire. Ça fait deux nuits qu'il n'est pas là et il n'est pas allé à son travail. Appelez le commissariat de West Hollywood et signalez-le.

— Ils feront rien.

— Ils feront ce qu'ils pourront, Alicia. Mais si Metro se cache parce qu'il a peur, ça ne sera pas facile de le retrouver.

— Mais s'il se cache, pourquoi ne m'envoie-t-il pas de textos ?

Ballard n'avait pas de réponse à ça et craignit que son visage ne révèle ce qu'elle pensait vraiment du sort de Metro.

— Je ne sais pas, répondit-elle. Peut-être le fera-t-il. Peut-être garde-t-il son portable éteint parce qu'il a peur qu'on remonte jusqu'à lui s'il s'en sert.

Aucun réconfort là-dedans.

— Faut que j'y aille, dit Alicia.

Elle referma lentement la porte. Ballard tendit la main et l'arrêta.

— Je vais vous donner ma carte, dit-elle. Si vous avez des nouvelles de Metro, dites-lui que le plus sûr pour lui serait de me contacter. Dites-lui que l'inspecteur

Chastain et moi étions coéquipiers et qu'il me faisait confiance.

Elle sortit une carte de visite et la lui tendit. Alicia la prit sans dire un mot et referma la porte.

Ballard remonta en voiture, croisa les bras sur le volant, y appuya la tête et ferma les yeux. Elle était plus que fatiguée, mais n'arrivait pas à s'arrêter. Matthew Robison avait d'abord été un témoin NRV – qui N'avait Rien Vu. Mais après, à 17 h 10 vendredi, il avait appelé Chastain. Et à peine quelques heures plus tard, l'un mourait et l'autre disparaissait. Que s'était-il passé ? Que savait Metro ?

Elle sursauta lorsque son portable sonna. Elle releva la tête et regarda l'écran. C'était sa grand-mère.

— Tutu ?

— Bonjour, Renée.

— Tout va bien, Tutu ?

— Oui, tout va bien. Mais un monsieur est venu. Il a dit qu'il était de la police et qu'il te cherchait. Je me suis dit que tu devais le savoir.

— Bien sûr. T'a-t-il donné son nom et montré un badge ? demanda-t-elle en essayant de masquer l'inquiétude dans sa voix.

Sa grand-mère avait quatre-vingt-deux ans.

— Oui, il avait un badge et m'a donné une carte de visite. Il voulait que tu l'appelles.

— OK, d'accord, je le ferai. Peux-tu me lire son nom et son numéro ?

— Oui. C'est Rogers... avec un « s » au bout... Carr... avec deux « r ».

— Rogers Carr. Et son numéro pour que je puisse l'appeler ?

Elle prit un stylo dans la console centrale et inscrivit un numéro à préfixe 213 sur un vieux reçu de contravention. Elle ne reconnut pas plus le nom que l'adresse.

— Tutu, est-ce qu'il est indiqué où il travaille… là, sous son nom ? Comme… dans quelle unité ?

— Oui, il est à la Major Crimes Unit.

Ballard comprit enfin ce qui se passait.

— Parfait, Tutu, dit-elle. Je vais lui passer un coup de fil. Est-il venu te voir seul ?

— Oui, il était seul. Tu viens ce soir ?

— Euh, non. Pas cette semaine. Je travaille sur une affaire, Tutu.

— Mais Renée, c'est ton week-end !

— Je sais, je sais, mais ils ont décidé de me faire bosser. J'aurai peut-être un jour de repos en plus la semaine prochaine si on finit ce truc. Tu es allée voir les spots de surf récemment ?

— Je me promène sur la plage tous les jours. Y a des tas de gamins sur l'eau. Ça doit être bon.

La grand-mère de Ballard habitait à Ventura, non loin de Solimar Beach et de Mussel Shoals, les deux endroits où son fils, le père de Renée, avait fait du surf dans sa jeunesse.

— J'espère que ce sera encore bon la semaine prochaine. OK, Tutu, je vais appeler ce type et voir ce qu'il veut. Je te dirai quand je monte dans une huitaine de jours.

— OK, Renée. Sois prudente.

— Promis, Tutu.

Elle raccrocha et regarda la pendule sur son écran : 11 h 11. Les magasins de Melrose Avenue étaient donc ouverts. D'après Alicia, Zander Speights n'avait pas disparu. Elle lui avait parlé à la boutique ce samedi-là, quand elle était allée y chercher Metro.

Elle démarra et descendit La Jolla Avenue, direction Melrose. Malgré ce qu'elle avait dit à sa grand-mère, elle n'avait aucune intention d'appeler Rogers Carr. Elle savait ce qu'il avait derrière la tête et ce qu'il voulait. La Major Crimes Unit ayant été incluse, comme Steadman et Rudolph, dans l'enquête sur Chastain et le massacre du Dancers, il y avait de fortes chances pour qu'il essaie de retrouver les dernières mesures qu'avait prises Chastain. Au nombre desquelles son passage au commissariat d'Hollywood pour y prendre Zander Speights et son portable. Et donc aussi la dernière conversation que Ballard avait eue avec Chastain. Cette conversation ayant été d'ordre personnel et privé, elle n'avait aucune envie de la partager avec quiconque.

C'était l'adresse de sa grand-mère que Ballard avait donnée dans tous les documents ayant trait au service. Elle avait une chambre dans le petit bungalow et y passait les trois quarts de ses jours de congé, attirée par les plats cuisinés de Tutu, les surf breaks voisins et la machine à laver-sèche-linge dans le garage. Mais en dehors de son coéquipier Jenkins, personne ne savait exactement ce qu'elle faisait de ses jours de repos. Que Rogers Carr ait fait une heure et demie de voiture pour se rendre à Ventura signifiait qu'il avait eu accès à son dossier personnel, et ça l'ennuyait. Elle décida que ce serait à lui de monter la voir s'il voulait lui parler.

Slick Kicks se trouvait comme bon nombre de magasins de Melrose Avenue entre Fairfax et La Brea. Chic minimaliste et pas donné. De fait, on y vendait des chaussures de sport sur mesure. De marques aussi reconnaissables que Nike, Adidas et New Balance, elles étaient customisées à l'aide de teintures, de pin's, de fermetures Éclair, de paillettes cousues, de croix et de rosaires, puis vendues des centaines de dollars plus chères que le prix conseillé. Et à ce qu'il y paraissait lorsqu'elle entra, personne n'avait l'air de s'en soucier. Un panneau derrière la caisse déclarait que la chaussure était « un art ».

Ballard se sentait aussi proche de cet univers qu'un chaperon à un bal de lycée. Elle balaya du regard le magasin déjà bondé et vit Speights en train d'ouvrir une boîte à chaussures à une cliente qu'une paire de Nike décorée de lèvres roses envoyant un baiser intéressait. Il lui en vantait le côté « cool » lorsqu'il remarqua Ballard.

— Je suis à vous tout de suite, inspecteur ! lança-t-il.

Il l'avait dit assez fort pour attirer l'attention de tout le magasin sur Ballard. Elle ignora les regards qu'on lui jetait et prit une chaussure sur un présentoir en plastique clair – une Converse rouge montée Dieu sait comment sur un talon compensé de huit centimètres.

— Vous feriez fureur avec ça, inspecteur !

Elle se retourna. Speights. Il s'était éloigné de sa cliente qui faisait les cent pas devant une glace pour mieux examiner les Nike à lèvres roses qu'elle essayait.

— Je ne suis pas certaine qu'elles résisteraient à un break rapide, répondit Ballard.

À sa tête, elle vit qu'il n'avait pas compris la blague. Elle passa à autre chose.

— Zander, dit-elle, il faut que je vous parle quelques minutes. Avez-vous un bureau derrière où on pourrait être tranquilles ?

Il lui montra sa cliente.

239

— Je travaille, répondit-il, et ici, on est payé à la commission. Aujourd'hui, c'est les soldes et faut que je vende. Je ne peux tout simplement pas…

— OK, j'ai compris. Dites-moi juste pour Metro. Où est-il?

— Je ne sais pas. Il devrait être là. Et hier non plus il ne s'est pas pointé. Je l'ai appelé, mais il a pas décroché.

— Où irait-il s'il se cachait?

— Quoi? J'en sais rien! Non parce que, qui voudrait aller se cacher, hein? C'est super bizarre!

— Quand l'avez-vous vu pour la dernière fois?

— Le soir où on est partis du club. Écoutez, y a ma cliente qui attend.

— Laissez-la donc se regarder quelques minutes de plus. Et vendredi? Vous ne l'avez pas vu vendredi?

— Non, le vendredi, on est tous les deux de repos. C'est pour ça qu'on est sortis jeudi soir.

— Donc, vous ne savez pas ce qu'il a fait vendredi? Vous ne lui avez jamais téléphoné pour lui dire que vous étiez allé au commissariat et que les flics vous avaient pris votre portable? Vous ne l'avez pas averti que la police pourrait vouloir lui parler?

— Non, parce qu'il a rien vu ce soir-là. On n'a rien vu, ni l'un ni l'autre. Même qu'en plus, j'aurais pas pu l'appeler vu que vous et l'autre inspecteur, vous m'aviez pris mon téléphone.

— Alors pourquoi a-t-il appelé la police vendredi à 17 heures? Que savait-il?

— Aucune idée. Je sais pas pourquoi il a appelé ni ce qu'il savait, et je vais perdre une vente. Faut que j'y aille.

Il s'éloigna et rejoignit sa cliente qui s'était assise et retirait ses Nike. Ballard eut l'impression que l'affaire ne se ferait pas et se rendit compte qu'elle avait toujours sa Converse au talon compensé de huit centimètres dans la main. Elle la retourna et découvrit le prix : trois cent quatre-vingt-quinze dollars. Elle la reposa très précautionneusement sur le présentoir et l'y laissa – c'était une œuvre d'art.

Elle repartit vers Venice pour un sommeil réparateur. Elle alla chercher Lola puis planta sa tente cinquante mètres au nord du poste de sauvetage de Rose Avenue. Elle était tellement fatiguée qu'elle décida de dormir avant d'aller faire du paddle.

Son sommeil fut interrompu plusieurs fois par les appels d'un correspondant dont le numéro en 213 correspondait chiffre pour chiffre à celui que sa grand-mère lui avait lu sur la carte de visite de Rogers Carr. Elle refusait de répondre, il rappelait et la sortait brutalement de son sommeil toutes les trente à quarante minutes. Il ne laissait jamais de message. À la troisième interruption, elle coupa le son.

Elle dormit trois heures d'affilée et se réveilla le bras autour du cou de Lola. Elle vérifia son portable et s'aperçut que Carr l'avait encore appelée deux fois avant d'enfin laisser un message.

« Inspecteur Ballard, ici l'inspecteur Rogers Carr de la Major Crimes. Écoutez, faut qu'on parle. Je suis dans l'équipe qui enquête sur le meurtre de notre collègue Ken Chastain. Pouvez-vous me rappeler, qu'on s'organise un face-à-face ? »

Il avait laissé deux numéros : celui de son portable – qu'elle avait déjà – et celui de son fixe au Public

Administration Building. Qu'on commence par « Écoutez » l'agaçait toujours.

Écoutez, faut qu'on parle.

Écoutez, non, faut pas.

Elle décida de ne pas le rappeler tout de suite. C'était en théorie son jour de repos et la lumière allait bientôt faiblir. Par l'ouverture de la tente, elle scruta l'océan et s'aperçut que le vent de l'après-midi avait déclenché un léger clapot. Elle regarda le soleil et songea qu'elle pourrait faire une heure de paddle avant le crépuscule et l'arrivée des requins.

Un quart d'heure plus tard, elle était sur l'eau avec un passager. Assise sur son arrière-train, Lola abaissait l'avant de la planche sous son poids alors qu'elle plongeait dans les vagues. Ballard pagayait contre le vent de façon à être sûre de l'avoir dans le dos lorsqu'elle n'en pourrait plus et devrait rallier la plage.

Elle enfonçait sa pagaie profondément à coups longs et sans raideur. En procédant ainsi, elle laissait les détails de l'affaire du Dancers défiler dans son esprit. Elle essaya de faire le tri entre ce qu'elle savait, ce qu'elle pouvait supposer et ce qu'elle ignorait. À supposer que le quatrième homme du box était un flic, on se trouvait devant une réunion d'individus tous bien au courant de la législation sur les Mœurs – le jeu, l'extorsion de fonds et la drogue. Fabian, le dealer, avait demandé à son avocat s'il valait le coup de donner un flic pour avoir plus de chances de s'en sortir. Il en connaissait donc un qui trempait dans des trucs pas clairs. Peut-être même un flic qui avait reçu des pots-de-vin pour intervenir dans des dossiers… Un flic qui devait de l'argent ?

Elle voyait assez bien un scénario dans lequel un policier endetté auprès d'un bookmaker était présenté à un usurier par un trafiquant de drogue. Dans un autre, parce qu'il devait de l'argent au bookmaker et à l'usurier, il était présenté à un trafiquant de drogue pour monter un deal lui permettant de s'acquitter de ses dettes.

Les possibilités étaient nombreuses et elle ne pouvait pas les réduire sans avoir plus de détails. Elle changea la direction de la planche et se concentra sur Chastain. Ses actes indiquaient qu'il travaillait sur la même piste qu'elle, mais qu'ayant, Dieu sait comment, attiré l'attention sur lui, il s'était fait descendre. Toute la question était de savoir comment il était arrivé aussi rapidement à ces conclusions. Alors même qu'il ne disposait pas des renseignements qu'elle avait reçus de Towson, quelque chose lui avait dit que c'était un flic qui se trouvait dans ce box.

Elle reprit du début, à partir du premier appel. Elle se repassa ce qu'elle avait fait, en commençant par sa visite au Hollywood Presbyterian et revoyant tout jusqu'au moment où Olivas l'avait virée de la scène de crime. Elle scruta chaque instant l'un après l'autre comme si elle se passait un film où chaque plan l'intéressait.

Enfin, elle découvrit quelque chose qui ne collait pas. C'était le moment même où, sur la scène de crime, Olivas l'insultait et lui ordonnait de dégager. Elle avait regardé derrière lui pour voir si quelqu'un lui manifestait de la sympathie. Elle s'était d'abord tournée vers le coroner, puis vers son ancien coéquipier. Mais le docteur J. avait regardé ailleurs tandis que Chastain s'occupait à collecter des éléments de preuve. Pas une fois il ne s'était même seulement tourné vers elle.

Elle comprit alors que c'était le moment clé. Chastain était en effet en train de glisser quelque chose dans un sac – quelque chose qui, à son avis, ressemblait à un bouton noir. Olivas tournait le dos à son collègue et la regardait. Chastain tournait, lui aussi, le dos au docteur J. de façon qu'elle ne voie pas ce qu'il faisait.

Et sur une scène de crime, ce ne sont pas les inspecteurs qui collectent les éléments de preuve. Ce sont les criminalistes. Sans compter qu'il était alors trop tôt pour collecter et emballer quelque élément de preuve que ce soit. La scène de crime était encore récente, les cadavres s'y trouvaient toujours et la caméra 3D n'avait même pas encore été installée. Que fabriquait donc Chastain ? Pourquoi enfreignait-il le règlement en ôtant un objet de la scène de crime avant qu'il ait été répertorié, enregistré et catalogué comme il fallait ?

Ballard était épuisée, mais elle accéléra l'allure et alla au bout de ses forces à chaque coup de pagaie. Elle en avait les épaules, les bras et les cuisses qui vibraient. Il fallait qu'elle rentre. Il fallait qu'elle reprenne les dossiers de l'affaire Chastain pour comprendre ce qui lui avait échappé.

Elle revenait vers la plage lorsqu'elle oublia tout de ses douleurs et de ses projets en voyant un homme l'attendre à côté de la tente. Il portait un jean, un blouson de cuir noir et des Ray-Ban modèle Aviator. Elle sut que c'était un flic avant même de repérer le badge à sa ceinture.

Elle sortit de l'eau et ôta vite la laisse de la planche. Elle attacha ensuite la lanière de cheville en Velcro à l'anneau du collier de Lola. Elle savait que la chienne n'aurait aucun mal à la briser en bondissant, mais espéra qu'elle la sentirait se tendre et saurait qu'elle devait lui obéir.

— Du calme, ma fille, dit-elle.

Sa planche sous le bras gauche, elle s'avança lentement vers l'homme aux Aviator. Il lui disait quelque chose, mais elle n'arrivait pas à le situer. Peut-être à cause de ses lunettes de soleil, standard chez les flics.

Ce fut lui qui parla le premier.

— Renée Ballard ? lança-t-il. J'ai essayé de vous joindre. Rogers Carr, Major Crimes.

— Comment m'avez-vous trouvée ?

— C'est-à-dire que… je suis inspecteur. Et certains, que vous le croyiez ou pas, affirment que je ne serais pas mauvais.

— Ne plaisantez pas. Dites-moi comment vous m'avez trouvée ou allez vous faire foutre.

Il leva les mains en signe de reddition.

— Houlà ! Désolé ! Je ne voulais emmerder personne. J'ai lancé un avis de recherche pour votre van et des flics à vélo l'ont vu dans le parking. J'y suis allé et j'ai posé des questions. Et me voilà.

Elle posa sa planche près de la tente. Elle entendit un grondement sourd, comme du tonnerre au loin, et ça montait de la gorge de Lola. Elle avait senti ce qu'éprouvait sa maîtresse.

— Vous avez lancé un avis de recherche pour mon van ? Alors qu'il n'est même pas enregistré à mon nom ?

— Ça, je le sais, dit-il. Mais aujourd'hui, j'ai fait la connaissance de Julia Ballard. Votre grand-mère, n'est-ce pas ? J'ai passé son nom au central des véhicules enregistrés et suis tombé sur le van. J'avais entendu dire que vous aimiez le surf, j'ai fait le rapprochement et…

Il lui montra l'océan d'un grand geste comme pour confirmer ses qualités d'enquêteur.

— C'est du paddle, le reprit-elle. Pas du surf. Qu'est-ce que vous voulez ?

— Parler, c'est tout, répondit-il. Avez-vous reçu mon message ?

— Non.

— Eh bien… je vous en ai laissé un.

— Je ne suis pas de service aujourd'hui. Et mon portable non plus.

— Je suis affecté à l'affaire Chastain et on remonte ce qu'il a fait dans les dernières quarante-huit heures de sa vie. Vous avez eu un contact avec lui et j'ai besoin qu'on en parle. C'est tout. Rien de menaçant, pure routine. Mais je dois le faire.

Elle baissa la main et caressa Lola à l'épaule pour lui faire savoir que tout allait bien.

— Y a un petit resto dans Dudley Street, The Candle[1]. Sur la promenade en planches. Je vous y retrouve dans un quart d'heure.

— Pourquoi pas maintenant ?

— Parce que j'ai besoin de prendre une douche et d'enlever le sel sur les pattes de ma chienne. Vingt minutes max. Vous pouvez me faire confiance, Carr. J'y serai.

— J'ai le choix ?

---

1. « La chandelle. »

— Non. Pas si tout ça est aussi routinier que vous le dites. Essayez les tacos mahimahi, ils sont vraiment bons.

— À tout à l'heure.

— Prenez une table dehors. Je viendrai avec ma chienne.

Chapitre 20

Carr avait dûment pris place à une table au bout de la terrasse lorsque Ballard arriva. Elle attacha la laisse à la barrière afin que Lola puisse être à côté d'eux sur le trottoir, puis elle gagna l'entrée en contournant Carr, s'assit en face de lui et posa son portable sur la table. Après avoir, au moment où elle passait derrière l'inspecteur de la Major Crimes, enclenché l'application dont elle se servait pour enregistrer ses interrogatoires.

Carr semblait ne se douter de rien. Poser un portable sur une table était une habitude certes grossière, mais routinière pour beaucoup. Il sourit à Ballard alors qu'elle s'asseyait et regarda la chienne qui s'était allongée.

— C'est un pitbull ? demanda-t-il.

— Mélange de boxer et d'une autre race, répondit-elle. Commençons par le commencement, Carr. Est-ce que je fais l'objet d'une enquête en interne ou au pénal ? Si c'est le cas, j'exige la présence de mon représentant syndical.

— Non, non, pas du tout, répondit Carr en hochant la tête. Si on vous suspectait de quoi que ce soit, ce serait dans une salle d'interrogatoire de la Pacific Division que nous aurions cette conversation. Non, je vous l'ai dit. Je travaille sur l'affaire Chastain et je fais partie d'une équipe qui essaie de retrouver les mesures qu'il a prises les dernières quarante-huit heures de sa vie.

— Faut donc croire que vous avez que dalle, lui renvoya-t-elle.

— C'est assez juste. Aucun suspect dans la fusillade du Dancers, et donc aucun suspect pour le meurtre de Chastain.

— Parce que vous êtes sûr que les deux affaires sont liées ?

— On dirait bien, mais on n'est sûrs de rien. En plus de quoi, c'est pas vraiment mon affaire. Je ne suis qu'un homme à tout faire là-dedans. Hier matin, j'étais en train de coffrer une bande de petits fumiers d'Europe de l'Est pour traite d'êtres humains quand on m'a retiré l'affaire pour me mettre sur Chastain.

Elle comprit enfin d'où elle le reconnaissait. Il figurait dans la vidéo passée après les infos qu'elle avait vues à la télé au commissariat le vendredi précédent. Elle allait lui poser une question lorsqu'une serveuse vint lui demander si elle voulait boire quelque chose. Elle commanda un thé glacé, et ajouta qu'elle ne mangerait rien. La serveuse repartit avec son menu.

— Vous êtes sûre ? lui demanda Carr. J'ai commandé des tacos au poisson.

— Oui, je n'ai pas faim.

— Ben moi, j'ai couru toute la journée et j'ai besoin de me retaper. Sans oublier que c'est vous qui m'avez recommandé d'en prendre.

— Ce n'est pas un rendez-vous galant, Carr. Passons à vos questions. Qu'est-ce que vous voulez ?

Il leva de nouveau les mains en l'air en signe de reddition, elle y vit une habitude.

— Je veux que vous me parliez de votre dernier contact avec Chastain, dit-il. Mais d'abord, j'ai besoin d'en savoir plus sur vous deux. Vous étiez bien coéquipiers, non ?

— Si si.

Il attendit qu'elle lui en dise plus, mais comprit vite qu'elle ne lui lâcherait que des réponses minimales… à moins qu'il ne trouve un moyen de changer ça.

— Combien de temps avez-vous travaillé ensemble ? reprit-il.

— Presque cinq ans.

— Et ça s'est terminé il y a vingt-six mois.

— Exact.

— Et c'est vous qui avez cafté Olivas, non ?

Une fois encore, le téléphone interflics venait de la trahir. Ce qui s'était passé entre elle et Olivas était une affaire privée et supposée confidentielle. Mais au même titre que les policiers de la division d'Hollywood, les inspecteurs des Major Crimes connaissaient manifestement toute l'histoire.

— Je ne vois pas le rapport, lui renvoya-t-elle.

— Il n'y en a probablement pas. Mais vous êtes inspecteur et savez donc qu'il est bon de connaître l'ensemble des faits. Et moi, j'ai entendu dire que lorsque Chastain est venu vous voir au commissariat d'Hollywood vendredi matin tôt, ç'a été passablement tendu.

— Et vous vous basez sur quoi ? Il aurait fait un rapport ?

— Je me base sur une conversation qu'il a eue plus tard avec quelqu'un d'autre.

— Laissez-moi deviner… Olivas ?

— Je ne suis pas autorisé à parler de ça. Mais… oublions ce qu'a dit Chastain. Comment qualifieriez-vous cette réunion à Hollywood ?

— Je ne la qualifierais même pas de « réunion ». Il était venu chercher un témoin qui s'était présenté au commissariat et que j'avais interrogé. Son nom : Alexander Speights. Celui-ci avait pris une photo avec son portable pile au moment où le premier tir de la fusillade partait et Kenny était passé prendre et le bonhomme et le portable.

— « Kenny » ?

— Oui. On était coéquipiers, vous vous rappelez ? Je l'appelais « Kenny ». On était très intimes, mais pas au point de baiser, si c'est ça votre prochaine question.

— Ça ne l'était pas.

— Bon point pour vous.

— Et la confrontation a tourné autour de quoi ? « Elle est toujours assez furax », voilà ce qu'il aurait dit à cette tierce personne.

Elle hocha la tête, agacée. Elle sentait monter la colère. D'instinct, elle regarda Lola de l'autre côté de la barrière. Allongée, la langue pendant sur le ciment, la chienne regardait passer les gens sur la promenade en planches. La foule s'éclaircissait et quittait la plage au coucher du soleil.

Lola en avait vu de toutes les couleurs avant que Ballard ne la sauve. Coups, manque de nourriture et peur, elle avait tout subi, mais elle gardait toujours son calme tant qu'aucune menace sérieuse ne pesait sur elle ou sa maîtresse.

Ballard mit de l'ordre dans ses pensées.

— C'est un problème si je vous parle de choses privées vu qu'elles auraient de l'importance pour votre enquête? demanda-t-elle.

— Je ne pense pas, non.

— Bon, alors, cette prétendue confrontation a eu lieu lorsque Chastain s'est fendu d'une excuse à la noix après m'avoir complètement baisée avec ma plainte pour harcèlement sexuel deux ans plus tôt. Mettez donc ça dans votre rapport.

— Il a dit qu'il était désolé. Mais de quoi?

— De ne pas avoir fait ce qu'il fallait. Il ne m'a pas soutenue et savait très bien qu'il aurait dû. Et voilà que, deux ans plus tard, alors même que j'ai été virée des Vols et Homicides et me tape les quarts de nuit à Hollywood, il s'excuse. Contentons-nous de dire que ses excuses n'ont pas été acceptées.

— Il ne s'agissait donc que d'un aparté. Rien à voir avec le témoin ou l'enquête sur le massacre du Dancers?

— C'est ce que je vous ai dit dès le début.

Elle se pencha en arrière lorsque la serveuse lui apporta son thé et posa les tacos de Carr sur la table. Puis elle pressa quelques gouttes de citron dans son verre tandis que Carr se mettait à manger.

— Vous en voulez un? lui demanda-t-il.

— Je vous ai déjà dit que je n'avais pas faim, lui renvoya-t-elle.

Comme il entamait son plat, elle eut le temps de réfléchir. Elle se rendit compte qu'elle avait laissé ses propres questions de côté. Sur la défensive, principalement par colère, elle avait perdu de vue ce qu'elle attendait de cet entretien : obtenir plus d'infos qu'elle n'en donnerait. Elle soupçonnait Carr d'avoir sciemment orienté la discussion pour la déstabiliser en lui posant des questions qu'il savait pertinemment hors sujet. Ce qui l'avait rendue vulnérable à celles qui, elles, ne l'étaient pas. Elle le regarda mâcher son taco et comprit qu'elle devait faire encore plus attention.

— Et donc, reprit-il, pourquoi avez-vous appelé Matthew Robison ?

On y était. Enfin il passait aux choses sérieuses. Elle comprit qu'il avait un message à lui communiquer.

— Comment savez-vous que je l'ai appelé ? lui demanda-t-elle.

— Nous avons un détachement spécial de huit inspecteurs et de deux superviseurs sur cette affaire. Je ne sais pas comment chaque renseignement ou élément de preuve nous arrive. Tout ce que je sais, c'est que vous l'avez appelé hier soir… plusieurs fois… et je veux savoir pourquoi. Et si vous refusez de répondre, il nous faudra peut-être réserver une salle d'interrogatoire à la Pacific Division pour en parler en face à face.

Il laissa tomber un taco à moitié mangé dans son assiette. Tout était soudain devenu très sérieux.

— J'ai appelé Robison pour savoir comment il allait, répondit-elle. Je me sentais responsable. C'est moi qui avais donné Speights à Chastain et c'est Speights qui lui avait donné Robison. Et soudain, Chastain est mort. Je suis allée chez lui, mais on ne m'a pas laissée approcher. J'ai quand même appris des choses, la dernière qu'on savait sur Kenny étant que vendredi soir il était parti se coltiner un témoin. Et comme je sais ce que « se coltiner un témoin » voulait dire pour lui, j'ai pensé à Robison. Je me suis dit que c'était lui, le type que

Kenny… pardon, Chastain… essayait de « se coltiner ». Je l'ai donc appelé et lui ai laissé des messages, mais il ne m'a pas rappelée. Voilà, c'est tout.

Elle avait choisi ses mots avec beaucoup de précaution de façon à ne rien révéler de ses activités hors programme, dont celle qui avait consisté à pirater les dossiers de son ancien coéquipier. Pour ce qu'elle en savait, Carr l'enregistrait, et elle l'enregistrait en retour. Elle devait s'assurer de ne rien dire qui puisse lui valoir une enquête des Affaires Internes.

Carr prit une serviette pour essuyer le guacamole au coin de ses lèvres, puis la regarda.

— Vous êtes sans domicile fixe, inspecteur Ballard ? lui demanda-t-il.

— Pardon ? lui renvoya-t-elle, indignée.

— C'est un endroit à deux heures d'autoroute d'ici que vous donnez comme adresse personnelle dans vos fiches de renseignements. Idem sur votre permis de conduire. Sauf que moi, je ne crois pas que vous y soyez souvent. Cette dame là-haut n'avait pas trop l'air de savoir quand vous alliez revenir.

— Badge ou pas badge, cette « dame » ne donne pas de renseignements aux inconnus. Écoutez, je suis de quart de nuit. Ma journée commence quand la vôtre se termine. Où et quand je dors aurait de l'importance ? Le service exige que j'aie une adresse permanente et j'en ai une. Et ce n'est pas à deux heures de route sur la côte quand c'est moi qui conduis. Vous avez de vraies questions à me poser ?

— Oui, j'en ai.

Il prit son assiette et la tendit à un aide-serveur qui passait par là.

— Bon alors, reprit-il. Ceci à verser au dossier : qu'avez-vous fait vendredi soir ?

— Vous voulez mon alibi, maintenant ?

— Si vous en avez un… Mais comme je vous l'ai dit : vous ne faites pas partie des suspects, inspecteur Ballard. Nous avons établi la trajectoire de la balle qui a tué Chastain. Vous auriez dû être debout sur un escabeau pour effectuer ce tir.

— Et vous avez l'heure de la mort ?

— Entre 23 heures et 1 heure du matin.

— Ce sera donc facile : j'étais en service. Je suis allée à l'appel de 23 heures et me suis mise au travail tout de suite après.

— Avez-vous quitté le commissariat ?

Elle essaya de se rappeler ce qu'elle avait fait. Il s'était passé tellement de choses depuis soixante-douze heures que ce n'était pas évident. Mais lorsque enfin elle put se concentrer, tout se remit en place.

— Oui, je suis sortie, répondit-elle. Juste après l'appel, je suis allée à l'Hollywood Presbyterian pour voir la victime d'une tentative de meurtre. J'ai pris des photos et une infirmière prénommée Natasha m'a donné un coup de main. Désolée, mais je n'ai pas son nom de famille. Je ne me doutais pas que j'en aurais besoin pour confirmer un alibi.

— Pas de problème. Quand avez-vous quitté l'hôpital ?

— Un peu après minuit. Et après, je suis allée voir où habitait ma victime. J'avais une adresse dans Heliotrope Drive et il s'est trouvé que c'était un campement de sans-abri. Ma victime vivait dans un camping-car, mais comme quelqu'un l'avait repris et le squattait, j'ai appelé des renforts pour pouvoir jeter un coup d'œil à l'intérieur. Ce sont les officiers Herrera et Dyson qui ont pris l'appel.

— Bon, d'accord. Et après ?

— À 1 h 30, j'étais de retour au commissariat. Je me rappelle être passée devant le Dancers et avoir vu qu'on travaillait toujours sur la scène de crime. Ce qui fait que dès que je suis revenue, je suis allée au bureau de veille pour voir ce que savait le lieutenant. Je me rappelle avoir vu la pendule dans son bureau et il était 1 h 30.

Il acquiesça d'un signe de tête.

— Et vous avez fait dodo le reste de la nuit, dit-il.

— Pas vraiment, non. J'ai reçu une info d'un bureau de sécurité de cartes de crédit basé en Inde : une affaire de chambre de motel utilisée comme dépôt d'objets réglés par cartes volées. J'y suis allée et j'ai arrêté un type. Cette fois, ce sont les officiers Taylor et Smith qui m'ont servi de renforts et après, le contrôleur de conditionnelle du bonhomme est arrivé. Il s'appelle Compton, au cas où vous auriez besoin de le savoir. Faire l'inventaire de toutes les merdes entreposées dans cette chambre de motel et arrêter le suspect m'a occupée jusqu'à l'aube et la fin de mon service.

— Génial, et très facilement vérifiable.

— Oui, pour quelqu'un qui n'est même pas suspect, je suis heureuse de ne pas être restée chez moi à dormir toute la nuit. Je serais sacrément dans le pétrin.

— Écoutez, inspecteur. Je sais que ça vous fout en rogne, mais il fallait le faire. Si on finit par coincer quelqu'un pour Chastain, la première chose que fera son avocat sera de regarder si nous avons enquêté sur tout et envisagé d'autres possibilités. Chastain et vous étiez brouillés. Un bon avocat pourrait en profiter au tribunal et moi, je ne fais qu'essayer de nous éviter ça. Je ne suis pas le grand vilain. Je m'assure d'obtenir un verdict de culpabilité pour le type qui a fait le coup.

Son explication semblait plausible au premier abord, mais elle ne pouvait pas la prendre pour argent comptant. Elle ne devait pas oublier qu'il travaillait dans une équipe dirigée par un lieutenant Olivas qui n'aurait rien vu de mal à ce qu'elle soit totalement bannie de la police.

— Ça, c'est bon à savoir, dit-elle.

— Merci pour le sarcasme. Et ceci pour ce que ça vaut : je pense que vous vous êtes fait baiser dans les grandes largeurs dans votre bagarre avec Olivas. Je le sais, tout le monde le sait, exactement comme tout le monde sait que c'est le genre de mec à faire ce dont vous m'avez parlé.

Et de recommencer avec ses mains en l'air.

— Bon alors, reprit-il, est-ce que je dirais ça si j'étais un salaud ? Surtout en sachant que vous enregistrez tout ce que je dis.

Et, d'un signe de tête, il lui montra son portable sur la table.

Ballard l'attrapa, afficha l'écran, arrêta l'enregistrement et fourra l'appareil dans une des poches revolver de son jean.

— Satisfait ?

— Je me fous que vous m'ayez enregistré ou pas.

Elle le regarda un moment.

— C'est quoi, votre truc, Carr ? lui demanda-t-elle.

— Y a pas de truc. Je suis flic. Et c'est peut-être bizarre, mais j'aime pas quand des flics se font assassiner.

Je veux contribuer à l'enquête, mais ils m'ont collé sur vous et je sais que c'est des conneries. Mais c'est ce qu'ils m'ont demandé de faire et je vais le faire.

— « Ils » ?

— Olivas et mon lieutenant.

— En dehors de pédaler dans la semoule avec moi, ont-ils quelque chose pour avancer ?

— Pour ce que j'en sais, rien du tout. Ils ne savent même pas qui ils cherchent.

Elle hocha la tête et se demanda jusqu'où elle pouvait ou devait lui faire confiance. Ce qu'il venait de lui dire sur sa plainte contre Olivas lui plaisait beaucoup. Mais elle savait qu'on lui avait interdit l'accès à certaines informations, ou alors qu'il ne lui disait pas tout. Dans le premier cas, rien que de très habituel. Les enquêtes effectuées par des détachements spéciaux étaient souvent cloisonnées. Mais si c'était l'autre, elle était en train de parler à quelqu'un en qui elle ne pouvait pas avoir confiance.

Elle décida de pousser plus loin et de voir comment il réagirait.

— A-t-il jamais été mentionné que ça pourrait être un flic ? demanda-t-elle. Dans le box, je veux dire. Et avec Chastain.

— Vous parlez sérieusement ? Non, pas du tout. En tout cas, pas que je l'aurais entendu dire. Mais j'arrive à la fête un peu tard et il y a une séparation très nette entre les gars de l'Homicide Special et nous autres de la Major Crimes. On est dans le wagon de queue, dans cette affaire.

Elle acquiesça.

— Pourquoi cette question ? Vous avez quelque chose ?

— La brûlure à la poitrine de Fabian. Il aurait porté un micro.

— Quoi ?! Pour les Affaires internes ?

— Non, pour lui. Il allait en prendre pour cinq ans de pénitencier fédéral s'il ne trouvait pas quelque chose à échanger.

— Et... comment savez-vous ça ?

C'est là qu'elle avait un problème. Elle ne voulait pas lâcher Towson, même si les flics allaient monter le voir de toute façon vu qu'un des derniers appels de Chastain avait été pour lui. S'ils le faisaient et qu'il mentionnait la visite qu'elle lui avait rendue, elle était bonne pour affronter la colère d'Olivas.

— Va falloir me protéger, Carr. Ce que je sais vous aidera.

— Putain, Ballard, je sais pas, moi ! s'exclama-t-il. N'allez pas m'embarquer dans un truc où je vais avoir des emmerdes.

— Vous m'avez bien dit que vous remontiez les dernières mesures de Chastain, non ?

— Moi et quelques autres, oui.

— Eh bien, quelqu'un a hérité de l'avocat de Fabian. Auquel Chastain a parlé vendredi. Appelez donc le type qui a hérité du boulot et dites-lui que vous allez le prendre.

— C'est que... Et d'un, ce boulot, c'est moi qui en ai hérité. Towson est déjà sur ma liste. Mais, plus important... comment savez-vous que Chastain lui a parlé et... comment savez-vous tout ça ? La brûlure à la poitrine, le micro, l'avocat… qu'est-ce que vous fabriquez, Ballard ?

— J'étais à la scène de crime jeudi soir quand ils ont découvert la brûlure. Quand Chastain a été assassiné, j'ai passé quelques coups de fil. C'était mon coéquipier et il m'avait beaucoup appris. Je lui devais ça.

Carr hocha la tête. Il ne saisissait pas la finalité de ses décisions.

— Écoutez, dit-il. Moi, je travaille le côté Chastain de l'affaire. Brûlure ou micro, je ne sais rien de tout ça. Mais même si Fabian en portait un, ça ne veut pas forcément dire qu'il enregistrait un flic. Il aurait très bien pu enregistrer un des autres types du box. Ce sont quand même tous des criminels !

Elle haussa les épaules.

— Mais aucun avec assez de valeur pour les fédéraux, dit-elle. Parlez donc avec Towson. Il était flic.

Carr fronça les sourcils. Elle poussa son avantage.

— À propos des autres types du box… comment les relient-ils ?

— Je ne sais pas trop. C'est l'angle Chastain que je bosse.

— Ils se connaissaient. Il y a cinq ans, ils étaient tous à Pitchess. Le même mois.

— Ça ne veut rien dire. Pitchess est gigantesque.

— Allez y voir de plus près et je suis sûre qu'on découvrira qu'ils étaient dans le même dortoir. Ce qui réduit sacrément le champ des recherches.

Carr la regarda droit dans les yeux.

— Ballard ! Bordel ! s'exclama-t-il. Mais qu'est-ce que vous faites ?

— Mon boulot. J'ai beaucoup de temps morts au quart de nuit. On pourrait penser que je suis un peu comme vous. Personne ne devrait pouvoir abattre un flic et s'en sortir. J'ai eu des problèmes avec Kenny, mais ç'a été mon coéquipier pendant cinq ans et lui, les affaires, il les bouclait. J'ai beaucoup appris avec lui. Mais bon, je ne suis pas sur ce coup-là. Contrairement à vous. Je peux vous filer ce que j'ai. Faudra juste me protéger.

— Je sais pas. S'ils découvrent que vous fourrez votre nez à droite et à gauche, ça remontera jusqu'à moi. Vous feriez mieux de vous tenir à l'écart, Ballard. Je vais suivre ce que vous venez de me donner, mais faut arrêter, maintenant. C'est le message que j'étais censé vous faire passer.

Elle se leva.

— Parfait. Comme vous voudrez. Message reçu. J'ai d'autres affaires à étudier.

— Écoutez, partez pas en colère !

Elle s'écarta de la table, passa par l'ouverture dans la barrière, revint sur ses pas pour détacher la laisse de Lola et regarda Carr une dernière fois.

— Vous savez où me trouver si vous avez besoin de moi, dit-elle.

Et elle s'éloigna avec sa chienne. Il faisait presque nuit sur la plage et le vent qui montait de l'océan commençait à fraîchir.

Chapitre 21

Son premier arrêt fut pour la garderie d'animaux domestiques en retrait d'Abbot Kinney Boulevard. Sarah n'accepta de reprendre Lola qu'à contrecœur même si elle était payée davantage quand la chienne y restait plus que la nuit.

— Elle déprime, dit-elle. Vous lui manquez tout le temps.

Sarah habitait Venice depuis longtemps et vendait des lunettes de soleil sur la promenade en planches. Elle avait proposé son aide à Ballard lorsque celle-ci avait sauvé Lola des griffes de son très cruel propriétaire sans abri. D'où cet endroit où la laisser pendant son quart de nuit, mais, depuis peu, son emploi du temps partait dans tous les sens.

— Je sais, dit-elle. Ce n'est pas juste, mais je suis quasi sûre que le rythme va bientôt se calmer. C'est juste que je suis sur plusieurs affaires en même temps.

— Si ça continue, peut-être que vous devriez la confier à votre grand-mère, lui suggéra Sarah. Comme ça, elle vivrait quelque chose de continu avec quelqu'un.

— Bonne idée. Mais j'ai espoir que tout revienne à la normale dans pas longtemps.

Elle reprit sa voiture et roula vers Hollywood en essayant d'oublier sa frustration. Carr l'avait particulièrement stressée. Elle s'était mise en danger avec les révélations qu'elle lui avait faites sans que, de son côté, il l'assure de vouloir avancer dans l'affaire. Pour finir, il lui demandait d'arrêter, mais elle ne savait pas si c'était pour reprendre lui-même le flambeau ou pour qu'il ne se passe rien.

Une fois au commissariat, elle mit l'enquête sur Chastain de côté et recommença à travailler le dossier Ramona Ramone. Sa première décision fut d'appeler l'Hollywood Presbyterian pour voir où en était la victime. Après plusieurs minutes pendant lesquelles on la fit attendre et la balada d'un service à l'autre, elle commença à craindre que son état ait empiré et que Ramone ait succombé à ses blessures. Pour finir néanmoins, elle put parler à un chef de service qui l'informa qu'elle avait été transférée au centre médical du Los Angeles County-USC au centre-ville un peu plus tôt dans la journée. Ballard voulut savoir si ce transfert signifiait que Ramone était sortie de son coma, mais le chef de service refusa de lui donner des détails, invoquant le secret médical. Ballard savait qu'il y avait des lois réglementant toute décharge de patient, et doutait que déplacer un malade dans le coma soit autorisé. Cela lui donna l'espoir que Ramona Ramone puisse enfin prendre part à l'enquête.

Elle décida d'aller la voir dès que possible au County-USC afin de vérifier son état, sa sécurité et sa disponibilité en tant que témoin. Cela dit, c'était surtout sur Thomas Trent qu'elle se concentrait, et l'heure était venue de s'y remettre.

Elle voulait toujours s'entretenir avec son ex. Que celle-ci ait mis fin à leur mariage dès l'arrestation de son mari et ait apparemment renoncé à obtenir sa part de leur maison dans les collines laissait penser à une femme qui avait commis une grosse erreur et voulait seulement s'éloigner d'un sale type. Ballard songea que la dame aurait peut-être envie de parler de Trent sans se dédire ensuite, voire l'avertir que la police s'intéressait à lui. Il y avait certes d'autres précautions qu'on pouvait prendre pour se garder de ce danger, mais Ballard se sentait relativement sûre de sa décision d'aller voir l'ex-Mme Trent.

Dans la base de données du DMV, elle découvrit que Beatrice Trent avait changé trois fois d'adresse et une fois de nom depuis son divorce. Elle s'appelait maintenant Beatrice Beaupre et, en remontant dans le temps, Ballard s'aperçut que c'était le nom qu'elle portait lorsqu'elle avait obtenu son premier permis de conduire de l'État de Californie deux décennies plus tôt[1]. Toujours d'après le DMV, elle était aujourd'hui âgée de quarante-quatre ans et habitait à Canoga Park.

Avant de quitter le commissariat, Ballard prépara une sélection de portraits, dont celui de Thomas Trent pris après son arrestation dans l'affaire des poings américains. Elle espérait pouvoir montrer ce tapissage à Ramona Ramone avant la fin de la nuit.

---

1. En Californie, le permis de conduire doit être renouvelé tous les cinq ans.

La circulation de ce dimanche soir étant fluide, elle arriva à Canoga Park avant 21 heures. Il était un peu tard pour se présenter à une Beatrice Beaupre qui ne se doutait de rien, mais pas tant que ça. Que ce soit à 9 heures ou à 21 heures, Ballard aimait bien user de la visite à laquelle on ne s'attend pas. Ça désarçonnait les gens et les rendait plus aptes à écouter.

Mais ce fut elle qui fut désarçonnée lorsqu'elle arriva à l'adresse d'Owensmouth Avenue donnée par le DMV. Elle se retrouva en effet au milieu d'un quartier d'entrepôts et de petits commerces ouverts le jour, mais on ne peut plus fermés la nuit. Elle s'arrêta devant un bâtiment à parements en aluminium avec une porte sur laquelle figurait seulement un numéro. Cinq autres voitures et un van étaient garés à côté, une lampe stroboscopique rouge brillant au-dessus de l'entrée. Ballard en savait assez sur les industries les plus prospères de la Valley pour comprendre qu'il s'agissait d'un tournage de film porno. L'accès serait donc interdit avant que la scène ne soit terminée.

Elle attendit dans sa voiture en regardant la lampe. Qui tourna encore douze minutes. Ballard se demanda si cela signifiait que des gens baisaient pendant tout ce temps. Dès que la lumière s'éteignit, elle descendit de voiture et arriva à la porte avant que la lampe ne se remette à tourner. La poignée était bloquée, elle frappa. Elle avait déjà sorti son badge lorsqu'un type en bonnet de laine passa la tête dehors.

— Qu'est-ce qu'il y a ? demanda-t-il. C'est pour vérifier les capotes ?

— Non, rien à foutre de vos capotes, répondit-elle. J'ai besoin de parler à Beatrice Beaupre. Vous pouvez aller me la chercher, s'il vous plaît ?

Il fit non de la tête.

— Personne s'appelle comme ça ici, dit-il.

Il refermait déjà la porte lorsque Ballard l'attrapa et lui récita le signalement de Beaupre d'après les fiches du DMV.

— Noire, un mètre soixante-dix-huit, quarante-quatre ans. Elle pourrait s'appeler autrement que Beatrice.

— Ça ressemble un peu à Sadie. Un instant.

Celle fois, elle le laissa refermer derrière lui. Elle attacha son badge à sa ceinture et tourna le dos à la porte pour attendre. C'est alors qu'elle remarqua deux entrepôts de l'autre côté de la rue qui n'étaient pas numérotés. Et que l'un d'eux était lui aussi équipé d'une lampe stroboscopique au-dessus de la porte. Elle était bel et bien au cœur même de l'industrie plus que milliardaire qui, aux dires de certains, faisait vivre la ville de Los Angeles.

La porte se rouvrit enfin sur une femme qui correspondait à la fiche signalétique du DMV. Aucun maquillage, cheveux noués en arrière à la va-vite, T-shirt et sweat baggy, elle n'avait rien de la star du porno à laquelle s'attendait Ballard.

— Vous désirez, officier ?

— Appelez-moi inspecteur. Vous êtes bien Beatrice Beaupre ?

— Oui, et je suis en plein travail. Dites-moi de quoi il est question ou partez.

— Il faut qu'on parle de Thomas Trent.

Ce fut comme si elle recevait la porte en pleine figure.

— Je ne sais plus rien de lui, dit-elle. Et faut que j'y aille.

Elle reculait et allait refermer la porte. Ballard savait qu'elle n'avait qu'un coup à jouer et qu'elle risquait de faire capoter toute l'enquête si elle le tentait.

— Je pense qu'il a blessé quelqu'un, dit-elle.

La main toujours sur la poignée de la porte, Beaupre marqua une pause.

— Et il va recommencer, ajouta Ballard.

Tout était dit. Elle attendit.

— Merde ! lança enfin Beaupre. Entrez.

Ballard la suivit dans un vestibule faiblement éclairé, sur lequel donnaient des couloirs de part et d'autre. Un panneau fléché indiquait que les plateaux de tournage se trouvaient à gauche et les bureaux et ateliers à droite. Elles prirent à droite et croisèrent le type qui avait ouvert à Ballard.

— Billy, dit Beaupre, avertis-les qu'on reprendra dans quinze minutes. Et je dis bien quinze minutes. Ne laisse personne quitter le plateau. Dans dix minutes, tu t'occupes des cheveux et du maquillage de Danielle. On tourne dès que je reviens.

Ils longèrent une alcôve équipée d'un comptoir couvert de paniers de sandwichs et de barres chocolatées en plus d'une machine à café. Posée par terre, une grande glacière débordait de bouteilles d'eau et de canettes de soda. Elles entrèrent dans un bureau dont la porte s'ornait de l'inscription Sadie la Glauque. Les murs disparaissaient sous des affiches de films porno montrant des acteurs et des actrices quasi nus et dans des poses plus qu'osées. D'après les titres, les postures et les costumes – ou le peu qu'il y en avait –, tout cela penchait du côté bondage et fétichisme sadomaso. Avec pas mal de domination féminine.

— Asseyez-vous, reprit Beaupre. Je peux vous accorder un quart d'heure, après, faudra que j'y retourne. Sinon, ce sera pire que d'essayer de faire marcher des chats en cadence, là-dedans.

Elle s'assit derrière un bureau, Ballard prenant le fauteuil en face d'elle.

— C'est vous la réalisatrice?

— La réalisatrice, la scénariste, la productrice, la directrice de la photo, la… tout ce que vous voudrez. J'aimerais aussi baiser et fouetter, mais je suis trop vieille pour ça. Qui Thomas a-t-il blessé?

— Pour l'instant, la police ne fait que s'intéresser à lui. La victime est une prostituée transgenre qui, je le pense, a été enlevée, violée et torturée pendant quatre jours avant d'être laissée pour morte.

— Et merde! Je savais qu'il finirait par le faire.

— Par faire quoi?

— Passer à l'acte. C'est pour ça que je l'ai quitté. Je ne voulais pas qu'il passe ses fantasmes sur moi.

— Madame Beaupre, avant de continuer, j'ai besoin que vous me promettiez de ne jamais divulguer ce dont nous allons parler ici. Surtout à lui.

— Vous plaisantez? Je ne parle plus à ce type. C'est la dernière personne à qui je parlerais sur cette Terre.

Ballard chercha des signes d'hypocrisie sur son visage, mais ne vit rien qui la dissuade de poursuivre. Elle ne savait juste pas vraiment comment attaquer. Elle sortit son portable.

— Ça vous gêne si j'enregistre? demanda-t-elle.

— Oui, répondit Beaupre. Je ne veux pas être embarquée dans ce truc et je n'ai aucune envie de savoir qu'un enregistrement se balade dans la nature et qu'il pourrait l'entendre un jour.

Ballard reprit son téléphone. Cette réponse ne la surprenait pas. Elle continua sans enregistrer.

— J'essaie de me faire une idée de votre ex-mari, reprit-elle. Le genre de mec que c'est. Ce qui pourrait l'amener à perpétrer un crime pareil. S'il l'a bien commis, s'entend.

— Il est pété dans sa tête, dit Beaupre. C'est aussi simple que ça. Moi, je tourne des vidéos SM. Tout est bidon. La douleur n'est pas réelle. Beaucoup le savent, mais beaucoup d'autres ne veulent pas le savoir. Ils veulent que ce soit vrai et il fait partie de ces gens-là.

— Vous êtes-vous rencontrés parce que vos vidéos l'intéressaient ?

— Non, on s'est rencontrés parce que je voulais une voiture.

— Il en vendait ?

— Voilà. Je pense qu'il m'avait reconnue, mais il a toujours prétendu que non.

— En tant que réalisatrice ?

— Non, j'étais encore actrice à l'époque. Je pense qu'il m'avait vue dans des vidéos et il s'est rué sur moi, vous savez bien, pour m'aider à poser mes fesses dans quelque chose de mignon. Il l'a toujours nié, mais je pense qu'il m'avait vue jouer.

Ballard lui indiqua la porte d'un geste du pouce.

— Sadie la Glauque, c'est votre nom d'actrice ?

— Entre autres. J'en ai eu toute une série, sans parler des looks. Disons que je me réinvente tous les trois ou quatre ans, comme mon public. Pour l'instant, je suis la réalisatrice Sadie la Glauque. Voyons un peu… J'ai été Nuits d'Ébène, Shaquilla les Fers, BB. Black, Lundi la Tempête et quelques autres. Quoi… ? Vous me reconnaissez ?

Elle avait remarqué le sourire de Ballard.

— Non, c'est juste une coïncidence bizarre, répondit celle-ci. Y a deux nuits, j'ai rencontré un type qui se faisait appeler comme ça.

— Dans le porno ?

— Non, non, rien à voir. Et donc, vous dites que Trent avait des fantasmes.

— Il était complètement cinglé. Lui, c'est la douleur qui le branchait. Il voulait l'infliger, la voir dans leurs yeux.

— « Leurs yeux » ? De qui parle-t-on ?

— Je vous parle de ses fantasmes. De ce qu'il aimait dans mes vidéos, de ce qu'il voulait faire dans la réalité.

— Il n'est jamais passé à l'acte ? C'est ça que vous me dites ?

— Pas avec moi, non. Avec d'autres, je ne sais pas. Mais quand il s'est fait arrêter, il avait des poings américains sur lui. Pour moi, il avait franchi la ligne rouge.

— C'est pour ça que vous l'avez quitté ?

— Pour tout le bazar, oui. Non seulement il est allé jusqu'à blesser quelqu'un mais, d'après les flics, c'était un gamin. Quand j'ai appris ça, j'ai dégagé. C'était trop pété, même pour moi.

— Pour vous, c'est quoi, la psychologie du truc ?

— Ça veut dire quoi, ça ?

— Ma victime est latina. Avec ses poings américains, c'était un Latino qu'il allait voir. Son ex-femme est afro-américaine, mais au teint clair. C'est un certain type de victime et…

— J'ai jamais été une putain de victime !

— Excusez-moi, je me suis mal exprimée. Mais il est typé. Ça fait partie de ce qu'on appelle une paraphilie. De sa programmation sexuelle, si vous voulez.

— Ça fait partie de son truc de contrôle et de subjugation. Dans mes films, j'étais le boss, la dominatrice. Dans notre couple, c'est lui qui voulait me contrôler, me tenir sous sa coupe. Comme si pour lui, j'étais un défi à relever.

— De la maltraitance ?

— Non. Pas avec moi au moins parce que là, j'aurais filé. Ce qui ne veut pas dire qu'il n'aurait pas fait dans l'intimidation et ne se serait pas servi de sa taille pour tout contrôler. On peut très bien se servir de sa taille sans faire dans la maltraitance.

— Il regardait beaucoup de films pornos ?

— Écoutez, n'allez pas chercher de ce côté-là. Pas de « c'est-le-porno-qui-lui-a-fait-faire-ça ». Nous, c'est un service qu'on offre. Les gens regardent nos films et ça les retient de passer à l'acte, ça les cantonne dans le fantasme.

Ballard n'était pas très sûre que Beaupre croie vraiment à ce qu'elle disait. Elle aurait très bien pu arguer que la pornographie ouvre grand les portes aux conduites aberrantes, mais elle sentit que ce n'était pas le moment. Elle avait besoin de cette femme comme source, voire comme témoin potentiel. La reprendre sur son style de vie et son travail n'était pas vraiment la meilleure façon de procéder.

— Faut que je retourne en plateau, dit soudain Beaupre. Y a pas moyen de repousser à demain. J'ai une de mes actrices qui arrête à minuit. Elle a école demain.

— Je vous en prie, la supplia Ballard d'un ton plein d'urgence, encore quelques minutes. Vous avez bien vécu avec lui dans la maison de Wrightwood Drive ?

— Oui, il l'avait quand j'ai fait sa connaissance. J'y ai emménagé.

— Comment a-t-il pu se payer un endroit pareil en vendant des voitures ?

— Ce n'est pas en vendant des voitures qu'il se l'est offerte. Il a exagéré ses blessures suite à un accident d'hélicoptère en revenant de Catalina. Un médecin véreux l'a soutenu quand il a attaqué en justice. Il a fini par toucher quelque chose comme huit cent mille dollars et s'est acheté la maison à l'envers.

Ballard se pencha en avant dans son fauteuil. Il fallait y aller doucement et ne pas souffler de réponses à Beaupre.

— Vous voulez dire… comme si c'était une saisie ? demanda-t-elle. Comme si les propriétaires étaient sens dessus dessous et dépassés par leurs mensualités ?

— Non, non. C'était la maison qui était sens dessus dessous, et littéralement. Les chambres à coucher étaient en bas au lieu d'en haut. Tom l'a toujours appelée « la maison à l'envers ».

— Et c'est comme ça qu'il en parlait aux autres ? À ses visiteurs ? Il disait que c'était une « maison à l'envers » ?

— À peu près, oui. Il trouvait ça marrant. Il disait que c'était une maison à l'envers dans un monde à l'envers.

272

C'était un renseignement clé, et que Beaupre le lui ait fourni spontanément le rendait encore plus probant. Elle poursuivit.

— Parlons des poings américains, reprit-elle. Que savez-vous là-dessus ?

— Eh bien… je savais qu'il en avait, répondit-elle. Mais je ne pensais pas qu'il s'en servirait. Il avait toutes sortes d'armes… des couteaux à saigner, des étoiles à lancer, des poings en métal. Il les appelait comme ça parce que, techniquement parlant, les poings américains ne sont pas tous en cuivre.

— Et donc, il en avait plusieurs paires ?

— Oh oui ! Il en avait toute une collection.

— Avait-il des doubles ? Sur la paire qui a été saisie lors de son arrestation, on lisait GOOD et EVIL. Il en avait une deuxième paire comme ça ?

— Il en avait un tas, et sur toutes ou presque on lisait ça. C'était son truc. Il disait qu'il aurait aimé se faire tatouer ces mots-là sur les doigts… GOOD et EVIL… sauf qu'il aurait probablement perdu son boulot.

Ballard savait qu'elle tenait une grosse prise. Beatrice était en train de lui donner les points forts du dossier qu'elle allait bâtir.

— Et il gardait tout chez lui ?

— Oui, dans sa maison.

— Des armes à feu ?

— Non, pas d'armes à feu. Dieu sait pourquoi, il n'aimait pas ça. Il disait toujours qu'il aimait les armes à tranchant.

— Que gardait-il d'autre chez lui ?

— Je ne sais pas. Ça fait longtemps que je n'y suis pas allée. Mais je sais ceci : il a mis tout son fric dans cette maison parce qu'à ses yeux, valait mieux le mettre dans l'immobilier que dans une banque. Ce qui fait qu'il lui est pas resté grand-chose pour meubler la baraque. Y avait deux ou trois chambres complètement vides, enfin… quand j'y habitais.

Ballard repensa à la pièce qu'elle avait vue de la terrasse du bas. Beaupre se leva.

— Écoutez, on boucle à minuit, dit-elle. Vous pouvez rester regarder ou revenir plus tard pour parler… Mais là, faut que j'y aille. Dans ce business, le temps, c'est de l'argent.

— OK, dit Ballard.

Puis elle tenta un coup au hasard.

— Vous avez gardé une clé ? demanda-t-elle.

— Quoi ?

— Oui, quand vous avez divorcé… vous avez gardé une clé de la maison ? C'est ce que font beaucoup de gens qui divorcent.

Beaupre lui jeta un regard indigné.

— Je vous ai dit que je ne voulais pas avoir affaire à ce type. Ni avant ni maintenant. Je n'ai pas gardé de clé parce que je ne voulais plus jamais remettre les pieds dans cet endroit.

— Non, parce que si vous en aviez gardé une, j'aurais pu m'en servir. En cas d'urgence, voyez. Le type qui a bousillé ma victime, c'est pas le genre de choses qu'il ne fera qu'une fois. S'il imagine pouvoir le refaire, il le refera.

— C'est horrible.

Beaupre se dirigea vers la porte. Il fallait que Ballard s'en aille. Elles descendirent le couloir et passaient devant l'alcôve lorsque Ballard aperçut une femme nue à l'exception de ses jambières hésiter devant tout un étalage de barres chocolatées.

— Bella, on reprend tout de suite, lui lança Beaupre. Je reviens dans une seconde.

Bella ne répondit pas. Beaupre reconduisit Ballard à la porte et la fit sortir en lui souhaitant bonne chance dans son enquête. Ballard lui tendit une carte de visite et, comme d'habitude, lui demanda de l'appeler si elle pensait à quelque chose.

— D'après le DMV, cet endroit est votre domicile. C'est vrai ?

— Le domicile, c'est bien l'endroit où on bouffe, on baise et on dort, non ? lui renvoya Beaupre.

— Peut-être bien. Et donc, pas d'autre domicile ?

— Je n'ai pas besoin d'un autre domicile, inspecteur.

Et Beaupre ferma la porte.

Ballard démarra sa voiture, mais ouvrit aussitôt son carnet pour y transcrire tout ce qui lui revenait de cet entretien. Elle baissait la tête pour écrire lorsqu'un coup sec frappé à la vitre la fit sursauter. Elle leva les yeux et découvrit Billy, le portier au bonnet. Elle baissa sa vitre.

— Inspecteur, la Glauque me dit que vous avez oublié ça.

Il lui tendit une clé. Sans anneau. Une clé, toute seule.

— Oh, dit Ballard. Oui. Merci.

Elle prit la clé et remonta sa vitre.

Chapitre 22

Ballard gagna la 101 et partit vers le sud et le centre-ville. Elle se sentait pleine d'élan. Elle n'avait toujours pas le moindre bout de preuve manifeste, mais son entre-vue avec Beatrice Beaupre avait poussé Thomas Trent de l'autre côté de la ligne qui sépare la personne à surveiller du suspect pur et simple. Il était maintenant son seul et unique objectif, ses pensées se concentrant exclusive-ment sur la manière de bâtir son dossier d'accusation.

Elle prenait le virage qui la conduirait au col de Cahuenga lorsque son portable vibra. C'était Jenkins. Elle brancha ses écouteurs et prit l'appel.

— Salut, je venais aux nouvelles avant de commen-cer, dit-il. T'as encore des rescapés pour moi ?

— Pas vraiment, non, répondit-elle. Tu devrais avoir une veille plutôt calme.

— Ça me plairait assez de rester assis au bureau toute la nuit.

— Eh bien, ce sera le cas au moins la première heure. J'ai la voiture.

— Quoi ? T'es pas censée monter à Ventura faire du surf ? Qu'est-ce qui se passe ?

— Je sors juste d'un entretien avec l'ex du suspect dans l'affaire Ramona Ramone. C'est lui, y a pas de doute. C'est notre bonhomme. Il appelle sa baraque « la maison à l'envers », exactement comme la victime l'a dit à Taylor et à Smith.

— D'accord.

Au ton qu'il avait pris et à la façon dont il avait fait traîner ce mot, elle sentit qu'il n'était pas plus convaincu que ça.

— Il fait aussi collection de poings américains, ajouta-t-elle. Avec des GOOD et EVIL écrits dessus. Et ces lettres, on les voit dans les bleus de Ramona. Je suis retournée à l'hosto pour prendre des photos.

Jenkins ne disait rien. Pour lui c'était du nouveau, et ça montrait aussi à quel point elle était obsédée par cette affaire. Puis il parla.

— T'as assez de trucs pour un mandat de perquisition ?

— J'en suis pas encore tout à fait là. Mais la victime a été transférée au County-USC et je ne pense pas qu'ils l'auraient fait si elle était toujours dans le coma. C'est pour ça que je vais y retourner et, si elle est consciente, je lui montre une sélection de photos. Si elle identifie Trent, j'apporte la sélection à McAdams dès demain matin et je prépare un plan d'action.

Elle n'avait toujours droit qu'au silence de Jenkins qui accusait le coup d'être à quai alors que le train passait à toute vitesse devant lui sans s'arrêter.

— Bon, dit-il enfin. Tu veux que je change de cap pour te rejoindre au County ?

— Non, je crois avoir tout sous contrôle, répondit-elle. Va au commissariat, tape-toi la séance d'appel et vois un peu ce qui se passe. Je t'avertis dès que je rentre avec la voiture.

Sinistre autrefois, l'hôpital de County-USC avait récemment eu droit à un lifting et à un bon coup de peinture qui l'avait rendu un peu moins lugubre. Le personnel médical y était sans aucun doute aussi dévoué et talentueux que celui de n'importe quel hôpital privé de la ville, mais comme dans les trois quarts des grands monstres bureaucratiques, tout s'y réduisait à des questions de budget. Le premier arrêt de Ballard fut pour le bureau de la sécurité, où elle montra son badge et tenta de convaincre un superviseur de nuit appelé Roosevelt d'affecter un garde de plus à la surveillance de Ramona Ramone. Grand et svelte, Roosevelt arrivait à l'âge de la retraite et semblait nettement plus intéressé par ce qu'il avait sur son écran d'ordinateur que par ce que lui racontait Ballard.

— Pas possible, lui répondit-il d'un ton tranchant. Si je colle un mec à cette chambre, faut que je l'enlève de la porte des urgences et ça, les infirmières d'en bas ne me le permettront jamais. Elles m'écorcheraient vif si je les laissais sans protection.

— Vous êtes donc en train de me dire que vous n'avez qu'un seul garde aux urgences ?! s'écria Ballard.

— Non, j'en ai deux. Un à l'intérieur et un dehors. Vu que quatre-vingt-dix-neuf pour cent des violences se produisent aux urgences, nous avons instauré une protection en deux temps : un gars pour les patients qui entrent à pied et un autre pour ceux qui nous arrivent à l'arrière d'une ambulance. Et moi, je ne peux en perdre aucun.

— Sauf que pendant ce temps-là, ma victime là-haut se retrouve sans rien… sans aucune protection.

— On a de la sécurité à l'entrée des ascenseurs et je fais des rondes. Si vous voulez un supplément de protection pour cette chambre, je vous suggère de la demander au LAPD.

— Ça risque pas d'arriver.

— Vous m'en voyez navré.

— J'ai noté votre nom, Roosevelt. Si jamais il arrive quelque chose, il terminera dans mon rapport.

— Assurez-vous de l'écrire comme il faut. Comme le président.

Ballard monta aux soins intensifs, où Ramone était suivie. Elle fut déçue d'apprendre que si elle était bien consciente et à moitié réveillée quand on l'avait transférée de l'Hollywood Presbyterian, sa patiente avait été intubée et mise sous sédatifs suite à une rechute. Avoir choisi de retrouver Beaupre pour l'interroger lui avait coûté une occasion de communiquer avec Ramone. Elle lui rendit néanmoins visite et prit des photos d'elle avec son portable pour assurer le suivi de ses blessures et des soins qu'on lui prodiguait. Elle espérait pouvoir les montrer à des jurés.

Un peu plus tard, elle s'arrêta au poste des infirmières et tendit un paquet de cartes de visite à celle qui était de garde.

— Pourriez-vous les faire passer à vos collègues et en conserver une près du téléphone ? lui demanda-t-elle. Si jamais quelqu'un essaie de voir la patiente de la 307, avertissez-moi. Et si jamais vous recevez des appels où on vous demande comment elle va, je veux le savoir. Prenez le nom et le numéro du correspondant et dites-lui que vous le recontacterez. Et ensuite, appelez-moi.

— La patiente est en danger ? lui demanda l'infirmière.

— Elle a fait l'objet d'une attaque particulièrement vicieuse qui l'a laissée pour morte. J'ai discuté avec votre officier de sécurité, qui m'a refusé un garde supplémentaire. Tout ce que je vous dis, c'est d'être extra-vigilante.

Elle s'éloigna en espérant qu'avoir glissé ça dans l'oreille de l'infirmière de service donnerait des résultats. La sécurité de l'hôpital aurait plus de mal à balayer les inquiétudes du personnel soignant que celles d'un inspecteur du LAPD.

De retour au commissariat à minuit, elle descendait le couloir du fond lorsqu'elle tomba sur Jenkins qui revenait de la salle d'appel. Ils gagnèrent le bureau des inspecteurs côte à côte.

— Il se passe des trucs ? lui demanda-t-elle.

— Non, à l'ouest rien de nouveau, répondit-il.

Puis il leva une main en l'air pour qu'elle y dépose la clé du véhicule de service.

— Ramona a regardé les portraits ? enchaîna-t-il.

— Eh non. J'ai raté l'occasion. Je m'en veux à mort. J'aurais dû être là quand elle s'est réveillée.

— Pas la peine de te flageller. Avec ses blessures au cerveau, y a des chances qu'elle se souvienne de rien, de toute façon. Et si elle se rappelait, l'avocat de la défense la lâcherait pas sur son identification.

— Peut-être, oui.

— Bon, et maintenant tu vas remonter le long de la côte ?

280

— Pas encore, non. Je veux écrire mon rapport sur le témoin de ce soir.

— C'est quand même pas comme si on te payait des heures supplémentaires, si?

— Si seulement…

— Bon, fais ton truc et barre-toi.

— Entendu. Et toi?

— Munroe veut que je rédige un PV sur mon bus de témoins de l'autre soir. Quelqu'un a rempli un formulaire de dépôt de plainte! On aurait beaucoup souffert et été très humilié d'avoir été enfermé dans un bus de transport de détenus. Faut que je dise que personne n'a jamais été enfermé à clé.

— Tu te fous de moi?

— J'aimerais bien.

Sur quoi, ils gagnèrent leurs coins respectifs. Ballard s'attaqua aussitôt au rapport sur son entretien avec Beatrice Beaupre et insista beaucoup sur le fait révélateur que Thomas Trent parlait souvent de son domicile comme de « la maison à l'envers ». Cela ferait partie de son dossier à charge si jamais Ramona Ramone identifiait le vendeur de voitures.

Une demi-heure plus tard, elle mettait un point final à son procès-verbal. Elle avait aussi terminé sa nuit, mais se rappela qu'elle voulait passer aux Scellés pour voir ce qu'on y avait rapporté du Dancers. Elle gagna son meuble classeur et feuilleta la grosse pile de documents qu'elle avait imprimés en consultant les dossiers de Chastain. Elle retrouva le premier listing de pièces à conviction et le rapporta à son bureau. Il faisait sept pages. Ce n'était pas le document officiel des services du légiste, seulement les notes que prend un inspecteur du LAPD quand il se trouve sur une scène de crime. Cela sert de référence aux enquêteurs cherchant à se renseigner sur tel ou tel autre élément de preuve en attendant la pièce officielle. Ballard le lut deux fois, mais n'y trouva rien qui aurait pu ressembler au petit bouton noir qu'elle avait vu Chastain glisser dans un sachet à éléments de preuve. Elle eut alors la conviction que son ancien coéquipier avait soustrait une pièce de la scène de crime sans en faire état. Ce n'était pas grand-chose, mais cela l'avait conduit à s'exclure de la troupe et à mener sa propre enquête. Enquête qui lui avait coûté la vie.

Elle se figea en se repassant l'image de Chastain sur la scène de crime. Puis son attention se porta sur le lieutenant Munroe qui venait d'entrer dans la salle par le couloir de devant et se dirigeait vers Jenkins.

Elle imaginait que Munroe allait probablement informer son coéquipier d'un appel. Elle s'empara de son listing, prit aussi sa radio, se leva et les rejoignit au cas où la situation aurait exigé que Jenkins ne parte pas seul sur le terrain.

Leurs bureaux étaient diamétralement éloignés dans la salle, et le chemin qui les reliait n'était pas direct. Elle dut suivre une allée sur le devant de la pièce, puis en descendre une autre pour arriver derrière Munroe. Elle s'approchait d'eux lorsqu'elle remarqua l'air embarrassé qu'avait pris Jenkins en regardant le chef de veille, et comprit que ce n'était pas une tâche que Munroe assignait à son coéquipier.

— … tout ce que je dis, c'est que c'est toi le chef et toi qui décides. Faut la mettre en laisse et…

La radio que Ballard avait à la main lançant un appel, Munroe s'arrêta net, se retourna et découvrit Ballard debout devant lui.

— … et quoi, lieutenant? demanda-t-elle.

L'espace d'un instant, la surprise se marqua sur le visage de Munroe, puis il se retourna vers Jenkins pour lui montrer combien il se sentait trahi de ne pas avoir été averti de l'arrivée de Ballard.

— Écoutez, Ballard…, dit-il.

— Alors comme ça, vous voulez qu'on me mette en laisse? Ou c'est seulement que vous êtes le messager?

Munroe leva les deux mains en l'air comme s'il voulait l'empêcher de se ruer sur lui.

— Ballard, écoutez-moi, vous… je… je ne savais pas que vous étiez là, bafouilla-t-il. Vous devriez être partie. Non parce que si j'avais su que vous étiez là, je vous aurais dit la même chose en face à face.

— C'est-à-dire…?

— Écoutez, y a des gens qui craignent que vous foutiez tout en l'air, que vous franchissiez une ligne rouge dans le truc de Chastain. Cette affaire n'est pas à vous et faut absolument que vous arrêtiez, bordel!

— « Des gens »? Qui ça, lieutenant? Olivas? Olivas se ferait du souci pour moi… ça ne serait pas plutôt pour lui-même?

— Écoutez, moi, je parle de personne. Je parle juste…

— De moi. Comme si vous ne veniez pas d'aller voir mon coéquipier pour lui dire de me mettre en laisse!

— Vous l'avez dit vous-même, Ballard: je ne suis que le messager dans cette histoire. Et donc ça y est, maintenant le message est transmis. Point final.

Il fit demi-tour et se dirigea vers le couloir du fond – il préférait prendre par le plus long pour rejoindre le bureau de veille plutôt que devoir passer devant Ballard.

— Un vrai connard, dit-elle lorsqu'ils furent seuls.

— Et péteux avec ça, renchérit Jenkins. Prendre par le plus long comme ça !

— Qu'est-ce que t'aurais dit si je n'étais pas arrivée ?

— Je ne sais pas. Peut-être… : « Si vous avez quelque chose à dire à Ballard, allez donc lui dire vous-même. » Mais peut-être aussi : « Allez vous faire foutre ! »

— J'espère bien.

— Bon et donc, qu'est-ce que t'as encore fabriqué pour les rendre dingues comme ça ?

— Ben justement, je n'en suis pas sûre. Cela dit, c'est quand même le deuxième prétendu message que je reçois aujourd'hui. Un type des Major Crimes est monté à Ventura, puis est descendu à la plage pour me dire la même chose. Et moi, je ne sais même pas ce que j'ai fait.

Soupçon et inquiétude. Jenkins fit la grimace. Il ne marchait pas. Comme si elle ne savait pas ce qu'elle faisait ! Ce qui l'inquiétait, c'était qu'elle continue.

— Fais gaffe à toi, ma fille, dit-il. Ces mecs-là ne rigolent pas.

— Ça, je le sais.

Il hocha la tête. Elle s'approcha de son bureau et lui donna la radio.

— Je pense monter à la suite, dit-elle. Viens m'y chercher si nécessaire. Autrement, ce sera sans doute moi qui viendrai te dire au revoir avant que tu partes.

— Te donne pas cette peine, dit-il. Fais la grasse matinée si tu peux. T'en as besoin.

— Ça me fout en l'air qu'il passe te voir parce qu'il croit que je ne suis pas là.

— Tiens, je suis justement en train de lire des trucs sur le Japon à Marcie et là-bas, ils ont un dicton…

— Je te parle de ces types et toi, tu me parles du Japon ?

— Et si tu m'écoutais, hein ? Je ne fais pas partie de « ces types », d'accord ? Je lui lis des livres sur des endroits où on va jamais. Et comme elle s'intéresse à l'histoire du Japon en ce moment, c'est ce que je lui lis. Et là-bas, ils ont un dicton sur la société conformiste : « Le clou qui dépasse, on le rabat à coups de marteau. »

— Bon d'accord, et ça veut dire… ?

— Ça veut dire qu'il y a des tas de types avec des marteaux dans notre service. Fais attention à toi.

— Pas besoin de me le dire.

— Je ne sais pas… Y a des moments où je pense que si.

— Comme tu voudras. Bon, j'y vais. Tout ça me fatigue beaucoup, brusquement !

— Dors un peu.

Solennel, il leva un poing en l'air et elle le frappa du sien. Leur façon à eux de se dire que tout allait toujours bien entre eux.

Elle remit le rapport dans le tiroir de son classeur, le ferma à clé, gagna le couloir de derrière et prit l'escalier qui montait au premier étage où, à l'autre bout de la salle d'appel, se trouvait la « suite de la lune de miel ». Trois couchettes superposées y étaient installées le long de deux murs se faisant face. Du genre « premier arrivé, premier servi », la pièce comprenait un comptoir où s'empilaient des paquetages enveloppés dans du plastique avec, à l'intérieur, deux draps, un oreiller et une fine couverture de prison.

L'écriteau coulissant apposé sur la porte indiquait que la suite était occupée. Ballard sortit son portable, alluma la lumière, ouvrit la porte sans faire de bruit et se glissa dans la pièce. L'interrupteur du plafonnier avait été scotché en position éteinte pour que personne ne réveille et aveugle ceux qui dormaient. Elle vérifia les couchettes avec son téléphone et vit que les deux du bas étaient occupées, l'un des dormeurs y ronflant doucement. Elle ôta ses chaussures, les glissa dans un coin, attrapa deux paquetages et les jeta sur une des couchettes supérieures. Elle monta à l'échelle, étala le mince matelas avant de se couler dans l'espace à dormir. Il ne lui fallut que cinq minutes pour étendre les draps et se glisser sous une couverture. Enfin, elle arrangea les deux coussins autour de sa tête pour ne plus entendre le ronflement, et tenta de s'endormir.

Alors qu'elle s'enfonçait insensiblement dans le noir, elle repensa aux deux ordres qu'elle avait reçus d'arrêter son enquête. Elle était consciente que, Dieu sait comment, elle les avait provoqués par ses actions de la veille. Elle les reprit toutes en détail, sans parvenir à voir la mine sur laquelle elle avait apparemment posé le pied.

Luttant contre le sommeil, elle remonta jusqu'à la nuit du vendredi, puis se repassa chaque journée, se servant de sa mémoire comme d'un bélier. Cette fois, elle buta sur quelque chose qui n'avait pas retenu son attention jusqu'alors parce que cela ne l'avait menée nulle part. Après avoir étudié la chronologie établie par Chastain, elle avait essayé de contacter Matthew « Metro » Robison pour voir si c'était bien le témoin que son ex-coéquipier s'était coltiné le vendredi soir avant de se faire tuer. Elle n'avait pas réussi à le joindre, mais lui avait laissé au moins trois messages sur son répondeur.

Robison avait disparu et le détachement spécial le cherchait. Lorsqu'il était venu l'interroger à la plage, Carr savait qu'elle l'avait appelé. Mais si, peu importait où – et c'était bien ça qui la troublait –, Robison avait son portable sur lui, et il y avait de fortes chances que ce soit le cas, comment Carr et le détachement spécial savaient-ils qu'elle l'avait appelé pendant la nuit ?

Elle se rappela avoir posé la question à Carr, et que celui-ci ne lui avait pas répondu. Il avait fait l'impasse, lui disant seulement qu'on lui avait donné le renseignement.

Ça n'avait pas de sens et la rongea jusqu'à ce qu'elle sombre enfin dans le sommeil.

Chapitre 23

Un énorme éclat de rire qui montait de la salle d'appel
la réveilla dans la suite de la lune de miel. Désorientée,
elle se cogna presque la tête au plafond en essayant de se
lever. Elle prit son portable, regarda l'heure et fut cho-
quée de découvrir que non seulement elle avait dormi
jusqu'à 10 heures, mais qu'elle aurait dormi plus longtemps s'il n'y avait pas eu l'appel de seconde brigade.

Elle fit une boule de ses draps, couvertures et oreillers
et descendit précautionneusement de la couchette. Il n'y
avait plus qu'elle dans la pièce. Elle jeta son paquetage
dans un panier à linge, enfila ses chaussures et prit le
couloir jusqu'au vestiaire des femmes.

Sous la douche, elle retrouva enfin ses esprits, essaya
de se remémorer les événements de la veille et se rappela qu'elle s'était endormie avec une question : comment Carr savait-il que Matthew Robison avait disparu ?
C'était lundi, son jour de congé, mais elle se promit de
le découvrir avant la fin de la journée.

Après avoir enfilé les vêtements propres qu'elle gardait dans son casier, elle s'assit sur un banc et rédigea
un texto à l'attention de Carr :

Besoin de parler. Vous êtes dans le coin ?

Elle hésita un instant, puis l'envoya. Elle n'ignorait pas que Carr pourrait le partager avec d'autres et discuter avec eux de la suite à y donner. Mais elle comptait sur lui pour ne pas le faire. Elle savait qu'une réponse rapide de sa part signifierait qu'il n'avait pas partagé son texto.

En personne ? Où ? Pas au PAB.

Elle réfléchit et lui donna le lieu du rendez-vous, son choix se portant sur le quatorzième étage du Criminal Courts Building, lieu parfaitement naturel où trouver un inspecteur de police. Si jamais quelqu'un de la Major Crimes ou du PAB lui demandait où il allait, il pourrait tout simplement répondre « Au tribunal », et cela ne poserait aucun problème. En plus de quoi, l'endroit la rapprocherait du centre médical du County-USC, où elle espérait trouver Ramona Ramone consciente et bien réveillée plus tard dans la journée.

Avant de quitter le commissariat, elle frappa à la porte du lieutenant McAdams et lui fit le point sur l'enquête. Il se montra réservé sur la collection de poings américains de Trent et la façon qu'il avait de qualifier son domicile de « maison à l'envers ». Il lui rappela qu'il ne s'agissait là que de preuves indirectes et que c'était sur les propos d'une ex qu'elle fondait son enthousiasme.

— Il va vous falloir trouver plus lourd que ça, conclut-il.

— Je sais, répondit-elle, et je l'aurai.

Elle vérifia l'état du véhicule banalisé affecté au quart de nuit et prit la 101 en direction du centre-ville. Elle se battit avec la circulation, chercha un endroit où se garer et attendit l'ascenseur au tribunal, ce qui la mit en retard de vingt minutes pour son rendez-vous avec Carr, mais elle le trouva assis sur un banc à l'entrée d'une salle d'audience, occupé à consulter des messages sur son portable.

Elle se glissa à côté de lui.

— Désolée du retard, dit-elle. Rien n'allait ce matin. La circulation, impossible de se garer… et j'ai attendu dix minutes avant d'avoir un putain d'ascenseur !

— Vous auriez pu m'envoyer un texto, mais bon. De quoi s'agit-il, Ballard ?

— Bon alors, hier je vous ai posé une question et vous n'y avez jamais répondu. On a été dérangés, ou vous êtes passé à autre chose, toujours est-il que je n'ai pas eu ma réponse.

— À quelle question ?

— Vous m'avez demandé pourquoi j'ai appelé Matthew Robison et je vous ai demandé comment vous saviez ça.

— Mais je vous ai répondu ! Je vous ai dit avoir été informé que vous tentiez de le joindre.

— Je ne le nie pas. Mais qui vous a informé ?

— Je ne comprends pas. Pourquoi ç'aurait de l'importance ?

— Réfléchissez. Robison a bien disparu, non ?

Carr ne répondit pas tout de suite. Il donnait l'impression de peser ses mots.

— Oui, on le cherche toujours, dit-il enfin.

— Je me dis donc que, peu importe où il se trouve, s'il est toujours vivant, il a encore son portable sur lui, non? lui renvoya-t-elle dans la foulée. Ou alors… l'appareil aurait été retrouvé chez lui? ou ailleurs?

— Pas que je sache, non.

— Donc, si Robison est toujours à se cacher quelque part, il l'a avec lui, ce téléphone. Et s'il est mort, c'est le type qui l'a tué qui l'a. Mais dans un cas comme dans l'autre, comment se fait-il qu'on sache que je l'ai appelé? Vous n'allez quand même pas me dire qu'on a dégoté ses relevés téléphoniques aussi rapidement, si? Je n'ai jamais vu une compagnie de téléphone me donner des résultats sous vingt-quatre heures, et encore moins un samedi quand personne ne travaille. Sans oublier que Robison n'est qu'un témoin, et en rien un suspect. Et qu'il n'y a pas non plus le moindre commencement de cause probable pour obtenir un mandat permettant d'obtenir ses relevés.

Carr ne répondit pas.

— Faut donc croire qu'ils ont accès à mes relevés, ou qu'ils m'ont mise sur écoute, reprit-elle. Sauf que ça non plus, ça n'a pas de sens, à moins que vous m'ayez menti hier et qu'en fait je sois un suspect de première importance. Mais si c'est le cas, vous ne m'auriez jamais laissée enregistrer notre conversation. Et vous ne m'auriez pas non plus parlé sans commencer par me lire mes droits.

— On ne vous suspecte pas, Ballard. Je vous l'ai déjà dit.

— Bon d'accord, mais alors on en revient toujours à ma question: comment se fait-il qu'on sache que j'ai appelé Robison?

Carr secoua la tête de frustration.

— Écoutez, dit-il, je ne sais pas. Peut-être qu'il y a eu un mandat de recherches de l'aide sociale. Robison

291

a disparu, ils ont eu un mandat pour ses relevés parce qu'ils ont peur qu'il lui soit arrivé quelque chose.

— J'y ai pensé, mais ça ne marche pas. Si les types de l'aide sociale avaient voulu vérifier s'il allait bien, ils auraient cherché à localiser son téléphone. C'est donc qu'il y a autre chose. Quelqu'un sait que je l'ai appelé. Qui vous a donné ce renseignement, Carr ?

— Écoutez-moi, Ballard. Tout ce que je sais c'est que, après sa réunion, mon lieutenant m'a informé que vous aviez appelé Robison et que je devais trouver pourquoi et vous ordonner d'arrêter. Voilà, c'est tout.

— Qui est votre lieutenant ?

— Blackwelder.

— D'accord, et à quelle réunion assistait-il ?

— Quoi ?

— Vous venez de me dire qu'il sortait d'une réunion et qu'il vous avait donné des ordres me concernant. Ne jouez pas au con. Avec qui avait-il réunion ?

— Avec Olivas et deux ou trois gars des Vols et Homicides. La Major Crimes a été appelée en renfort après la mort de Chastain et c'est la réunion où Olivas a mis Blackwelder au jus.

— C'est donc Olivas, la source. Dieu sait comment, il a su que j'avais appelé Robison.

Carr balaya le couloir des yeux pour s'assurer que personne ne les observait. Des gens allaient et venaient dans tous les sens, mais personne ne semblait s'intéresser à eux.

— Peut-être, dit-il enfin. Mais il n'y avait pas que lui dans la salle.

— C'est bien plus que « peut-être », lui renvoya Ballard. Réfléchissez. Comment Olivas a-t-il su que j'appelais Robison s'il n'a pas son portable ?

Elle attendit, mais Carr gardait le silence.

— Y a quelque chose qui cloche, reprit-elle.

— C'est votre hypothèse flic, non ? dit-il enfin. Vous voulez mettre tout ça sur le dos d'un flic.

— Non, je veux mettre ça sur le dos de l'individu responsable et personne d'autre.

— Et c'est quoi, la suite ?

— Je ne sais pas. Mais je dirais que vous feriez mieux d'avancer avec précaution.

— Écoutez, Ballard, je comprends. Olivas vous a sacrément foutue dans la merde, mais de là à suggérer, et sans l'ombre d'une preuve, qu'il est au courant, ou qu'il a des infos sur…

— Ce n'est pas du tout ce que je fais !

— Pour moi, ça y ressemble quand même beaucoup.

Frustrée, elle regarda dans le couloir en essayant de décider de la suite.

— Faut que j'y aille, finit-elle par dire.

— Où ça ? lui demanda Carr. Tenez-vous à l'écart, Ballard !

— J'ai un dossier bien à moi à régler. Ne vous inquiétez pas.

Elle se leva et le toisa.

— Ne me regardez pas comme ça ! s'écria-t-il. Vous n'avez pas l'ombre d'une preuve. Vous n'avez qu'une hypothèse. Et même si vous avez raison en pensant que c'est un flic, essayer de coller ça sur le dos du type même qui, et ça, tout le monde le sait, se trouve être votre ennemi dans le service ne peut pas marcher.

— Pour l'instant, lui renvoya-t-elle, et elle commença à s'éloigner.

— Ballard ! Vous voulez bien revenir ?

— Pourquoi ? Vous ne ferez rien et moi, j'ai une affaire à travailler.

— Asseyez-vous une minute, voulez-vous ?

Elle se rassit à contrecœur.

— Vous m'avez déjà fait le coup hier, dit-il. « J'ai une affaire à travailler. Allez, salut ! » Qu'est-ce qu'elle a de si important, cette autre affaire ?

— Un type se balade dans la nature et amoche les gens juste parce qu'il aime ça, répondit-elle. C'est le mal incarné et je veux l'arrêter.

— Quoi ? Thomas Trent ?

— Mais dites, comment vous savez ça, bordel ? s'écria-t-elle.

Puis elle hocha la tête : elle n'avait pas besoin d'entendre la réponse, qu'il lui donna quand même.

— Vous savez que tout accès au National Crime Information Center est enregistré, dit-il. J'ai vu que vous aviez fait des recherches sur les trois macchabées du box et sur ce Thomas Trent. Je me suis demandé qui c'était et quel était le lien.

— Eh bien, maintenant vous savez. Il n'y a pas de lien. Vous autres de… Cette affaire n'a rien à voir avec Chastain, le Dancers, ou quoi que ce soit d'autre.

— C'est bon à savoir.

— Écoutez : vous allez faire quelque chose avec ce que je viens de vous donner ou pas ?

— Oui, Ballard, mais réfléchissez un peu à ce que vous êtes en train de suggérer. Un lieutenant de police abat cinq personnes dans un bar avant de liquider un de

294

ses propres collègues ? Et pourquoi ? Parce qu'il a...
quoi ? Des dettes de jeu ? C'est sacrément tiré par les
cheveux, vous ne trouvez pas ?

— Rien n'explique jamais vraiment pourquoi on tue,
et vous le savez. Et quand on franchit cette ligne, qu'est-
ce qui peut bien empêcher de passer de un à six ?

Elle se détourna et regarda dans le couloir. Et, pile
à cet instant, elle vit un type tourner la tête et cesser
de l'observer. Il se trouvait de l'autre côté, une salle
d'audience plus loin. Il portait un costume, mais avait
plus l'air d'un flic que d'un avocat.

Elle revint sur Carr comme si de rien n'était.

— Y a un type qui nous observe, dit-elle. Noir, trapu,
costume marron, de l'autre côté du couloir, une porte
plus bas.

— Calmez-vous, Ballard, dit-il. C'est Quick, mon
coéquipier.

— Vous m'avez amené votre coéquipier ?

— Vous êtes totalement imprévisible, Ballard. Je
voulais m'assurer que tout se passe bien.

— Il était là aussi hier à notre petit dîner en tête à
tête ?

— Il était dans le coin, oui.

Elle se retourna vers le coéquipier.

— « Quick » ? Vraiment ? Il ne m'a pas l'air aussi
« vif » que ça !

Carr éclata de rire.

— Il s'appelle Quinton Kennedy, dit-il. Ça a donné
« Quick ».

Elle hocha la tête.

— Bon alors écoutez, reprit Carr. Je vais tout analyser avec soin, d'accord ? Après, je retourne voir mon

lieutenant et j'éclaircis l'histoire du portable de Robison en douceur. Je vous promets de trouver comment nous avons su que vous l'appeliez. Si c'est ce que vous pensez, je reviendrai vers vous et il faudra qu'on se cause pour décider de la suite. Voir jusqu'où on va.

— On ira jusqu'au district attorney, lui renvoya-t-elle. Jusqu'au J-SID.

— Pas trop vite, dit-il. Il va nous falloir bien plus que votre histoire de coups de fil. Parce qu'il pourrait toujours y avoir une explication.

— C'est ce que vous n'arrêtez pas de penser, Carr. Couvrez bien les arrières de votre Quick. Faudrait pas qu'il termine comme mon ancien coéquipier.

Elle se remit debout. Et, sans un mot de plus, elle prit la direction des ascenseurs. Elle y alla d'une parodie de salut à l'adresse de Quick qui fronça les sourcils comme s'il ne savait pas à qui il avait affaire. Mais il était trop tard pour jouer à ça.

Chapitre 24

Ballard eut droit à de bonnes et de mauvaises nouvelles en arrivant au poste d'infirmières des soins intensifs, au troisième étage du County-USC. La bonne nouvelle fut que Ramona Ramone était consciente et que son état s'était nettement amélioré. La mauvaise était qu'elle était encore intubée et incapable de parler. Ses gestes semblaient dire qu'elle ne savait toujours pas pourquoi elle était hospitalisée ou ce qui lui était arrivé.

Autorisée à lui rendre visite, Ballard entra dans sa chambre au moment même où Ramona entrouvrait ses yeux encore gonflés. Elles se regardèrent pour la première fois. La voir se réveiller et commencer à comprendre dans quelle horrible situation elle se trouvait fut effroyable. Une peur indicible se lisait dans ses yeux – celle de l'inconnu.

— Ramona, dit Ballard, je m'appelle Renée. Je suis inspecteur au LAPD et je vais retrouver le type qui vous a fait ça.

Elle posa le dossier qu'elle avait apporté sur la table de chevet et resta debout à côté du lit. Inquiète, Ramona regardait partout avec agitation. Elle était encore très enflée sur le côté droit du visage, sa figure en devenant asymétrique. Ballard tendit le bras et lui prit la main en glissant son pouce dans sa paume.

— Vous êtes en sécurité maintenant, reprit-elle. Plus personne ne vous fera de mal. J'aimerais que vous me serriez le pouce si vous comprenez ce que je vous dis.

Elle attendit et sentit bientôt une pression.

— OK, Ramona. C'est parfait. Maintenant, faisons ceci : je vais vous poser des questions auxquelles vous répondrez par oui ou par non. Si c'est oui, vous me serrez le pouce une fois. Si c'est non, deux fois. D'accord ?

Elle attendit et sentit une pression.

— Bien. L'infirmière me dit que vous avez du mal à vous rappeler ce qui vous est arrivé. C'est le noir complet ?

Deux pressions.

— Vous vous rappelez certaines choses ?

Une pression.

— Bon, je vous dis tout ce qu'on sait, et après, on avise. Aujourd'hui, c'est lundi. Jeudi soir tard, on vous a retrouvée dans un parking de Santa Monica Boulevard, non loin d'Highland Avenue. On avait reçu un appel anonyme et les officiers qui y ont répondu vous ont d'abord crue morte tellement vous aviez l'air en mauvais état.

Ramona ferma les yeux et les garda fermés. Ballard continua.

— Vous êtes restée consciente un instant pendant qu'ils attendaient l'ambulance. Vous avez parlé d'une « maison à l'envers » juste avant de perdre connaissance. C'est tout ce qu'on avait pour bosser à ce moment-là.

Depuis, je suis allée au camping-car où vous habitiez et on m'a dit que vous aviez disparu depuis cinq jours. Je crois que quelqu'un vous a retenue prisonnière pendant tout ce temps. Et qu'il vous a fait beaucoup de mal.

Elle vit une larme se former au coin de son œil. Ramona la fit disparaître d'un clignement, puis regarda Ballard. L'heure était venue de passer aux questions.

— Ramona, reprit Ballard, vous rappelez-vous la maison à l'envers ?

Deux pressions.

— Bien. Et l'homme qui vous a fait du mal, vous en souvenez-vous ?

Ballard attendit, mais rien ne vint.

— Cela signifie-t-il que c'est un peu flou ?

Une pression.

— OK, ce n'est pas grave. Pas de problème. Commençons par la base, d'accord ? Vous souvenez-vous de quelle origine était le type ?

Une pression.

Ballard devait faire attention à ne pas lui poser de questions tendancieuses. Un avocat de la défense pourrait la démolir à la barre.

— Bon, dit-elle. Je vais vous faire des propositions et vous, vous me serrez le doigt une ou deux fois selon ce que vous voulez me répondre. D'accord ?

Une pression.

— Était-il hispanique ?

Deux pressions.

— D'accord. Afro-américain ?

Deux pressions.

— Était-ce un Blanc ?

Une pression. Longue.

— OK, c'était donc un Blanc. Merci. Essayons d'en faire le portrait. Avait-il quelque chose dans son physique qui le distinguait des autres ?

Deux pressions.

— Portait-il des lunettes ?

Deux pressions.

— Avait-il une moustache ou de la barbe ?

Deux pressions.

— Était-il grand ?

Une pression.

— Plus d'un mètre quatre-vingts ?

Ramona agita la main, ajoutant ainsi un troisième code à la conversation.

— Cela signifie-t-il que vous n'en êtes pas certaine ?

Une pression.

— OK, compris. Vous secouez la main comme ça quand vous n'êtes pas sûre. J'ai ici quelques photos que j'aimerais vous montrer. Ça s'appelle un trombinoscope et j'aimerais voir si l'un de ces hommes ressemble à celui qui vous a fait du mal. Vous permettez ?

Une pression.

— Je vais vous montrer six clichés d'un coup. Prenez tout votre temps pour les regarder et après, je vous demande si vous reconnaissez quelqu'un. OK ?

Une pression.

Ballard lui lâcha la main et se tourna vers la table de chevet pour y prendre son dossier. Qu'elle ouvrit. Six portraits apparurent, chacun dans une fenêtre découpée dans une deuxième chemise. Elle tint cette dernière au-dessus du lit, à une trentaine de centimètres des yeux de Ramona. Qu'elle suivit au fur et à mesure que celle-ci passait d'un cliché à un autre, la peur et l'appréhension se marquant sur son visage. Ballard lui tint ainsi le dossier presque une minute en silence.

— OK, dit-elle enfin, et elle glissa à nouveau son doigt dans la paume de Ramona. Un de ces hommes ressemble-t-il à celui qui vous a fait du mal ?

Ballard attendit, Ramona finissant par faire un signe de tête.

— Vous n'êtes pas certaine ?

Une pression.

— OK. Prenons-les un par un. L'homme de la photo n° 1 ressemble-t-il à celui qui vous a fait du mal ?

Deux pressions.

— L'homme de la photo n° 2 ?

Deux pressions.

— D'accord. Celui de la 3 ?

Cette fois, Ramona secoua la main.

— Vous n'en êtes pas sûre, mais il y a de la ressemblance ?

Une pression.

— OK, passons à la photo suivante, la 4.

Autre secousse.

— Le numéro 4 vous rappelle aussi quelque chose ?

Une pression.

— Et celui de la 5, Ramona ? Ça pourrait être le type qui vous a fait du mal ?

Très légère secousse, presque hésitante.

— Le cinquième est lui aussi un peut-être. Passons à la 6. Est-ce que ça pourrait être le type qui vous a fait du mal ?

Deux pressions. Fortes.

— D'accord, absolument pas.

Elle referma la chemise et la reposa sur la table de chevet. Ramona avait vu quelque chose de ressemblant sur trois des six photos, mais n'avait identifié personne de manière catégorique, et Trent figurait sur la cinquième. Les deux autres clichés qui avaient retenu son attention étaient celles de deux types qui, maintenant enfermés dans des prisons d'État, ne pouvaient pas l'avoir enlevée et brutalisée.

La réponse n'était pas bonne et Ballard fut déçue. Ramona souffrait d'un œdème cérébral et ne faisait encore que récupérer. Ballard savait que la guérison de ce genre de blessures était très variable et que quelque chose dont on ne se souvient pas à un moment donné peut revenir, et de manière très vive, quelque temps plus tard. Il se pouvait aussi qu'on ne se rappelle plus jamais ceci ou cela. Il allait donc falloir attendre, et elle n'en avait aucune envie. Que ce soit Trent ou un autre, l'individu qui avait amoché Ramona pouvait encore frapper dans l'intervalle.

Elle se retourna vers Ramona avec un grand sourire.

— Vous avez fait du bon boulot, Ramona, dit-elle. L'important est de continuer à guérir et nous verrons si d'autres souvenirs vous reviennent.

Elle se pencha au-dessus du lit et lui serra la main.

— Je reviendrai demain pour voir où vous en êtes.

Ramona lui serra la main en retour.

Ballard regagnait l'escalier lorsqu'elle remarqua un gardien de la sécurité en tenue qui traînait aux abords du poste d'infirmières. C'était la première fois qu'elle le voyait, elle s'approcha de lui et lui montra son badge.

— Ballard, LAPD, dit-elle. Vous êtes toujours à cet étage ?

— Non, c'est le superviseur qui a demandé plus de sécurité à cause des victimes de crime qu'on a à cet étage.

— Parfait. L'autorisation est-elle venue de Roosevelt?

— Non, Roosevelt est le superviseur de nuit.

Ballard sortit une carte de visite et la lui tendit.

— Surveillez la patiente de la 307. S'il arrive quoi que ce soit, vous m'avertissez, d'accord?

Le gardien étudia la carte un instant.

— Entendu, dit-il enfin.

Arrivée à la grande porte, Ballard s'arrêta et fit le point. C'était déprimant, mais elle ne pouvait pas le nier : son enquête piétinait sur tous les plans. Avec une Ramona Ramone incapable d'identifier son agresseur, elle n'avait aucun élément de preuve contre Trent, si convaincue fût-elle dans ses tripes que c'était bien lui qui l'avait enlevée.

Côté Chastain-Dancers, ce n'était pas son dossier et Carr, le seul qui pouvait l'y relier, ne semblait guère pressé de suivre les pistes de première importance qu'elle lui avait fournies.

Tout cela la désemparait, elle était comme impuissante. Elle glissa la main dans sa poche et passa les doigts sur les dents de la clé que Beatrice Beaupre lui avait fait parvenir la veille au soir. Elle tenta de résister à l'envie de gagner la maison à l'envers et de voir ce qu'il y avait à l'intérieur. C'était une grosse ligne rouge à franchir et elle savait que c'étaient ses frustrations qui la poussaient à l'envisager.

Elle laissa la clé dans sa poche et sortit son portable. Elle appela le concessionnaire Acura de la Valley et demanda qu'on lui passe Thomas Trent. S'assurer qu'il se trouvait bien ailleurs était le dernier pas avant de franchir la ligne.

— Je suis désolée, mais Tom ne travaille pas aujourd'hui, lui lança la standardiste. Voulez-vous lui laisser un message ?

— Non, pas de message, répondit-elle.

Elle raccrocha et se sentit légèrement soulagée d'avoir à maîtriser son envie d'aller jeter un coup d'œil à la maison. Ç'aurait été trop dangereux alors qu'il ne travaillait pas. Même s'il n'était pas chez lui, il pouvait y rentrer à tout instant. Ce qui lui avait paru possible un instant était maintenant inenvisageable.

— Et merde ! dit-elle.

Il n'était que 14 heures et c'était son jour de congé. Elle n'aurait pas à retourner au boulot avant minuit le lendemain, elle décida de faire la seule chose qui puisse lui éclaircir les idées et dissiper sa consternation.

Elle décida de monter dans le Nord.

Chapitre 25

Il était déjà 16 heures lorsque, après avoir rendu sa voiture de service, retrouvé son van et mangé un morceau, elle avait gagné Venice pour y reprendre sa chienne. Elle roulait maintenant sur le Pacific Coast Highway direction nord. Elle avait baissé ses vitres et l'air de l'océan entrait dans l'habitacle. Mais penser à ses dossiers agissait comme un sillage. Lola s'était installée sur le siège passager et collait sa truffe à la fenêtre pour sentir le vent.

Tout cela changea au bout d'une heure de route. Elle venait de passer Point Mugu lorsqu'elle reçut un appel avec indicatif 818. La Valley. Elle ne reconnut pas le numéro, mais décrocha.

C'était Trent.

— Bonjour ! lui lança-t-il gaiement. C'est moi, Tom Trent ! Et devinez un peu ce que je regarde !

— Aucune idée, lui répondit-elle d'un ton hésitant.

— Un Arctic RDX blanc de 2017. Complètement équipé et prêt à partir. Quand voulez-vous passer à la concession ?

— Euh… parce que vous y êtes ?

— Et comment!

Elle ne comprenait pas. Elle n'avait appelé que quelques instants plus tôt et on lui avait répondu que c'était son jour de congé. Trent parut sentir sa perplexité.

— Je suis censé être en congé aujourd'hui, dit-il, mais comme la réception des véhicules m'a appelé pour me dire qu'on avait votre RDX blanc, j'ai débarqué fissa. Je veux être sûr qu'on ne nous pique pas ce bijou. Ça serait quoi, une bonne heure pour vous, ce soir?

Elle savait qu'elle pourrait lui fixer un rendez-vous et en profiter pour se rendre chez lui quand il l'attendrait à la concession. Mais depuis qu'elle avait quitté l'hôpital, elle avait beaucoup hésité à l'idée de franchir la ligne et ne savait maintenant plus très bien si elle voulait le faire ou pas. Elle avait aussi appelé sa grand-mère et lui avait dit qu'elle viendrait dîner.

— Ce soir ce n'est pas possible, dit-elle. Je ne peux pas monter.

— Stella, reprit Trent, c'est pour vous que j'ai fait livrer ce véhicule. C'est une vraie beauté. Y a même une caméra de recul, tout, quoi. Et si vous vous arrêtiez un instant en rentrant du boulot?

— Je ne rentre pas chez moi ce soir, Tom. Je ne suis pas en ville.

— Vraiment? Vous allez surfer avec votre camion à surf?

Ballard se figea, puis se rappela avoir rangé son van sur le parking lorsqu'elle avait essayé la voiture. Et sa planche était sur le toit.

— Non, Tom, pas de surf ce soir. Je suis en plein boulot à l'extérieur de L.A. Je vous rappellerai à mon retour. Désolée de ce malentendu.

Elle raccrocha avant qu'il puisse répondre. Il y avait quelque chose dans cet appel qui lui donnait la chair de poule... qu'était donc cette espèce de familiarité qu'il adoptait avec elle depuis qu'elle avait essayé sa RDX ?

— Putain, dit-elle.

Lola se détourna de la fenêtre et la regarda.

Son portable vibrant à nouveau, Ballard sentit la fureur monter en elle. Elle croyait qu'il la rappelait.

Mais ce n'était pas lui. C'était Rogers Carr.

— OK, dit-il, c'était bien un mandat. Les Vols et Homicides l'ont trouvé dans ses relevés d'appels.

C'était du portable de Robison et des appels qu'elle lui avait passés qu'il parlait. Elle resta sceptique.

— Comment ont-ils manœuvré pour avoir une cause raisonnable à ce mandat ? Robison n'est qu'un témoin, pas un suspect.

— Ils n'ont jamais dit que c'en était un. Ils ont invoqué l'urgence de la situation et le fait que le détenteur du portable était peut-être en danger. C'est tout.

— Avez-vous obtenu autre chose ? Comme... qui d'autre l'a appelé et qui il a appelé, lui ?

— Non, Ballard. Je ne l'ai même pas demandé parce que ça ne fait pas partie du bout d'enquête qu'on m'a confié.

— Évidemment ! Pourquoi se casser la tête quand il est nettement plus facile de garder la tête bien enfoncée dans le sable ?

— Ballard...

Elle raccrocha et fit le reste du chemin jusqu'à Ventura en silence. Elle parvenait à peine à contenir sa frustration d'être sur la touche.

Ce soir-là au dîner, sa grand-mère essaya de la dérider en lui préparant un de ses plats favoris quand elle était enfant : des haricots noirs au riz avec du guacamole et des plantains frits. Elle adora, mais ne fit pas grand-chose de plus que féliciter la cuisinière. Ce fut cette dernière qui assura l'essentiel de la conversation – et posa les questions.

Déjà petite, Tutu semblait rétrécir avec l'âge. Elle avait la peau couleur brou de noix, tannée d'avoir passé des années au soleil, d'abord à enseigner le surf à son fils unique, puis à voyager de plage en plage autour du monde pour le voir concourir.

— Tu es sur une affaire ? lui demanda-t-elle.

— *J'étais*, répondit Ballard. Elle m'a comme qui dirait claqué dans les doigts.

— Mais tu travailles encore sur quelque chose, je le vois bien. Tu ne dis rien.

— Faut croire, oui. Je m'excuse.

— C'est que tu as un boulot important. Pas de problème.

— Si, y a un problème. J'ai juste besoin d'oublier tout ça un moment. Si ça t'embête pas, après le dîner, je vais aller au garage faire un peu de lessive et en waxer une courte pour demain.

— Tu vas pas faire de paddle ?

— Faut que je freine le rythme, enfin… je crois.

— Fais ce que t'as à faire, ma chérie. Moi, je vais faire la vaisselle et me coucher.

— OK, Tutu.

— Mais dis-moi… t'as eu des nouvelles de Makani récemment ?

— Non, pas depuis Noël.

— C'est dommage.

— Pas vraiment. C'est comme ça. Les téléphones, elle les trouve à Noël et quand elle a besoin de quelque chose. Ça ne me gêne pas.

Makani était sa mère. Pour ce que Ballard en savait, elle était toujours en vie et en bonne santé et vivait dans de lointaines terres d'élevage à Kaupo, Hawaï. Elle n'avait ni téléphone ni Internet. Et aucune envie d'entrer en contact avec la fille qu'elle avait laissée partir sur le continent vingt ans plus tôt pour vivre dans la maison où son défunt père avait grandi. Même lorsque Ballard était revenue dans son Hawaï natal pour y faire ses études, aucun lien n'avait été établi. Ballard pensait que c'était parce qu'elle lui rappelait sans doute trop fortement l'homme que les vagues lui avaient pris.

Comme elle en avait l'habitude, Ballard resta à la cuisine pour aider sa grand-mère à faire la vaisselle, les deux femmes travaillant côte à côte à l'évier. Puis elle l'embrassa et lui souhaita bonne nuit. Elle emmena ensuite Lola dans le jardin et regarda longuement le ciel clair pendant que la chienne faisait ses besoins. Après quoi, elle la conduisit à son tapis et monta dans sa chambre pour y reprendre le sac de linge qu'elle avait apporté de sa camionnette un peu plus tôt.

Une fois au garage, elle vida son linge sale dans la machine à laver et la mit en route. Elle gagna ensuite le râtelier à planches installé sur le mur du fond. Huit y étaient alignées, de la plus grande à la plus petite : toute sa collection, pour l'instant. Elle n'en échangeait jamais aucune. Trop de souvenirs s'y rattachaient.

Elle en sortit une courte de son logement et la porta à la planche à repasser à l'envers dont elle se servait comme de poste de nettoyage. C'était une Biscuit de Slick Sled d'un mètre quatre-vingts de long avec rails roses et pont à motif cachemire violet. C'était sa première planche, celle que lui avait achetée son père quand elle avait treize ans, en privilégiant ses couleurs vives plutôt que ses qualités de glisse. Après des années de sel et de soleil, ces couleurs avaient beaucoup pâli, mais la planche pouvait encore faire des virages plus que serrés et claquer la vague aussi bien qu'un modèle plus récent. Il semblait que Ballard la sortait de plus en plus souvent du râtelier, en vieillissant.

Elle avait toujours aimé, et depuis le premier jour, tout le processus qui consiste à nettoyer et waxer la planche avant la sortie du lendemain. Son père lui avait enseigné qu'une bonne journée de surf commençait la veille au soir. Elle connaissait des inspecteurs de la division d'Hollywood qui passaient des heures à faire reluire leurs chaussures et huiler leurs holsters et ceinturons en cuir. L'opération exigeait une certaine concentration et leur permettait d'oublier le fardeau des affaires. Elle leur éclaircissait les idées et les régénérait. Pour elle, waxer une planche produisait le même effet. Elle pouvait alors tout laisser derrière elle.

Elle sortit tout d'abord un racloir de la boîte à outils posée sur l'établi proche et débarrassa la planche de sa vieille cire. Elle laissa la wax tomber en copeaux sur le sol en ciment – elle l'y ramasserait plus tard. La dernière étape du processus consistait à nettoyer par terre.

Une fois l'essentiel de la wax enlevée, elle attrapa le bidon de quatre litres de Firewater sur une étagère installée au-dessus de l'établi, imbiba un chiffon de solvant liquide et frotta le pont de la planche jusqu'à ce qu'il reflète la lumière du plafonnier. Puis elle appuya sur le bouton d'ouverture du garage pour que l'odeur de produit chimique se dissipe.

Elle revint ensuite à sa planche, la sécha avec une vieille robe de chambre en tissu éponge et descendit une boîte pas encore entamée de Sex Wax de l'étagère. Elle en appliqua une première couche sur le pont, puis une deuxième nettement plus épaisse. Elle surfait toujours *goofy foot* – pied droit en avant – et s'assurait de mettre deux fois plus de wax sur l'arrière de la planche, là où elle appuierait fort sur son talon gauche.

Tout surfeur a sa manière bien particulière de racler sa planche. Ballard, elle, suivait l'exemple de son père et le faisait de l'avant vers l'arrière, en laissant des sillons qui suivent les lignes de force de l'eau. « Laisse-toi porter par le flot », disait-il.

Cette tâche terminée, elle retourna la planche pour finir le boulot en s'attaquant à la phase la plus importante du processus : nettoyer et lisser la surface en contact avec l'eau.

Elle se pencha en avant et commença à évaluer l'intégrité du vieux pan de fibre de verre près du nez. La planche avait été abîmée dans son sac de surf lors d'un voyage à Tavarua dans les îles Fidji. En vingt ans, elle avait fait le tour du monde, et le rafistolage de son père en était la seule imperfection. Elle s'aperçut que des fibres commençaient à s'effilocher et comprit qu'elle allait bientôt devoir l'apporter à l'atelier. Mais elle ferait encore l'affaire pour une journée à la plage.

Elle prit ensuite une clé de surf dans une boîte sur l'établi et resserra la dérive. Enfin, elle reversa de la Firewater sur la planche et en nettoya toute la surface.

L'essuya, et tout fut prêt. Elle était si lisse et luisante qu'elle s'y vit presque lorsqu'elle la remit debout pour la porter jusqu'à son van.

Elle perçut aussi un mouvement soudain derrière elle. Avant qu'elle puisse réagir, un sac en plastique noir lui était passé sur la tête et serré fort autour du cou. Elle lâcha sa planche et se débattit. Elle essaya d'attraper le sac et les mains qui le maintenaient. Puis un bras musclé vint lui prendre le cou en étau, l'avant-bras de l'inconnu s'enfonçant dans sa nuque pour mieux l'étrangler. Immobilisée, elle sentit ses pieds quitter le sol tandis que l'assaillant se penchait en arrière et se servait de sa poitrine comme d'un levier pour la soulever.

Bientôt, alors que ses pieds ne touchaient plus terre, ses mains ne trouvèrent plus rien à quoi se raccrocher.

Et les ténèbres la prirent.

Chapitre 26

Elle ouvrit les yeux et tenta de lever la tête. Une faible lumière l'éclairait par-derrière. Elle essaya de s'orienter et, d'instinct, comprit qu'on l'avait droguée. Lorsqu'elle bougeait le cou, sa vision, telle l'eau dans un baquet, partait dans tous les sens avant de se stabiliser. Elle ferma très fort les yeux, puis les rouvrit. Rien n'avait changé.

Elle s'aperçut alors qu'elle était nue et que son corps lui faisait mal en plusieurs endroits. On lui avait serré si violemment un bâillon sur la bouche qu'il lui passait entre les dents. Et elle ne pouvait pas bouger. Elle était assise sur une chaise en bois à dossier droit. Elle y était ligotée si fermement et depuis si longtemps qu'elle ne sentait plus ses doigts. Une ceinture lui entourait le torse et la pressait contre le dossier et ses chevilles étaient attachées aux pieds de la chaise.

Elle essaya de se rappeler ce qui s'était passé. Avait-elle été battue ? Violée ? Elle avait du mal à maîtriser son angoisse et, plus elle s'efforçait de respirer à travers le bâillon, plus sa poitrine se tendait contre la ceinture qui lui entrait dans les côtes, juste sous les seins.

313

Elle leva encore une fois la tête et regarda ce qu'elle avait devant elle. Sur sa gauche, elle vit son reflet brouillé dans une glace murale qui couvrait tout le mur. Les liens qu'elle avait autour des poignets et des chevilles étaient des attaches en plastique noir.

Il y avait aussi une petite table à sa gauche, sans rien dessus hormis une clé. À l'autre bout de la pièce, les rideaux qui montaient jusqu'au plafond étaient fermés. Elle voyait de la lumière filtrer sur leurs bords, mais ne put déterminer si c'était celle du jour, de la nuit ou d'un éclairage artificiel. Elle découvrit ses habits en tas par terre, près des rideaux. Elle eut l'impression qu'ils lui avaient été arrachés, voire tailladés à même le corps.

Enfin elle comprit où elle était. Dans la pièce du bas de la maison à l'envers. Elle la voyait maintenant de l'autre côté de la vitre. S'en rendre compte et mesurer la gravité de la situation dans laquelle elle se trouvait lui flanqua comme un grand coup de poing d'angoisse en pleine poitrine. Elle tira sur ses liens, mais ne put bouger.

Elle s'appliqua à respirer profondément par le nez. Le passage de l'air n'en étant pas obstrué, elle inspira fort et longtemps. Elle savait que plus elle ferait entrer d'oxygène dans son sang, plus vite le poison en partirait, quelle que soit la drogue. Son esprit s'emballa tandis qu'encore et encore elle essayait de se rappeler ce qui lui était arrivé. Elle revit des images de sa planche et du garage. Se souvint d'avoir été étranglée et se révulsa à ce seul souvenir.

Tutu. Sa grand-mère avait-elle été enlevée ou battue ? Comment Trent avait-il même seulement eu connaissance de Ventura ?

Elle se rappela lui avoir parlé dans la voiture alors qu'elle quittait le parking. Il l'avait appelée et elle avait refusé son invitation à entrer dans le magasin. L'appel était-il bidon ? L'avait-il suivie ? Comment s'était-il aperçu qu'elle était flic ?

Il ne semblait y avoir qu'une seule réponse à ces questions et ce fut comme si elle recevait un deuxième coup de poing d'angoisse en pleine poitrine.

Beatrice.

Elle comprit alors qu'elle s'était trompée sur son compte. L'ex de Trent lui avait parlé d'elle.

Mais cela n'expliquait toujours pas Ventura, ni non plus le lien qu'il avait dû faire pour passer de sa cliente Stella à Ballard. Elle n'avait rien dit à Beatrice de son désir d'aller faire un tour à la concession et d'y parler à Trent.

Puis elle se rappela l'appel qu'elle avait reçu alors qu'elle roulait sur le Pacific Highway, celui au cours duquel elle lui avait dit ne pas être à Los Angeles. Il avait mentionné son van de surf. L'avait-il retrouvée par son van ? Encore une fois, elle tira sur ses liens, mais ne put toujours pas bouger.

— Vous donnez pas cette peine, Renée. Ceux-là ne se brisent pas.

Elle regarda dans la glace mais ne le vit nulle part. Puis il sortit d'une alcôve, s'approcha d'elle par le côté, la dépassa, puis se retourna pour la regarder de haut. À deux mains, il lui descendit brutalement le bâillon par-dessus le menton et le laissa pendre autour de son cou.

— Où est ma grand-mère ? lui demanda Ballard d'une voie étranglée par l'inquiétude. Qu'est-ce que vous lui avez fait ?

Il la dévisagea longuement, l'air d'apprécier sa peur.

— Je pense qu'elle dort toujours dans son lit, chez elle, répondit-il enfin. C'est de vous que vous devriez plutôt vous inquiéter.

— Qu'est-ce que vous m'avez donné ? Vous m'avez droguée.

— Juste une petite piqûre de kétamine. J'en garde toujours pour les grandes occasions. Je devais être certain que vous resteriez bien docile pendant le trajet.

Elle se passa aussitôt la bonne nouvelle dans la tête. La kétamine, elle connaissait. Au fil des ans, elle avait très consciencieusement lu et étudié tous les mémos du service sur les drogues du viol devenues à la mode avant d'apparaître dans des affaires d'agression sexuelle. La kétamine était essentiellement un anesthésiant. Mais Ballard savait aussi que son effet ne durait pas. Elle avait déjà conscience que l'espèce de léthargie qui la tenait encore quelques minutes plus tôt la lâchait. Elle serait bientôt complètement réveillée. Elle ne pouvait qu'y voir une erreur de Trent et, quand erreur il y a, il y a aussi de l'espoir.

— Allez vous faire foutre, Trent ! lui lança-t-elle. Vous croyez peut-être l'emporter au paradis ? Aucune chance que ça arrive. Il y a des gens qui vous connaissent, des gens à qui j'ai parlé. On a aussi des rapports. Et j'ai un coéquipier. Et un lieutenant. C'est fini pour vous. Ter-mi-né… quoi que vous me fassiez.

Il fronça les sourcils et secoua la tête.

— Je ne crois pas, Renée, dit-il. On va trouver votre van de surf garé sur une plage très au nord sur la côte, et il n'y aura plus aucun signe de vous nulle part. On saura que vous n'étiez pas heureuse, jusqu'à votre grand-mère qui dira que vous aviez l'air distante et un peu déprimée.

Elle se demanda s'il ne se trouvait pas chez sa grand-mère tout le temps qu'elle y était elle-même restée. Avait-il écouté la conversation ? Enfin… le peu qu'elle en avait eu avec Tutu pendant le dîner ?

— En attendant, reprit-il, il n'est pas impossible qu'ils viennent me parler, mais qu'est-ce qu'ils auront, hein, Renée ? Rien du tout, voilà ce qu'ils auront. Et moi, j'aurai des témoins qui m'ont entendu vous téléphoner pour vous dire que le véhicule que vous vouliez était arrivé. Ils diront aussi que je vous ai suppliée de passer au magasin, mais que vous avez refusé parce que vous n'en vouliez plus.

Et de marquer une pause pour l'effet.

— C'est vous l'enquêtrice, conclut-il enfin. Qu'est-ce que tout ça peut bien donner ? Pas de corps, pas de preuves, pas de dossier.

Comme elle ne répondait pas, il s'avança, se pencha et posa une main sur le haut de la chaise pour garder l'équilibre. Puis il s'approcha de son oreille, tendit le bras vers le bas et lui passa l'autre main sur les cuisses, puis entre. Elle se raidit.

— Tu m'appartiens maintenant, murmura-t-il.

Elle se détourna et tenta de reculer sur le siège, mais il n'y avait nulle part où aller. Il remonta la main et lui serra le biceps droit, comme pour en vérifier la force.

— J'aime bien les bonnes bagarres, et dès que je t'ai vue la première fois, j'ai su que tu saurais te battre. Ça va être amusant.

Il lui caressa l'aréole droite et se redressa, tout sourire.

— Autre chose que j'aime bien, reprit-il. Pas de marques de bronzage. J'en imaginais quand je t'ai regardée au magasin. Ah, cette peau brune et lisse… t'es quoi, toi? Poly? Disons mi-blanche, mi-polynésienne? Avec un rien de mexicain?

— Va te faire foutre! répéta-t-elle. Ce que je suis? Celle qui va te faire tomber.

Ça le fit rire.

— On verra, Renée, lui renvoya-t-il. On reparlera de tout ça plus tard. Pour l'instant, j'ai une question importante à te poser.

Il tendit la main vers la table, y prit la clé et la lui mit sous le nez. Ballard la reconnut. C'était celle que Beatrice lui avait donnée. Elle l'avait gardée dans la poche de son jean.

— Où as-tu trouvé ça, Renée? demanda-t-il.

— Je ne sais pas de quoi tu parles, mais elle n'est pas à moi.

— Ça, je le sais parce que c'est celle de chez moi. Je l'ai essayée sur la porte d'entrée. Sauf qu'elle était dans ta poche et moi, je veux savoir comment tu te l'es procurée.

— Je te l'ai dit, je…

Brusquement, il tendit le bras gauche en avant et l'attrapa à la gorge. S'avança et, en faisant levier, lui écrasa la tête contre le dossier de la chaise et l'y maintint. Puis il se pencha si près de son visage qu'elle sentit son haleine brûlante.

— Ne me mens pas! lui lança-t-il.

Elle ne put lui répondre tant sa prise lui bloquait la trachée-artère. Elle sentit les ténèbres se refermer à nouveau sur elle jusqu'à ce qu'enfin il la relâche.

Elle essaya de parler, mais eut l'impression d'avoir la gorge endommagée.

— Je te l'ai déjà dit, ce n'est pas ma clé.

— Je l'ai trouvée dans tes habits! Je te fais les poches et qu'est-ce que je découvre? La clé de chez moi!

Il s'arrêta brusquement. Regarda la clé. Et Ballard vit la compréhension lui assombrir le visage.

— Ah la salope! s'exclama-t-il. C'est elle qui te l'a donnée. Parce que t'as causé avec ma connasse de pute d'ex-épouse, pas vrai?

— Non, dit-elle. Je ne sais même pas de qui tu parles.

Il lui secoua la clé à dix centimètres du nez.

— Menteuse! C'est elle qui t'a filé ça. Elle l'avait gardée et elle te l'a filée. Pour que tu puisses entrer chez moi. Ah la salope!

Il s'écarta et serra les poings juste à côté de ses tempes. Elle vit la fureur dans ses yeux. Puis, tout d'un coup, il revint vers elle.

— Bon, tu sais quoi? dit-il. Je m'en vais organiser une petite réunion avec toi, moi et elle. Ça va être super.

— Attends, dit-elle. Vaudrait mieux pas. Si tu lui fais quoi que ce soit, les flics rappliqueront immédiatement, juste à ta porte. Tu sais quand même que le premier suspect quand une femme est retrouvée morte, c'est l'ex, non? Avec moi, t'as une petite chance de t'en tirer. Pas avec elle. Laisse-la en dehors de tout ça.

Il jeta la clé sur la table et se posta juste en face d'elle. Puis il se pencha et posa ses poings fermés sur ses cuisses.

— Si c'est pas noble à toi d'essayer de la sauver! Sauf que… qu'est-ce qui se passe si, comme la surfeuse, l'ex aussi disparaît sans laisser de traces?

— Il se passe la même chose, Trent. Les flics débarquent ici aussitôt.

— Je crois pas. Pas quand l'ex est une reine du porno sadomaso. Tu sais ce que je pense ? Je pense que, pour elle, ils diront : « Bon débarras. »

— Fais pas ça, Trent, dit-elle. Elle n'a rien à...

Elle n'eut pas le loisir de finir sa phrase. Il tendit les bras en avant et, à deux mains, lui remonta brutalement le bâillon en travers de la bouche. Puis il sortit un étui à lunettes noir de sa poche revolver et l'ouvrit, révélant une seringue et une petite fiole couleur ambre ornée d'une étiquette. Ballard comprit que c'était de la kétamine et qu'il allait la droguer à nouveau.

— J'ai juste besoin de t'endormir encore un peu, dit-il. Et quand je reviendrai, on fera la fête avec ma belle épouse.

Elle se débattit dans ses liens, en vain. Elle essaya de parler malgré son bâillon, mais ne put articuler un seul mot. Il planta la seringue dans le bouchon en caoutchouc de la fiole et en tira une petite quantité de liquide clair.

— Ils se servent de ça pour les chats et les chiens, dit-il. Ça marche aussi assez bien chez les humains.

Il posa la fiole et l'étui à lunettes sur la table et se mit en devoir de tenir l'aiguille en l'air et d'en éjecter une goutte du doigt.

— Faudrait pas qu'il y ait des bulles à l'intérieur, pas vrai ? dit-il.

Ballard sentit les larmes lui monter aux yeux. Elle ne pouvait que le regarder. Il se pencha et reposa la main sur la chaise. Et lui planta durement l'aiguille dans la cuisse gauche. Elle sursauta, mais ce fut bien tout ce qu'elle put faire. Il poussa lentement le piston avec le pouce et elle sentit le contenu de la seringue lui parcourir le corps.

— C'est à effet rapide, dit-il. Deux minutes max.

Il s'écarta et remit la seringue et la fiole dans l'étui.

— S'pourrait que j'en aie besoin avec c'te pute, reprit-il. C'est qu'elle sait se battre !

Ballard le regarda de loin, comme à l'autre bout d'un tunnel. Elle sentait déjà la kétamine lui entrer dans le système et y faire son œuvre. Elle essaya de gonfler ses muscles contre ses liens, mais même ça, elle en fut incapable. Elle était sans défense. Trent le remarqua et la regarda après avoir fermé l'étui à lunettes d'un coup sec.

— C'est agréable, non ? dit-il en souriant.

Elle le dévisagea tandis qu'elle se sentait partir. Bientôt, le tunnel s'effondra sur lui-même et ne fut plus qu'un minuscule point de lumière. Qui, lui aussi, disparut.

Chapitre 27

Ballard sentit le sang dans sa bouche. Elle ouvrit les yeux, mais ne trouva pas ses repères. Puis, tout lui revint. La maison à l'envers. La chaise. Ses liens. Trent. Le bâillon lui avait entamé la commissure des lèvres lorsqu'il le lui avait remis en place en tirant vers le haut. Elle avait le cou raide et du mal à le bouger. Une fois encore, sa vision chancela lorsqu'elle releva la tête.

Tout était noir. Trent avait éteint la lumière en partant. Elle ne voyait que les contours incertains de la lumière autour des rideaux à l'autre bout de la pièce. Elle ne savait absolument pas combien de temps elle était restée inconsciente, ni non plus combien il s'en passerait encore avant que Trent ne revienne.

Elle regarda autour d'elle et découvrit une image sombre d'elle-même dans la glace. Elle était toujours ligotée. Elle essaya de gonfler les muscles, mais ses liens étaient toujours aussi résistants et inflexibles qu'avant. Elle tenta de calmer ses pensées et de minimiser la panique qu'elle sentait monter en elle.

Elle commença par Beatrice. Trent était allé la chercher. Ballard savait où se trouvait la maison à l'envers et où vivait et travaillait Beatrice. Vingt-cinq minutes minimum aller-retour avec une circulation ordinaire. En pleine nuit, si c'était le cas, il irait beaucoup plus vite. De jour, cela lui prendrait bien plus de temps. Et il lui faudrait encore trouver un moyen d'enlever son ex et de la contrôler. Si tant est qu'elle soit à l'entrepôt. Si elle était en plein tournage, il y aurait du monde autour et cela compliquerait sérieusement son affaire et lui coûterait pas mal de temps.

Il y avait trop de variables, et aucune sur laquelle tabler en réalité dans la mesure où elle n'avait pas le point de départ – celui qui lui aurait dit combien de temps elle était restée inconsciente. Cela étant, la seule chose qu'elle savait lui redonnait espoir. Elle était maintenant seule et Trent avait commis une erreur. Un peu plus tôt, lorsqu'elle s'était regardée dans la glace, elle avait vu que ses poignets et ses chevilles étaient ligotés à sa chaise par des attaches en plastique noir. Comme celles qu'on achète dans une quincaillerie. Fines et destinées à réunir des câbles ou remplir d'autres besoins industriels et domestiques, elles n'avaient rien à voir avec celles dont se servent les flics pour attacher des humains.

Quelles que puissent être leur finalité et leur solidité, Ballard savait que toutes ces attaches en plastique avaient une caractéristique commune : toutes obéissaient intégralement aux lois de la physique.

Dans la police, elles étaient officiellement considérées comme des moyens d'immobilisation temporaire. Elles n'avaient rien à voir avec les menottes, pour la simple et bonne raison que les unes sont en plastique et les autres en acier. Les histoires et les avertissements ne manquaient pas dans les notes officielles, aux séances d'appel et dans les bavardages d'arrière-salles de commissariats, et le message était simple : toujours avoir à l'œil le type qu'on vient d'immobiliser avec ce genre d'attaches. Car peu importait leur solidité. Le plastique obéit aux lois de la physique. Et la friction engendre de la chaleur. Et la chaleur étire le plastique.

Elle essaya de bouger les poignets, cette fois sans pousser sur les attaches mais en levant et baissant les mains le long des montants de la chaise. Ses liens étaient si serrés qu'elle ne put les déplacer que de deux centimètres. Mais deux centimètres en montant et deux centimètres en descendant suffirent. Bientôt, elle remua les bras comme des pistons, un coup vers le haut un coup vers le bas, encore et encore, et créa ainsi de la friction entre le bois et le plastique. Presque aussitôt, les lanières lui entaillèrent douloureusement la peau. Mais bientôt aussi, elle sentit la chaleur qu'elle générait et cela la motiva à remuer les bras encore plus vite et plus fort.

La douleur devenant quasi intolérable, le sang se mit à perler à ses poignets, puis lui coula sur les mains. Mais elle ne s'arrêta pas pour autant. Et, peu à peu, les deux centimètres se faisant trois, puis quatre, puis cinq, elle sentit le plastique commencer à se détendre.

Elle mordait fort son bâillon et les larmes ruisselaient sur son visage, mais elle continua en s'arrêtant toutes les deux ou trois minutes pour évaluer la circonférence de ses liens. Elle déployait le même effort des deux côtés, mais il devint vite apparent que son poignet gauche réagissait plus rapidement à la friction et à la chaleur. Elle laissa tomber le côté droit et redoubla d'efforts à gauche, toute sa force amplifiant l'effet de piston de son bras.

Elle en avait mal jusqu'à l'épaule, mais poussa encore. Bientôt, le sang et la sueur autour de son poignet le rendirent glissant et soudain, alors qu'elle remontait encore le bras, sa main sortit complètement du lien, le bord de ce dernier lui arrachant de la peau sur le côté de la paume.

Elle avait une main libre. Elle hurla dans son bâillon, le cri primal de la libération. Elle remonta sa main ensanglantée et, avec ses doigts toujours engourdis, réussit à l'abaisser sous son menton.

— Putain de saloperie ! cria-t-elle à l'adresse de la pièce.

Elle ne perdit plus un instant après ça. Trent avait laissé la clé sur la table, elle la voyait briller à la lumière qui tombait de la porte coulissante. Elle tendit la main, mais il lui manquait cinquante centimètres. En se servant de son bras libre comme d'un pendule, elle fit avancer la chaise à petits bonds jusqu'à ce qu'elle tombe. Et là, au moment où elle basculait en avant, elle tenta d'attraper la clé, mais la manqua et tomba tête la première.

Maintenant qu'elle était par terre, attraper le pied de la table ne posait plus de problème. Elle le tira à elle et l'inclina en avant. La clé dégringola sur le sol et glissa jusqu'à sa main. Elle l'attrapa, mais son pouce et son index étaient encore trop gourds pour qu'elle puisse la tenir fermement.

Elle essaya de ramener sa main gauche à la vie et se remit à travailler avec la droite en remontant et redescendant à nouveau son bras le long du montant de la chaise. Bientôt, les sens lui revenant suffisamment dans la main gauche, elle put enfin s'emparer de la clé et se servit des bords du paneton comme d'une scie pour entamer le plastique déjà plus souple du lien qui lui bloquait la main droite. Quelques instants plus tard, celui-ci claqua d'un coup, et elle eut les deux mains libres.

Encore étendue par terre, elle déboucla la ceinture qui lui enserrait le torse, ses chevilles toujours attachées. Elle se tourna sur le côté gauche et, une torsion du corps après l'autre, réussit à attraper un des barreaux reliant l'avant à l'arrière de la chaise. Elle le secoua pour essayer de le détacher, mais il resta solidement en place. Du plat de sa main déjà ensanglantée, elle le frappa de haut en bas. Mais, une fois de plus, il ne bougea pas. Elle répéta son geste encore et encore, en vain.

Elle mit alors tout ce qu'elle avait dans le coup suivant et ne fut pas très sûre si le craquement qu'elle entendit aussitôt venait du barreau ou d'un os dans sa main.

— Bon sang de Dieu ! cria-t-elle.

Elle marqua un temps d'arrêt jusqu'à ce que la douleur s'apaise un peu, puis attrapa le barreau et tira dessus. Le bois s'était fendu et, en forçant sur le milieu, elle finit de le briser. Elle fit ensuite glisser l'attache en plastique le long du pied de chaise et se libéra.

Elle n'avait plus qu'un membre attaché. Elle parvint à caler la chaise contre le mur. Puis elle donna un coup de talon dans le dernier barreau sans sentir grand-chose tellement son pied était engourdi.

Enfin libre, elle s'assit par terre et se frotta les chevilles et les pieds pour les sentir à nouveau. Les sensations lui revenant peu à peu, une douleur brûlante la submergea. Elle essaya de se lever pour marcher, mais elle chancela et finit par tomber. Elle traversa le reste de la pièce en rampant pour atteindre ses vêtements empilés en tas.

Ils avaient été tailladés en tellement d'endroits qu'ils en étaient devenus complètement inutilisables. L'espoir qu'elle avait de retrouver son portable s'envola lorsqu'elle se rappela l'avoir mis à charger dans sa chambre avant de gagner le garage.

Elle savait qu'elle allait devoir chercher ailleurs dans la maison pour trouver un téléphone et de quoi s'habiller. Elle essaya de se lever à nouveau en tendant la main devant elle et en s'appuyant à la glace murale. Elle y laissa une empreinte ensanglantée.

De l'autre main, elle tira le rideau et s'aperçut que la lumière qui filtrait tout autour provenait d'une lampe installée au-dessus de la véranda. Il faisait noir. Tout indiquait le milieu de la nuit.

À l'instant même où elle comprenait que Trent mettrait beaucoup moins de temps qu'elle l'espérait pour traverser la Valley en en suivant les rues désertes, la partie haute de la maison parut trembler et vibrer.

La porte du garage s'ouvrait.

L'adrénaline inonda son corps. Elle passa de l'autre côté de la pièce d'un pas encore mal assuré, ouvrit la porte, se retrouva dans un petit couloir et découvrit un escalier qui montait ainsi qu'une trappe dans le plancher au-dessus. Elle hésita, puis revint dans la pièce au grand miroir et referma la porte. Si elle savait où elle était dans la maison, elle ignorait comment s'agençait le reste du bâtiment. Elle pourrait toujours passer par la porte coulissante et remonter par l'escalier extérieur. Elle serait alors libre et complètement nue dans la rue. Elle devrait alors aller frapper aux portes jusqu'à ce qu'enfin elle mette la main sur un téléphone pour appeler le 911[1].

Mais… et Beatrice ? Il était de son devoir de la protéger. Si Trent avait bien enlevé son ex, aurait-elle le temps d'appeler du renfort pour la sauver ?

Elle entendit une porte se fermer sèchement au-dessus d'elle. Il était dans la maison.

Elle regarda autour d'elle et tomba sur un des barreaux cassés de la chaise. Il s'était fendu dans la longueur et se terminait par une pointe acérée. Elle se pencha vite en avant, l'attrapa et en appuya le bout sur son pouce. Il était assez biseauté pour trouer la peau. Tout se réduirait à une question de solidité de la prise et de force du coup.

Elle se glissa derrière la porte avec sa nouvelle arme. Et, presque aussitôt, comprit que c'était une mauvaise idée. Elle avait encore les mains et les pieds partiellement engourdis et douloureux. L'arme qu'elle tenait exigeait d'attaquer de près et Trent était bien plus grand et costaud qu'elle. Elle aurait l'effet de surprise pour elle, mais même si elle le frappait dans le dos comme avec un poignard, il y avait peu de chances qu'elle l'abatte, et l'affaire tournerait au corps à corps avec un ennemi nettement plus fort.

Elle entendit des pas lourds. On descendait. Elle estima qu'il y avait deux volées de marches pour descendre du garage au niveau inférieur.

Elle se colla dos au mur et se prépara à exécuter la seule manœuvre encore jouable. Puis elle se rappela quelque chose et se rua jusqu'aux rideaux de l'autre

_____

1. Équivalent américain de notre Police Secours.

côté de la pièce, les écarta et dégagea le manche à balai posé dans le rail de la porte coulissante. Elle repartit ensuite vers la porte et attrapa au passage ce qui restait de son soutien-gorge sur le tas de vêtements saccagés.

Elle appuya le manche à balai contre le mur à côté des gonds de la porte et se mit vite au travail. Elle ne percevait plus les pas de Trent dans l'escalier, puis elle l'entendit se déplacer sur le plancher juste au-dessus d'elle. Il marchait lourdement, elle devina qu'il portait Beatrice.

Les bretelles du soutien-gorge avaient été coupées au niveau des bonnets en soie puis il avait, semblait-il, été arraché du corps de Ballard. Le fermoir noir était toujours en place. Elle l'attacha autour de sa cuisse droite et glissa sa dague de fortune en bois contre sa peau.

Elle entendait déjà Trent descendre les marches conduisant au bas de la maison. Il n'allait pas tarder à entrer dans la pièce. Elle s'empara du manche à balai, se décolla du mur et se posta dans l'angle mort de la porte, où elle avait encore assez de place pour frapper.

La porte s'ouvrit. La première chose qu'elle vit fut deux pieds nus. Puis Trent entra. Il portait Beatrice, totalement inconsciente.

— Chérie, je suis ren…

Il s'arrêta net en voyant l'empreinte de la main ensanglantée sur la glace. Regarda tout autour de la pièce et arriva devant la chaise vide et la table renversée par terre. Sans même penser à elle, il lâcha Beatrice comme un poids mort et repartit vers la porte.

Il n'avait pas eu l'idée de regarder dans l'angle mort et semblait penser que Ballard s'était déjà enfuie. Elle le prit par surprise. Il se retournait lorsque son premier coup de manche à balai lui arriva sur le côté droit de la figure. Il y eut un bruit sec, elle pensa que c'était sa pommette qui se brisait.

Elle n'attendit pas de voir l'impact du coup qu'elle venait de lui asséner. Elle ramena le manche à balai vers elle et, cette fois, frappa plus bas, en travers des côtes. Le bruit fut plus sourd, comme celui d'un punching-ball dans lequel on cogne. Trent poussa un cri de douleur et se plia en deux. Alors elle le frappa à nouveau, en travers du crâne, et en y mettant toute la force qui lui restait.

Le manche à balai se cassa en deux, la partie libre traversant toute la pièce avant d'atterrir dans la glace. Mais, Dieu sait comment, Trent réussit à rester debout. Il porta les mains à son visage et partit en arrière en vacillant. On aurait dit un boxeur assommé sur le point d'aller au tapis, mais il rassembla ses forces et se redressa.

— Espèce de salope ! hurla-t-il.

Ballard laissa tomber son manche à balai brisé, se rua sur lui et l'expédia dans le mur. Puis elle lui enfonça l'épaule dans le corps et l'immobilisa. Il referma les bras sur elle alors qu'elle baissait la main pour sortir le poignard de son holster de fortune.

Elle serra fort son arme et lui en enfonça la pointe dans le ventre. La retira et lui en asséna trois autres coups rapides comme dans une attaque au surin. Trent hurla de douleur et la lâcha. Elle recula et leva le bras, prête à recommencer.

Il la regardait fixement, bouche bée. Puis il s'affaissa en glissant le long du mur, se retrouva assis et tenta de retenir ses tripes. Du sang coula à flots entre ses doigts.

— Aide-moi, murmura-t-il.

— T'aider ? Moi ? Va te faire foutre !

En marchant de côté pour ne pas le lâcher des yeux, elle rejoignit Beatrice et s'accroupit à côté d'elle. Tendit la main vers son cou pour vérifier son pouls. Elle était vivante, mais avait perdu connaissance, très vraisemblablement après avoir elle aussi été droguée à la kétamine. Ballard baissa les yeux sur elle et vit qu'elle avait le visage enflé sur le côté gauche et la lèvre fendue. Beatrice n'avait pas facilité la tâche de son ex.

Trent penchait maintenant sur le côté gauche. Il n'avait plus de force dans les mains et les avait laissées tomber sur ses genoux. Du sang coulait à flots de toutes ses blessures. Il avait le regard fixe et se vidait de son sang. Son poignard de fortune toujours prêt, Ballard s'approcha de lui et tâta les poches de son pantalon plein de sang dans l'espoir d'y trouver un portable. Peine perdue.

Elle poussa Trent et le retourna face contre terre. Il suffoqua, puis n'émit plus aucun son. Elle détacha son soutien-gorge de sa cuisse et s'en servit pour lui attacher les mains dans le dos. Elle imaginait bien qu'il était mort ou en passe de l'être, mais pas question de prendre des risques.

Elle quitta la pièce et prit l'escalier pour chercher un téléphone et des vêtements qu'elle pourrait enfiler. Trouver de l'aide pour Beatrice était sa priorité. Elle monta jusqu'au dernier étage de la maison en espérant découvrir un téléphone dans la cuisine.

Il y en avait un accroché au mur. Elle composa le 911.

— Ici l'inspecteur Ballard, division d'Hollywood. Ai besoin d'aide. 1002 Wrightwood Drive. Je répète :

Ai besoin d'aide. Suspect et victime à terre, officier de police blessé.

Elle ne raccrocha pas, mais laissa pendre l'appareil. Et inspecta son corps nu. Ses bras, ses jambes et sa hanche gauche étaient couverts de sang. Essentiellement le sien, mais elle en avait aussi de Trent. Elle sortit de la cuisine et s'apprêtait à descendre à l'étage inférieur, où elle était sûre de trouver des vêtements dans la chambre de Trent, mais alors qu'elle traversait le couloir, elle aperçut une porte ouverte donnant dans le garage. Son van y était garé.

Elle comprit alors que Trent l'y avait transportée de Ventura. Cela faisait partie d'un plan où il aurait caché quelque part le corps de la jeune femme avant d'abandonner le van très au nord sur la côte. Elle songea que la voiture de Trent devait se trouver près de chez sa grand-mère et qu'il avait sans doute eu l'intention de l'y reprendre avant de rentrer à Los Angeles.

Elle entra dans le garage, son van n'était pas fermé à clé. Elle en ouvrit la portière latérale et attrapa les vêtements de plage qu'elle suspendait à des crochets près de la roue de secours. Enfila un sweat et un haut noir. Par-dessus, elle passa une veste en Nylon ornée du logo Slick Sled. Enfin, elle ouvrit le coffre et s'empara de son arme et de son badge. Elle les glissait dans les poches de sa veste lorsqu'elle entendit la première sirène.

Puis Beatrice poussa un cri dans la pièce en dessous. Elle dévala les marches.

— Beatrice ! lança-t-elle. Tout va bien ! Tout va bien !

Elle arriva dans la chambre. Beatrice était toujours par terre, mais s'était assise. Elle avait porté les mains à sa

bouche et regardait fixement le cadavre de son ex-mari.
Ballard leva les mains en l'air en un geste d'apaisement.

— Vous êtes en sécurité maintenant, lui dit-elle.
Tout est OK.

Elle s'approcha de Trent et tendit la main vers son
cou pour vérifier son pouls. Dans son dos, Beatrice
s'était mise à parler d'un ton hystérique.

— Oh mon Dieu, oh mon Dieu, c'est pas vrai !

Trent n'avait plus de pouls. Ballard se tourna de nouveau vers Beatrice et s'agenouilla à côté d'elle.

— Il est mort, dit-elle. Il ne vous fera plus jamais de
mal, ni à vous ni à personne.

Beatrice la serra fort contre elle.

— Il allait me tuer, lança-t-elle. Il me l'avait dit.

Ballard la serra fort contre elle à son tour.

— Plus maintenant, dit-elle. Plus maintenant.

Chapitre 28

Ce furent les unités de patrouille de la division de North Hollywood qui arrivèrent les premières, bientôt suivies par un camion de pompiers et deux ambulances de premiers secours. Les infirmiers vérifièrent le pouls et les pupilles de Trent et n'y trouvèrent aucun signe de vie. Ils décidèrent de ne pas le transporter et laissèrent son corps sur place pour les enquêteurs du LAPD et du Bureau du coroner.

L'autre équipe soigna Beatrice Beaupre pour des blessures superficielles au visage et aux côtes et détermina qu'elle ne présentait plus aucun effet résiduel de la kétamine que Trent lui avait administrée. Après quoi, ils s'occupèrent des blessures que Ballard avait à la bouche et aux poignets et entourèrent ces derniers de gaze et de sparadrap, lui donnant ainsi l'air de quelqu'un qui a tenté de se suicider. Ils vérifièrent ensuite les contusions qu'elle avait au cou depuis que Trent l'avait étranglée et ne lui en trouvèrent aucune autre.

Ballard demanda à l'infirmière de prendre des photos de ses blessures avec son portable et de les lui envoyer par mail. Elle leva encore un côté de son sweat pour avoir un cliché du sang qu'elle avait sur la hanche. Ça la dégoûtait, mais elle savait qu'elle ne devait surtout pas le nettoyer : c'était le sang de son agresseur, une pièce à conviction. Elle ne disait pas la culpabilité de Trent dans la mesure où il n'y aurait maintenant plus de procès, mais elle étaierait le récit que Ballard ferait de son attaque.

Les premiers inspecteurs sur place étaient tous de la division de North Hollywood alors même que l'affaire serait de toute évidence passée à la division Force Investigation, puisque la mort avait été donnée par un officier de police. Protocole oblige, quelqu'un appela la FID et reçut ordre de séquestrer Ballard et d'envoyer Beaupre au PAB du centre-ville, où elle serait interrogée par une équipe de base de cette même FID.

Ballard fut conduite hors de la maison et, elle aussi, placée dans une voiture, où elle attendit plus d'une heure que l'équipe de campagne de la FID se rassemble après avoir été sortie du lit. Pendant ce temps, elle vit l'aurore se lever au-dessus de la Vallée. Elle emprunta un portable à l'un des inspecteurs de la North Hollywood et appela la police de Ventura pour que quelqu'un aille voir comment se portait sa grand-mère. Une demi-heure plus tard, alors qu'elle attendait toujours sur la banquette arrière, l'inspecteur ouvrit la portière et l'informa que la police de Ventura avait rappelé et rapportait que sa grand-mère allait bien.

L'équipe de la FID était constituée de quatre inspecteurs et d'un lieutenant, tout cela dans un poste de commandement mobile, essentiellement une caravane avec tout ce qu'il fallait d'espaces de travail, d'ordinateurs, d'imprimantes, de moniteurs de télé et de Wi-Fi, en plus d'une salle d'interrogatoire avec caméra prête à l'emploi.

Le lieutenant s'appelait Joseph Feltzer. Ballard le connaissait depuis ce qu'elle appelait l'affaire Spago, à savoir l'imbroglio qui les avait opposés, Jenkins et elle, au cambrioleur de la maison en retrait de Doheny Drive habitée par des « EGV ». Il s'était montré juste dans son enquête, sans pour autant être de ces flics qui cherchent automatiquement à exonérer leurs collègues de toute mauvaise conduite. En fait, il s'était surtout agi d'éclairer la manière dont Jenkins avait assommé le type qui s'attaquait à Ballard. Cette fois, ce serait uniquement sur elle que porterait son examen, et elle savait qu'avoir déposé plainte contre Olivas faisait d'elle la cible rêvée d'une éviction du service. Elle allait donc devoir se montrer très prudente jusqu'à ce qu'elle sache si Feltzer était honnête.

Pendant que ses quatre inspecteurs enfilaient leurs gants et leurs bottines avant d'entrer dans la maison, celui-ci ouvrit la portière du véhicule banalisé et invita Ballard à gagner le poste de commandement. Ils gardèrent le silence jusqu'au moment où ils s'assirent l'un en face de l'autre dans la salle d'interrogatoire.

— Comment vous sentez-vous, inspecteur ? commença par lui demander Feltzer.

— Passablement engourdie.

L'évaluation était juste. Tous ses systèmes corporels étaient passés de la surchauffe pendant sa captivité à la régulation de vitesse lorsqu'elle s'était échappée puis, plus tard, avait compris que Beatrice et sa grand-mère étaient saines et sauves. Elle se sentait hébétée. Elle avait l'impression que c'était quelqu'un d'autre qui subissait l'interrogatoire.

Feltzer acquiesça d'un signe de tête.

— Ça se comprend, dit-il. Excusez-moi de vous le demander, mais… portez-vous votre arme de poing ?

— En fait, elle est dans ma poche, répondit Ballard. Y a pas moyen de mettre un holster sur ce genre de sweat.

— Il faut que je vous la prenne avant que nous commencions.

— Vraiment ? Je n'ai pas tiré sur ce type. Je l'ai poignardé.

— Question de protocole. Pouvez-vous me rendre votre arme, s'il vous plaît ?

Elle sortit le Kimber de sa veste et le lui tendit par-dessus la table. Il vérifia la sécurité et le glissa dans un sac à éléments de preuve en plastique, puis écrivit quelque chose dessus et plaça le tout dans un sac en papier brun qu'il posa sur le sol.

— Portez-vous une arme de secours ?

— Non, pas de deuxième arme.

— OK, bon, allons-y. Je suis certain que vous savez comment ça marche, inspecteur, mais je vais quand même vous le rappeler avant qu'on mette l'enregistreur en route. Je vais vous lire vos droits Miranda et vous renoncerez à celui de garder le silence. Je vous lirai alors la mise en garde Lybarger et vous me direz ce qui s'est passé. Dès que nous aurons votre version sur bande, nous irons à la maison et vous nous expliquerez à nouveau et en détail tout ce qui est arrivé. Cela vous convient-il ?

Elle acquiesça. La mise en garde Lybarger était utilisée pour obliger tout officier de police à répondre à des questions en l'absence d'un avocat pour le défendre. Cette disposition légale avait reçu le nom d'un policier viré pour avoir refusé de le faire. Elle contraignait tous les membres des forces de l'ordre à parler, mais interdisait que leurs déclarations soient utilisées dans des poursuites au criminel à leur encontre.

Feltzer mit l'enregistreur en marche et lui récita ces deux textes avant d'attaquer.

— Commençons par le commencement, inspecteur, lança-t-il. Dites-moi ce qui s'est passé et racontez-moi ce qui a conduit à la mort de Thomas Trent par votre fait.

— Trent était un suspect important dans l'enlèvement et l'agression du prostitué Ramón Gutierrez à Hollywood. D'une manière ou d'une autre, Trent a découvert où j'habitais à Ventura et s'y est rendu hier à mon insu. Pendant que je préparais une planche de surf dans le garage avec la porte ouverte, il est arrivé dans mon dos et m'a passé un sac en plastique par-dessus la tête. Il m'a ensuite kidnappée, droguée et amenée ici, chez lui. Il n'est pas impossible qu'il m'ait violée pendant que j'étais inconsciente, mais je ne le sais pas. Je me suis réveillée nue et ligotée à une chaise. Il a alors déclaré qu'il allait enlever une autre victime et m'a droguée à nouveau avant de quitter les lieux, semble-t-il. J'ai repris connaissance avant son retour et réussi à me libérer. Mais avant que je puisse m'échapper de cette maison, il est arrivé avec la deuxième victime. Craignant pour sa sécurité, je suis restée dans la pièce où il m'avait laissée. Je me suis armée d'un manche à balai que j'avais retiré de la glissière de la porte coulissante et d'un morceau de bois acéré arraché à un pied de la chaise. Lorsqu'il est entré avec sa deuxième victime, je l'ai attaqué et l'ai frappé plusieurs fois avec le manche à balai jusqu'à ce que celui-ci se brise. Il a alors réussi à m'attraper et à me bloquer dans ses bras. Sachant qu'il était nettement plus costaud que moi et craignant pour ma vie, je l'ai poignardé à de multiples reprises avec mon éclat de bois. Il a fini par me lâcher et s'est affaissé sur le sol avant de mourir peu après.

Feltzer garda longtemps le silence, probablement assez stupéfié par la complexité de la situation, même sous sa forme ainsi résumée.

— Bon, d'accord, finit-il par dire. Et maintenant, nous allons analyser ça en détail. Commençons par l'affaire Gutierrez. Mettez-moi au courant.

Il fallut une heure et demie à Ballard pour tout expliquer suite aux questions détaillées mais nullement accusatoires de Feltzer. Par moments, il lui faisait remarquer ce qui ressemblait à des incohérences et, à d'autres, mettait en doute ses prises de décision, mais elle savait que tout bon enquêteur pose des questions destinées à déranger, voire scandaliser le sujet. Ça s'appelle « essayer de susciter une réaction ». Ballard garda la tête froide et parla calmement pendant tout l'interrogatoire. Elle avait pour objectif, et ce, quel que soit le temps que cela prendrait, de ne pas déraper pendant toute cette phase parce qu'elle savait que, pour finir, on la laisserait seule et qu'elle pourrait alors se laisser aller. Au fil des ans, elle avait lu assez d'articles dans le bulletin d'infos du syndicat pour ne pas oublier de répéter des mots et des expressions clés telles que « craignant pour ma sécurité et celle de l'autre victime » qui, elle le savait, rendraient difficile aux inspecteurs de la FID d'estimer que tuer

Trent n'était pas justifié et contrevenait aux règles à observer dans l'usage de la force. La FID recommanderait alors au Bureau du district attorney de ne prendre aucune mesure à l'encontre de Ballard.

Elle savait aussi que tout se réduirait à voir si ses paroles correspondaient bien aux éléments de preuve qu'on retrouverait dans la maison de Trent, dans le van qu'elle conduisait et dans le garage de Ventura. Après ne s'être ainsi aucunement écartée de ce qu'elle savait de ces événements, elle quitta la salle d'interrogatoire, confiante qu'il n'y avait dans sa déclaration aucune contradiction dont Feltzer et son équipe pourraient jouer.

Lorsqu'elle sortit enfin de la caravane, elle vit que la scène de crime était devenue un vrai cirque à trois pistes. Plusieurs véhicules de la police, mais aussi des services de médecine légale, s'étaient entassés dans la rue. Il y avait encore trois vans de la télé alignés le long du ruban jaune dans Wrightwood Drive et au-dessus d'elle, des hélicos des chaînes d'information tournaient en rond dans le ciel. Elle vit son associé Jenkins debout à la périphérie de tout cela. Il lui adressa un hochement de tête et tendit le poing. Elle l'imita et ils firent semblant de se frapper les poings à six mètres de distance.

Il était 10 heures lorsqu'elle termina ses explications pas à pas avec l'équipe de la FID. Elle avait passé l'essentiel de son temps dans la pièce du bas, celle où le cadavre de Trent était toujours étendu, mains liées dans le dos avec son soutien-gorge. Elle sentit la fatigue s'abattre sur elle. En dehors des quelques minutes qu'elle avait passées droguée jusqu'à en perdre conscience, elle n'avait pas dormi depuis pratiquement vingt-quatre heures. Elle informa Feltzer qu'elle ne se sentait pas bien et avait besoin de sommeil. Il lui répondit qu'avant de pouvoir rentrer chez elle, elle allait devoir passer dans un centre de soins spécialisés pour savoir si Trent l'avait violée pendant qu'elle était inconsciente, et rassembler des pièces à conviction si nécessaire. Il appelait déjà un de ses inspecteurs pour l'y conduire lorsqu'elle lui demanda si son propre co-équipier pouvait l'y escorter.

Feltzer accepta. Ils prirent rendez-vous pour un interrogatoire de suivi le lendemain matin et le lieutenant de la FID la laissa filer.

Elle s'apprêtait à partir et demandait où était son van lorsqu'elle apprit qu'il allait être mis en fourrière aux fins d'examen par l'équipe de médecine légale. Elle savait qu'elle ne le reverrait pas avant une semaine, voire plus. Elle demanda si elle pouvait y prendre des affaires mais, une fois de plus, on le lui refusa.

Elle sortit de la maison et vit que Jenkins l'attendait. Il lui adressa un sourire compatissant.

— Hé, camarade, lui lança-t-il. Ça va ?

— Jamais sentie aussi bien, lui renvoya-t-elle. J'ai besoin d'un taxi.

— Pas de problème. Je t'emmène où ?

— À Santa Monica. Où est notre bagnole ?

— Là-bas, derrière des camions de la télé. Je n'ai pas trouvé où me garer.

— Je n'ai pas envie de passer devant les journalistes. Tu pourrais pas la récupérer et me reprendre en passant ?

— C'est comme si c'était fait, Renée.

Il descendit la chaussée, Ballard l'attendant alors devant la maison à l'envers. Deux inspecteurs de Feltzer en sortirent derrière elle et montèrent dans le poste de commandement. Sans rien dire en passant devant elle.

Jenkins suivit Mulholland tout du long jusqu'à la 405 avant de prendre vers le sud. Dès qu'ils furent sortis des collines, sachant qu'il y aurait du réseau, elle demanda à Jenkins de lui passer son portable. Elle n'ignorait pas qu'elle allait devoir subir un examen psychologique avant d'être autorisée à reprendre le travail et voulait en finir au plus vite. Elle appela l'unité des Sciences du comportement et prit rendez-vous pour le lendemain, en s'arrangeant pour que ce soit juste après celui de suivi avec Feltzer.

Puis elle rendit l'appareil à Jenkins, s'affaissa contre la portière et s'endormit. Ce ne fut qu'au moment où il quittait la 10 direction ouest que celui-ci tapota doucement l'épaule de sa collègue. Elle se réveilla en sursaut.

— On y est presque, dit-il.

— Je veux juste que tu me déposes et que tu t'en ailles, dit-elle.

— T'es sûre ?

— Oui, absolument. T'inquiète pas pour moi. Rentre chez toi retrouver ta femme.

— Ça me plaît pas. J'ai envie de t'attendre.

— Non, John. J'ai besoin d'être seule. Je ne suis même pas certaine que tout ça me soit arrivé et, si c'est le cas, je n'y étais pas et je ne m'en souviendrai jamais. Pour l'instant, je veux juste y repenser seule.

— OK, OK. On n'a même pas à en parler. Mais si t'en ressens le besoin, je serai là. D'accord ?

— D'accord. Mais ça n'arrivera probablement pas.

— Ça me va aussi.

342

Le Rape Treatment Center faisait partie du centre médical de l'Université de Los Angeles, campus de Santa Monica, situé dans la 16e Rue. Il y avait d'autres hôpitaux où Ballard aurait pu se rendre pour se faire examiner et obtenir un kit d'éléments de preuve, mais le RTC avait la réputation d'être l'un des meilleurs établissements du pays. Ballard y avait conduit assez de victimes de viol pendant ses services de nuit pour savoir qu'elle y serait accueillie avec toute la compassion et l'intégrité professionnelle requises.

Jenkins s'arrêta devant l'entrée.

— T'auras pas à me parler de tout ça, dit-il, mais à un moment ou un autre, faudra que tu me mettes au courant pour Trent.

— T'inquiète, lui répondit-elle, je le ferai. Voyons d'abord comment ça se passe avec le FID et on s'occupera de ça après. T'es d'accord avec moi pour dire que Feltzer a été juste dans l'affaire Spago, non ?

— Oui, oui, ni trop, ni trop peu.

— Espérons que personne au dixième étage ne lui souffle des trucs à l'oreille.

C'était là, au dixième étage du Public Administration Building, que se trouvait le bureau du chef de police, aussi appelé BCP.

Ballard ouvrit sa portière, descendit de voiture et se tourna vers Jenkins.

— Merci, collègue, dit-elle.

— Prends bien soin de toi, Renée, lui renvoya-t-il. Tu m'appelles quand tu veux.

Elle le congédia d'un petit signe de la main et il s'éloigna. Elle entra dans l'établissement, ôta son insigne de sa veste et demanda à voir un superviseur.

Une infirmière du nom de Marion Tuttle arriva de l'aile des soins et elles se mirent à parler. Quarante minutes plus tard, Ballard se retrouvait en salle de traitement. On lui avait nettoyé le sang qu'elle avait sur la hanche, des échantillons prélevés à l'aide de Coton-Tige s'en trouvant maintenant dans des tubes à éléments de preuve.

D'autres échantillons avaient également été prélevés au cours d'un examen aussi humiliant qu'intrusif. Tuttle conduisit alors un test séminal à l'aide d'un produit chimique permettant d'identifier la présence d'une protéine trouvée dans le sperme. Cette opération fut ensuite suivie par un examen anal et vaginal encore plus intrusif. Lorsque enfin tout fut terminé, Tuttle laissa Ballard passer une tenue d'hôpital pendant qu'elle jetait ses gants chirurgicaux dans la poubelle à déchets biologiques de la salle d'examen. Elle remplit ensuite un formulaire et fut prête à annoncer ses résultats.

Ballard ferma les yeux. Elle se sentait humiliée. Collante. Elle avait envie d'une douche. Elle avait passé des heures et des heures attachée, à transpirer et être inondée de l'adrénaline que cause la peur panique d'avoir à se battre ou fuir, s'était attaquée à un type qui faisait deux fois son poids, et tout ça après avoir potentiellement été violée. Elle voulait savoir, oui, bien sûr, mais surtout, que tout ça se termine.

— Eh bien…, dit Tuttle. Pas de petits nageurs.

Ballard savait qu'elle parlait de sperme.

— Nous allons tester les Coton-Tige pour la présence de silicone et d'autres produits attestant l'usage d'un préservatif, reprit Tuttle. Il y a des contusions. À quand remontent vos dernières relations sexuelles avant cet incident ?

Ballard songea à Rob Compton et à leurs ébats pas franchement doux.

— Samedi matin, répondit-elle.

— Gros, l'engin du monsieur? Un peu brutal?

Elle avait posé ses questions d'un ton terre à terre, et sans la moindre indication d'un quelconque jugement.

— Euh, oui, les deux, répondit-elle. Enfin…

— D'accord, et la dernière fois avant ça?

Aaron, le maître nageur.

— Ça fait un moment. Au moins un mois.

Tuttle hocha la tête. Ballard détourna les yeux. Quand cela allait-il donc finir?

— Bon alors, les contusions pourraient dater de samedi matin. Vous n'aviez pas fait l'amour depuis un certain temps, vos muqueuses étaient sensibles et vous me dites que le monsieur était gros et pas des plus tendre.

— Résultat des courses, vous n'arrivez pas à savoir si j'ai été violée ou pas.

— Rien ne l'indique vraiment, aussi bien intérieurement qu'extérieurement. Rien au brossage pubien, mais parce que vous n'avez pas grand-chose à brosser en bas. Résultat des courses, sous serment au tribunal, je ne pourrais pas me prononcer dans un sens ou dans l'autre, mais je sais que dans cette affaire, ça n'a pas d'importance. C'est juste vous, et vous voulez savoir.

— Oui, je veux savoir.

— Je suis désolée, Renée. Je ne peux pas vous le dire précisément. Mais je peux vous présenter à quelqu'un à qui vous pourrez parler et qui pourra peut-être vous aider à accepter de ne pas avoir de réponse ferme. Elle pourrait vous aider à oublier cette question.

Ballard acquiesça d'un signe de tête. Elle savait que tout cela serait probablement couvert lors de l'examen psychologique qu'elle devrait subir le lendemain à l'unité des Sciences du comportement.

— Je vous remercie, dit-elle. Je veux savoir et je vais réfléchir à la proposition. Mais pour l'instant, ce dont j'ai besoin par-dessus tout, c'est de rentrer chez moi. Vous pourriez appeler un taxi et vous porter garante pour moi ? Mon portefeuille et mon portable sont à Ventura. C'est là que je dois me rendre et je n'ai pas de voiture.

Tuttle tendit la main et la posa sur son épaule.

— Bien sûr, répondit-elle. On s'en occupe.

Chapitre 29

Il était 16 heures lorsque Ballard retrouva sa grand-mère à Ventura. Elle récupéra son portefeuille dans sa chambre et paya avec une carte de crédit le chauffeur qui était passé le long de la côte. Elle lui donna un bon pourboire pour le récompenser d'avoir gardé le silence pendant la course et de l'avoir laissée appuyer sa tête contre la vitre pour sombrer dans un sommeil sans rêve. De retour dans la maison, elle ferma la porte à clé et serra Tutu fort et longtemps dans ses bras pour l'assurer que ça allait et que tout irait bien. Comme promis la veille au soir, Tutu était allée se coucher après avoir fait la vaisselle. Elle avait dormi pendant tout l'enlèvement de Ballard et n'avait appris la nouvelle qu'au moment où la police était venue vérifier qu'il ne lui était rien arrivé.

Ballard serra ensuite fort Lola contre elle et, cette fois, ce fut elle qui fut rassurée par le calme et la présence stoïque de sa chienne. Après quoi, elle gagna enfin la salle de bains au bout du couloir. Elle s'assit par terre sous la douche et laissa l'eau tomber sur elle jusqu'à ce qu'il n'y en ait plus de chaude dans le ballon.

347

Tandis que l'eau lui piquait les épaules et le cuir chevelu, elle essaya d'accepter les événements des dernières vingt-quatre heures et qu'elle ne saurait jamais exactement ce qui lui avait été infligé. Et, plus important encore, elle réfléchit pour la première fois au fait qu'elle avait tué. Que ce fût justifié ou pas n'avait aucune importance. Elle faisait maintenant partie de ceux qui savent ce que signifie prendre la vie d'autrui. Dès son premier jour à l'Académie de police, elle avait su qu'un jour peut-être elle devrait se servir de son arme pour le faire, mais là, Dieu sait pourquoi, c'était différent. Quelque chose qu'elle n'aurait jamais pu anticiper. Quoi qu'elle ait répété encore et encore aux enquêteurs qui l'interrogeaient, c'était en victime et pas en flic qu'elle avait tué. Dans sa tête, elle n'arrêtait pas de revenir à l'instant où, dans la bagarre avec Trent, elle l'avait attaqué comme un prisonnier avec un surin.

Il y avait donc en elle quelque chose qu'elle ignorait jusqu'alors. Quelque chose de sombre. D'effrayant.

Elle n'avait pas le moindre atome de sympathie pour Trent, mais il n'empêche : elle était assaillie par toutes sortes d'émotions contradictoires. Elle avait survécu à une situation où il avait fallu tuer pour ne pas l'être et en ressentait une euphorie vivifiante. Mais cette ivresse ne durait pas, des questions lui venant aussitôt et la poussant à se demander si elle n'était pas allée trop loin. Dans son tribunal intérieur, les expressions juridiques du genre « Je craignais pour ma sécurité et celle d'autrui » ne signifiaient rien. Parce qu'elles ne prouvaient rien. Le jury énonçait son verdict en se fondant sur des preuves jamais partagées hors des limites d'un esprit coupable. Tout au fond d'elle-même, elle savait qu'aussi lourd et étendu que soit le mal qu'il représentait, Thomas Trent aurait dû vivre.

Penser ainsi à sa mort céda la place aux questions sans réponses : comment avait-il su qu'elle était de la police ? Comment avait-il fait son compte pour la trouver à Ventura ? Qu'il ait fini par se retourner contre Beatrice Beaupre confirmait que ce n'était pas elle qui avait vendu la mèche. Une fois encore et du mieux qu'elle pouvait, elle se remémora ses conversations avec Trent à la concession – pendant le petit tour d'essai et quand elle revenait à Ventura. Rien dans ce dont elle se souvenait ne trahissait qu'elle aurait fait partie des forces de l'ordre. Elle se demanda si ce n'était pas la fermeté avec laquelle elle lui avait serré la main afin de le faire réagir à la douleur. Était-ce donc ça qui l'avait trahie ? Ou alors les questions qu'elle lui avait posées ensuite sur ses bleus ?

Puis elle repensa au van. Trent l'avait vu lorsqu'elle était entrée dans le parking du magasin. Avait-il, Dieu sait comment, réussi à passer son immatriculation dans une base de données et ainsi découvrir et sa véritable identité et l'adresse de la maison de Ventura ? Il travaillait dans une concession automobile où les employés communiquaient avec le DMV des dizaines de fois par jour. Peut-être avait-il une source – un copain employé qui enregistrait les nouvelles immatriculations et avait donc accès à toutes les anciennes. Pendant l'enlèvement, Trent lui avait parlé de son bronzage et de ses origines ethniques, révélant ainsi la fascination qu'il avait eue pour elle dès sa visite au magasin. Peut-être, elle s'en rendait compte, s'était-il mis à la suivre parce qu'elle constituait une cible potentielle, et non parce qu'elle l'avait dans sa ligne de mire en tant que flic.

Quoi qu'il en soit, le résultat des courses était bien que Trent était mort. Et qu'elle n'aurait peut-être jamais de réponses à ses questions.

Elle ne remarqua que l'eau s'était peu à peu refroidie qu'au moment où tout son corps se mit à frissonner. Alors seulement elle se leva et sortit de la douche.

Lola, elle, était toujours consciencieusement assise à la porte de la salle de bains.

— Allez, viens, ma fille ! lui lança Ballard.

Puis, pieds nus, elle descendit lentement le couloir jusqu'à sa chambre, une grande serviette blanche enroulée autour d'elle. Elle ferma la porte et remarqua que Tutu avait fini la lessive qu'elle avait commencée la veille au soir dans le garage. Ses habits étaient soigneusement pliés sur le lit – l'idée d'enfin passer des vêtements propres et frais la submergea de plaisir.

Elle mit un soutien-gorge et une culotte. Mais avant de finir de s'habiller, elle jeta un coup d'œil à son portable sur la table de nuit. D'après l'écran, elle avait douze messages en attente. Elle s'assit sur le lit et les écouta un par un.

Les deux premiers venaient de Jenkins qui les lui avait laissés avant qu'ils ne se retrouvent à la scène de crime. Il avait eu vent de l'enquête sur la mort d'un officier dans Wrightwood Drive et voulait savoir si elle allait bien. Dans le deuxième message, il annonçait qu'il allait essayer de la joindre sur les lieux du crime.

Le suivant provenait d'une ancienne camarade de l'Académie avec laquelle Ballard gardait encore contact. Rose Boccio avait entendu dire, via le tam-tam des flics, que Ballard se trouvait au centre d'une enquête sur la mort d'un officier de police à Studio City.

« Balls[1], lui disait-elle en se servant du surnom qu'on lui avait donné à l'Académie, Dieu merci, tu vas bien. Faut qu'on cause. »

Le quatrième message était du même tonneau. Il émanait de Corey Steadman des Vols et Homicides. Encore un ami qui lui voulait du bien.

Le cinquième appel était celui de Rob Compton, un contrôleur de probation et amant occasionnel. Il était clair qu'il ne savait pas ce qui se passait et il ne l'appelait pas pour son enlèvement ou la mort qu'elle avait infligée à Thomas Trent.

« Hé, Renée, c'est moi, Robby. Écoute ça, c'est du lourd. Un agent de l'ATF m'a téléphoné pour me parler du Glock volé que nous avons repris à notre petit Nettles. Très intéressant, tout ça. Passe-moi un coup de bigo, tu veux bien ? »

Ballard mit un moment avant de comprendre ce dont Compton lui parlait. Les événements de la veille avaient été si durs que les autres affaires et souvenirs avaient été comme effacés de son esprit. Puis elle se rappela. Christopher Nettles, la vague de crimes en un seul et même bonhomme. Compton avait fait une demande auprès de l'ATF pour en savoir plus sur les trois armes qu'on lui avait a priori volées et la chambre qu'il occupait au motel Siesta Village.

Ballard nota de téléphoner à Compton dès qu'elle serait à nouveau dans l'état d'esprit d'étudier une affaire. Remettre le nez dans la folle histoire de Nettles serait une diversion des plus agréable à la situation dans laquelle elle se trouvait.

---

1. « Les boules », en anglais.

Le message suivant lui venait de son superviseur direct, le lieutenant McAdams. Il commençait par lui dire qu'il était soulagé d'apprendre qu'elle allait plutôt bien après cette épreuve. Cela étant, il lisait ensuite un ordre qu'il avait reçu de très haut dans la hiérarchie : elle était mise en « travail léger » pendant tout le temps que durerait l'enquête sur la mort qu'elle avait donnée en tant qu'officier de police.

« Et donc, j'ai bossé sur le déploiement et vais mettre quelqu'un avec Jenkins, concluait-il, sa lecture de l'ordre d'en haut une fois terminée. En gros, vous êtes sur la touche jusqu'à ce que la FID en ait fini avec vous et que le Bureau des sciences du comportement vous donne le feu vert. Rappelez-moi ou envoyez-moi un mail pour me confirmer que vous avez bien reçu cet ordre et que vous le comprenez. Merci, Renée. »

Les deux ou trois messages suivants émanaient de collègues qui, eux aussi, lui voulaient du bien. Dont un de Rogers Carr des Major Crimes.

« Carr à l'appareil et waouh ! Je viens juste d'apprendre la nouvelle. Content que vous alliez bien, que vous ayez fait du bon boulot et que vous ayez viré ce mal incarné du tableau. Je suis dans le coin si vous avez besoin de moi. »

Elle avait effacé tous ses messages au fur et à mesure qu'elle les écoutait, mais celui-là, elle décida de le garder. Elle pourrait avoir envie de le réécouter, surtout le passage sur « le mal incarné qu'elle avait viré du tableau ». Il pourrait être rassurant de l'écouter la prochaine fois que son jury intérieur se mettrait à revoir son affaire et pencherait vers un verdict de culpabilité.

Le message suivant était, lui aussi, à conserver. Il émanait de Beatrice Beaupre. Elle pleurait, et le lui avait laissé à peine une heure plus tôt.

« Ils ont fini par me laisser partir. Ils m'ont posé des tas de questions et après, ils recommençaient à me les poser. Mais bon, je leur ai dit la vérité, inspecteur. Vous m'avez sauvé la vie. Vous nous avez sauvé la vie à toutes les deux. Il allait me tuer, j'en suis sûre. Il me l'a dit quand il m'a fait sa piqûre. J'ai cru que c'était la fin. Et vous avez été là pour me sauver. Bon boulot ! Vous vous êtes battue avec lui et vous avez gagné. Je le leur ai dit. Je leur ai dit ce que j'ai vu. Merci, inspecteur. Merci infiniment. »

Sa voix se transforma en sanglot quand elle raccrocha. Le message lui venait du fond du cœur, mais la fit réfléchir. Elle savait que Beatrice ne l'avait pas vue se battre contre Trent. À ce moment-là, elle était inconsciente. Le message laissait clairement entendre qu'elle avait dit aux enquêteurs de la FID quelque chose qu'elle n'avait pas vu. Avait-elle senti que la FID essayait de piéger Ballard d'une façon ou d'une autre et de transformer l'affaire en un homicide non réglementaire ? Elle allait devoir faire attention. Elle ne pouvait pas rappeler Beaupre pour l'interroger sur ce qui l'inquiétait. La FID aurait pu y voir de la subornation de témoin, et tenter de manipuler une enquête en interne était passible de la porte. Ballard ne pouvait plus que patienter et se montrer prudente. L'appel de Beatrice était un bon avertissement.

Son sentiment d'inquiétude parut encore plus justifié lorsqu'elle arriva aux deux derniers messages. Le premier émanait du lieutenant Feltzer de la FID. Il demandait que l'heure de leur rendez-vous pour interrogatoire de suivi soit avancée. À l'entendre, les premières constatations étaient terminées, ainsi que tous les interrogatoires préliminaires.

« Il faut que nous nous réunissions pour aplanir les incohérences, disait-il. Veuillez passer au bureau de la FID demain matin à… disons 8 heures. Nous essaierons de vous libérer dès que possible. »

La première chose qui lui vint à l'esprit fut de se demander si elle devait se faire accompagner par un représentant syndical. Elle avait perçu une certaine agressivité dans le ton de Feltzer et vu ce que contenait le message de Beatrice, plus elle repensait à ce qu'avait dit le lieutenant de ces « incohérences », plus elle s'inquiétait. Et, tout d'un coup, ce fut le choc. Le représentant syndical qu'elle aurait choisi aurait bien sûr été Ken Chastain. Il était intelligent. Avec l'esprit analytique qui était le sien, il aurait pu l'aider à déchiffrer les manœuvres montées contre elle. Il aurait été parfait pour l'aider à répondre à leurs questions comme il fallait.

Mais il l'avait trahie, et maintenant, il était mort. Elle n'avait personne de confiance à qui demander de l'assister. Personne d'assez proche, personne d'assez intelligent et astucieux. Ni Jenkins ni Steadman ne faisaient l'affaire. Elle serait seule à tout affronter.

Et comme si cette conclusion n'était pas déjà assez déprimante, le dernier message l'acheva. Il était arrivé moins d'une demi-heure auparavant, pendant qu'elle était sous la douche. Ce correspondant n'était autre que Jerry Castor du *Times*. Elle ne lui avait jamais parlé, mais il ne lui était pas inconnu. Elle l'avait déjà vu sur plusieurs scènes de crimes et à diverses conférences de presse, surtout à l'époque où elle travaillait aux Vols et Homicides.

Lire la façon dont le *Times* couvrait la police de Los Angeles au fil du temps permettait de repérer les allégeances de tel ou tel journaliste. Les perspectives adoptées dans les articles révélaient souvent les sources du reporter, même lorsqu'elles restaient anonymes. Pour ceux qui suivaient ce genre de choses dans le service, Castor était considéré comme un reporter de niveau 8, cela par référence à la configuration du PAB. L'immeuble comptait dix étages et le personnel administratif et celui du haut commandement occupaient les trois derniers, le grand patron trônant au sommet.

L'on considérait que Castor était plus au courant de ce qui se passait dans ces étages que dans les sept en dessous. Travailler avec lui plutôt qu'avec d'autres était plus dangereux pour la piétaille. C'était l'une des raisons pour lesquelles Ballard s'était toujours tenue à l'écart du monsieur.

« Inspecteur Ballard, ici Jerry Castor du *Times*, commençait le message. Nous ne nous connaissons pas, mais je couvre la police et travaille en ce moment un article sur la mort de Thomas Trent. Il faut vraiment que je vous en parle aujourd'hui même. L'essentiel de mes questions porte sur les blessures fatales qu'a reçues M. Trent. À ce que je comprends, cet homme n'était ni armé ni accusé d'aucun crime, mais a quand même fini par se faire poignarder à de multiples reprises et j'aimerais savoir si vous seriez prête à me dire en quoi cela correspond à un recours justifié à l'usage de la force létale. Je dois rendre mon papier à 20 heures et espère pouvoir vous parler avant. Sinon, l'article dira que les efforts que nous avons déployés pour vous joindre et avoir votre version des faits n'ont pas été couronnés de succès. »

Sur quoi, il la remerciait et lui laissait le numéro de sa ligne directe avant de raccrocher.

Ce qui lui faisait l'effet d'un coup de poing à l'estomac n'était pas qu'il veuille l'interroger sur son usage de la force létale. À l'Académie de police, on n'enseigne pas aux recrues à ne tirer qu'une seule fois quand le besoin de faire feu se présente. S'il n'y a pas d'interdiction légale à le faire, on tire aussi souvent qu'il est nécessaire pour arriver au résultat. Juridiquement et réglementairement parlant, qu'elle ait poignardé Trent une ou quatre fois n'avait aucune importance. Ce qui inquiétait Ballard était que quelqu'un du service ait donné les détails de l'affaire à ce journaliste et les ait ainsi fait connaître à des gens non autorisés. Quelqu'un avait appelé Castor en sachant que cela donnerait lieu à débats et diffamation.

Elle eut l'impression d'avoir été virée de la police et de se retrouver seule.

On frappa à la porte de sa chambre.

— Renée ?

— Je m'habille. J'arrive dans une minute.

— Ma chérie, ce soir je vais faire du poisson. J'ai trouvé du barramundi tout frais arrivé d'Australie. J'espère que tu vas pouvoir rester.

— Tutu, je t'ai déjà dit que c'est pas parce qu'ils disent que ça arrive « tout frais d'Australie » que ça l'est. Comment veux-tu que ce soit frais si ç'a été emballé dans de la glace sèche avant d'être envoyé d'Australie par bateau ou par avion ? Restes-en à des trucs dont tu sais qu'ils sont vraiment frais. Comme le flétan de la baie.

Il y eut un long silence et Ballard se sentit mal d'avoir passé ses frustrations sur sa grand-mère. Elle s'habilla rapidement.

— Ça veut dire que tu ne veux pas rester ? demanda Tutu de l'autre côté de la porte.

— Je suis vraiment désolée, mais cette nuit je travaille et ils veulent que j'arrive tôt. Il faut que je loue une voiture et que j'y aille vite.

— Oh, mais tu en as tellement vu ! Tu peux pas prendre ta nuit ? Je te ferai autre chose.

Ballard finit de boutonner son corsage.

— C'est pas le poisson. Fais-le cuire, Tutu. Mais moi, je peux pas rester. Je suis désolée. Ça t'embête si je te laisse Lola encore deux ou trois jours ?

Elle ouvrit la porte. Sa minuscule grand-mère se tenait là, debout devant elle, l'inquiétude visible sur son visage.

— Lola est toujours la bienvenue ici, dit Tutu. C'est ma copine. Mais j'ai envie que sa patronne soit là, elle aussi.

Ballard lui tendit les bras, enlaça son corps fragile et la serra sur son cœur.

— Bientôt, Tutu, dit-elle. C'est promis.

Ballard n'aimait pas mentir à sa grand-mère, mais tout lui expliquer honnêtement était trop compliqué. Il fallait qu'elle rejoigne L.A. Non seulement elle avait sa séance avec Feltzer le lendemain matin et après ça, son examen psychologique, mais elle savait aussi qu'elle ne pouvait absolument pas mener son combat en restant à Ventura. Il fallait qu'elle soit au cœur même de l'action pour affirmer sa position.

Chapitre 30

Les trois quarts des gens essayaient de sortir de L.A. alors qu'elle tentait d'y entrer. Elle avait pris la 101 et, sans fléchir, elle poussait sa Ford Taurus de location dans la circulation de l'heure de pointe. Les kilomètres défilaient si lentement qu'elle craignait de rater son rendez-vous de 20 heures au *Times*. Elle s'était concocté un plan qui, elle le pensait, lui donnerait l'avantage sur tous ceux qui travaillaient contre elle dans le service.

Elle n'en savait pas qu'un peu sur la façon dont les médias et les forces de l'ordre négociaient les lignes un rien floues à ne pas franchir. Entre eux, elle ne l'ignorait pas, il n'y avait que peu de coopération, et encore moins de confiance. Ceux qui choisissaient de franchir ces lignes floues se prémunissaient contre certains risques. C'était ce genre de pratiques qu'elle allait utiliser à ses propres fins.

Les bâtiments du PAB et du *Times* se dressaient côte à côte dans la 1re Rue, seule Spring Street les séparant. Ces deux mégabureaucraties se jetaient des regards pleins de préjugés, mais il y avait des moments où elles avaient besoin l'une de l'autre. Ballard finit par arriver à 19 h 20 et se gara dans un parking bien trop cher à l'arrière du journal. Elle prit avec elle un sac à bandoulière contenant quelques habits propres et gagna une cafétéria de Spring Street dont la vitrine offrait une vue dégagée sur la rue longue d'un bloc qui séparait les deux bâtiments.

Une fois installée au comptoir avec une tasse de café, elle sortit son portable et appela Jerry Castor sur sa ligne directe.

— Renée Ballard à l'appareil, lança-t-elle.

— Oh! Euh, bonjour! Je suis content que vous m'appeliez. Je n'étais pas… il reste encore assez de temps pour inclure vos commentaires dans mon article.

— Il n'est pas question que je vous fasse part de mes commentaires. Cette conversation est confidentielle.

— C'est-à-dire que j'espérais avoir vos réactions sur ce que je dis dans mon article, à savoir que…

— Ni réaction ni commentaire et je me fiche de ce que vous avez écrit dans votre papier. Et je raccroche tout de suite si vous ne me dites pas que cette conversation est confidentielle.

S'ensuivit un long silence.

— Euh, bon d'accord, ce sera confidentiel, dit-il enfin. Pour l'instant au moins. Je ne comprends vraiment pas pourquoi vous ne voulez pas avoir votre version de l'affaire dans mon article.

— Vous enregistrez?

— Non, je n'enregistre pas.

— Parfait, mais juste pour que vous le sachiez: moi, si. Je vous enregistre depuis le début de cet entretien. On est d'accord?

— Ben, oui, faut croire. Mais je ne vois pas pourquoi…

— Vous allez comprendre dans quelques minutes. Et donc, votre oui est-il officiel ?

— Euh, oui.

— Très bien, alors allons-y. Monsieur Castor, si je vous appelle, c'est pour vous dire que les renseignements que vous avez obtenus sont faux. Que vous êtes manipulé par vos sources à l'intérieur du LAPD afin que vous sortiez un article qui non seulement sera faux, mais surtout destiné à me faire du mal à moi et à d'autres.

— Du mal ? Comment ça ?

— Écrivez un mensonge dans votre papier et moi, ça me fait du mal. Il va falloir que vous repreniez contact avec vos sources, que vous analysiez leurs mobiles et qu'ensuite vous leur demandiez de vous dire la vérité.

— Vous seriez en train de me dire que vous n'avez pas poignardé Thomas Trent à de multiples reprises ? Que vos déclarations n'ont pas été contredites par celles d'une autre victime ?

La seconde partie de cette phrase donnait à Ballard un autre renseignement qui allait l'aider.

— Ce que je vous dis, c'est qu'on vous a menti et que cette conversation, je l'ai sur bande. Publiez votre version mensongère et pleine de déclarations prises hors contexte et le présent enregistrement avec cette mise en garde catégorique atterrira droit sur le bureau de votre rédac chef et sur ceux d'autres médias ; tout le monde dans la communauté et sur votre lieu de travail verra vite le genre de reporter que vous êtes et le genre de torchon qu'est le *Times*. Bonsoir, monsieur Castor.

— Attendez ! s'écria-t-il.

Elle raccrocha et attendit, l'œil rivé sur l'entrée Spring Street des employés du journal.

Elle opérait à partir d'un fait, d'une supposition et d'une hypothèse. Le fait : c'était enfreindre la loi et le règlement intérieur du LAPD que de rendre publics les détails d'une enquête sur un membre des forces de l'ordre. Ce matin-là, Ballard avait tué dans l'exercice de ses fonctions. Telle était la nouvelle et le LAPD avait pour devoir d'en informer le public. Ç'avait été fait sous la forme d'un communiqué de presse dont toutes les parties concernées avaient accepté la teneur. Ballard et Feltzer en avaient rédigé les trois paragraphes alors qu'ils se trouvaient au poste de commandement. Cela étant, Ballard avait refusé de donner plus de détails et sur l'homicide et sur l'enquête qui s'était ensuivie. Cela voulait dire que Castor avait une source qui lui fournissait ces détails en violation et de la loi et du règlement intérieur du LAPD.

La supposition : que la source de Castor serait tout à la fois assez intelligente et méfiante pour ne pas se mettre dans une position compromettante. Qu'on n'irait certainement pas révéler les détails de ce genre d'enquête au cours d'une conversation téléphonique qui pouvait être enregistrée ou, sans même qu'on le sache, entendue par un tiers. Que quel qu'ait pu être le mobile pour lequel cette source aurait cafté au *Times*, la fuite elle-même serait restée clandestine et ne se serait jamais produite par téléphone, dans un bureau du journal ou au LAPD.

Ce qui conduisait à l'hypothèse. Ballard venait juste de servir à Castor une balle si lobée que, la panique aidant, celui-ci ne pouvait plus que courir après sa source pour sauver son article. Il fallait absolument qu'il lui rapporte ce que Ballard venait de lui dire. S'il suivait la règle de base interdisant de bavasser au téléphone, Castor allait sortir du journal à tout moment pour avoir une petite discussion avec sa source.

La seule inquiétude que nourrissait Ballard était que le lieu secret où le journaliste voudrait rencontrer sa source ne soit autre que la cafétéria même où elle s'était installée. Et il aurait été parfaitement raisonnable pour un reporter du *Times* et un employé du PAB de se croiser dans un établissement équidistant de leurs lieux de travail. Paroles et documents pouvaient alors être échangés dans la file d'attente des clients voulant accéder au comptoir après avoir passé leur commande, voire aux distributeurs de sucre et de crème.

Ballard suivit des yeux un type sur un demi-bloc après qu'il eut franchi le seuil du *Times* et, partant vers le nord, se soit éloigné d'elle. Ayant enfin décidé que ce n'était pas le bon, elle eut juste le temps de regarder à nouveau les portes du bâtiment pour voir le vrai Jerry Castor en sortir. Il prit vers le sud et passa devant la cafétéria, mais sur le trottoir d'en face. Ballard laissa tomber le café qu'elle venait de se payer mais n'avait pas encore goûté. Elle sortit et prit elle aussi vers le sud pour le suivre de l'autre côté de la rue.

Il fut un temps où suivre quelqu'un à pied le soir au centre-ville aurait été impossible tellement il y avait peu de monde dehors après la sortie des bureaux. Mais le quartier commençant à prospérer depuis quelques années, nombre de jeunes professionnels préféraient éviter l'angoisse d'une circulation épuisante et décidaient d'habiter à proximité de leur lieu de travail. Les restaurants et les boîtes de nuit avaient vite suivi le mouvement et, à 20 heures ce soir-là, Ballard n'eut aucun mal à toujours garder des piétons entre Castor et elle, même si, de fait, il n'avait pas l'air de penser qu'on puisse le suivre. Jamais il ne regardait derrière lui. Jamais non plus, petit malin, il ne jetait un coup d'œil aux reflets dans la vitrine d'un magasin. Il marchait à vive allure et l'air décidé, comme quelqu'un qui a une mission, ou un délai à respecter.

Castor la fit parcourir quatre blocs vers le sud avant d'arriver au coin de la 5e Rue, où il prit à droite et disparut par une porte ouverte. Ballard se demanda s'il s'agissait d'une manœuvre destinée à la semer, mais déjà elle le rattrapait lorsqu'elle vit une enseigne au néon indiquant qu'il s'agissait du Last Bookstore.

Elle y entra prudemment et tomba effectivement sur une gigantesque librairie installée dans un espace qui semblait avoir jadis servi d'entrée somptueuse à une banque. Il y avait là des rangées et des rangées de rayonnages entre des colonnes de style corinthien montant sur deux étages jusqu'à un plafond à caissons ornés. Sur un mur était accrochée une sculpture de livres en forme de vague. Devant de petites boutiques de disques d'occasion, des balcons permettaient de découvrir un rez-de-chaussée noir de monde. Ballard ignorant tout de l'existence de cet endroit, le découvrir lui procura une excitation qui lui fit presque oublier sa proie.

En se servant comme d'un paravent d'un jeu de rayonnages dédié aux classiques, elle scruta le premier niveau de la librairie dans l'espoir d'y repérer Castor. Le journaliste restait invisible, les rayonnages, colonnes et autres obstacles interdisant d'avoir une vue d'ensemble du lieu.

Elle vit alors un type avec un badge nominatif accroché à sa chemise se diriger vers la caisse près de la porte.

— Excusez-moi, lui dit-elle, comment fait-on pour atteindre l'étage ?

— Je vous montre ça tout de suite, lui répondit-il.

Il la conduisit jusqu'à une alcôve jusque-là cachée à sa vue et lui indiqua une volée de marches. Elle le remercia et monta sans tarder.

Les balcons du dernier étage lui offrirent une vue plus étendue de la librairie en dessous. Plusieurs petits coins lecture avaient été créés par des rayonnages positionnés à angle droit, avec tout ce qu'il fallait de vieux fauteuils en cuir et autres canapés pour que ces endroits soient tranquilles. On ne pouvait rêver mieux pour une rencontre clandestine.

Elle scruta deux fois tout le lieu avant d'enfin découvrir Castor dans une alcôve pratiquement juste au-dessous d'elle. Il s'était assis tout au bord d'un canapé et, penché légèrement en avant, s'était lancé dans une conversation calme mais très animée avec un autre homme. Celui-ci mit longtemps à tourner la tête et ainsi lui révéler son identité.

C'était le lieutenant Feltzer.

Ballard ne savait pas si elle devait s'indigner de sa traîtrise ou se réjouir de savoir enfin qui était à l'origine de la fuite et de pouvoir y faire quelque chose.

Elle sortit son portable et prit en douce plusieurs photos de la rencontre. À un moment donné, elle passa en mode vidéo : Castor venait de se lever comme s'il était pressé et regardait Feltzer de haut. Puis il eut un geste dédaigneux, sortit de l'alcôve et traversa tout le magasin. Ballard continua de le filmer jusqu'à ce qu'il franchisse la porte par laquelle il était entré.

Lorsqu'elle retraversa la librairie pour regagner l'alcôve, Feltzer avait disparu. Elle baissa son portable et scruta l'endroit du mieux qu'elle put, mais non : plus aucun signe de Feltzer.

Brusquement, elle s'inquiéta : et s'il l'avait vue et pris l'escalier pour la rejoindre ? Elle se tourna vers la volée de marches, mais personne ne les montait. Elle était hors de danger. Feltzer avait dû quitter la librairie par un autre chemin dans le dédale de rayonnages.

Elle redescendit au rez-de-chaussée, le chercha encore, en vain. Elle prit la sortie de la 5e Rue, regarda autour d'elle, mais toujours pas de Feltzer.

Elle se dit qu'il avait dû venir à pied, comme Castor, et avait donc parcouru les mêmes quatre blocs qu'elle, mais par Main Street. Cette rue était plus pratique pour quelqu'un qui sortait du PAB et voulait mettre de la distance entre le journaliste et sa source. Elle vit le feu changer au croisement, traversa et suivit la 5e Rue jusqu'à Main Street. Arrivée à l'intersection, comme si de rien n'était, elle jeta un coup d'œil dans Main Street, direction nord. Environ deux blocs plus loin vers le PAB, elle vit un type avancer d'un pas rapide – celui, elle le reconnut, de Feltzer en train de marcher comme on charge.

Inquiète qu'il se méfie davantage d'une filature que Castor, elle attendit dix minutes avant de s'engager dans

Main Street à son tour. Enfin, à l'entrée de la 1ʳᵉ Rue, elle tourna à droite et s'enfonça dans Little Tokyo.

À l'hôtel Miyako, elle prit une chambre après qu'un des réceptionnistes l'eut assurée qu'il y avait plusieurs choix de sushis au menu du room service.

Une fois dans sa chambre, elle commanda un repas. Puis elle ouvrit son sac à bandoulière sur le lit et y étala les vêtements qu'elle avait prévu de porter le lendemain matin. La réunion avec Feltzer pouvait tout faire basculer.

En attendant sa commande, elle sortit son portable, passa sur Google et chercha le numéro de téléphone de l'avocat de la défense Dean Towson. Elle s'attendait à ce qu'il ne soit plus à son bureau à une heure aussi tardive, mais il y avait de fortes chances qu'il ait eu son message. Les avocats de la défense ont l'habitude de recevoir des appels de leurs clients à toute heure, même tard le soir. Et vu l'inquiétude qui l'avait gagné à la fin de son entretien avec lui le dimanche matin précédent, il la rappellerait au plus vite.

Son appel étant transféré à un service de réponse téléphonique, ce fut à un individu en chair et en os plutôt qu'à un ordinateur qu'elle parla.

— Je m'appelle Renée Ballard et suis inspecteur au LAPD, dit-elle. Je me suis entretenue avec Mᵉ Towson dimanche matin et lui ai parlé d'une enquête pour meurtre. Pouvez-vous, s'il vous plaît, lui faire passer un message ce soir même ? J'aurais besoin qu'il me rappelle dès que possible, à n'importe quelle heure, même tard. C'est urgent.

Elle raccrocha et attendit.

Afin de passer le temps, elle alluma la télé et se perdit vite dans les bagarres politiques et invectives qu'on se jette tous les soirs à la figure sur les chaînes câblées.

L'appel de Towson arriva plus vite que les sushis.

Chapitre 31

Il était 8 h 25 ce mercredi matin-là lorsque, arrivée au PAB, elle entra dans les bureaux de la FID accompagnée de Dean Towson. C'était lui qui avait eu l'idée d'arriver tard et d'ignorer les coups de fil et messages de Feltzer lui demandant où elle était. Cela le mettrait à cran avant même leur arrivée.

En tant que chef d'une des deux brigades de l'unité, Feltzer avait droit à un bureau personnel. Exigu. Ils durent apporter une chaise en plus pour Towson. Ballard et lui s'assirent en face d'un lieutenant visiblement très agacé après qu'il eut fermé la porte.

— Inspecteur Ballard, dit-il, je ne vois pas très bien pourquoi vous éprouvez le besoin d'avoir un avocat avec vous. Vous êtes toujours sous Lybarger et tenue de répondre aux questions qui vous sont posées. Si jamais quoi que ce soit impliquant du pénal sortait de cet entretien, il est évident que toutes les déclarations émanant de vous seraient rejetées.

Et de lever les mains de son bureau en un geste qui laissait entendre que tout cela était la base et qu'ils n'avaient donc nullement besoin d'un avocat pour compliquer les choses.

— J'ai l'intention de pleinement coopérer et de répondre à toutes les questions, lui renvoya Ballard. Mais seulement en présence de mon avocat. Vous dites dans votre message que nous devrions aplanir les incohérences. Pourquoi ne pas le faire sans nous inquiéter de mon avocat ?

Feltzer réfléchit. Il avait très clairement l'air de quelqu'un qui craint de se prendre les pieds dans un piège juridique.

— Bien, dit-il enfin, tout ceci sera enregistré. Comme lors de notre premier entretien.

Il ouvrit un tiroir de son bureau et en sortit un enregistreur numérique. Il était en train de le mettre en route lorsque Towson, de son côté, sortit son portable de la poche intérieure de sa veste de costume et le posa sur le bureau.

— Nous aussi, nous allons enregistrer cette séance, dit-il.

— Si ça vous fait plaisir…

— Merci.

— Commençons donc avec l'autre victime, Beatrice Beaupre, lança Feltzer. Hier, vous avez déclaré qu'elle était inconsciente lorsque Trent l'a amenée dans la pièce.

— Je crois plutôt avoir dit qu'elle « semblait » l'être. C'était sur Trent, pas sur elle, que je me concentrais.

— Mme Beaupre, elle, déclare qu'en fait elle était consciente et faisait semblant de ne pas l'être dans l'espoir d'échapper à Trent.

— D'accord. C'est en effet tout à fait possible.

— Et elle a ajouté vous avoir vus, vous et Trent, vous lancer dans une bagarre qui s'est terminée par les blessures fatales que ce dernier a reçues. Et c'est là que ce qu'elle dit de ce qui s'est passé diffère sérieusement de vos déclarations.

— Eh bien, c'est qu'elle devait avoir une vue certainement différente de l'affaire.

— Je vous donne donc maintenant l'occasion de reprendre vos déclarations si vous le souhaitez.

— Je m'en tiendrai aux dires de Mme Beaupre. À ce moment-là, j'avais entamé un combat où l'un de nous pouvait mourir, et cet homme faisait quasi deux fois ma taille et mon poids. Je n'avais pas le temps de m'interrompre pour prendre des notes ou mémoriser mes gestes. J'essayais seulement de rester vivante et de faire en sorte que Mme Beaupre le reste aussi.

C'était là une réponse que Ballard et Towson avaient répétée en supposant que les disparités auxquelles Feltzer faisait allusion dans son message téléphonique se réduisaient aux contradictions entre les déclarations de Ballard et celles de Beaupre. Ballard et Towson s'étaient retrouvés à 6 heures dans la salle du petit déjeuner du Miyako afin de préparer le rendez-vous avec la FID. Cette réponse répétée couvrait toutes les contradictions possibles à l'intérieur du périmètre de l'homicide justifié. À savoir la mort ou les blessures graves infligées à l'officier de police ou au citoyen.

— Je crois que cela couvre tout, lieutenant, dit Towson. Avez-vous autre chose à demander à ma cliente ?

Feltzer le regarda.

— Oui, dit-il.

Il y avait tellement de confiance dans sa voix que Ballard se mit aussitôt en alerte rouge.

— Avez-vous communiqué de quelque façon que ce soit avec Mme Beaupre depuis l'incident et le moment où vous avez été séparées pour être interrogées ?

— Rien de direct, répondit-elle. Elle m'a appelée sur mon portable hier, mais je n'ai pas pris son appel. Elle m'a laissé un message me remerciant de lui avoir sauvé la vie. Je n'ai toujours pas répondu à ce coup de fil parce que je me suis dit qu'il ne serait pas approprié de parler avec elle avant que votre enquête n'ait trouvé sa conclusion.

Deuxième réponse très soigneusement formulée, et répétée.

— J'ai toujours ce message, reprit-elle. Je pourrais vous le faire écouter sur haut-parleur afin que vous l'enregistriez, si vous le souhaitez.

— Nous y viendrons plus tard si nécessaire, dit Feltzer. Votre retard me coince pour d'autres rendez-vous, avançons un peu. Hier, vous avez déclaré qu'après avoir réussi à vous libérer pendant que Trent était parti, vous n'avez pas tout de suite quitté la maison parce que vous n'étiez pas très sûre de savoir où vous étiez et ne saviez pas trop non plus si vous pourriez vous échapper. Est-il juste de présenter les choses ainsi ?

— C'est d'un très court instant que nous parlons, le reprit Ballard. C'est effectivement ce que j'ai pensé au début, mais j'ai entendu la porte du garage et tout de suite compris que Trent était de retour et que, très vraisemblablement, il avait une autre victime avec lui parce qu'il m'avait dit vouloir enlever son ex-épouse.

— Mais votre première réponse indique que vous n'aviez aucune idée de l'endroit où vous vous trouviez.

— En fait, j'étais quasi certaine que j'étais chez Trent, et je savais où il habitait parce que j'avais enquêté sur lui lorsqu'il avait commencé à éveiller ma curiosité.

— Vous étiez-vous déjà trouvée dans cette maison ?

On y était. Feltzer détenait des infos qu'il n'avait pas encore la veille lorsqu'il l'avait interrogée.

— Non, je n'étais jamais entrée dans cette maison.

Elle devait supposer que les deux patrouilleurs de North Hollywood qu'elle avait rencontrés dans Wrightwood Drive le vendredi soir précédent avaient parlé.

— Vous étiez-vous déjà trouvée dans la propriété de Thomas Trent ? insista Feltzer.

— Oui, en effet, répondit-elle sans hésitation.

Towson se pencha légèrement en avant. Il avançait maintenant en aveugle. Au petit déjeuner, Ballard ne lui avait rien dit de sa tentative de repérage de la maison de Trent parce qu'elle ne savait pas que le sujet serait abordé. Il devait maintenant faire confiance à sa cliente et se dire qu'elle saurait se débrouiller de ce nouveau jeu de questions.

— Comment ça, inspecteur Ballard ? demanda Feltzer.

— Vendredi soir, j'ai eu confirmation que Trent était à son travail à la concession automobile et suis allée faire un petit tour dans sa propriété. Ma victime m'avait raconté comment elle avait été conduite dans une maison à l'envers. Je sentais qu'il était important de vérifier si la demeure de Trent correspondait à cette description.

— Inspecteur, avez-vous lancé un appel bidon pour maraudeur dans Wrightwood Drive afin de vous faciliter ce « petit tour » ?

Towson posa la main sur le bras de Ballard pour l'empêcher de répondre.

— Nous sommes ici pour une enquête concernant une policière ayant eu recours à la force. Nous ne discuterons donc pas de sujets qui n'ont rien à voir avec ça.

— Mais ce sujet a tout à y voir, répliqua Feltzer. D'après mes informations, vendredi soir, l'inspecteur Ballard était bel et bien sur la terrasse de cette maison, juste devant la pièce où, plus tard, elle a a priori été retenue prisonnière et fini par tuer Trent. Or elle a affirmé dans sa déclaration ne pas savoir où elle était et ne pas pouvoir s'enfuir. Tout ceci contredit les faits que j'ai recueillis.

— Être dans une pièce ou à l'extérieur de cette même pièce sont deux choses totalement différentes, le contra Towson. Ma cliente avait été agressée, droguée et peut-être même violée… cela ne pouvait qu'affecter ses perceptions.

— Et les rideaux étaient fermés, ajouta Ballard. Je ne savais pas si c'était dans la pièce en retrait de la terrasse que je me trouvais.

Towson y alla d'un geste dédaigneux de la main.

— Voilà qui ne va pas, lieutenant. Vous nous faites perdre notre temps. Vous avez très clairement une idée derrière la tête. Vous essayez de bâtir un dossier propre à exclure l'inspecteur Ballard de la police pour des raisons qui n'en sont pas. Elle ne s'est pas échappée. Elle est restée dans cette pièce pour sauver sa vie et celle d'une autre personne. Vous seriez donc sérieusement en train de retenir cela contre elle ? D'où tout cela sort-il, lieutenant ?

— Je n'ai rien derrière la tête, lui renvoya Feltzer. Et je m'élève catégoriquement contre votre façon de qualifier cette enquête. Vos propos sont déplacés.

— Vous voulez qu'on parle de ce qui est déplacé, lieutenant ? Eh bien, voici ce qui l'est !

Et l'avocat ouvrit sa mallette, en sortit le *Los Angeles Times* du matin et le jeta sur le bureau. L'article sur la mort de Trent se trouvait en bas de la première page et portait la signature de Jerry Castor.

— Je n'ai rien à voir avec ce que rapportent les médias, déclara Feltzer. Je n'ai rien à dire sur l'état de complétude ou d'incomplétude de cet article.

— Des conneries, tout ça, lieutenant ! s'exclama Ballard.

— Cet article fait état de détails qui vont bien au-delà du communiqué de presse officiel lancé hier par le LAPD, enchaîna Towson. Et il n'y a pas que ça. Il y a aussi qu'avoir ainsi rendu publics des détails précis et en avoir omis d'autres met ma cliente sous un très mauvais jour. C'est une descente en règle.

— Nous enquêterons sur la manière dont le *Times* a pu obtenir ces renseignements, dit Feltzer.

— Voilà qui n'est guère rassurant lorsque l'enquêteur est très probablement celui-là même qui les a fuités, lui renvoya Towson.

— Je vous avertis, maître, lui lança Feltzer en colère. Je suis prêt à supporter beaucoup de choses de vous, mais je ne vais certainement pas vous permettre de vous en prendre à ma réputation. Je ne fais qu'appliquer le règlement, maître.

Il était rouge de colère, et son show paraissait crédible. Mais il se jetait aussi, et directement, dans le piège de Ballard et de Towson.

— Votre colère semble indiquer que vous aussi êtes d'accord pour dire que fuiter des détails qui n'entrent pas dans le cadre du communiqué de presse validé par tous est en pleine violation des droits à la confidentialité de l'inspecteur Ballard tels qu'ils sont régis par la loi et les pratiques réglementaires du LAPD.

— Je vous ai déjà dit que nous allions enquêter sur cette fuite, répéta Feltzer.

— Et pourquoi donc, lieutenant ? Parce que c'est illégal ou seulement injuste ?

— Illégal. D'accord ? répondit Feltzer. Et nous enquêterons.

— Eh bien, lieutenant, sachez que nous aimerions vous aider dans cette enquête. Permettez que je vous donne un lien à consulter.

— De quoi parlez-vous ? demanda Feltzer. Quel lien ?

— D'un site Web vers lequel nous allons diriger le haut commandement du LAPD et les médias locaux lors d'une conférence de presse que nous donnerons un peu plus tard dans la journée, lieutenant. Celui de la Jerry and John point com. Allez le consulter et voyez par vous-même.

L'écran d'ordinateur de Feltzer était posé sur une extension de son bureau de façon à ne pas former de barrière visible entre lui et la personne assise en face de lui. Il se retourna et l'activa. Ouvrit son navigateur et tapa l'adresse du site Web.

— Jerry avec un « J », dit Ballard. « J » comme dans « Jerry Castor ».

Feltzer s'immobilisa un instant, les doigts au-dessus du clavier.

— Pas de panique, lieutenant, lui lança Towson. Ce n'est qu'un site Web.

Feltzer finissant de taper, le site apparut à l'écran. On y voyait une seule page sur laquelle passait en boucle une vidéo de neuf secondes : celle de sa rencontre avec Jerry Castor au Last Bookstore la veille au soir. Towson avait eu l'idée de ce site au petit déjeuner, en avait acquis le domaine et l'avait installé pendant qu'ils mangeaient.

Feltzer regarda la vidéo dans un silence stupéfait. À son troisième passage, il éteignit l'écran. Comme il s'était détourné d'eux, ni Ballard ni Towson ne virent l'expression de son visage. Mais lorsqu'il pencha la tête, il fut clair qu'il analysait la situation. En moins de quelques secondes, il constata qu'avec son horodatage, la vidéo se suffisait à elle-même et qu'il se trouvait dans une situation intenable. Comme l'animal politique que révélait la vidéo, il se retourna lentement vers Ballard et Towson, un air à mi-chemin entre la panique et l'acceptation de lugubres conséquences sur le visage.

— Bon alors, dit-il, qu'est-ce que vous voulez ?

Ballard exulta. Le plan qu'ils avaient concocté pour le coincer avait marché sans accroc.

— Nous voulons que cet effort manifeste destiné à exclure l'inspecteur Ballard du LAPD cesse dans l'instant, lui répondit Towson.

Il attendit et Feltzer ne hocha la tête qu'une fois, et de manière quasi imperceptible.

— Et nous voulons un autre article sur le site Web du *Times* avant ce soir 18 heures, et dans l'édition papier de demain matin, poursuivit Towson. Nous voulons d'autres détails fuités à votre ami Jerry Castor, détails qui présenteront l'inspecteur Ballard sous l'éclairage positif qu'elle mérite. Je veux y lire des mots tels qu'« héroïne », « parfaitement réglementaire » et « justifié ».

— Je ne suis pas à même de contrôler ce qu'ils écrivent, protesta Feltzer. Et vous le savez.

— Essayez, lieutenant. Votre ami Castor a autant de raisons que vous de remettre les pendules à l'heure. Il n'aura pas bonne mine si toute cette affaire vient à passer dans les médias de la ville. Il aura l'air du petit copain du LAPD qu'il est et je ne pense pas que les rédacteurs du *Times* de l'autre côté de la rue apprécient des masses.

— D'accord, d'accord, dit Feltzer. C'est tout ?

— Non, loin de là, lui renvoya Ballard. Je veux avoir accès à la maison de Trent et à tous les éléments de preuve que votre équipe y a pris. Car, je vous le rappelle, il y a toujours une enquête à mener à sa conclusion. Je veux savoir si Trent n'a pas fait subir les mêmes choses à d'autres victimes.

Feltzer acquiesça d'un hochement de tête.

— C'est comme si c'était fait, dit-il.

— Autre chose encore, ajouta-t-elle. En partant d'ici, je vais aller au BSU pour mon examen psychologique. Je veux donc que ma notice de retour au travail me soit envoyée tout de suite.

— Vous n'attendez quand même pas de moi que j'approche le BSU pour…

— En fait si, c'est exactement ce que nous attendons de vous, lieutenant, l'interrompit Towson. Vous allez leur dire que le bureau du chef de police vous met la pression pour régler cette affaire et remettre Ballard au boulot tout de suite parce que le chef exige que les flics qui se conduisent en héros soient de nouveau sur le terrain.

— D'accord, d'accord, répéta Feltzer. Je m'occupe de tout. Mais vous, vous allez me supprimer ce lien. Quelqu'un pourrait tomber dessus.

— Il sera supprimé dès que vous aurez tenu vos promesses, dit Towson. Et seulement à ce moment-là.

Towson regarda Ballard.

— Ça vous va ? lui demanda-t-il. On a tout couvert ?

— Je crois, oui, répondit-elle.

— Alors, sortons d'ici, conclut-il.

Il avait lâché ça d'un ton qui disait clairement le dégoût. Il se leva et toisa Feltzer. Le lieutenant était aussi pâle que si, tout à coup, il avait vu sa vie lui passer devant les yeux. Et, sinon sa vie, au moins sa carrière.

— Dans une vie antérieure, reprit Towson, j'ai travaillé des affaires J-SID au Bureau du district attorney. J'y ai toujours des amis et ils cherchent toujours à descendre des types dans votre genre, des types qui laissent leur ego et le pouvoir leur monter à la tête. Ne me donnez pas de raisons de décrocher mon téléphone pour les retrouver, lieutenant.

Feltzer se contenta de hocher la tête. Towson et Ballard quittèrent son bureau et fermèrent la porte derrière eux.

Chapitre 32

Sur le terre-plein du PAB, Ballard remercia Towson de lui avoir sauvé sa carrière. Il lui renvoya que ça, c'était elle qui l'avait fait, et toute seule.

— Suivre ce journaliste comme vous l'avez fait hier soir… c'était un coup de génie, précisa-t-il. Nous n'avions pas besoin de plus et ce qu'il y a de beau là-dedans, c'est que ça va obliger Feltzer à ne plus déraper. Tant que vous aurez cet atout-là dans la manche, vous serez tranquille.

Ballard se retourna pour regarder le PAB. La tour du City Hall se reflétait dans sa façade en verre.

— Mon coéquipier au quart de nuit dit que « PAB » sont les initiales de Politiques et Autres Baratineurs. Je dois dire qu'aujourd'hui, je suis assez d'accord avec lui.

— Prenez soin de vous, Renée, dit Towson. Et appelez si vous avez besoin de quoi que ce soit.

— Vous allez m'envoyer la facture, n'est-ce pas ?

— Je vais y penser. C'est le genre de situation où réussir est la récompense. L'air qu'a pris Feltzer après avoir vu la vidéo en boucle valait un million de dollars.

— Je ne veux pas que ce soit du pro bono, maître. Envoyez-moi la note… faites juste en sorte qu'elle ne s'élève pas à un million.

— Bon d'accord, je vous l'enverrai.

Parler d'argent rappela quelque chose à Ballard.

— À propos, lança-t-elle, vous avez une carte de visite ? Je vais vous recommander à quelqu'un.

— Absolument.

Il glissa la main dans sa poche de veste et lui tendit un petit tas de cartes.

— Prenez-en quelques-unes, dit-il. C'est gratuit.

Elle sourit et le remercia.

— J'ai oublié de vous demander : quelqu'un qui travaille sur l'affaire du Dancers est-il passé vous voir pour parler de Fabian ?

— Je pense que c'est vous que je dois remercier. Oui, on m'a interrogé.

— Qui ça ?

— Un inspecteur du nom de Carr.

— Lui avez-vous confié quelque chose que vous ne m'auriez pas déjà dit ?

— Je ne pense pas, non. Si je me souviens bien, vous vous êtes montrée très exhaustive.

Elle sourit à nouveau et ils partirent chacun de son côté, Towson par le terre-plein pour rejoindre le tribunal fédéral une rue plus loin, Ballard vers les marches à l'est du PAB. Elle était contente que Carr ait effectué un suivi d'enquête avec Towson. Cela signifiait peut-être qu'il ne repoussait pas l'idée qu'il y ait bel et bien eu un flic impliqué dans la fusillade, finalement.

Arrivée en haut des marches, elle tourna à droite et se dirigea vers le monument aux morts de la police. Dans cette sculpture contemporaine, les noms des officiers tués en service sont gravés sur des plaques en cuivre jaune attachées à un édifice en bois ressemblant à une cage. Les trois quarts de ces plaques s'étant érodées avec le temps, celles des décès récents sont plus luisantes. Elle n'eut aucun mal à repérer la plus brillante. Elle s'approcha et vit que le nom de Ken Chastain y était porté.

Elle resta là quelques sombres instants puis, son portable vibrant, elle le sortit de sa poche revolver. C'était Rob Compton.

— Renée ! Je viens juste d'apprendre la nouvelle ! Putain, ça va ?

— Oui, oui.

— Pourquoi tu m'as pas appelé, ma belle ? Je viens juste de lire ça dans le journal, bordel !

— Bon, faudrait pas croire tout ce qu'ils racontent. Il n'y a pas toute l'histoire mais ça, ça va être réparé. Je ne t'ai pas appelé hier parce que je n'ai pas eu accès à mon téléphone de toute la journée ou presque. On me l'a enfin rendu hier soir. C'est quoi, ton truc avec l'ATF ?

— T'inquiète, ça peut attendre. Je voulais juste m'assurer que tu vas bien. Quand est-ce qu'on peut se retrouver ?

— Je ne veux pas faire attendre l'ATF, Robby. Faut pas que je reste à rien faire. Qu'est-ce que t'as trouvé ?

Elle redescendit les marches pour regagner le terre-plein. Sa voiture de location était toujours garée dans un parking derrière l'immeuble du *Times*, elle en prit la direction.

— Eh bien… un agent de chez eux m'a rappelé pour notre demande de saisie de l'arme, répondit Compton. Le type s'appelle John Welborne. Tu le connais ?

— Les agents de l'ATF que je connais se comptent très exactement sur le doigt d'une main, dit-elle. Non, je ne le connais pas.

— Tu sais que l'ATF a été rebaptisée ATFE parce qu'ils ont ajouté « Explosifs » aux Alcools, Tabacs et armes à Feu de ce bureau ?

— Personne n'appelle l'ATF comme ça. Bon, tu vas me le dire alors, oui ou non ?

— OK, bon, alors… ce Welborne a appelé pour le Glock volé qu'avait Nettles. Gros signal d'alarme dans le dossier ! L'arme avait été fauchée à un agent de la Brinks lors de l'attaque d'un camion blindé à Dallas il y a deux ans. Je ne me souviens plus de l'affaire, mais le gars qui se l'est fait piquer a été exécuté avec ! Et son coéquipier aussi !

— Nom de Dieu !

— Oui, c'est ce que j'ai dit, moi aussi. Ce qui fait qu'au début, ils ont cru qu'on tenait l'assassin… Nettles, donc. Mais comme il était en prison à ce moment-là… L'arme avait donc dû être volée une deuxième fois lors d'un de ses cambriolages.

— Cambriolage qui n'a donc très probablement pas été rapporté. Parce que quand on détient une arme volée dont on s'est servi dans une attaque de fourgon blindé avec deux morts à la clé, on ne va pas appeler les flics pour leur signaler un cambriolage. On se tient à carreau et on espère que le flingue a disparu.

— Exactement. Et donc, voici l'affaire. Normalement, ces fédés ne se seraient pas abaissés à poser des questions à un agent de conditionnelle. Ils me seraient juste passés par-dessus la tête. Sauf que nous, on avait cherché ces armes dans la base de données avant de savoir de quoi il était question… tu sais bien, du genre chez qui elles avaient été volées. Ce qui fait que Welborne m'appelle et qu'il ronge son frein parce qu'il veut avancer.

— Sauf qu'il ne peut pas.

— Voilà, il est coincé et doit m'attendre.

— Où est Nettles ? On l'a renvoyé au pénitencier ?

— Non, pas encore. Il est toujours à la prison du comté et doit comparaître devant le juge demain.

Elle garda le silence et réfléchit à la situation.

Techniquement parlant, elle était relevée de ses fonctions jusqu'à son examen psychologique et les conclusions de la FID. Elle se demanda s'il n'y aurait pas moyen d'avancer son rendez-vous avec l'unité des Sciences du comportement et d'en finir avec ça. Elle allait devoir vraiment compter sur Feltzer pour qu'il s'en tienne à l'accord qu'il avait passé avec elle, contraint et forcé, pour arrondir les angles.

— Je suis censée rester sur le banc de touche à cause de l'autre truc, dit-elle. Mais j'espère que ça va se dégager aujourd'hui.

— Tu parles qu'ils vont te disculper aussi vite ! s'écria-t-il. Pas avec ce qu'il y a dans le journal aujourd'hui.

— J'ai quelqu'un qui y travaille. On verra.

— Bon alors, qu'est-ce que tu veux faire ?

— Jusqu'où peux-tu aller avec Nettles ?

— Assez loin. Il y a les armes : criminel en possession d'une arme à feu. C'est ça qu'on joue.

— Bon, moi, là, je suis au centre-ville. J'ai rendez-vous à l'unité des Sciences du comportement et il se peut que j'aie le feu vert après ça. Si c'est le cas, on pourrait aller dire bonjour à Nettles à la prison du comté et voir s'il est prêt à se rendre service en nous disant où il s'est procuré le Glock. Dès qu'il saura que ce flingue a servi dans une attaque avec deux morts à la clé, il sera probablement plus qu'heureux de nous dire d'où il vient.

— Bon, moi de mon côté, j'ai besoin de deux ou trois heures. Avant j'ai un truc qui n'a rien à voir avec tout ça, et pour ce que tu envisages, va falloir que j'aie la permission. Je ne pense pas que ça posera problème, mais faut que je m'en tienne au protocole et que je parle de cet échange avec Nettles au patron. Que dirais-tu qu'on se trouve à la prison de Men's Central à midi ? Ce sera l'heure du déjeuner et ils devraient pouvoir nous l'amener.

— OK. À toute.

En regagnant sa voiture, Ballard appela le lieutenant McAdams au Bureau des inspecteurs d'Hollywood.

— Lieute, dit-elle, je ne sais pas trop à quelle heure je vais arriver, ni même si je vais pouvoir.

— Ballard, lui renvoya-t-il, vous êtes censée être sur le banc de touche jusqu'à la fin de l'enquête de la FID.

— Je sais. J'y suis en ce moment même.

— Qu'est-ce qui se passe ?

— On m'a rappelée pour me poser d'autres questions. Et après, faut que j'aille aux Sciences du comportement pour mon examen psychologique. Je ne sais pas combien de temps ça va prendre.

— Avez-vous vu le *Times* d'aujourd'hui ? Plus important, les types de la FID l'ont-ils lu ?

— Oui, tout le monde l'a vu. C'est que des conneries.

384

— Bon mais alors, d'où elles sortent ?

— Bonne question, lieutenant.

— Ballard, petit conseil de sagesse : faites gaffe à vos fesses.

— Reçu cinq sur cinq.

L'unité des Sciences du comportement se trouvait à Chinatown. Son rendez-vous n'étant que pour 10 h 30, elle appela pour demander si on ne pouvait pas l'avancer d'une demi-heure, voire plus. L'employé de la réception faillit éclater de rire avant de l'informer que sa requête était irrecevable.

Avec le temps qu'il lui restait à tuer, elle sortit sa voiture du parking et gagna County-USC. Elle découvrit que Ramona n'était plus au pavillon des soins intensifs. Son état étant maintenant considéré comme stable, elle avait eu le droit de changer de chambre et en partageait une avec un autre patient. Le gonflement autour de ses yeux avait beaucoup diminué et ses bleus viré au vert-jaune. Et on lui avait ôté ses points de suture aux lèvres. Ballard lui sourit en entrant, mais rien ne parut indiquer que Ramona l'aurait reconnue.

— Ramona, dit-elle, je suis l'inspecteur Ballard. C'est moi qui m'occupe de votre affaire. Je suis venue lundi dernier. Vous vous rappelez ?

— Pas vraiment.

La voix était indéniablement celle d'un homme.

— Je vous ai montré des photos, reprit Ballard. Pour voir si un de ces types était celui qui vous a blessée.

— Désolé.

— Non, ce n'est pas grave. En fait même, ça n'a plus vraiment d'importance maintenant. C'est pour ça que je suis ici. Je suis venue vous dire que le type qui vous a agressée est mort. Vous n'avez donc plus à vous inquiéter ou à avoir peur de lui. Il n'est plus là.

— Vous êtes sûre que c'était lui ?

— Tout à fait sûre.

— OK, dit Ramona en baissant les yeux comme si elle allait fondre en larmes à cette nouvelle.

Ballard savait qu'elle était maintenant à l'abri, mais uniquement d'un seul prédateur. Ramona menait une existence qui ne pouvait manquer d'en faire surgir d'autres. Ballard sortit une carte de visite de Towson de sa poche et la lui montra.

— Je voulais aussi vous donner ça, reprit-elle. C'est la carte d'un avocat avec qui j'ai travaillé et que je trouve plutôt bon.

— Pourquoi j'aurais besoin d'un avocat ? De quoi m'accuse-t-on ?

— Oh, non, c'est pas du tout ça. Je ne suis pas censée donner des conseils juridiques, mais si je l'étais, je vous dirais de poursuivre en justice les héritiers du type qui vous a fait ça. Je suis certain que votre agresseur a investi beaucoup d'argent dans sa maison. À mon avis, vous devriez engager un avocat et essayer de récupérer un peu de cet argent. Il vous a agressée, vous devriez avoir le droit de toucher de l'argent de la succession avant tous les autres.

— OK.

Mais Ramona ne tendit pas le bras pour prendre la carte de visite. Ballard la posa sur la table de nuit à côté de son lit.

— Je la mets là pour quand vous en aurez besoin, dit-elle.

— OK, merci.

— Je vais aussi vous laisser la mienne, reprit Ballard. Vous aurez sans doute des questions à poser, plus tard. N'hésitez pas à m'appeler.

— OK.

La quitter de cette manière fut délicat : l'affaire se terminant avec la mort de Trent, Ballard n'avait pas besoin de rester plus longtemps avec Ramona. Elle quitta l'hôpital en se demandant si elle la reverrait jamais. Peut-être ne lui avait-elle suggéré ces poursuites que parce qu'elle savait qu'elle serait alors appelée à témoigner sur l'affaire.

Elle se demanda aussi si ce n'était pas une manœuvre destinée à obtenir le genre de satisfaction qu'on retire d'avoir mené une affaire du début jusqu'à sa conclusion. Trent était mort, mais peut-être pourrait-elle encore le traîner devant les tribunaux et s'offrir un verdict de culpabilité.

Chapitre 33

Ballard entra dans un bureau avec le docteur Carmen Hinojos, la patronne de l'unité des Sciences du comportement. La pièce était toute en bois blond, murs couleur crème et rideaux aux teintes pâles. De la fenêtre, on voyait les toits de Chinatown jusqu'à la flèche de City Hall. Les deux femmes s'assirent l'une en face de l'autre dans des fauteuils aux coussins confortables, contredisant l'inconfort de la situation dans laquelle se trouvait Ballard.

— Aviez-vous déjà tué quelqu'un ? lui demanda Hinojos.

— Non, c'est la première fois.

— Que ressentez-vous aujourd'hui ?

— Pour être honnête, ça ne me dérange pas. Si je ne l'avais pas tué, ce serait lui qui m'aurait tuée, aucun doute là-dessus.

Elle regretta aussitôt d'avoir prononcé ce « Pour être honnête ». Quand on dit ça, on est généralement tout sauf honnête.

La séance se poursuivit en empruntant des itinéraires auxquels elle s'attendait. Comme dans presque toutes les situations auxquelles est confronté un officier de police dans les procédures d'enquête en interne, elle était rompue à tout ce qui pourrait lui être demandé et à la meilleure manière d'y répondre. Les lettres d'information du syndicat regorgeaient, et tout le temps, d'analyses approfondies de ce genre d'affaires. Ballard savait ainsi qu'il était de première importance de dire et faire sentir à Hinojos qu'elle ne doutait ni de ce qu'elle avait fait jusqu'au moment où elle avait tué Trent, ni du bien-fondé de son acte. Montrer du regret, ou pire, des remords, aurait été une erreur. Le service devait être sûr que, remise en activité, elle n'hésiterait pas à faire ce qu'il fallait, même dans une situation où il faudrait tuer à nouveau pour ne pas l'être.

Ballard resta calme et très directe pendant tout l'entretien et ne montra de la gêne que lorsque Hinojos laissa tomber ses questions sur la mort qu'elle avait infligée à Kent et l'interrogea sur son enfance et ce qui l'avait amenée à s'engager dans les forces de l'ordre.

Ballard eut alors l'impression d'être piégée. Il lui fallait se révéler à une inconnue ou risquer de voir son retour au boulot repoussé à plus tard suite à des soins ou à d'autres séances d'analyse. Et ça, elle n'en voulait pas. Elle en avait assez d'être sur le banc de touche. Elle essaya donc de donner un tour positif à tout ce qu'elle avait connu de mauvaises expériences. Mais même elle savait que trouver du bon à des choses telles que la mort prématurée de son père, l'abandon dont elle avait été victime de la part de sa mère quand elle était adolescente et l'année entière passée sans domicile fixe n'était pas des plus facile.

— Maui a les plus belles plages du monde, dit-elle ainsi à un moment donné. Tous les matins, je surfais avant d'aller à l'école.

— Oui, bien sûr, mais vous aviez une mère qui ne s'intéressait pas à vous et pas de foyer où retourner, lui renvoya Hinojos. Personne ne devrait avoir à affronter ça, à l'âge que vous aviez.

— Ça n'a pas duré longtemps. Tutu est venue me chercher.

— Tutu ?

— Oui, ça veut dire « grand-mère », en hawaïen. C'est elle qui m'a amenée ici. À Ventura.

Femme d'un certain âge, Hinojos avait les cheveux blancs et la peau d'un brun doré. Elle travaillait dans la police depuis plus de trente ans. Sur ses genoux était posé un dossier ouvert contenant le compte rendu de l'examen psychologique qu'avait subi Ballard la première fois qu'elle avait voulu entrer au LAPD, quinze ans plus tôt. Toute son histoire y était consignée. À l'époque, elle n'en savait pas assez pour garder son passé pour elle.

Et elle n'était plus jamais revenue à l'unité des Sciences du comportement depuis ce jour-là.

— Le docteur Richardson nous a établi un bilan plutôt intéressant, reprit Hinojos en se référant au travail du premier psychologue qui l'avait reçue. Il déclare que ce sont les désordres de votre jeunesse qui vous ont attirée vers ce métier où l'on fait respecter la loi et l'ordre. Qu'en pensez-vous ?

— Eh bien, répondit Ballard en essayant de gagner du temps. Je pense que les règles sont nécessaires. Ce sont elles qui civilisent la société.

— Et Thomas Trent avait brisé ces règles, c'est ça ?

— Plutôt, oui !

— Pensez-vous, si vous aviez la possibilité de revivre ces dernières soixante-douze heures et d'y faire des choix plus avisés, que Thomas Trent serait toujours vivant aujourd'hui ?

— Plus avisés, je ne sais pas. Je pense avoir fait le bon sur le moment. Je préférerais répondre à des questions sur ce qui s'est passé, et pourquoi. Pas spéculer sur ce qui aurait pu se produire ou pas.

— Et donc, aucun regret ?

— Bien sûr que si, mais pas pour ce que vous pensez, sans doute.

— Et pour quoi, alors ?

— Ne vous méprenez pas. Je n'avais pas le choix. C'était lui ou moi. Dans ces situations-là, je n'ai pas de regrets et je referais ce que j'ai fait. Mais je regrette qu'il ne soit plus en vie. S'il l'était, je pourrais l'arrêter et nous pourrions l'expédier devant un tribunal qui l'enverrait pourrir en taule pour ses actes.

— Vous pensez donc qu'en se faisant poignarder et en perdant la vie, il s'en est tiré à bon compte ?

Ballard réfléchit un instant, puis acquiesça d'un hochement de tête.

— Oui, je le pense.

Hinojos referma son dossier.

— OK, inspecteur Ballard. Je vous remercie de votre honnêteté.

— Attendez… c'est tout ?

— Oui, c'est tout.

— Et je peux me remettre au travail ?

— Ça va venir, mais je vais recommander que vous commenciez par prendre des congés pour récupérer.

Vous avez subi un traumatisme et il reste encore des questions sur ce qui s'est passé pendant que vous étiez droguée. Votre corps, mais aussi votre esprit sont blessés. Et, comme le corps, l'esprit a besoin de temps pour guérir. Pour se retrouver.

— Je vous remercie, docteur, vraiment. Mais j'ai des affaires en cours et il faut que je les termine. Après, je prendrai des congés.

Hinojos eut un sourire un peu las, comme si elle avait déjà entendu ça des centaines de fois.

— Faut donc croire que tous les flics qui passent ici disent la même chose, reprit Ballard.

— Je ne peux pas le leur reprocher, répondit Hinojos. Ils ont peur de perdre leur boulot et leur identité et ne se soucient pas des conséquences de cette peur sur eux. Que feriez-vous si vous n'étiez pas officier de police ?

Ballard réfléchit un instant.

— Je ne sais pas, dit-elle enfin. Je n'y ai pas pensé.

Hinojos hocha la tête.

— Ça fait longtemps que je fais ce métier, reprit-elle. J'ai vu de très longues carrières et d'autres coupées court. Toute la différence réside dans la manière dont on gère les ténèbres.

— Les « ténèbres » ? répéta Ballard. Je suis de quart de nuit. Il n'y a que des…

— Je parle des ténèbres intérieures. Votre boulot vous immerge dans les abîmes les plus sinistres de l'âme humaine. Dans les ténèbres d'individus comme votre Thomas Trent. Pour moi, c'est comme en physique : à toute action correspond une réaction opposée et tout aussi forte. Plongez dans les ténèbres et c'est aussitôt en vous qu'elles plongent, elles aussi. Et là, il faut décider ce qu'on va en faire. Comment s'en garder. Comment les empêcher de vous évider.

Elle marqua une pause et Ballard sut garder le silence.

— Trouvez quelque chose qui vous protège, inspecteur Ballard.

Hinojos se leva de son fauteuil. La séance était terminée, elle raccompagna Ballard à la porte. Ballard la salua d'un signe de tête.

— Merci, docteur, dit-elle.

— Protégez-vous, inspecteur Ballard.

Chapitre 34

Ballard arriva vingt minutes en retard à la prison de
Men's Central, mais Compton était toujours là et l'attendait. Ils signèrent les registres d'entrée et Ballard rangea
son arme de secours dans un casier. Puis on les installa
dans une salle d'interrogatoire où ils attendirent qu'on
localise Christopher Nettles pour le leur amener.

— Comment va-t-on jouer ça ? demanda-t-elle.

— Laisse-moi m'occuper de la causette, répondit-il.
Il sait que c'est moi qui ai le pouvoir. Je l'ai signalé pour
son arme. C'est notre monnaie d'échange.

— Le plan me va.

Ils attendaient toujours lorsque Compton se pencha,
prit les mains de Ballard, les souleva et examina les
bandages qu'elle avait autour des poignets.

— Je sais, dit-elle, ça donne l'impression que j'ai
voulu mettre fin à mes jours. Je n'aurai plus besoin de
ces pansements dans une semaine.

— Quel fumier ! dit Compton. Je suis vraiment
content que tu l'aies buté.

Elle lui fit un bref compte rendu de ce qui s'était passé
avec Trent et lui raconta comment une fuite illégale au

Times avait tout dressé contre elle. Compton hochant la tête, elle décida de ne pas lui dire comment la petite partie de jambes en l'air un peu brutale qu'ils avaient eue ce samedi matin-là avait empêché l'infirmière de déterminer si elle avait été violée. Cette discussion-là pouvait attendre.

Cette conversation, si on peut parler de conversation, se termina lorsque la porte s'ouvrit sur un Nettles escorté par deux gardes. Celui-ci s'éleva aussitôt contre la présence de Ballard en prétendant qu'elle l'avait maltraité lors de son arrestation.

— Assieds-toi et ferme-la ! lui lança Compton d'un ton sévère. C'est pas à toi de décider ce genre de choses.

Les gardes collèrent Nettles dans un fauteuil et lui attachèrent un poignet à un anneau en acier au milieu de la table.

— Bon alors, qu'est-ce que vous voulez ? demanda celui-ci.

Compton attendit que les gardes disparaissent.

— Hé, Christopher, as-tu idée du pétrin dans lequel tu es ? lui demanda-t-il. Demain, tu passes devant un juge… un avocat est-il venu te voir ?

— Pas encore, répondit Nettles avec un geste dédaigneux de la main.

— Eh bien, la raison pour laquelle tu n'en as toujours pas vu un seul, c'est qu'aucun ne va pouvoir t'aider. Ta conditionnelle est révoquée, tu vas retourner à Corcoran et aucun avocat ne pourra rien y faire.

— Il ne me restait qu'une balle, lui renvoya Nettles. Je peux la faire sans trop me les briser.

Il avait regardé Ballard en le disant, mais elle savait très bien qu'en argot des prisons, « une balle », c'est un an de tôle.

— Et puis quoi ? Tu crois que le district attorney va laisser tomber tous ces cambriolages ? enchaîna Compton.

— Ce qu'on me dit ici, c'est que ton district attorney ne fera rien de plus que compter toutes mes balles et les comparer à ma situation. Et que je ne passerai donc pas un jour de plus en taule vu la surpopulation carcérale. Qu'est-ce que tu dis de ça, hein ?

— Et après ? Et la charge supplémentaire de condamné en possession d'une arme que je viens juste d'ajouter à ton CV, hein ? C'est du cinq ans en plus de ta dernière balle ! Ça aussi, tu peux y arriver « sans trop te les briser » ?

— Mais de quoi tu parles, mec ?

— De quoi ? Mais de cinq ans de plus.

— Des conneries, oui ! s'écria Nettles en tirant fort sur sa menotte et en pointant Ballard du doigt.

— C'est à cause de toi, 'spèce de pute ! hurla-t-il.

— Je suis pas responsable de tes crimes, moi ! lui renvoya-t-elle. Prends-t'en plutôt à toi-même !

Elle avait toujours les mains sur les genoux, sous la table. Elle portait un chemisier à manches longues mais ne voulait pas prendre le risque qu'il découvre les pansements à ses poignets et commence à poser des questions.

— Écoute, Christopher, reprit Compton, pourquoi t'es ici, à ton avis ? Tu crois que ça nous fait jouir de t'annoncer de mauvaises nouvelles ?

— Probablement ! Elle, en tout cas, c'est sûr !

— Sauf qu'en fait, t'as tout faux, dit Compton. On n'est pas ici pour t'annoncer de mauvaises nouvelles. En fait, on est même la lumière au bout de ton tunnel.

On est venus t'aider à te donner un coup de main à toi-même.

Nettles se calma. Il savait qu'on allait vers un deal. Il regarda Compton d'un air soupçonneux.

— Qu'est-ce que vous voulez ? demanda-t-il.

— Je veux la vérité sur ces armes. Je veux savoir où tu les as piquées. Je veux des adresses, et des détails. Tu me donnes ça, on commence à soustraire des trucs de ton total. Tu vois ?

Ballard apprécia que Compton ne lui ait pas expressément parlé du Glock. Il valait mieux ne pas lui révéler ce qu'ils avaient en tête. L'ex-condamné aurait pu essayer de manipuler la situation.

— Je sais pas, mec, pleurnicha Nettles. Comme si je pouvais me rappeler des adresses !

— Réfléchis. Tu dois bien avoir une idée des baraques que t'as cambriolées ! Commence par le flingue que tu portais. Le Glock modèle 17. Il devait quand même sacrément te plaire vu que tu l'as pas engagé au mont-de-piété. D'où il sortait ?

Nettles se pencha en avant et posa son coude libre sur la table. Il se servit de sa main pour soutenir sa mâchoire comme *Le Penseur* de Rodin, en réfléchissant à la question.

— Bon alors, pour commencer, ces trois flingues sortaient de la même baraque, dit-il enfin. C'est juste que je me souviens plus de c'te putain d'adresse. Vous avez pas des rapports de cambriolages pour ces trucs ?

Compton ignora la question.

— Même pas la rue ? demanda-t-il. Tu te rappelles pas le nom de la rue ?

— Non, moi, les noms de rues…

Ballard avait relié six des cartes de crédit volées trouvées dans la chambre de Nettles au Siesta Village à des rapports de cambriolages où l'on n'avait signalé aucune arme à feu dérobée. Cela signifiait ou bien que les victimes avaient menti sur ces armes ou qu'au moins un des cambriolages de Nettles n'avait pas été déclaré – très probablement parce que l'arme volée avait servi à tuer. Les six affaires connues avaient toutes eu lieu dans des rues proches du Siesta Village, au nord, à l'est et à l'ouest de ce motel.

Il n'y avait certes ni autoroute ni quoi que ce soit d'autre qui aurait pu empêcher d'accéder à cet endroit par le sud et, pourtant, aucun des cambriolages connus ne s'y était produit. Pour Ballard, cela voulait peut-être dire que la maison qu'ils cherchaient se trouvait au sud.

— Avez-vous jamais cambriolé une maison au sud du motel où vous séjourniez ? demanda-t-elle.

— « Au sud » ? répéta Nettles. Euh, oui, j'ai frappé au sud.

Compton jeta un bref coup d'œil à Ballard. Elle n'était pas censée poser les questions. Elle n'en continua pas moins sur sa lancée.

— D'accord. Et combien de fois avez-vous frappé au sud ?

— Une ou deux. Ces maisons-là n'étaient pas aussi chouettes. Les gens n'avaient que des cochonneries.

— Quand avez-vous fait ça ?

— Au début, quand j'ai commencé.

— OK. D'après les registres du motel, vous y étiez depuis neuf jours quand vous avez été arrêté. Ça veut dire que vous avez frappé au sud les deux ou trois premiers jours ?

— Ben, faut croire.

— Depuis combien de temps possédez-vous ces armes ?

— Depuis une des premières fois.

— Au sud du motel ?

— Ouais, faut croire. Depuis la deuxième, je crois. Oui, la deuxième. Le mec se croyait sûrement malin d'avoir planqué ses flingues derrière les livres sur ses étagères, mais moi, je commence toujours par virer les bouquins des étagères. Je les jette par terre, voilà. Les gens planquent toutes sortes de trucs derrière leurs bouquins. C'est comme ça que j'ai trouvé les armes.

Elle prit son téléphone, enclencha le GPS, fit apparaître une carte montrant le croisement de Santa Monica Boulevard et de Wilton Place où se trouvait le motel et commença à lire les noms des rues au sud : Saint Andrews, Western, Ridgewood, Romaine… Nettles cessa de faire non de la tête lorsqu'elle arriva à Sierra Vista.

— Attendez, dit-il. Sierra Vista Avenue. Ça me dit quelque chose. Oui, je crois que c'est ça.

— À quoi ressemblait la maison ?

— Je sais pas. À une maison.

— Avait-elle un garage ?

— Oui, derrière. Séparé de la maison.

— Un étage ? Deux ?

— Tout en rez-de-chaussée. Je me fais pas chier avec des baraques à étages.

— OK. En bois, en briques, quoi ?

— Pas en briques.

— Comment êtes-vous entré ?

— Je suis passé par-derrière et j'ai pété une porte coulissante près de la piscine.

— OK, donc il y avait une piscine.

— Oui, à côté du garage.

— Et donc, y avait aussi un portail ? Comme une barrière autour de la piscine ?

— Oui, tout autour du jardin de derrière. C'était fermé à clé et je suis passé par-dessus.

— C'était quoi ? Un mur ou une palissade ?

— Une palissade.

— De quelle couleur ?

— Gris, genre… Gris sale.

— Comment saviez-vous qu'il n'y avait personne dans la maison ?

— Je m'étais garé dans la rue et j'avais vu le type s'en aller.

— En voiture ?

— Oui.

— Quel genre de voiture ? De quelle couleur ?

— C'était une Camaro. Jaune. Je me rappelle bien la voiture. Assez cool. J'avais envie de la piquer.

— Comment saviez-vous qu'il n'y avait personne ? Ce n'est pas parce que le type s'était barré en voiture que la maison n'était pas pleine de mômes avec leur mère.

— Je sais, mais moi, je frappe toujours d'abord à la porte d'entrée. J'ai une chemise d'employé avec mon nom sur la poche. Je fais comme si j'étais un inspecteur du gaz qui cherche une fuite. Si on m'ouvre, je fais juste semblant de faire ce qu'il faut et je passe à la baraque d'à côté.

— Bon alors, à quoi ressemblait-elle, cette porte d'entrée ? insista Ballard.

— Euh… Elle était jaune, répondit Nettles. C'est ça, jaune. Je m'en souviens parce qu'elle était jaune comme la voiture. Le mec devait aimer le jaune.

Ballard et Compton échangèrent un regard, mais gardèrent le silence. Ils avaient ce qu'il leur fallait pour l'instant. Une porte et une voiture jaunes dans Sierra Vista Avenue. Ça ne serait pas difficile à trouver.

Chapitre 35

Il n'y avait pas de porte jaune dans Sierra Vista Avenue. Compton et Ballard firent quatre fois l'aller-retour dans la Taurus sans en voir une seule de cette couleur.

— Tu crois que Nettles a fait exprès de nous baiser? demanda-t-elle.

— Si c'est le cas, il s'est baisé lui-même, répondit Compton. Le deal ne marche que sur résultat.

Il tourna la tête et regarda par la fenêtre, signe, elle le savait, qu'il lui cachait quelque chose.

— Quoi? dit-elle.

— Non, rien.

— Oh allez, qu'est-ce qu'il y a?

— Je sais pas. T'aurais peut-être dû t'en tenir au plan et me laisser gérer les questions.

— Tu prenais trop de temps et j'ai réussi à lui faire dire comment était la maison. Fais pas la moue.

— Je fais pas la moue, Renée. Mais on est dans Sierra Vista Avenue et où elle est, cette porte jaune? dit-il en lui montrant la rue d'un geste.

Elle ignora sa plainte. Elle n'était pas fondée. S'il n'avait pas cru ce que racontait Nettles, il aurait dit quelque chose. Il ne l'avait pas fait et maintenant il l'accusait, elle, de cet échec apparent.

Arrivée là où Sierra Vista Avenue donnait sur une rue perpendiculaire, elle se gara. Regarda la carte sur son portable pour voir si la voie continuait. Ne trouvant rien, elle zooma. Puis vérifia les autres rues du quartier afin d'être sûre qu'il n'y avait pas d'autre Sierra quelque chose dans les environs. Rien de tel, seulement une Serrano Place deux rues au sud. Elle posa son portable et déboîta du trottoir.

— Où va-t-on ? demanda Compton.

— Je veux vérifier une autre rue par là-bas, dit-elle. Serrano, Sierra… Nettles s'est peut-être trompé.

— Ça sonne même pas pareil !

— Bien sûr que si. Tu fais ta mauvaise tête.

Serrano Place n'était longue que d'un bloc. Ils la parcoururent rapidement, Ballard regardant les maisons à gauche tandis que Compton s'occupait de celles de droite.

— Attends une minute ! lança-t-il.

Elle s'arrêta, regarda par la fenêtre de Compton et découvrit une maison avec une porte-fenêtre à encadrement jaune. L'édifice était tout en tenons et mortaises. Pas une seule brique.

Elle dépassa l'entrée de l'allée cochère et, à l'arrière, aperçut un garage à l'écart de la maison. Une palissade toute grise d'avoir été exposée aux éléments faisait le tour du jardin.

— La palissade a vieilli, elle est pas tachée, dit-elle. Tu crois qu'il y a une piscine là-bas derrière ?

— Si je ne faisais pas ma mauvaise tête, je te dirais que oui, répondit-il.

Elle lui flanqua un petit coup de poing dans l'épaule et continua de rouler. Deux maisons plus loin, elle se rangea le long du trottoir.

— Enlève ta ceinture, dit-elle.

— Quoi ?

— Enlève ta ceinture. Ç'aura l'air d'une laisse. Je vais aller voir s'il y a une piscine. Si j'avais mon van, j'aurais une vraie laisse, mais ta ceinture devra faire l'affaire.

Il comprit, ôta sa ceinture et la lui tendit.

— Je reviens tout de suite, dit-elle.

— Fais attention. Tire un coup de feu si tu as besoin d'aide.

Elle descendit de voiture et remonta le trottoir jusqu'à la maison à la porte-fenêtre jaune. Elle laissa pendre la ceinture à l'une de ses mains, se mit à appeler Lola et entra dans l'allée cochère de la maison voisine.

— Lola, viens ici, ma fille !

Elle sentit la piscine avant même de la voir. L'odeur de chlore envahissait tout l'arrière de la maison. Elle arriva à la palissade et dut se hisser sur la pointe des pieds pour apercevoir ce qu'il y avait de l'autre côté. La présence de la piscine confirmée, elle fit demi-tour pour repasser sur le trottoir et découvrit une rangée de fenêtres au-dessus de la porte du garage. Elle hésita parce qu'elle n'était pas assez grande pour regarder par une vitre. Puis elle vit une poignée, à environ trente centimètres du sol.

Elle s'approcha. Posa un pied sur la poignée et pesa dessus pour tester sa résistance. Elle lui parut assez solide. Elle s'appuya dessus de tout son poids, ses doigts agrippant le court appui de la fenêtre. Elle se hissa le long de la porte du garage et regarda à l'intérieur.

Une Camaro jaune s'y trouvait.

Elle retomba sur ses pieds et se tourna pour regagner la voiture. Debout dans l'allée cochère, un homme la regardait.

— Oh, hé, vous auriez pas vu une chienne ? lui demanda-t-elle aussitôt. Un boxer tacheté ?

— Quoi ? Dans mon garage ?

— Désolée, mais quand elle s'échappe, elle adore se cacher. Ça fait vraiment suer.

Il était latino et portait un pantalon de jogging, des chaussures de sport et un sweat à capuche, comme s'il s'apprêtait à faire un petit footing. Elle n'arrêtait pas de bouger le bras pour l'empêcher de s'apercevoir que la ceinture qu'elle traînait derrière elle n'était pas une laisse. Elle le dépassa pour gagner le trottoir en essayant de ne pas oublier le numéro d'immatriculation de la Camaro.

— Vous habitez dans le coin ? lui demanda l'homme.

— Plus loin, dans Sierra Vista, répondit-elle. Bonne journée.

Et elle continua de descendre l'allée. Arrivée dans la rue, elle appela encore plusieurs fois sa chienne, mais sans s'arrêter. Enfin à la Taurus, elle sauta dedans.

— Merde, merde, merde, j'ai raté mon coup ! s'écria-t-elle.

Elle voulait passer le numéro d'immatriculation de la Camaro au fichier central, mais s'aperçut qu'elle n'avait pas de radio et que, bien entendu, la voiture de location n'avait pas de radio avec la fréquence police.

— Qu'est-ce qui s'est passé ? lui demanda Compton.

Elle regardait son rétro extérieur. Elle était quasi sûre que le type allait essayer de la rattraper.

— Un type est sorti, répondit-elle. Et je crois qu'il m'a repérée.

— Comment ça ?

— Je sais pas. Quelque chose dans ses yeux. Oui, oui, il m'a repérée.

— Alors on dégage.

Toujours aucun signe du bonhomme dans le rétroviseur. Elle démarra. Pile au même moment, elle vit la Camaro sortir de l'allée et partir en sens contraire dans Serrano Place.

— Le voilà ! dit-elle. Dans la Camaro jaune.

Elle attendit que la voiture prenne à droite au bout de la rue et disparaisse, puis déboîta du trottoir, fit demi-tour et partit dans la même direction. Sortit son portable, appela le centre des communications en numérotation rapide, récita le numéro d'immatriculation et demanda une vérification.

— Je reste en ligne, précisa-t-elle.

Arrivée au coin de la rue, elle tourna à droite. Aucun signe de la Camaro. Elle écrasa le champignon, prit vers le nord et, un bloc après l'autre, ils cherchèrent la voiture jaune. En vain.

— Tu lui as foutu la trouille ? demanda Compton.

— Je sais pas, répondit-elle. Il m'a vue regarder la voiture par la fenêtre du garage.

— Merde.

— Ben, qu'est-ce que t'aurais fait si…

Le dispatcheur reprit la ligne et lui donna les infos, qu'elle répéta à voix haute pour Compton.

— Eugenio Santana Perez, né le 14 juillet 1975. Rien à signaler. Merci.

Elle raccrocha.

— Le mec est OK, dit Compton. Peut-être qu'on est à côté de la plaque.

— Porte jaune, Camaro jaune… c'est lui, dit-elle. Il correspond à ce que nous a raconté Nettles. Il est possible qu'il ait seulement acheté son flingue à un type, mais non, on n'est pas à côté de la plaque.

Ils rallièrent Santa Monica Boulevard, et il n'y avait toujours pas de Camaro en vue.

— À droite ou à gauche? demanda Ballard.

— On s'en tape, lâcha Compton. Il s'est calté dès qu'il t'a vue. Et moi, maintenant, va falloir que j'appelle Welborne pour lui dire qu'on a peut-être merdé.

— Pas encore.

— Parce que… Qu'est-ce qu'on va faire, hein?

— Calme-toi. J'ai pas fini de regarder. Et y a toujours la maison. Et elle, tu peux la filer à l'ATF… E!

Elle vit une ouverture dans la circulation, fonça, traversa Santa Monica Boulevard et continua vers le nord sans cesser de vérifier les rues jusqu'à Sunset Boulevard. Puis elle prit à droite, vers la 101.

— Je vais te ramener au centre-ville, dit-elle, la défaite dans la voix.

— C'est foutu, dit-il.

Mais, alors même qu'ils approchaient de la bretelle de l'autoroute direction sud, elle vit un éclair jaune deux blocs plus loin. Une voiture jaune venait de disparaître dans un parking.

— Attends, dit-elle. T'as vu ça? Une voiture jaune.

— J'ai vu que dalle, lui renvoya-t-il. Où ça?

Elle dépassa la bretelle et continua vers l'est dans Sunset Boulevard. Arrivée à l'endroit où elle avait vu tourner la voiture jaune, elle découvrit l'immense parking d'un Home Depot. L'entrée était dégagée, elle se rappela comment, autrefois, elle était encombrée de types qui cherchaient du boulot pour une journée. Tout avait changé lorsque les équipes des services de l'Immigration et de la Douane s'étaient mises à y faire des descentes régulières.

Elle entra et fit le tour du parking. Ils tombèrent sur la Camaro jaune tout au bout. Les places plus près de l'entrée du magasin ne manquant pas, elle avait l'air abandonnée. Ballard vérifia la plaque. C'était bien le véhicule qu'ils cherchaient.

— Merde, dit-elle.

— Il a filé, dit Compton. Encore un mec qu'a trop regardé *Heat*.

— Quoi ?

— *Heat*, le film. Années 90. Le truc qu'a inspiré les types de la fusillade de la North Hollywood Bank.

— Dans les années 90, moi, je passais l'essentiel de mon temps à faire du surf à Hawaï.

— Le type que jouait De Niro était un voleur. Et il n'avait qu'une règle : dès que tu vois un flic, faut que tu sois capable de tout laisser derrière toi. Pouf, comme ça.

Ballard continua de rouler en regardant les visages des types qui marchaient dans le parking. Elle espérait voir celui de l'allée cochère, en vain.

Pour finir, elle tourna au coin du parking et arrêta la voiture. De là où ils étaient, ils voyaient parfaitement la Camaro, cinquante mètres plus loin.

— Merdier absolu, reprit Compton. On aurait dû se contenter d'appeler Welborne, mais non, au lieu de ça, je t'ai écoutée parce que tu voulais la jouer solo.

— Dis, oh, tu te fous de moi ? C'est à moi que tu t'en prends ? Alors que tu l'as voulu autant que moi ?!

— Faut toujours que ce soit toi qui aies le dernier mot ! s'écria-t-il. Pour foutre la honte aux mecs !

— Putain, j'y crois pas ! Si t'as tellement la trouille des fédés, pourquoi tu te prendrais pas un Uber pour dégager d'ici ? J'appelle Welborne, je lui donne ce qu'on a et je prends tout sur moi. Après tout, pourquoi pas, hein ? Vu que tout le monde cherche à m'accuser de quelque chose ! Allez, vire-moi tes fesses de la voiture !

Compton la regarda.

— Tu rigoles ?

— Non, je rigole pas. Dégage de la bagnole !

Les yeux toujours rivés sur elle, il ouvrit sa portière comme pour menacer de descendre.

Elle ne réagit pas.

Il descendit et la regarda encore. Elle garda le silence et continua de fixer la Camaro. Il claqua la portière. Elle refusa de se retourner pour le voir s'éloigner.

— Encore un qui mord la poussière[1], se dit-elle.

---

1. *Another One Bites the Dust*, chanson de Queen, 1980.

Chapitre 36

Elle ne revint pas à la division d'Hollywood avant presque 17 heures. Elle avait passé les trois quarts de son après-midi à expliquer aux agents de l'ATFE et du FBI ce qu'elle avait fait ce matin-là après avoir interrogé Nettles. Elle laissa Compton en dehors du coup et raconta qu'elle avait agi seule après avoir quitté la prison de Men's Central. L'agacement des fédés fut un rien apaisé lorsque, en regardant un jeu de leurs photos, elle identifia le type qu'elle avait vu dans l'allée cochère. Ils l'informèrent qu'Eugenio Santana Perez était un pseudo, mais refusèrent de lui donner son identité véritable. Elle était bien dans une situation du type « on prend la suite », lestée d'un très lourd « t'as merdé et nous maintenant, faut qu'on démerde tout ça en plus ».

Ils saisirent la Camaro et attendaient un mandat les autorisant à entrer dans la maison de Serrano Place lorsque Ballard fut congédiée sur un très sarcastique « Merci beaucoup » de l'agent Welborne. De retour au commissariat, elle sortit une enveloppe interservices de sa boîte aux lettres et gagna le bureau du lieutenant pour savoir où il allait l'installer, cette fois. McAdams était assis à son bureau et en sortit son arme du tiroir pour l'accrocher à son ceinturon, signe qu'il se préparait à rentrer chez lui. Tout commençait à se calmer dans le service.

— On se décide enfin à reparaître, Ballard ? lança-t-il.

— Désolée, j'étais coincée au centre-ville et j'en ai profité pour aller voir la victime de Trent, lui répondit-elle. Y a-t-il un bureau précis où vous voulez que je me mette ?

McAdams lui en montra un juste à côté de la fenêtre de son bureau. C'était le pire de tous : non seulement il se trouvait tout près du sien, mais en plus, l'ordinateur y était ainsi disposé qu'il pouvait en voir l'écran à tout moment. À la brigade, tout le monde qualifiait ce bureau de « cible facile ».

— J'allais vous coller là, reprit McAdams, mais maintenant, tout semble indiquer que je n'ai plus besoin de personne pour le quart de nuit.

— Que voulez-vous dire ?

— Ben, faut croire que vous leur avez raconté des trucs super là-bas parce que, au diable le *L.A. Times*, je viens juste d'apprendre que, d'après le FID, non seulement vous n'avez pas dérogé au règlement en abattant Trent, mais en plus vous avez le droit de reprendre le boulot. Félicitations !

Elle se sentit soulagée d'un grand poids.

— Je ne savais pas, dit-elle. Ça me semble bien rapide.

— Je ne sais pas quel représentant syndical vous a défendue, mais ce mec-là va être sacrément demandé, ça je peux vous le dire. Le tableau dans le *Times* de ce matin n'était pas beau.

411

— Je n'ai pas fait appel à lui

— Raison de plus pour célébrer l'événement. Mais s'il y a une Kill Party, je ne veux rien en savoir.

Elle eut l'impression qu'il donnait tacitement son aval à cette fête. Une tradition ancienne voulait que des officiers se réunissent pour boire un coup après que l'un d'entre eux avait abattu quelqu'un. C'était une façon de relâcher la pression après un épisode de vie ou de mort. Dès que la police avait créé le FID pour enquêter sérieusement sur tout tir mortel d'un officier, ces fêtes avaient dû attendre que cet organisme donne ses conclusions. Cela dit, ces soirées étaient maintenant anachroniques et, lorsqu'il arrivait qu'il y en ait, elles se déroulaient dans le plus grand secret. Et la dernière chose dont Ballard avait envie était bien de célébrer la façon dont elle avait tué Thomas Trent.

— Vous inquiétez pas, il n'y aura pas de Kill Party.

— Parfait, répondit McAdams. De toute façon, moi, je m'en vais. Vu que vous avez bossé toute la journée, ce soir je laisse Jenkins tout seul et vous, vous reprendrez demain. Ça vous va ?

— Oui, ça me va. Merci, lieute.

Elle regarda autour d'elle et vit un bureau vide avec un moniteur d'ordinateur passablement neuf. Il était loin de la cahute du lieutenant et de la « cible facile ». Elle y arrivait lorsqu'elle découvrit un mug de café et de la paperasse étalée sur le plateau. Elle fit demi-tour et repéra un autre bureau qui semblait vide et équipé d'un ordinateur à peu près potable dans la rangée des Cambriolages.

Elle s'y assit et la première chose qu'elle fit fut d'aller voir si le *Times* avait publié quelque chose sur l'enquête du FID qui corrige l'article du matin. Il n'y avait toujours rien. Elle sortit une des cartes de visite que lui avait données Towson et commença à lui écrire un mail pour lui détailler ce qu'elle avait appris par son lieutenant et lui préciser que, pour l'instant, il n'y avait toujours rien dans le *Times*. Elle allait appuyer sur « Envoyer » lorsque son portable vibra. C'était Rogers Carr de la Major Crimes.

— Hé, vous avez eu mon message ? lui demanda-t-il.

— Oui, merci.

— Alors, comment vous allez ?

— Bien. Mon lieute vient de me dire que je ne suis plus sur le banc de touche parce que le FID a déclaré que je n'avais pas dérogé aux normes en tuant Trent.

— Évidemment, qu'est-ce que vous croyez ? Tout ça était absolument justifié.

— Peut-être, mais on ne sait jamais. Ça va peut-être vous surprendre, mais j'ai quand même fait chier pas mal de monde dans le service.

— Quoi, vous ? Je ne vous crois pas.

Tout cela était gentiment sarcastique, mais Ballard en avait assez.

— Bon alors, j'ai entendu dire que vous aviez vérifié ma piste avec l'avocat, reprit-elle. Towson.

— Qui vous a dit ça ?

— J'ai mes sources.

— Vous avez parlé avec lui, c'est ça ?

— Peut-être, mais bon : du nouveau ?

Il garda le silence.

— Putain, mais c'est pas vrai ! s'écria-t-elle. Vous suivez la piste que je vous donne et maintenant, vous ne me dites même pas ce que vous en avez tiré ? J'ai l'impression que c'est la dernière fois que nous nous causons, inspecteur Carr !

— C'est pas ça, dit-il. C'est juste que ce que j'ai à vous dire risque de ne pas trop vous plaire.

Ce fut au tour de Ballard de garder le silence, mais pas très longtemps.

— Allez, dites-moi, lui lança-t-elle.

— Eh bien, oui, votre piste était bonne. Towson confirme que Fabian lui a dit qu'il pouvait donner un flic pourri. Et les résultats de la balistique qu'on a reçus aujourd'hui ont pas mal changé les choses ici.

— « Changé les choses » ? Comment ça ?

— Y a pas correspondance. L'arme qui a servi à tuer Ken Chastain n'est pas celle dont on s'est servi dans le box du Dancers. Pour l'instant, l'hypothèse est qu'il y a deux tireurs.

— Et ils disent que les deux affaires ne sont pas liées ?

— Non, ils ne disent pas ça. Ils disent seulement qu'il y a deux armes et deux tireurs différents.

Elle comprit que le tableau était incomplet. Si les deux affaires n'étaient pas reliées par une arme, il y avait forcément autre chose.

— Bon alors, qu'est-ce que je ne vois pas ? demanda-t-elle.

— Eh bien… il n'y a pas que ça dans le rapport, répondit-il.

— Allez, quoi, Carr ! Arrêtez de tourner autour du pot !

— Ils ont identifié les armes. Le flingue du box est un 92F. Et dans le garage, c'est un Ruger 380.

414

Ballard savait que les douilles collectées sur la scène de crime et les balles retrouvées dans les corps ont des marques qu'on peut relier à des armes à feu spécifiques. Les percuteurs et les rayures du canon laissent des empreintes et des striations particulières.

Elle savait aussi ce qu'on pouvait conclure des armes identifiées. Le 92F était un Beretta 9 millimètres dans la liste des armes qu'avaient le droit de porter les inspecteurs de police. Le Ruger, lui, était un petit joujou facilement dissimulable dont on se servait dans le travail à bout portant. Lui aussi figurait dans la liste des armes de secours approuvées par le service.

Mais c'était aussi une arme de tueur à gages.

Ballard garda le silence en évaluant l'info. Le seul élément qu'elle y ajouta, à contrecœur, fut que Chastain possédait lui aussi un Beretta 92F. Du moins en portait-il un à l'époque où ils travaillaient ensemble. Et cela suscitait une question qu'elle n'avait pas envie de poser.

— Chastain portait un 92F, dit-elle. Ont-ils comparé son arme aux balles du Dancers ?

— Ils l'auraient fait s'ils avaient eu son arme.

Ça, c'était nouveau.

— Vous êtes en train de me dire que le type qui l'a tué a plongé la main dans la poche de sa veste et lui a pris son arme ?

— Apparemment oui. On n'a toujours pas retrouvé son flingue.

— Et donc, on en pense quoi ?

— On m'a réorienté aujourd'hui même. Je suis censé enquêter à fond sur Chastain. Tout mettre au jour.

— C'est que des conneries, ça. Ce n'est pas le tireur du Dancers.

— Comment le savez-vous ?

— Je le sais, c'est tout. Je le connaissais et ça ne lui ressemble pas.

— Eh bien, allez donc dire ça au lieutenant Olivas !

— Qu'est-ce qu'il dit exactement, lui ?

— Il ne dit rien du tout. En tout cas, il ne m'a rien dit à moi. Mais un des types qui s'est fait tuer dans le box faisait partie de la mafia.

— Oui, Gino Santangelo. La mafia de Las Vegas.

— Ben, y a plus qu'à partir de là.

Elle réfléchit un instant.

— Pour aller où ? Je ne comprends absolument rien à ce que vous dites.

— Vous êtes la première à avoir pensé que c'était un flic. Vous vous trompiez simplement de bonhomme.

— Et donc, Chastain serait le tireur du box. Il flingue un type de la mafia et la mafia le flingue à son tour. C'est ça, l'hypothèse de travail ? Eh bien non, je ne marche pas. Pourquoi Kenny aurait-il fait un truc pareil ?

— C'est justement pour ça qu'on enquête à fond sur lui. Et c'est même pour ça que je vous appelle.

— On arrête tout de suite. Il n'est pas question que je vous aide à mettre ça sur le dos de Chastain.

— Écoutez-moi. Personne n'a aucune envie de coller ça sur le dos de qui que ce soit. S'il n'y a rien, il n'y a rien, mais il faut chercher.

— Qu'est-ce que vous voulez que je vous dise ?

— Il y a quatre ans, vous et Chastain étiez coéquipiers.

— Oui.

— À ce moment-là, il avait des ennuis financiers. Vous en a-t-il jamais parlé ?

L'info la surprit.

— Il ne m'en a jamais dit un mot. De quel genre d'ennuis s'agit-il et comment le savez-vous ?

— J'enquête en profondeur, vous vous souvenez ? J'ai ressorti son historique financier. Il était en retard de cinq traites sur sa maison et le processus de saisie était enclenché. Il allait la perdre et voilà que, brusquement, plus de problème. La banque est payée et il est à nouveau solvable… comme qui dirait du jour au lendemain. Une idée sur le comment de ce retournement ?

— Je viens de vous dire que je n'étais même pas au courant du problème. Il ne m'en avait jamais rien dit. Vous avez parlé à Shelby ? Peut-être que quelqu'un de la famille l'a aidé.

— Non, pas encore. On veut en savoir plus avant d'aller la voir. Ça ne va pas être joli.

Elle se tut. Elle ne se rappelait aucun moment où, financièrement ou autre, Chastain lui aurait paru sous pression en dehors du boulot. Il était la stabilité même.

Elle songea à quelque chose que Carr n'avait pas couvert.

— Et Metro ? demanda-t-elle.

— Metro ? répéta-t-il. Que voulez-vous dire ?

— Le gamin. Le témoin. Matthew Robison.

— Ah, lui ! Il se fait appeler « Metro » ? On ne l'a toujours pas retrouvé. Et franchement, on ne s'y attend plus.

— OK, mais comment colle-t-il dans cette hypothèse ?

— Eh bien, on sait qu'il a appelé Chastain vendredi aux environs de 17 heures et que Chastain est allé le chercher. Pour nous, il devait penser que Robison constituait une menace.

— Et donc, il liquide Robison et cache ou enterre le corps quelque part avant de rentrer chez lui. Sauf qu'un tueur de la mafia l'attend et lui colle une balle dans le crâne avant même que Chastain puisse descendre de sa voiture.

— Et il lui pique son arme.

— Ah oui, et il lui pique son arme.

Ils restèrent tous les deux silencieux après cet échange. Jusqu'à ce qu'elle fasse apparaître l'éléphant dans le magasin de porcelaine.

— Et c'est toujours Olivas qui dirige l'enquête ?

— C'est lui le patron, oui. Mais n'y pensez pas, Renée. La balistique, c'est la balistique, et ça, c'est pas quelque chose qu'on peut trafiquer. Sans même parler de l'aspect financier, qui est ce qu'il est.

— Mais pourquoi lui piquer son flingue ? Le tueur dans le garage, je veux dire. Pourquoi lui prendre l'objet même qui va prouver ou invalider toute l'histoire ? Sans cette arme pour établir des comparaisons, tout n'est plus que présomptions. Qu'hypothèses.

— Il y a des dizaines de raisons possibles à ça. Et côté présomptions justement, y a autre chose.

— Ah oui, quoi ?

— On a demandé aux Affaires internes pour Chastain et il n'y avait pas d'enquête ouverte contre lui. Mais ils avaient un dossier où ils mettent tous les trucs anonymes qui leur sont communiqués. Du type qui porte plainte parce qu'« y a un flic qui m'a mal parlé » à celui qui dit « y a un flic qu'arrête pas d'entrer dans ma boutique et de repartir avec du jus d'orange sans payer », enfin… des conneries comme ça.

— Je vois.

— Alors, c'est comme je viens de vous le dire : ils n'avaient pas d'enquête en cours contre Chastain, mais il y avait deux rapports anonymes dans ce dossier sur un flic inconnu qui aurait joué du fric aux cartes et n'aurait pas été en mesure de régler ses pertes.

— Quel jeu de cartes ?

— Ce n'est pas mentionné, mais vous savez bien que quand on veut jouer gros dans cette ville, c'est pas les tables de jeu qui manquent… Quand on évolue dans ce monde-là.

Même si elle savait qu'il ne pouvait pas la voir, elle hocha la tête. Et regarda autour d'elle pour s'assurer que personne ne l'entendait. La salle était maintenant quasi vide, les inspecteurs commençant à boucler leurs affaires vers 16 heures. Elle se pencha quand même dans l'abri que lui offrait son box et parla doucement.

— Je ne marche toujours pas, dit-elle. Vous n'avez rien en dehors de ce flingue manquant et, vous l'avez dit vous-même, il y a des dizaines de raisons possibles à ça. On dirait qu'il vous intéresse plus de coller ça sur le dos de Chastain que de trouver qui l'a tué.

— Et ça y est, vous recommencez avec ce mot ! s'écria-t-il. On n'est pas en train de « coller » quoi que ce soit sur le dos de quiconque. Et vous savez quoi, Renée ? Je ne vous comprends vraiment pas. Tout le monde sait qu'il y a deux ans, Chastain vous a flanquée dans la merde et que c'est pour ça que vous avez cessé de monter dans la hiérarchie et que ça s'est terminé par votre dégringolade au quart de nuit. Et maintenant, vous le défendez dans une situation plus que fumeuse ? Non, parce que de la fumée, y en a quand même beaucoup !

— Eh bien mais, justement, non ? De la fumée, y en a effectivement beaucoup. Et à l'époque où je travaillais au centre-ville, soit avant que je cesse de prétendument monter dans la hiérarchie, il fallait plus que de la fumée pour conclure. Beaucoup, beaucoup plus que de la fumée.

— Sauf que s'il y a aussi du feu, on va le trouver.

— Bonne chance, Carr ! On en reparle plus tard.

Elle raccrocha et resta comme figée à son bureau. C'était bien elle qui avait lancé l'hypothèse selon laquelle le tireur du Dancers était un flic. Et maintenant, cette théorie était monstrueuse, et mettait Chastain dans la ligne de mire.

Elle se demanda combien de temps mettrait Carr avant de découvrir que l'arme de secours qu'elle avait à la cheville était un Ruger 380.

Chapitre 37

Ballard se calma. Le Ruger à sa cheville figurait dans la liste restreinte des armes de secours approuvées par le LAPD. Il devait bien y avoir un bon millier d'autres flics à en posséder un comme elle.

Puis elle commença à y réfléchir plus à fond et se demanda si Carr ne savait pas déjà qu'elle en avait un, le but de l'appel qu'il venait de lui passer étant alors de voir si elle lui en parlerait spontanément. Qu'elle n'en ait rien fait la mettait-elle sur la liste des suspects ?

— Ils croient vraiment que c'est un flic qui a fait le coup ?

Elle pivota dans son fauteuil et découvrit qu'un inspecteur du nom de Rick Tigert était assis au bureau juste derrière elle. Elle ne s'était pas rendu compte qu'il avait pu entendre la moitié de sa conversation avec Carr.

— Écoutez, s'empressa-t-elle de lui dire, n'allez pas colporter ça. Je croyais que vous étiez parti.

— Pas de problème, mais si c'est vrai, le LAPD va encore se faire traîner dans la boue.

— Oui, ben, y a des trucs qu'on peut pas empêcher. Écoutez, je ne sais pas si c'est vrai, mais quand même, gardez ça pour vous.

— OK, pas de problème.

Elle se retourna vers son bureau temporaire et ouvrit l'enveloppe interservices qu'elle avait trouvée dans son casier. Le précédent récipiendaire avait barré son nom sur la ligne des adresses, Feltzer-FID, juste au-dessus du sien. L'enveloppe contenait des photocopies du compte rendu de la perquisition effectuée la veille dans la maison de Trent. Feltzer s'était acquitté de la promesse un rien contrainte de partager ses découvertes. Ce rapport était le document soumis au tribunal qui avait autorisé la perquisition. La loi faisait en effet obligation aux forces de l'ordre d'en rendre compte au juge afin qu'une autorité extérieure puisse vérifier qu'on ne s'était pas livré à une fouille ou à des saisies illégales. Ces rapports détaillaient en général très précisément tout ce qui avait été saisi pendant la perquisition. Feltzer y avait en plus ajouté un jeu de photos de tous les articles saisis sur la scène de crime à l'endroit même où ils se trouvaient.

Ballard essaya d'oublier un peu l'affaire Chastain en replongeant dans celle de Trent et la liste des articles saisis dans la maison de Wrightwood Drive. La plupart d'entre eux n'étaient que des objets d'usage courant dans une maison, mais qui pouvaient devenir passablement sinistres lorsqu'ils tombaient entre les mains d'un individu soupçonné de crimes sexuels. Soit, par exemple, du ruban adhésif, des attaches en plastique, des pinces, un masque de ski. La plus belle pièce était la collection de poings américains trouvée dans le tiroir d'une table de nuit de la grande chambre. Aucun détail supplémentaire n'étant précisé, Ballard passa immédiatement aux photos de ces quatre paires d'engins. Modèle et matériau, chacune était différente, mais toutes s'ornaient des deux mêmes mots sur la plaque d'impact : GOOD et EVIL. Elle en déduisit qu'un de ces jeux avait servi à torturer Ramona Ramone.

Si elle n'avait pas besoin de ces poings américains pour asseoir son dossier contre Trent dans la mesure où il n'y aurait plus d'affaire à juger, elle n'en vécut pas moins un instant de clarté et de satisfaction en comprenant qu'elle avait suivi la bonne piste dans son enquête. Son seul regret fut de n'avoir personne avec qui partager ce moment. Jenkins ne serait pas là avant six bonnes heures et vu qu'il ne s'était jamais investi dans l'affaire de toute façon... Elle était la seule à s'y être engagée à fond.

Remarquant que Feltzer avait aussi laissé des photocopies de toutes les photos de scène de crime, elle parcourut lentement la pile de tirages 18 x 24. Toute la maison y passait, Ballard se rappelant alors qu'elle ne l'avait jamais vue en entier. C'est son caractère banal qui la frappa. Il y avait peu de meubles, et le peu qu'il y avait était démodé. Le seul objet qui lui permit de dire que ces clichés étaient relativement récents fut la télé à écran plat fixée au mur du salon.

Les dernières photos étaient celles de la pièce la plus basse de la maison à l'envers. On y voyait Thomas Trent in situ au moment même où il avait été découvert. Tout comme le plancher, il était bien plus couvert de sang que dans son souvenir. Il avait les paupières entrouvertes. Elle resta longtemps à étudier les photos de l'homme qu'elle avait tué et ne les lâcha des yeux qu'au moment où son portable se mit à vibrer. C'était Towson.

— Vous avez vu le site Web? lui demanda-t-il. Ça y est. C'est bon.

— Une seconde, lui renvoya-t-elle.

Elle alla sur le site du *Times*. L'article ne figurait pas dans la sélection de la première page, mais c'était quand même le troisième répertorié. Elle l'ouvrit, remarqua qu'il portait la signature de Jerry Castor et le lut rapidement. Et fut satisfaite de ce qu'elle y trouvait. Surtout dans le paragraphe consacré à l'argent.

D'après certaines sources du LAPD, les premiers rapports remettant en cause la conduite de Ballard ne contenaient pas toutes les preuves directes et circonstancielles examinées. On s'attend à ce que la division de Force Investigation détermine que Ballard a fait acte de bravoure et que c'est de manière parfaitement justifiée qu'elle a eu recours à la force en poignardant Thomas Trent avec un éclat de bois pour sauver et sa vie et celle d'une autre victime enlevée par le suspect. Ces conclusions du FID doivent maintenant être présentées au Bureau du district attorney du comté de Los Angeles, qui donnera alors son avis définitif sur les faits et gestes de l'inspecteur Ballard.

— Oui, c'est bon, dit-elle. Qu'est-ce que vous en pensez?

— J'en pense que nous avons fait une erreur, répondit-il. On aurait dû dire à Feltzer que vous vouliez aussi être promue capitaine. Il nous a donné tout ce qu'on voulait ! J'ai même vérifié pour votre van, vous pourrez le reprendre dès demain. Ils en ont terminé avec vous.

Elle ne savait pas qu'il irait jusqu'à faire ça. Cette initiative lui laissait entendre que leurs rapports risquaient de devenir un peu embarrassants.

— Merci beaucoup, Dean, reprit-elle. Pour tout. Vous avez vraiment retourné la situation.

— Oh mais, ce n'est pas moi, dit-il. C'est vous qui m'avez offert l'affaire la plus facile de ma carrière.

— Eh bien, c'est parfait… À propos, j'ai donné votre carte à la victime de Trent… celle qui m'a fait démarrer. Je lui ai dit qu'elle devrait essayer de récupérer la valeur de la maison et de vous appeler.

— Eh bien, je vous en suis infiniment reconnaissant. Et, vous savez, Renée, cette affaire est maintenant terminée. En ce qui me concerne en tout cas. Cela signifie qu'il n'y aurait aucun conflit d'intérêts à ce que nous restions en contact… enfin… socialement parlant, j'entends.

On y était. L'avance embarrassante. Être ainsi draguée par des policiers et d'autres hommes de l'appareil judiciaire était monnaie courante. C'était de cette façon que Compton et elle s'étaient connus. Une expérience partagée qui conduit à plus. Elle sentait que l'intérêt que lui portait Towson avait beaucoup grandi depuis l'entrevue chez lui ce dimanche matin-là. Le problème était que ce n'était pas réciproque, surtout après le calvaire qu'elle venait de traverser.

— Dean, lui dit-elle, j'aimerais beaucoup qu'on s'en tienne au niveau professionnel. Je pourrais avoir besoin de vos services juridiques un jour et la façon dont vous avez géré la situation me plaît… énormément.

Elle espéra que le gonfler ainsi professionnellement lui fasse avaler plus facilement cette fin de non-recevoir.

— Oh mais, bien sûr ! dit-il. Tout ce que vous voulez, Renée. Je serai là. Mais pensez-y quand même. Les deux seraient possibles.

— Merci, Dean, conclut-elle.

Après avoir mis fin à l'appel, elle reprit les photos et examina encore une fois celles du corps de Thomas Trent et de la chambre d'en bas de la maison à l'envers. Revoir le cadavre et tout ce sang lui permit de revivre la scène – les décisions qu'elle avait prises, la façon dont elle s'était libérée de ses liens, l'agression. Elle serra son poignet gauche dans sa main droite. C'était le premier qu'elle avait dégagé, celui aussi qui présentait les lacérations les plus profondes dues aux attaches en plastique. Ces clichés ravivèrent sa douleur. Mais c'était le prix. Le sacrifice. Elle avait été incapable de se le formuler sur le coup, mais repasser tout ça dans sa tête sans avoir à deviner la suite lui fit du bien. Elle en avait besoin.

Elle faillit bien ne pas entendre que quelqu'un l'appelait à l'autre bout de la salle. Elle leva la tête et vit que Danitra Lewis agitait une écritoire dans sa direction juste devant le bureau de McAdams. C'était l'employée des Scellés de la division. Ballard savait que, tous les soirs avant de partir, elle déposait les registres d'éléments de preuve dans la boîte du lieutenant afin que celui-ci soit au courant des dernières évolutions dans les affaires en cours.

Ballard se leva et alla voir ce qu'elle voulait.

— Quoi d'neuf, Danitra ? lui lança-t-elle.

— Ce qu'il y a de neuf, c'est que j'ai besoin de savoir ce que vous allez faire de ce que vous m'avez mis dans mon casier. Vous pouvez pas laisser ça là éternellement.

— Que voulez-vous dire ?

— Ce que je veux vous dire, c'est que vous avez un sac dans un de mes casiers depuis la semaine dernière.

— Celui pour Chastain aux Vols et Homicides ? Il était censé passer le prendre vendredi.

— Eh bien, je vous le dis : il est toujours dans ce casier et y a une note comme quoi je dois le garder pour vous, pas pour lui. Faut que vous passiez le prendre. J'ai besoin de la place.

Ballard ne comprit pas. Ce sac à éléments de preuve contenait les affaires de Cynthia Haddel, la serveuse abattue lors du massacre perpétré au Dancers. Elle savait que Cynthia n'était qu'une victime collatérale, mais elle ne voyait pas très bien pourquoi Chastain n'avait pas pris le sac en passant au commissariat tôt dans la matinée du vendredi, vu qu'elle lui en avait parlé. Mais même s'il ne l'avait pas ramassé parce qu'il avait déjà les mains prises avec le témoin Zander Speights, ce sac aurait dû être porté par coursier et gardé pour lui aux Scellés de la division du centre-ville dès le lundi matin suivant.

Telle était en effet la procédure. Sauf que Lewis lui disait que rien de tout cela n'avait été fait. Que le sac l'attendait toujours.

— Je ne sais pas trop ce qui se passe dans cette histoire, mais je vais aller voir dans quelques minutes, lui répondit-elle.

Lewis la remercia et quitta la salle.

Ballard regagna son bureau, rangea les photos avec le rapport de perquisition, remit, afin qu'on ne les voie pas, tout dans l'enveloppe du courrier interservices, glissa celle-ci dans son classeur à roulettes, le cadenassa et se rendit aux Scellés.

Lewis était partie et il n'y avait plus personne. Ballard ouvrit le casier où elle avait déposé le sac en papier brun contenant les effets personnels de Cynthia, le sortit et l'apporta au comptoir. La première chose qu'elle remarqua fut que le sac avait été entouré de Scotch à deux reprises. Un deuxième ruban à éléments de preuve avait été appliqué par-dessus le premier, ce qui voulait dire que le sac avait été ouvert et scellé de nouveau depuis qu'elle l'avait déposé dans le casier tôt dans la matinée du vendredi. Elle se dit que c'était probablement Chastain. Elle jeta ensuite un coup d'œil à l'étiquette de transfert et découvrit qu'elle aussi était neuve. Les instructions portées dessus à la main indiquaient que le sac devait être gardé pour elle à la division d'Hollywood. C'était bien l'écriture de Chastain, elle la reconnut.

Elle prit un cutter, coupa le ruban adhésif, ouvrit le sac et en sortit les sachets d'éléments de preuve qu'elle avait glissés dans le sac en papier le lendemain matin de l'assassinat de Haddel. Elle remarqua que l'un de ces derniers avait lui aussi été fermé à deux reprises. Qu'on l'avait donc ouvert, puis scellé à nouveau.

Sans briser le sceau du sac, elle l'étala sur le comptoir afin d'en voir le contenu à travers le plastique. Il s'y trouvait un inventaire des pièces, elle fut alors en mesure de tout vérifier, du portable de Haddel à son tablier de pourboires en passant par l'étui à cigarettes avec la fiole de Molly à l'intérieur.

Étant donné ce que Rogers Carr venait de lui dire sur Chastain, à savoir qu'il était maintenant au centre même de l'enquête, elle se demanda ce que son ex-collègue avait fabriqué. Y avait-il dans ce sac quelque chose qu'il tenait à cacher aux Vols et Homicides ? Était-ce quelque chose qui se trouvait dans le portable de Haddel ? Ou alors… avait-il pris quelque chose ?

Il n'y avait pas de réponse simple à ces questions. Elle prit le sac par ses deux coins supérieurs et le retourna de façon à pouvoir en examiner le contenu par l'autre côté. Et, tout de suite, elle remarqua une carte de visite qui n'y était pas avant. Une carte glissée dans l'emballage en cellophane du paquet de cigarettes. Celle de Chastain au LAPD.

Elle gagna un distributeur de gants en latex accroché au mur et y prit une paire. L'enfila, reprit le sac à éléments de preuve, brisa le sceau, s'empara du paquet et l'examina de près avant de prendre la carte. Un nom qu'on ne voyait pas lorsqu'il s'était trouvé derrière l'emballage en cellophane du paquet de cigarettes y était porté sur le côté :

**Eric Higgs
VMD**

Elle ne reconnut pas ce nom et les initiales VMD ne lui disaient rien non plus. Elle posa la carte de côté et ouvrit le paquet de cigarettes. Le flacon y était toujours et semblait à moitié plein… exactement comme il l'était lorsqu'elle l'avait découvert.

Elle décida de tout examiner pour voir si quelque chose lui faisait l'effet d'avoir été trafiqué. Le portable était maintenant totalement inutile. Il y avait longtemps qu'il n'avait plus de batterie. Elle ouvrit le tablier à pourboires et y trouva ce qui lui parut être le même contenu qu'avant : une liasse de billets, encore des cigarettes, un briquet et un petit carnet. Elle sortit l'argent et le compta. Pas un dollar ne manquait et rien ne permettait de deviner ce que Chastain avait pu fabriquer.

Ballard sortit son portable. Ôta un gant, entra « Eric Higgs » dans l'appareil, lança son moteur de recherche et obtint plusieurs réponses. Entre autres le nom d'un artiste, d'un joueur de football niveau universitaire et d'un professeur de chimie à l'Université de Californie, campus d'Irvine, aucun de ces individus ne lui évoquant quoi que ce soit qui aurait pu avoir un sens.

Elle entra ensuite VMD dans son moteur de recherche et obtint des tas de réponses, dont une pour la Visual Molecular Dynamics, une autre pour le Veterinary Medicines Directorate et une troisième pour la Vector Meson Dominance. Tout en bas de la liste, elle découvrit encore la Vacuum Metal Deposition, la ligne d'explication donnée contenant un mot qui retint son attention.

Procédé qui consiste à recouvrir un élément de preuve d'une très fine pellicule de métal…

Elle se rappela alors avoir lu quelque chose sur ce sujet. Elle cliqua sur le lien renvoyant à un article et se mit à lire. La Vacuum Metal Deposition, ou dépôt de métal sous vide, était une technique de médecine légale par laquelle l'application d'or et de zinc sur des pièces à conviction dans un environnement à basse pression permettait de faire apparaître des empreintes digitales latentes sur des objets et des matières habituellement tenus pour trop poreux pour les conserver. Ce procédé avait fonctionné sur des plastiques, des métaux damasquinés et certains tissus.

L'article remontait à deux ans et sortait d'un site intitulé *Forensic Times*. On y lisait que la technique était compliquée et exigeait de posséder, en plus d'autres équipements, une chambre à pression de bonne taille, tout cela sans même parler de métaux aussi précieux que l'or et le zinc. Il en ressortait que l'étude et l'application de cette technique se pratiquaient essentiellement au niveau universitaire ou dans des laboratoires de médecine légale privés. À l'époque où l'article avait été publié, ni le FBI ni aucun grand service de police des États-Unis n'avait de chambre à DMV, ce qui interdisait de recourir à cette technique d'identification d'empreintes dans des affaires criminelles.

L'article donnait aussi la liste de quelques laboratoires privés et universités où il était possible d'étudier ou utiliser ce procédé. Parmi ces dernières se trouvait celle de Californie, campus d'Irvine, où Ballard venait de découvrir qu'Eric Higgs était professeur.

Elle remit vite tout dans le sac des scellés en papier brun et le rescella avec de l'adhésif qu'elle prit dans un distributeur sur le comptoir. Elle rapporta ensuite le sac à la salle des inspecteurs, où elle se mit aussitôt en devoir de retrouver le professeur Higgs.

Vingt minutes plus tard, grâce à la police de l'université, elle appela un des laboratoires assignés au professeur. La voix qui lui répondit était un peu trop jeune pour être celle d'un professeur.

— Je cherche le professeur Higgs, dit-elle.

— Il est parti.

— Jusqu'à demain ?

— Oui, jusqu'à demain.

— À qui ai-je l'honneur ?

— Eh bien, à qui ai-je l'honneur, moi ?

— Inspecteur Renée Ballard, LAPD. Il est de la plus haute importance que je joigne le professeur Higgs. Pouvez-vous m'y aider ?

— C'est-à-dire que je…

— Et vous vous appelez ?

— Euh… Steve Stilwell. Je suis l'assistant responsable du labo.

— Le labo du VMD ?

— Eh bien, ce n'est pas vraiment un labo du VMD, mais oui, on a tout ce qu'il faut ici.

Elle se sentit tout excitée par cette confirmation.

— Avez-vous un numéro de téléphone pour le professeur Higgs ou un moyen qui me permettrait de le joindre ?

— J'ai son numéro de portable. Je devrais donc pouvoir… mais je ne suis pas certain que ce soit autorisé.

— Monsieur Stilwell, il s'agit d'une enquête pour assassinat. Me comprenez-vous bien ? Ou bien vous me donnez ce numéro ou bien vous appelez vous-même le professeur et lui demandez la permission de me le donner. C'est l'un ou l'autre, mais c'est tout de suite !

— OK, OK, laissez-moi chercher. Mais il faut que je consulte ce portable, je ne vous entendrai pas si vous dites quelque chose.

— Dépêchez-vous, monsieur Stilwell, c'est tout !

Elle eut bien du mal à se contenir, en attendant. Elle se leva et se mit à arpenter une des allées de la salle

432

des inspecteurs pendant que Stilwell sortait le numéro de son portable. Il le lui donna enfin au fur et à mesure qu'il le lisait sur son écran. Ballard regagna son poste de travail à toute allure et le nota. Raccrocha au nez de Stilwell au moment même où il approchait à nouveau son portable de ses lèvres et lui lançait : « C'est bon ? »

Elle composa le numéro, un homme lui répondant après une seule sonnerie.

— Professeur Higgs ?

— Oui.

— Je m'appelle Ballard et suis inspecteur au LAPD.

Il y eut un long moment de silence avant qu'il réponde.

— Vous avez travaillé avec Ken Chastain, c'est ça ?

Elle se sentit traversée par un élan de pure énergie.

— Oui, c'est ça.

— Je pensais bien que vous appelleriez. Il m'avait dit que s'il lui arrivait quoi que ce soit, je pouvais vous faire confiance.

Chapitre 38

Rejoindre Irvine dans le comté d'Orange fut rude avec
la circulation qu'il y avait. Le professeur Higgs avait
accepté de revenir au campus et de retrouver Ballard à
son labo. Pendant le trajet, elle songea à la piste qu'elle
avait décidé de suivre. Ken Chastain la lui avait très clairement laissée. Il se savait en terrain miné et avait ainsi
préparé un plan B qui se déclencherait si quelque chose
lui arrivait. Et ce plan, c'était Ballard elle-même. En
lui renvoyant les affaires de Cynthia Haddel, il s'assurait qu'elle les aurait après le week-end et découvrirait
l'indice la conduisant au professeur Higgs.

Lorsque enfin elle fut sur le campus, elle dut appeler
deux fois Higgs pour trouver le chemin du bâtiment des
Sciences naturelles, où il l'attendait au quatrième étage.

Le building semblait vide, et elle y trouva Higgs seul
dans son labo. Grand et dégingandé, celui-ci était plus
jeune que ce à quoi elle s'attendait. Il l'accueillit cha-
leureusement et, poids ou souci, il lui parut soulagé de
quelque chose.

— Je ne savais pas, déclara-t-il. Je suis tellement
occupé que je n'ai pas le temps de lire le journal ou de

regarder la télé. Je n'ai appris ce qui s'est passé qu'hier, quand j'ai appelé le numéro qu'il m'avait donné et que sa femme me l'a dit. C'est horrible, et j'espère sincèrement que ça n'a rien à voir avec tout ça, ajouta-t-il en montrant d'un geste le fond du labo où se trouvait un réservoir à basse pression en acier de la taille d'une machine à laver et d'un sèche-linge posés l'une sur l'autre.

— C'est exactement pour le savoir que je viens vous voir, lui répondit-elle. Vous avez parlé à sa femme ?

— Oui, c'est elle qui a décroché. Elle m'a raconté ce qui s'était produit et j'en suis resté pétrifié.

Cela signifiait que Chastain avait donné à Higgs son numéro personnel, et non celui de son portable ou de sa ligne directe au bureau. C'était important dans la mesure où, en plus de ce qu'il avait fait sur la scène de crime et de la façon dont il avait géré les éléments de preuve de Cynthia Haddel, cela indiquait clairement que, dans l'affaire du Dancers, il avait bel et bien essayé de garder cachés au minimum certains de ses faits et gestes et d'empêcher qu'on les remonte par des procédés ordinaires.

— Avez-vous un endroit où on pourrait s'asseoir pour discuter ? demanda-t-elle à Higgs.

— Oui, bien sûr, dit-il, j'ai un bureau. Si vous voulez bien me suivre…

Par toute une série de laboratoires interconnectés, il la conduisit jusqu'à une pièce encombrée à peine assez grande pour y loger un bureau et un seul fauteuil pour un invité. Ils s'assirent et Ballard lui demanda de lui raconter, et depuis le début, les relations qu'il avait entretenues avec Chastain.

435

— Vous voulez dire… à partir de la première affaire ?

— Ce serait bien, oui. Et c'était quoi, cette première affaire ?

— Eh bien, la première fois que j'ai parlé à l'inspecteur Chastain remonte au jour où il m'appelé, il y a environ deux ans. Il avait lu quelque chose sur la VMD dans le *Journal of Forensic Sciences* ou peut-être ailleurs, je ne me souviens plus très bien, et voulait savoir si ce procédé permettait de relever des empreintes sur un ballon.

Rien qu'à l'entendre, elle fut certaine qu'il disait la vérité. Des années qu'elle avait passées à travailler avec lui, elle savait que Chastain s'enorgueillissait de se tenir au courant des dernières avancées et techniques en matière de médecine légale, interrogatoires et protocoles judiciaires. Certains inspecteurs lui donnaient même le surnom de « L'érudit » à cause de tout ce qu'il lisait en dehors du boulot. Il n'aurait donc pas été surprenant qu'il décroche son téléphone et appelle un scientifique lorsqu'il avait un problème d'élément de preuve.

— Vous a-t-il dit de quelle affaire il s'agissait ? reprit-elle.

— Oui, c'était une histoire de fusillade sur un terrain de basket. Un gamin s'était disputé avec un autre dans une partie à un contre un et l'autre avait alors sorti une arme de son sac posé sur la ligne de touche et l'avait abattu. L'inspecteur Chastain pensait donc que le tireur avait dû laisser des empreintes sur le ballon parce qu'il avait joué avec, voyez ? Mais pour le labo de la police, il n'y avait pas moyen de les relever vu que ce ballon était en caoutchouc et que sa surface était poreuse et inégale. Et c'est là qu'il m'a demandé d'essayer.

— Et…?

— J'aime bien les défis. Je lui ai dit d'apporter le ballon, nous avons essayé, mais n'avons rien obtenu d'exploitable. Ce que je veux dire par là, c'est que nous avons bien eu des crêtes ici et là, mais rien dont il aurait pu se servir et comparer aux empreintes des archives.

— Et donc…?

— Eh bien, en gros, ça s'est arrêté là. Jusqu'à ce qu'il m'appelle la semaine dernière pour me demander s'il pouvait m'envoyer quelque chose d'autre. Il voulait essayer de relever une empreinte.

— Et c'était quoi?

— Il m'a parlé d'un bouton-poussoir.

— À quand remonte cet appel, exactement?

— Vendredi matin tôt. J'étais dans ma voiture pour venir ici quand il m'a appelé sur mon portable. Je peux vérifier dans mon historique si vous voulez l'heure exacte.

— Si ça ne vous ennuie pas…

— Bien sûr que non.

Il sortit son portable de sa poche, fit défiler sa liste d'appels et remonta jusqu'au vendredi matin tôt.

— Voilà, dit-il. Il m'a téléphoné à 7 h 41 vendredi matin.

Il lui tint l'appareil de l'autre côté du bureau, elle se pencha pour lire le numéro sur l'écran – 213-972-2971. Ce n'était pas celui de Chastain, mais celui du commissariat d'Hollywood. Chastain s'était servi d'une ligne de la salle des Scellés pour appeler Higgs alors même qu'il examinait les affaires de Cynthia dans le sac à éléments de preuve.

— Que vous a-t-il demandé exactement lorsqu'il vous a appelé ? insista Ballard.

— Il m'a dit que c'était une urgence, et pour une grosse affaire. Il voulait savoir si je pouvais passer quelque chose d'aussi petit qu'une pièce de dix *cents* au VMD pour y relever une empreinte.

— Et que lui avez-vous répondu ?

— Eh bien, j'ai commencé par lui demander de quoi il s'agissait et il m'a répondu que c'était un bouton à la surface inégale à cause d'une impression sur métal. Je lui ai dit que je pouvais toujours essayer et que, de fait, j'avais effectivement déjà relevé une empreinte sur une pièce de dix *cents*, juste sur la mâchoire de Roosevelt. Il m'a alors dit qu'il allait m'envoyer le bouton et a insisté pour que je n'en parle qu'à lui seul.

Ballard comprit alors clairement qu'à 7 h 41 ce vendredi matin-là, soit moins de huit heures après la tuerie du Dancers, Chastain savait, à tout le moins se doutait déjà, qu'un flic était impliqué dans l'affaire. Il avait alors pris des mesures pour cacher ses soupçons et se protéger en se servant d'une ligne du commissariat plutôt que de son portable pour appeler Higgs et en ne reprenant pas le sac à éléments de preuve contenant sa carte de visite avec le nom de Higgs au verso.

— Et donc… il vous a envoyé ça par courrier ou vous l'a apporté lui-même ?

— Il me l'a envoyé par courrier. C'est arrivé samedi en recommandé.

— Avez-vous encore le paquet ?

Elle pensait à ce dont elle aurait besoin pour que rien ne manque dans la chaîne de traçabilité. Cela pouvait devenir important en cas de procès. Higgs réfléchit un instant, puis hocha la tête.

— Non, dit-il, c'est parti à la poubelle. Les gens du nettoyage passent ici le samedi soir.

— Et où est ce bouton ?

— Je vais vous le chercher. Je reviens tout de suite.

Higgs se leva et quitta le bureau. Ballard attendit. Elle entendit un tiroir s'ouvrir et se fermer dans le laboratoire, puis le professeur reparut. Il lui tendit un petit sachet à éléments de preuve en plastique contenant un objet ressemblant à une petite capsule noire filetée.

Ballard fut alors certaine que c'était ce sachet et l'objet qu'elle avait remarqués dans les mains de Chastain tôt le matin du vendredi précédent sur la scène de crime. Chastain avait manifestement compris ce qu'était cet objet et l'importance qu'il avait.

Elle retourna le sachet pour l'examiner. En fait, le bouton était légèrement plus petit qu'une pièce de dix *cents* et s'ornait d'un mot estampillé sur le plat de sa partie supérieure :

Lawmaster

Le mot lui disait quelque chose, mais elle ne put le situer tout de suite. Elle sortit son portable pour pouvoir consulter le Net.

— Il y avait aussi une note, reprit Higgs. Dans le paquet. Elle disait : « S'il m'arrive quelque chose, faites confiance à Renée Ballard. » Ce qui fait que quand vous avez appelé...

— Vous avez encore cette note ? demanda-t-elle.

— Euh, je crois que oui. Ici, quelque part. Il va falloir que je la retrouve, mais je sais que je ne l'ai pas jetée.

— Si vous pouviez… j'aimerais la voir.

Elle lança la recherche et obtint deux réponses. Lawmaster était le nom de la moto du juge Dredd dans toute une série de films et de bandes dessinées. C'était aussi celui d'une société fabriquant des ceinturons et des holsters plus particulièrement destinés aux forces de l'ordre.

Elle cliqua sur le lien permettant d'accéder au site Web de la société et se rappela le nom de la marque. La Lawmaster se spécialisait dans les holsters, surtout ceux portés à l'épaule par les flingueurs du service, tous les durs qui, plus pour l'apparence que pour la fonction, étaient prêts à supporter d'avoir des lanières en cuir qui se croisent dans le dos plutôt que de mettre un holster plus confortable et facile d'usage, mais bien moins branché macho.

La plupart de ces flingueurs étaient de jeunes loups qui ne manquaient jamais une occasion de se regarder dans la glace et d'ôter leur veste sur une scène de crime afin d'impressionner et le badaud et eux-mêmes. Il n'empêche, il y avait aussi des cow-boys vieille école qui préféraient ce look. Et Ballard savait que le lieutenant Robert Olivas en faisait partie.

Le site Web montrant toute sorte de holsters d'épaule, elle cliqua sur un modèle où le poids de l'arme sous un bras s'équilibrait par celui de chargeurs doubles installés sous l'autre. Elle agrandit la photo et examina la fabrication. Elle repéra plusieurs points de réglage permettant d'ajuster son holster à sa taille et de le positionner selon un angle d'accès facile. Ces points de réglage tenaient en place grâce à des vis courtes et des boutons noirs filetés estampillés du logo Lawmaster.

Ce fut comme une cascade dans sa tête : tous les détails de l'enquête s'ordonnaient enfin. Elle sut alors que Chastain savait et comprenait ce qu'il faisait en subtilisant en douce un élément de preuve sur la scène de crime et en essayant de l'analyser et de le sécuriser par personne interposée.

Elle tint le sachet en l'air.

— Professeur Higgs, avez-vous réussi à relever une empreinte sur cet objet ? demanda-t-elle.

— Oui, répondit-il. Et une belle.

Chapitre 39

Ce mercredi-là, Ballard passa une deuxième nuit au Miyako et, encore une fois, se fit monter des sushis dans sa chambre avant de s'endormir. Elle avait assez de vêtements dans son sac pour une journée de plus et, le matin venu, elle effectua le court trajet qui la conduisit au Piper Technical Center, endroit qui abritait l'Unité des empreintes latentes et l'escadrille aérienne de la police.

Il suffit de quelques années de service dans la police pour avoir un spécialiste sur qui compter dans tous les secteurs de la médecine légale. L'inspecteur peut alors lui demander de lui faire une fleur de temps en temps, voire, quand c'est nécessaire, de faire passer son affaire avant les autres. Certaines de ces disciplines sont plus importantes que d'autres parce que plus demandées dans la résolution d'un crime. Des empreintes se trouvant sur pratiquement toutes les scènes de crime, l'Unité était donc celle où avoir un contact dans le grand terrain de jeu des services de médecine légale était indispensable. L'individu sur lequel Ballard pouvait toujours compter était une superviseuse du nom de Polly Stanfield.

Cinq ans plus tôt, Ballard et elle avaient travaillé sur une affaire des plus difficile dans la mesure où des empreintes constituaient bien le lien entre trois agressions sexuelles différentes, mais où, pour donner des correspondances dans chaque cas, aucune d'entre elles n'était répertoriée dans les bases de données du monde entier. Seuls les efforts incessants des deux femmes avaient enfin permis de procéder à une arrestation après que Stanfield avait consulté en douce une base de données répertoriant les demandes de location pour un énorme complexe d'appartements de la Valley situé dans la zone des meurtres. Ces futurs locataires auraient en effet été obligés de joindre leurs empreintes digitales à leurs demandes. Ce n'était qu'une façon de décourager ceux qui auraient pu vouloir mentir sur leur passé judiciaire. Le travail de Stanfield ayant eu pour résultat l'identification du suspect, Ballard et son coéquipier de l'époque, à savoir Chastain, avaient dû trouver un autre moyen de faire apparaître son nom sans révéler que c'était en s'introduisant frauduleusement dans la base de données du complexe d'appartements que Stanfield avait résolu le mystère. Elles avaient alors eu recours à la méthode éprouvée de l'appel anonyme passé avec un jetable et donnant l'identité du suspect à la police. Et l'on n'y avait vu que du feu.

Après, au moment du « divorce », Ballard avait eu Stanfield de son côté. Lorsqu'elle et Chastain avaient cessé de travailler en équipe, la plupart des policiers et des agents des services auxiliaires avaient choisi un camp. Stanfield, qui au cours de sa longue carrière dans le maintien de l'ordre avait eu plus que sa part de harcèlement sexuel et d'hommes par trop entreprenants, avait pris parti pour Ballard.

Ballard savait que Stanfield travaillait de 7 à 16 heures et arriva à la porte de l'Unité à 6 h 55 – avec deux cafés latte. Un coup de téléphone un peu avant l'ayant mise au courant du minimum de ce qu'il allait falloir faire, Stanfield ne fut pas plus surprise par l'arrivée de Ballard que par la haute teneur en sucre de sa boisson. La commande très spéciale avait été bien passée.

— Voyons voir ce que tu as, lança Stanfield en guise de salutation.

Bien que superviseuse, elle n'avait droit qu'à un petit cagibi en guise de bureau, mais c'était mieux que les open spaces où s'affairaient les autres techniciens. Stanfield était plus que versée dans l'art et la manière de traiter ce que lui apportait Ballard. Passer le bouton au VMD avait fait apparaître à sa surface une empreinte temporairement identifiable que le professeur Higgs avait photographiée dans un faisceau de lumière oblique.

Et c'était bien l'empreinte d'un pouce.

Stanfield commença par travailler avec une loupe et confirma que l'empreinte était utilisable en analysant de près le cliché.

— Ce pouce est super, déclara-t-elle enfin. Les crêtes sont bonnes et claires. Mais ça va me prendre du temps. Il faut scanner et remonter tout ça.

C'était plus qu'une allusion au fait qu'elle préférait ne pas avoir Ballard qui regarde par-dessus son épaule pendant qu'elle travaillerait. Elle allait en effet devoir scanner le cliché dans son ordinateur afin de pouvoir utiliser un logiciel qui suive les crêtes et les boucles de l'empreinte pour que l'Automated Fingerprint Index

System soit à même de l'identifier – et il y avait plus de soixante-dix millions d'empreintes dans la banque de données de l'AFIS. Et souvent, le résultat, quand il revenait, n'était pas unique. Plusieurs empreintes similaires étaient souvent renvoyées, le technicien devant alors les comparer au microscope pour établir de manière définitive s'il y avait correspondance ou pas.

— Tu veux que je revienne plus tard ? lui demanda Ballard.

— Donne-moi au moins deux ou trois heures, répondit Stanfield. Si j'y arrive avant, je t'appelle.

Ballard se leva.

— OK, mais n'oublie pas, dit-elle. Tu gardes ça sous la table. Tu ne dis à personne ni ce que tu fais ni de quelle affaire il s'agit. Et si tu trouves une correspondance, tu n'en parles qu'à moi.

Stanfield posa la loupe sur la table du labo et la regarda.

— Tu essaies de me faire peur, dis ? lui demanda-t-elle.

— Non, mais je veux que tu fasses attention. Si tu trouves un nom et que c'est celui auquel je pense, tu comprendras tout de suite pourquoi je te dis ça.

Ballard ne voulait pas lui faire part de son hypothèse avant que Stanfield ait fini son travail. Il n'était pas question d'influencer ses conclusions en lui laissant entendre à l'avance que la correspondance se ferait avec l'empreinte d'Untel ou Untel.

— Putain de merde ! s'écria Stanfield. Eh ben, merci quand même, Renée. Tu sais combien j'aime bosser ici, non ?

— Oh, arrête ton cinéma, lui renvoya Ballard. Occupe-toi de voir ce que tu trouves et je reviens tout à l'heure.

Chapitre 40

Ballard profita de ce moment pour gagner le Bureau des retraits de voitures situé derrière la Piper Tech. Sachant comment les gens étaient souvent traités lorsqu'ils essayaient de reprendre un véhicule saisi et mis à la fourrière, elle s'attendait à moitié à devoir attendre que la FID ait fini la paperasse pour libérer son van. Mais il était prêt. Cela dit, elle ne s'était pas trompée sur l'état dans lequel il lui serait rendu.

Le premier indice fut la poignée de la portière conducteur, toujours noire de poudre à empreintes digitales. Elle l'ouvrit et s'aperçut que la boîte à gants était elle aussi couverte de poudre. Son expérience de la scène de crime lui avait appris que cette poudre pouvait abîmer les vêtements et être impossible à éliminer soi-même. Elle retourna au bureau du garage et, très en colère, exigea qu'on lui remette son van en état de rouler. S'ensuivit une partie d'«à qui baissera le premier les yeux» avec le gérant, qui changea vite d'attitude lorsque Ballard lui sortit son badge. Il envoya deux de ses mécaniciens briquer le véhicule avec un aspirateur de forte puissance, un rouleau d'essuie-tout et un flacon de nettoyant industriel.

Debout à côté d'eux, Ballard les regarda travailler et leur montra tous les endroits qu'ils oubliaient. Au bout d'une heure, elle songea à appeler Polly Stanfield, mais elle savait que cela ne ferait que la mettre en colère. Elle décida de passer au Bureau des inspecteurs d'Hollywood et appela le lieutenant McAdams sur sa ligne directe.

— Ballard, mais qu'est-ce que vous faites debout à cette heure ? lui lança celui-ci. D'après mon planning, vous reprenez ce soir.

— J'y serai, lieutenant, ne vous inquiétez pas, lui répondit-elle. Je voulais juste vérifier. Qu'est-ce qui se passe pour le Six ?

— La seule chose que j'ai est une demande d'assistance des fédés. Une équipe tente de neutraliser une espèce de fou qui s'est retranché dans la Batcave[1].

Il faisait référence à une grotte de Bronson Canyon qui avait servi au tournage de la série télévisée *Batman* dans les années 60.

— Pourquoi le veulent-ils ?

— Pour un double meurtre au Texas. Il a flingué deux gardes de fourgon blindé il y a deux ou trois ans et a terminé sa cavale ici.

— Et nous, on fait quoi ?

— Contrôle de la foule et de la circulation.

Ballard savait que c'était le type à qui elle avait fait peur avec Compton. Elle se demanda si elle n'aurait pas un retour de bâton des fédés s'ils arrivaient à l'arrêter à

---

1. La grotte de Batman.

la Batcave. Juste à ce moment-là, elle entendit son téléphone lui signaler un appel en attente. C'était Stanfield.

— Hé, lieutenant, reprit-elle, j'ai un appel. Faut que
j'y aille.

— OK, Ballard, filez.

Elle raccrocha et prit l'autre appel.

— Polly ?

— J'ai une correspondance pour ce pouce. C'est un
flic. Dans quoi tu m'as foutue, Renée ?

Chapitre 41

Ballard sortit d'une salle d'interrogatoire du Metropolitan Detention Center, traversa le grand couloir, entra dans le centre de contrôle et regarda le moniteur. Le lieutenant Olivas s'était assis face à la caméra en hauteur, les bras bloqués dans le dos. Il savait qu'elle le regardait, renversa la tête en arrière et fit les gros yeux à la caméra.

Ballard leva son téléphone, prit une photo de l'écran de contrôle et envoya le cliché à Rogers Carr avec ce message :

Ai besoin d'aide. Il refuse de me parler.

Comme elle s'y attendait, il ne lui fallut pas longtemps pour réagir.

Mais bordel de... !!! Où êtes-vous ?

La réponse de Ballard fut sèche. Elle n'avait pas envie d'un débat par textos. Elle avait besoin qu'il arrive à la prison.

Men's Detention Center. Vous venez ? Je veux le retourner.

Aucune réponse. Les minutes s'égrenant les unes après les autres, elle comprit que Rogers Carr hésitait à passer, mettre sa carrière en danger et risquer la haine de tout le service en prenant part à la tentative d'arrestation d'un lieutenant très prisé. Ballard essaya encore une fois de l'amadouer.

J'ai la preuve.

Une autre minute s'écoula. Une éternité. Enfin il répondit :

J'arrive.

Ballard se rendit compte qu'elle retenait son souffle. Soulagée, elle respira, se tourna vers les deux policiers devant l'écran et les informa que Carr s'était mis en route.

Elle était toujours dans la salle de contrôle lorsqu'il fut annoncé et s'engagea dans le couloir, un quart d'heure plus tard. Elle sortit de la pièce pour le saluer. Il avait le front luisant de sueur. Elle en déduisit qu'il avait fait les trois blocs à pied et avait dû quitter le PAB sans hésiter après leur échange de SMS. Il jeta un coup d'œil par la vitre carrée de la porte de la salle d'interrogatoire A et regarda Olivas. Puis il se détourna très vite comme s'il ne supportait pas ce qu'il voyait, se concentra sur Ballard et lui lança à voix basse et d'un ton maîtrisé :

— Mais c'est quoi, cette merde, Ballard ? Comment avez-vous réussi à le faire entrer là-dedans ?

— Je l'ai appâté. Je lui ai dit de venir du PAB parce que j'avais quelqu'un qui était prêt à avouer.

— Et après, vous l'arrêtez ? Mais merde, quoi, sur quelles preuves ?

Il avait dit ce dernier mot trop fort, presque en criant. Il porta la main à sa bouche, regarda les policiers du centre de contrôle, puis repassa aux chuchotements.

— Écoutez-moi, reprit-il, vous allez trop vite. Moi, tout ce que j'ai, c'est Chastain que ça désigne, pas Olivas. Pas un putain de lieutenant des Vols et Homicides ! Comprenez-vous seulement ce que vous êtes en train de faire ? Vous êtes en train de flinguer votre carrière ! Il faut que vous arrêtiez ça tout de suite !

— Je peux pas, lui renvoya-t-elle. Je sais que ce n'est pas Chastain. Il a pris des mesures spéciales parce qu'il savait que c'était un flic. Et c'est pour ça qu'Olivas l'a tué.

— Quelles mesures ? Ballard, quelles preuves avez-vous ? Vous laissez votre problème avec Olivas prendre le dessus et...

— Kenny a subtilisé des éléments de preuve sur la scène de crime du Dancers. Des preuves qui impliquent un flic.

— De quoi parlez-vous ? Qu'est-ce qu'il a pris ?

— Un morceau de holster qui s'est détaché quand le tireur a sorti son arme. J'y étais. Je l'ai vu le prendre. Ça et le micro... il a compris que c'était un flic.

Carr se détourna un instant pour ordonner ses pensées. Puis il se pencha tout près de Ballard.

— Écoutez-moi. Ce que vous avez vu, c'est Chastain en train de couvrir ses arrières. C'est lui le tireur et vous venez de tout foutre en l'air, ce n'est pas croyable ! Et moi maintenant, je vais aller parler avec Olivas. Pour essayer de sauver tout ça et de vous garder votre boulot.

Carr fit signe à l'un des policiers de la salle de contrôle de lui débloquer la porte, puis il se retourna vers Ballard.

— Avec un peu de chance, vous finirez par patrouiller à vélo sur la promenade en planche, lui lança-t-il. Mais au moins, vous aurez toujours votre badge.

— Vous ne comprenez pas, protesta-t-elle. Il y a des preuves. J'ai…

— Je ne veux pas le savoir ! s'écria-t-il en l'interrompant. Allez, j'entre.

Le gardien gagna un panneau mural de petits casiers. Il en ouvrit un et en ôta la clé.

— OK, dit-il. Faut mettre vos armes là-dedans. Arme de poing, arme de secours, couteau, tout.

Carr le rejoignit et les y déposa : son arme de poing rangée dans son holster qu'il décrocha de son ceinturon, un couteau pliant qu'il sortit de sa poche revolver, puis, en s'appuyant d'une main au mur pour pouvoir lever la jambe droite et soulever l'ourlet de son pantalon, son arme de secours dans le holster de cheville qu'il détacha. Le gardien referma le casier à clé, verrouilla le panneau mural et lui tendit la clé. Elle se trouvait au bout d'un élastique que Rogers Carr s'enroula d'un coup sec autour du poignet avant de regarder Ballard.

— J'espère sacrément que votre truc va pas m'entraîner dans la chute avec vous !

L'officier lui ouvrit la porte et recula pour le laisser passer. Carr franchit le seuil de la pièce et se dirigea vers la table où se tenait Olivas.

Ballard le suivit à l'intérieur, le gardien refermant et verrouillant la porte derrière eux.

Carr se retournait lorsqu'il se rendit compte que Ballard était entrée derrière lui.

— Je croyais que vous…

Ballard l'attrapa par le bras droit et, en un geste qu'on lui avait appris à l'Académie de police et qu'elle avait longtemps pratiqué depuis cette époque, elle le lui remonta dans le dos tout en le poussant en avant d'un coup de l'épaule gauche. Carr plongea la tête par-dessus la chaise et la table. Pile à cet instant, Olivas se leva et, révélant ainsi qu'il n'était pas du tout menotté, écrasa Carr sur le plateau de la table.

Puis il s'appuya sur lui de tout son poids tandis que Ballard sortait ses menottes de son ceinturon et les passait autour des poignets de Carr.

— C'est bon ! cria-t-elle.

Alors Olivas traîna Carr sur toute la table et le propulsa sur la chaise qu'il venait de quitter. Puis il l'attrapa à deux mains par le col de sa veste et le redressa en position assise. Après quoi, d'un pouce passé par-dessus l'épaule, il lui montra le plafond et lui lança :

— Allez, Carr, un petit sourire pour la caméra.

— Mais c'est quoi, cette merde ! s'écria celui-ci.

— Fallait bien que je vous éloigne de vos armes, lui renvoya Ballard.

Tout parut s'éclairer dans l'esprit de Carr.

— Ah, je comprends, je comprends ! dit-il en hochant la tête. Mais vous vous trompez complètement et vous pouvez pas faire ça.

— Oh que si ! lui renvoya Olivas. On a un mandat de saisie pour vos armes.

— Aujourd'hui, il avait un holster de hanche, fit remarquer Ballard.

— Bien sûr qu'il en avait un, acquiesça Olivas en hochant la tête. Avec son bazar d'épaule qui dégringolait sans cette petite vis qu'il avait perdue…

— Écoutez-moi, dit Carr. Je sais pas ce que vous croyez avoir, mais ce que vous n'avez pas, c'est un mobile raisonnable. Vous vous trompez complè…

— Ce qu'on a, c'est l'empreinte de votre pouce sur la tête de vis de votre holster, lâcha Olivas. Et comment a-t-il donc pu atterrir sur la scène de crime alors que vous étiez à des kilomètres de là, hein ?

— Des conneries, tout ça ! Vous avez que dalle.

— On en a assez pour faire passer vos armes à la balistique, lui asséna Olivas. On obtient les correspondances et on aura un joli trombinoscope à filer au district attorney de l'autre côté de la rue.

— Et ça sera *adios* au fils de pute que vous êtes, ajouta Ballard.

— C'est drôle de voir qu'être flic s'est retourné contre vous, reprit Olivas. Les trois quarts des gens auraient essayé de se débarrasser de leurs flingues. Mais c'est pas facile à faire quand elles font partie du boulot et sont donc enregistrées. Pas très pratique, c'est vrai, d'aller voir le boss pour lui avouer qu'on a perdu ses deux flingues. Mais moi, je parie que vous les avez gardés en vous disant que ça irait.

Carr avait l'air hébété par ce retournement de situation. Olivas se pencha, posa les mains sur la table et lui récita ses droits Miranda. Puis il lui demanda s'il les comprenait, Carr ignorant sa question.

— Vous vous trompez, dit-il. C'est n'importe quoi.

— Vous avez tué Chastain, dit Ballard. Vous les avez tous tués.

Très tendue, elle s'était approchée de la table. Olivas tendit le bras comme pour l'empêcher de se ruer sur Carr.

— Vous aviez perdu ce bouton de holster et vous le saviez, reprit-elle. Vous aviez accès à la salle du détachement spécial et vous avez sorti le relevé des éléments de preuve collectés sur la scène de crime. Ce bouton n'y figurait pas et c'est à ce moment-là que vous avez compris que quelqu'un bossait en douce sur l'affaire, et que ce quelqu'un savait que c'était un flic qui avait tué Chastain.

— Vous êtes complètement givrée, Ballard. Et bientôt, le monde entier le saura.

— Comment avez-vous su que c'était Kenny? enchaîna-t-elle. Parce que c'était l'enfant chéri du lieutenant? Le seul inspecteur prêt à courir le risque d'enquêter sous le manteau? Ou alors cela n'avait-il aucune importance? Chastain était-il seulement le bouc émissaire idéal parce que vous aviez découvert qu'il portait un 92F et devait de l'argent? Et que vous vous étiez juste dit que vous pouviez lui coller toute l'affaire sur le dos?

Carr ne répondit pas.

— Mais tout ça, nous allons le savoir, l'avertit-elle. Je m'en charge, moi.

Elle recula et vit comment, telle une couverture noire et épaisse, la dure réalité semblait tomber sur Carr. Elle le lut sur sa figure lorsqu'il passa de la confiance au doute, de l'idée qu'il avait peut-être une chance de sortir de cette pièce à force de beaux discours à celle qu'il ne reverrait peut-être plus jamais la lumière du jour.

— J'exige un avocat, dit-il.

— Ça, je m'en doute ! lui renvoya-t-elle.

Chapitre 42

Pour la deuxième fois de la journée, Ballard fit passer des éléments de preuve au crible de l'analyse. Elle n'avait pas besoin d'un contact à l'unité de balistique et des armes à feu. Parce qu'il y avait assassinat d'un officier du LAPD, tout ce qui concernait l'affaire était prioritaire. Et, bien sûr, Olivas avait appelé à l'avance et mis tout son poids, et il était considérable, pour que les mesures soient prises en urgence. Un certain C.P. Medore, un expert en balistique, l'attendrait à son arrivée.

La vérité nue était bien qu'en dehors des armes saisies sur la personne de Carr, le contenu du dossier à apporter au district attorney et qui avait servi à écraser Carr n'était pas aussi solide que ce qu'ils avaient prétendu. Parce que rarement utilisée en médecine légale et, dans ce cas précis, entièrement supervisée par un laboratoire qui n'avait rien à voir avec la police, la procédure de dépôt de métal sous vide prêterait le flanc à de graves attaques du moindre avocat de la défense sachant user des objections.

« Inspecteur Ballard, seriez-vous en train de dire à ce jury que l'analyse absolument capitale de cette preuve à conviction a été effectuée par les étudiants d'un laboratoire de chimie ?

« Et vous pensez vraiment que nous allons croire que cette prétendue preuve a été, et littéralement, volée sur la scène de crime, puis envoyée par FedEx à ce laboratoire universitaire ? »

La question de la chaîne de possession des éléments à charge était en plus passablement inquiétante. D'autant que le plus important de ces derniers, à savoir l'empreinte digitale du suspect, avait disparu de la scène de crime sans que ç'ait été noté nulle part. Chastain étant maintenant décédé, Ballard était le seul témoin en mesure d'affirmer que le bouton de holster s'était bien trouvé sur la scène de crime. Et ses relations passées avec le LAPD étant ce qu'elles étaient, sa crédibilité ne manquerait pas de faire, elle aussi, l'objet d'attaques cinglantes.

Résultat des courses : ils avaient besoin de plus. Si l'une ou l'autre des armes de Carr pouvait être reliée à la fusillade du Dancers ou à l'assassinat de Chastain, alors leur dossier serait aussi solide que les montagnes de Santa Monica, et Carr serait écrasé sous son poids.

L'affaire était pleine d'aggravations des peines en cas de circonstances particulières : assassinat d'un membre des forces de l'ordre, intrusion dans un domicile, guet-apens. N'importe quelle aggravation pouvait expédier Carr au couloir de la mort, les trois réunies le garantissant pratiquement à coup sûr. Si l'État de Californie n'exécutait plus de condamnés depuis une décennie et si rien n'indiquait non plus que cela pouvait changer, les détenus aussi bien que les flics savaient néanmoins que cette sentence conduit droit à la folie lorsque les années d'isolement s'accumulent. Il n'était pas impossible que, face à ça, Carr décide de plaider coupable afin d'éliminer ce danger. Mais il lui faudrait alors reconnaître ses crimes et avouer leurs mobiles. Soit tout dire.

Medore l'attendait bien avec un autre technicien à l'entrée de l'Unité des armes à feu. Chacun lui prit un de ses paquets. Le premier arrêt fut pour le puits de tir dans lequel ils firent feu avec les armes de Carr afin d'obtenir des douilles, mais champignonnées parce que projetées dans l'eau et pouvant donc être comparées aux balles extraites des victimes des deux affaires. Enfin ils pénétrèrent dans le labo, s'installèrent devant un macroscope de comparaisons et se mirent au travail.

— Vous pouvez commencer par le Ruger ? leur demanda Ballard.

Elle voulait la réponse sur l'assassinat de Chastain le plus vite possible.

— Pas de problème, lui répondit Medore.

Ballard recula et les observa. Elle avait assisté des dizaines de fois à cette opération délicate et, son esprit vagabondant, elle repensa à ce qui s'était passé une fois que, Carr arrêté, Olivas avait distribué les tâches dans cette enquête qui avait changé de direction. Ballard s'était vu assigner la partie balistique, les trois autres inspecteurs héritant de Carr et recevant l'ordre d'analyser sa vie dans les moindres détails afin de le relier aux individus massacrés dans le box du Dancers et de découvrir ce qui l'avait motivé. Olivas s'était, lui, chargé de tenir le haut commandement au courant de ce qui se passait et de l'avertir du besoin qu'il y avait à alerter les spécialistes médias du LAPD. Il était peu probable que l'arrestation de Carr reste longtemps inconnue et le LAPD se devait de prendre les devants.

Tout cela étant dit et fait et chacun partant alors de son côté, Olivas avait aussi prié Ballard d'attendre un instant et quand enfin ils s'étaient retrouvés seuls, il lui avait tendu la main. Le geste était tellement inattendu qu'elle la lui avait serrée sans réfléchir. Et il avait continué de la lui tenir.

— Inspecteur Ballard, lui avait-il dit. J'aimerais enterrer la hache de guerre. Tout cela montre le genre d'enquêtrice que vous êtes : intelligente et acharnée. Vous ne seriez pas de trop dans mon équipe et je pourrais faire en sorte que vous l'intégriez. Vous retrouveriez votre emploi du temps de jour et bénéficieriez d'heures supplémentaires illimitées… ce qui fait beaucoup de raisons de revenir.

Elle fut d'abord sans voix. Elle avait toujours les sacs à éléments de preuve contenant les armes de Carr à la main.

— Il faut que j'apporte ça au labo des armes à feu, avait-elle dit.

Olivas avait acquiescé d'un signe de tête, et fini par lui lâcher la main.

— Pensez-y, avait-il insisté. Vous êtes un bon inspecteur, Ballard. Et je suis tout à fait capable de tendre l'autre joue pour le bien du service.

Elle avait fait demi-tour pour quitter la prison, et en était sortie en remerciant le ciel de ne pas lui avoir jeté les sacs à la figure et esquinté le visage avec les armes de Carr.

Elle regardait toujours Medore travailler au microscope et tenta de se focaliser sur l'affaire.

Il restait beaucoup de questions à résoudre et de fils à relier. La disparition de Matthew Robison en premier. Dès qu'elle avait appris que c'était bien l'empreinte du pouce de Carr qui se trouvait sur le bouton du holster, elle s'était mise à revoir toute l'affaire en posant que Carr était l'assassin. Elle avait alors découvert le lien qui lui avait échappé jusque-là. Carr faisait partie du détachement spécial de la Major Crimes qui, ce vendredi-là, avait mis fin au trafic d'êtres humains dans le port de Los Angeles. Elle l'avait elle-même découvert aux infos de 17 heures. Elle se rendit alors compte que, vu pour la dernière fois par sa petite amie alors qu'il regardait la télé vautré sur le canapé, Robison pouvait très bien, lui aussi, avoir regardé le reportage et reconnu Carr qu'il avait remarqué la veille au soir au Dancers. Il aurait alors pu décrocher son téléphone à 17 h 10 et appeler Chastain pour l'en informer.

Car c'était bien cet appel qui avait mis en branle la suite. Chastain avait maintenant la confirmation que le tireur du Dancers était un flic. Il fallait donc qu'il retrouve Robison pour consigner l'info et s'assurer de sa sécurité. Toute la question était de savoir qui, de Chastain ou de Carr, avait rejoint Robison le premier.

En sa qualité d'inspecteur de la Major Crimes, Carr avait tous les jours accès aux ordinateurs des Vols et Homicides aussi bien qu'à la salle de crise de la division. S'il avait lu les rapports d'enquête du Dancers au fur et à mesure qu'ils arrivaient ce vendredi-là, il pouvait avoir remarqué Robison et douter que Chastain l'ait vraiment rejeté comme témoin. Pour essayer de masquer que Robison semblait avoir bien regardé le tireur, Chastain l'avait en effet qualifié de NRV – de N'a Rien Vu. Cette mesure pouvait néanmoins avoir eu le résultat contraire, Carr pouvant alors se dire que Chastain essayait de camoufler un témoin de première importance. Parce que c'était lui, le tireur, Carr savait qu'il y avait de fortes chances que quelqu'un du club l'ait regardé. Il était donc très vraisemblable qu'il ait vérifié les déclarations des témoins pour voir si c'était le cas.

Ballard cessa d'y penser lorsqu'elle vit Melrose s'écarter du microscope et demander à l'autre technicien de lui dire ce qu'il voyait. Elle comprit qu'il lui demandait un deuxième avis parce que beaucoup de choses dépendaient de l'affaire.

C'est alors que son portable vibra. L'appel était masqué, mais elle le prit quand même.

— Du nouveau, Ballard ?

C'était Olivas.

— Votre C.P. est au macroscope. Ça ne devrait pas tarder. Vous voulez patienter ? On dirait qu'il demande un deuxième avis.

— OK, je patiente.

— Je peux vous demander quelque chose ?

— Oui, quoi ?

— Carr savait que j'avais appelé Matthew Robison pour essayer de le localiser. Quand j'ai demandé à Carr comment il l'avait su, il m'a répondu qu'après la mort de Chastain, les Vols et Homicides avaient sorti les relevés téléphoniques de Robison pour, eux aussi, tenter de le localiser. C'est vrai, ou Carr essayait-il de masquer le fait qu'il était en possession du portable de Robison parce qu'il l'avait tué ?

— Non, c'est vrai. On a d'abord essayé de le localiser, mais son portable était éteint. Alors on a effectivement sorti ses relevés d'appels pour voir s'il n'y aurait pas quelque chose qui puisse nous aider. Pourquoi cette question, Ballard ? Qu'est-ce que ça veut dire ?

— Ça veut dire que Robison est peut-être encore en vie quelque part. Il se peut que Chastain l'ait retrouvé et caché avant même que Carr ait vent de son existence.

— Alors, il faut absolument le retrouver.

Elle réfléchit. Elle avait bien une idée, mais n'était pas encore prête à la partager – surtout pas avec Olivas.

Pile à cet instant, Medore se tourna vers elle et lui montra les deux pouces.

— Lieutenant, dit-elle, on a la première correspondance. Chastain a été tué avec l'arme de secours de Carr. Enfin on le tient et pour de bon.

— Super ! On prépare tout de suite le dossier pour le district attorney. Vous me dites pour la seconde arme dès que vous le savez.

— Vous voulez que je m'occupe du dossier ?

— Non, mes gars vont s'en charger. Avez-vous réfléchi à mon offre ?

Elle hésita avant de répondre.

— Ballard ? la pressa-t-il.

— Oui, dit-elle enfin. J'y ai réfléchi. Et j'aime bien le quart de nuit.

— Vous êtes en train de me dire que vous allez laisser passer ça ? s'exclama Olivas, la surprise s'entendant clairement dans sa voix.

— Oui, je vais laisser passer ça, répondit-elle. Ce matin, je vous ai apporté l'empreinte de Carr parce que c'était une affaire de votre équipe et que je n'avais aucun autre endroit où la mettre. Et je savais aussi que je pouvais me servir de vous pour attirer Carr à la prison pour hommes. Mais ça s'arrête là. Je ne travaillerai plus jamais pour vous.

— Vous faites une grosse erreur.

— Lieutenant, dites à la face du monde ce que vous m'avez fait, reconnaissez-le, et je reviendrai travailler avec vous.

— Ballard, vous…

Elle avait raccroché.

Chapitre 43

La seconde comparaison balistique donna une correspondance entre l'arme de service de Carr et la balle extraite du cerveau de Gino Santangelo. Tard dans la journée, Carr se vit notifier six chefs d'accusation de meurtre, avec circonstances aggravantes pour l'assassinat de Chastain.

Ce soir-là, Ballard retourna à la dernière séance. Après l'appel, Jenkins et elle prirent la voiture banalisée et remontèrent Wilcox Avenue jusqu'au Mark Twain Hotel. Ils se garèrent devant et appuyèrent sur le bouton de la porte de devant pour entrer.

À l'époque où ils étaient coéquipiers, Ballard et Chastain avaient travaillé sur une histoire de meurtre par contrat dans laquelle ils avaient eu besoin de planquer la victime visée pendant deux ou trois jours de façon que son mari croie qu'elle avait disparu, mari qui avait payé un policier en civil pour la tuer. Ils l'avaient logée au Mark Twain. L'année suivante, ils avaient hérité d'une autre affaire où ils s'étaient encore servis de cet hôtel pour mettre à l'abri deux personnes venues de La Nouvelle-Orléans pour témoigner dans un procès pour meurtre. Ils devaient absolument s'assurer que la défense ne puisse pas les retrouver et tellement les intimider qu'elles renoncent à témoigner.

Dans les deux cas, c'était Chastain qui avait choisi l'endroit. « Le Twain », comme il l'appelait, était son hôtel de planque.

Ballard avait fait part à Jenkins de sa théorie selon laquelle Robison était encore vivant, et Jenkins avait été d'accord pour accompagner sa collègue au Twain.

Elle tendit son badge vers une caméra installée au-dessus de la porte de l'hôtel et ils purent entrer. À la réception, Ballard montra son portable au portier de nuit. Sur son écran s'étalait la photo du permis de conduire de Robison.

— William Parker... Dans quelle chambre est-il ? demanda-t-elle.

William Parker avait été un légendaire chef du LAPD dans les années 50 et 60. C'était de son nom que s'était servi Chastain pour un des témoins venus de La Nouvelle-Orléans.

Le portier de nuit n'avait pas l'air de vouloir les ennuis que la police pouvait causer en pleine nuit dans un hôtel où les trois quarts des clients payaient en liquide. Il se tourna vers un ordinateur, entra une commande et lut la réponse à haute voix.

— Dix-sept, dit-il.

Ballard et Jenkins descendirent le couloir du rez-de-chaussée et se plantèrent chacun d'un côté de la porte. Ballard frappa.

— Matthew Robison, lança Jenkins. LAPD, ouvrez !

Rien.

— Metro, dit-elle, je suis l'inspecteur Ballard. J'ai travaillé avec l'inspecteur Chastain qui vous a amené ici. Nous venons vous dire que tout est fini. Vous êtes en sécurité et vous pouvez aller retrouver Alicia tout de suite.

Ils attendirent. Trente secondes plus tard, Ballard entendit la serrure se débloquer. La porte s'entrouvrit sur une vingtaine de centimètres et un jeune homme y passa la tête. Ballard lui montra son badge.

— Y a pas de danger ? demanda-t-il.

— Vous êtes bien Matthew ? lui renvoya-t-elle.

— Euh, oui.

— C'est l'inspecteur Chastain qui vous a amené ici ?

— C'est ça, oui.

— Il n'y a plus de danger, Matthew. On va vous ramener chez vous.

— Où est l'inspecteur Chastain ?

Ballard marqua une pause et le regarda longuement.

— Il ne s'en est pas sorti, dit-elle enfin.

Robison baissa les yeux.

— Vous l'avez appelé vendredi pour lui dire que vous aviez vu le tireur à la télé, c'est bien ça ?

Il hocha la tête.

— OK, bon. On va commencer par passer au commissariat pour que vous regardiez quelques photos, reprit-elle. Après, on vous ramène à votre appartement et à Alicia. Vous ne courez plus aucun danger, et elle se fait du souci pour vous.

Enfin il releva la tête et la regarda. Elle savait qu'il essayait de deviner s'il pouvait lui faire confiance ou pas. Il avait dû déceler quelque chose dans ses yeux, car enfin il répondit :

— OK. Donnez-moi une minute pour récupérer mes affaires.

Chapitre 44

Ballard arriva à la plage tard ce matin-là – elle devait suivre la côte pour aller reprendre sa chienne. Lorsqu'elle eut enfin planté sa tente à Venice Beach et se dirigea vers les vagues avec sa planche sous le bras, la brume du matin avait totalement étouffé le soleil et la visibilité était faible. Sans se démonter, elle entra dans la vague. Cela faisait trop longtemps qu'elle n'avait pas glissé sur l'eau.

Elle écarta les pieds jusqu'au bord des rails de la planche et fléchit les genoux. Puis elle se mit à pagayer profondément dans l'eau, ce travail éprouvant fort ses muscles.

À fond… à fond… à fond… glisse… À fond… à fond… à fond… glisse…

Elle prit droit vers le brouillard au loin et s'y perdit bientôt. Lourd, l'air l'isolait de tous les bruits de la côte. Elle était seule.

Elle pensa à Chastain et aux décisions qu'il avait prises. Il s'était conduit très noblement dans cette affaire. Elle songea que c'était peut-être une façon de se racheter. Pour son père. Pour elle, Ballard. Elle en restait désespérée et toujours hantée par leur dernière rencontre. Elle regretta qu'ils n'aient pas pu régler leur contentieux d'une manière ou d'une autre.

Bientôt, ses épaules la brûlèrent et les muscles de son dos se crispèrent. Elle relâcha ses efforts, se redressa et se servit de sa pagaie comme d'un gouvernail pour faire pivoter sa planche. Elle ne voyait plus l'horizon, elle s'en rendit compte, et la marée avait atteint le court instant de la stase qui précède son inversion. Et elle ne savait plus, elle, dans quelle direction pointer la planche.

Elle garda son élan à coups de pagaie languissants, sans cesser d'être à l'affût du moindre signe qui lui indique la plage. Mais elle ne percevait aucun bruit de vague qui se brise ni aucune voix humaine. Le brouillard était trop épais.

Elle sortit sa pagaie de l'eau, la tourna dans l'autre sens et en fit claquer fort le manche sur le pont de la planche. La fibre de verre émit un son puissant qui, elle le savait, percerait le brouillard.

Et, peu après, elle entendit Lola se mettre à aboyer et sut la direction à prendre. Elle pagaya dur à nouveau et glissa sur l'eau noire, vers le bruit que faisait sa chienne.

Juste au moment où elle sortait de la brume et apercevait à nouveau la plage, elle vit Lola. À la limite des vagues, paniquée, elle courait frénétiquement vers le nord, puis vers le sud, ses aboiements se faisant grondements de peur devant ce qu'elle ne pouvait comprendre ou contrôler. Elle lui rappela une fillette de quatorze ans qui avait fait la même chose il y avait bien longtemps.

Elle pagaya encore plus fort. Elle voulait descendre de la planche, se mettre à genoux dans le sable et serrer fort Lola contre elle.

REMERCIEMENTS

L'auteur tient à remercier bien des gens pour leur aide dans la création de Renée Ballard et la conception de ce roman. Je dois tout d'abord beaucoup à l'inspecteur du LAPD Mitzi Roberts, qui en plus d'une façon m'inspira le personnage de Renée. L'auteur espère que celle-ci fait honneur à l'inspecteur Roberts.

D'une aide elle aussi incommensurable furent les inspecteurs Tim Marcia et ses anciens collègues Rick Jackson et David Lambkin.

Bien des remerciements à Linda Connelly, Jane Davis, Terrill Lee Lankford, John Houghton, Dennis Wojciechowski, et Henrik Bastin qui lurent très tôt ce travail en cours et m'offrirent des remarques perspicaces.

Asya Muchnick mérite beaucoup d'honneurs et de gratitude pour avoir remis au clair une histoire difficile à manier et coordonné les réactions de divers conseillers de rédaction, au nombre desquels Bill Massey, Harriet Bourton et Emad Akhtar. Je dois enfin dire ici ma profonde reconnaissance à Pamela Marshall pour l'excellent travail de préparation de copie qu'elle a encore une fois effectué.

Bien des remerciements à tous ceux et toutes celles qui m'ont aidé.

L'Envol des anges
1re publication, 2000
Calmann-Lévy,
l'intégrale MC, 2012 ;
Le Livre de Poche, 2012

L'Oiseau des ténèbres
1re publication, 2001
Calmann-Lévy,
l'intégrale MC, 2012 ;
Le Livre de Poche, 2011

Wonderland Avenue
1re publication, 2002
Calmann-Lévy,
l'intégrale MC, 2013

Darling Lilly
1re publication, 2003
Calmann-Lévy,
l'intégrale MC, 2014

Lumière morte
1re publication, 2003
Calmann-Lévy,
l'intégrale MC, 2014

Los Angeles River
1re publication, 2004
Calmann-Lévy,
l'intégrale MC, 2015

Deuil interdit
1re publication, 2005
Calmann-Lévy,
l'intégrale MC, 2016

La Défense Lincoln
1re publication, 2006
Calmann-Lévy,
l'intégrale MC, 2018

Chroniques du crime
1re publication, 2006
Calmann-Lévy,
l'intégrale MC, 2018

Echo Park
1re publication, 2007
Calmann-Lévy,
l'intégrale MC, 2018

À genoux
Seuil, 2008 ; Points,
n° P2157

Le Verdict du plomb
Seuil, 2009 ; Points,
n° P2397

L'Épouvantail
Seuil, 2010 ; Points,
n° P2623

Les Neuf Dragons
Seuil, 2011 ; Points
n° P2798 ; Point Deux

Volte-Face
Calmann-Lévy, 2012 ;
Le Livre de Poche, 2013

Angle d'attaque
Ouvrage numérique,
Calmann-Lévy, 2013

Le Cinquième Témoin
Calmann-Lévy, 2013 ;
Le Livre de Poche, 2014

Intervention suicide
Ouvrage numérique,
Calmann-Lévy, 2014

Ceux qui tombent
Calmann-Lévy, 2014 ;
Le Livre de Poche, 2015

Le Coffre oublié
Ouvrage numérique,
Calmann-Lévy, 2015

Dans la ville en feu
Calmann-Lévy, 2015 ;
Le Livre de Poche, 2016

*Mulholland, vue
plongeante*
Ouvrage numérique,
Calmann-Lévy, 2015

Les Dieux du verdict
Calmann-Lévy, 2015

Billy Ratliff, dix-neuf ans
Ouvrage numérique,
Calmann-Lévy, 2016

Mariachi Plaza
Calmann-Lévy, 2016 ;
Le Livre de Poche, 2017

Jusqu'à l'impensable
Calmann-Lévy, 2017 ;
Le Livre de Poche, 2018

Sur un mauvais adieu
Calmann-Lévy, 2018 ;
Le Livre de Poche, 2019

Une vérité à deux visages
Calmann-Lévy, 2019

Nuit sombre et sacrée
Calmann-Lévy, 2020

Le Livre de Poche s'engage pour
l'environnement en réduisant
l'empreinte carbone de ses livres.
Celle de cet exemplaire est de :

450 g éq. CO$_2$

Rendez-vous sur
www.livredepoche-durable.fr

Composition réalisée par Belle Page

Achevé d'imprimer en juillet 2020 en Italie par
Grafica Veneta
Dépôt légal 1re publication : mars 2020
Édition 06 - juillet 2020
Librairie Générale Française
21, rue du Montparnasse – 75298 Paris Cedex 06